OLATHE PUBLIC LIBRARY
201 EAST PARK
OLATHE, KS 66061

Antes del huracán

Kiko Amat

Antes del huracán

EDITORIAL ANAGRAMA
BARCELONA

Ilustración: © Sonia Pulido

Primera edición: abril 2018

Diseño de la colección: Julio Vivas y Estudio A
© Kiko Amat, 2018
© EDITORIAL ANAGRAMA, S. A., 2018
 Pedró de la Creu, 58
 08034 Barcelona

ISBN: 978-84-339-9855-2
Depósito Legal: B. 5821-2018

Printed in Spain

Liberdúplex, S. L. U., ctra. BV 2249, km 7,4 - Polígono Torrentfondo
08791 Sant Llorenç d'Hortons

Para Eugènia, Boi y Lluc

Tout le monde ne peut pas être orphelin.

Poil de carotte, JULES RENARD

Me he vuelto loco, pero la culpa es vuestra.

PABLO DE TARSO, 2 Corintios 12

Me he inventado todo esto.

1

Plácido tiene las dos manos ocupadas. Hace unos segundos andaba hacia Curro, después de abrir la puerta del pabellón H y descender los cinco escalones. Una pierna y luego la otra, el cuello erecto. Balanceaba los brazos con normalidad; no se detuvo a bailar ni se puso a aullarle al cielo. El historial clínico psiquiátrico de Plácido incluye tendencias suicidas, heteroagresividad, frecuentes autolesiones, cuadro de alteraciones conductuales, agitación psicomotriz, importantes trastornos de conducta, cambios de personalidad y conductas de desinhibición. Ideación delirante, pero no clínica alucinatoria. Curro siempre se dice que, de todos los locos del manicomio, Plácido es quien menos lo parece. Si uno no le hubiera visto al borde de aquella azotea, hace dos años, calculando la caída con ojos apenados, podría llegar a pensar que está categóricamente sano. En plena posesión de sus facultades mentales y físicas.

Son las nueve de la mañana, pero no hay mucha luz. Un sol frío, desenfocado por las nubes, tiembla en el cielo sin fuerza. Es de un color rojo tibio, gastado, como una moneda de cinco céntimos. Unas nubes esponjosas se apretujan encima del río Llobregat, tras los pabellones del lado este. El mes es enero, el año el presente. La novela acaba de empezar.

Cuando Plácido abría la puerta del pabellón H, Curro acababa de simular que encendía un cigarrillo, y luego simuló que aspiraba el humo y lo echaba, y unos segundos más tarde simuló sacudir la ceniza con el dedo índice. En el manicomio fuman casi todos los locos, de manera compulsiva, pero no él. Solo es un gesto que le aporta sosiego. Se siente algo mejor, ahora, por la segunda dosis de clozapina del día que acababan de administrarle por vía oral, unos minutos antes, en la cocina, en uno de esos vasos-dedal diminutos que sirven para regular cantidades.

Plácido se coloca frente a él y le alcanza un trapo lanudo y abultado, a cuadros, doblado sobre sí mismo un par de veces. También un vaso largo que contiene un líquido amarillento y espumoso.

–Buenos días, señor. Debo informarle de que Soldevila ha desaparecido.

–Buenos días, Plácido. Sí, ya me he enterado.

–Entiendo, señor. Aquí tiene la bufanda.

–Gracias.

–He pensado que la necesitaría. Es una mañana fría, señor. Un día ideal para pillar un catarro insidioso. Y aquí tiene también su complemento vitamínico.

Curro lanza su cigarrillo fantasma al suelo y simula aplastarlo con una de las pantuflas. Plácido tiene razón. Es un día frío, frío de veras. La tierra del patio está dura y seca, a Curro las mejillas se le tensan, los dientes le castañean durante un breve escalofrío que le recorre todo el cuerpo, espina dorsal arriba y brazos abajo. No es una mañana para andar por ahí en bata. Curro se frota el mentón y permite que tres tics de ceja y párpado le aclaren la mente. Siente el impulso de chuparle la nariz a Plácido, como una orden directa que llegara de su sistema nervioso, pero aprieta mucho los puños, sacude la cabeza con energía y consigue que pase.

–Espléndido, Plácido. –Agarra la bufanda y se la anuda al cuello. Luego toma el vaso–. Ah: batido de huevo con gaseosa. El reconstituyente fortificado de la clase obrera. En mi casa se bebía mucho. Mi madre estaba particularmente obsesionada con eso. Y con muchas otras cosas, no hace falta decirlo.

–Si no me equivoco, señor, hoy va a necesitarlo más que nunca. Se dice en el pabellón que el desayuno de esta mañana distaba de ser satisfactorio.

–Tus fuentes te hacen justicia, Plácido: el desayuno parecía regurgitado por un mochuelo con espantosos hábitos alimenticios. –Curro se palmea la tripa–. Dios del cielo, los de la cocina van a matarnos a todos un día de estos. ¿Dónde estudió esa gente, Plácido, en la Academia de Cocina Lucrecia Borgia para el Envenenamiento Masivo?

–Señor –responde el sirviente, sin sonreír.

Curro siente una pequeña punzada de irritación, pues en los dos años que lleva a su servicio, Plácido no ha hecho amago de apreciar sus chistes ni una sola vez. Curro solo le ha visto accionar los músculos de su boca para hablar y comer. No: ni siquiera comer. Jamás le ha visto ingerir alimentos. Quizás se alimenta por vía fotosintética, como las plantas.

–En fin. Gracias de nuevo por la bufanda. –Y le da un par de palmaditas al trapo, que Curro siente como un fino paño de cachemira pero es solo un trozo de cortina vieja con lamparones. Se bebe el contenido del vaso y mira a su mayordomo.

Plácido es el único paciente *pulcro* del hospital. Traje negro milrayas, plastrón negro bien anudado con nudo tradicional, camisa blanca impoluta, un chaleco de un amarillo vistoso, dorado, con franjas verticales negras. Zapatos ingleses de color marengo, abrochados con doble nudo. Los lazos, tan perfectos y equidistantes, hacen que cada pie parezca un regalo.

Están, él y Curro, ante las escaleras de entrada del pabellón H. Unas escaleras muy anchas, con solo cuatro peldaños de piedra granítica blanca, salpimentada con manchitas negras, que le recuerdan a la entrada del terrario del Zoo de Barcelona. De niño iba allí a ver reptiles con sus padres, en los años que preceden a 1982. Antes del huracán, cuando el mundo estaba aún encajado en su eje.

Desde allí Curro alcanza a ver, al otro lado del patio de los setos, por entre los pabellones K y A, los plátanos de sombra enfermos que flanquean la carretera que va a la Colonia Güell. Y detrás de ellos los cañaverales, a la orilla del río, que se le antojan similares a lanzas y estandartes, como en el cuadro antiguo aquel cuyo nombre nunca consigue recordar. La rendición. La rendición de *algo;* eso es todo lo que le viene a la cabeza.

Le llega ahora, regular, el ruido sordo de los coches que se encaminan a sus fábricas y talleres y oficinas ya iluminadas, con los cuadros de luz conectados, y es un sonido orgánico y vivo, como de cuerpo pulsante, en la carretera. Un claxon, una imprecación, alguien pisa el gas a fondo cuando el semáforo se pone verde. Huele a eucaliptos, algarrobos, fábricas de cemento, hierbajos quemados en los campos de alcachofas y olivares cercanos. Hormigón a medio fraguar. No se distingue un solo pájaro en el aire, o en los árboles. Nada de viento. Todo helado.

–No hay de qué, señor. Si me permite... –Revistiendo el dedo corazón con un pequeño pañuelo que saca de su manga izquierda, Plácido le limpia a Curro el bigote de espuma–. Listo. Lamento no haber podido vestirle todavía. Cuando he llegado a la habitación con la ropa limpia, usted ya no estaba.

–No –responde el otro, con una mueca de fastidio–. Me ha venido a buscar sor Lourdes a las siete de la mañana para una entrevista de carácter *urgente* con el doctor Skorzeny. Ese condenado medicucho.

–Lamento oír eso, señor.

–Sin clozapina aún, ¿puedes creerlo? Era incluso antes de la primera toma, maldita sea. He tenido que soportar el interrogatorio en frío. «A pelo», como suele decirse. ¿Te parece eso ético, o hipocrático? Camino del despacho no paraba de preguntarme si había cometido alguna infracción reciente que justificase esas urgencias. –Curro se estruja el lóbulo de una oreja, como si tratase de ordeñarla–. Ya sabes cómo funciona el sentimiento de culpa; uno tiende a echárselo todo sobre la propia espalda. Pero no se me ocurría nada. Más allá, claro, de la fuga que había planeado junto a Soldevila. Por supuesto, Skorzeny ha he-

cho hincapié en ello, aunque sin mencionarme a mí de forma directa.
Curro se interrumpe y reflexiona un instante. Aunque sigue sin estar del todo cuerdo, sabe al menos que los médicos no pueden haber accedido a su pensamiento, a sus planes de escape. En cuanto a Soldevila, era mudo, cosa que no le convertía en el perfecto delator, precisamente. Todo ello le tranquiliza un poco.

–Skorzeny me ha preguntado una y otra vez si yo conocía el paradero de mi «amigo» –continúa diciendo–. Yo le he dicho que «amigo» era un epíteto algo exagerado. Que «conocido» sería una descripción más adecuada de nuestra relación. Conciudadano. Una cierta cooperación ocasional cimentada en el respeto y la concordia, sin duda, aunque sin llegar a la... ¿Cómo llamarla? *Confraternización*. En todo caso, he subrayado que lamentábamos su desaparición. Que echaríamos de menos su sonrisa. Porque el recuerdo del valle donde vivió no lo borrará el polvo... El polvo del camino...

–Entiendo, señor –dice Plácido, algo perplejo por las últimas frases de su amo, aunque sin dejar que ese sentimiento aflore a sus facciones.

–Lo que no le he dicho a Skorzeny, porque soy astuto como un zorro, tú lo sabes bien, es que me encantaría conocer el paradero de Soldevila, para ir hasta allí y rebanarle el pescuezo. Roma no paga a traidores, Plácido.

–Desde luego que no, señor. Roma no lo hace. No son buenas noticias.

–No ahorres palabras, no es momento para eufemismos: son apestosas. Y todas de golpe. ¿Cómo es aquel refrán del caldo y la boca?

–«Del plato a la boca se enfría la sopa», señor. Significa que en un instante pueden quedar destruidas las más fundadas esperanzas de conseguir nuestros objetivos y metas.

–Muy adecuado, Plácido. Mis objetivos y metas, destruidos. Dios hace de vientre sobre mi cabeza una vez más, y perdona mi impudicia. Todas nuestras esperanzas de fuga al traste, por culpa de un esquizofrénico impulsivo y afásico que es incapaz, por lo visto, de comprender la más simple de las órdenes. Y la cosa no ha quedado ahí. Oh, no. Skorzeny me ha recitado el viejo sonsonete: lo que me sucedió de niño, la razón por la que estoy aquí dentro, el historial psiquiátrico familiar y, como gran final, una mención oblicua al... ataque.

–Una impertinencia imperdonable, señor.

–Y que lo digas. Para colmo... –Curro se interrumpe, duda si decirlo o no. Empieza a hurgar con una uña debajo de otra uña. Rehúye los ojos de su sirviente.

–¿Señor?

–He sufrido otro episodio delirante. Al final del interrogatorio.

Plácido abre los párpados un milímetro más, de un modo casi imperceptible. Tensa el cuello. Se quita, pellizcándolo con dos dedos, un pelo invisible de la manga izquierda de su chaqueta. Carraspea.

–Perdone que le pregunte esto, señor, pero ¿deduzco por sus palabras que se refiere al espectro de su difunta madre?

Curro se apoya en la pared exterior del pabellón, como si las piernas no le sostuvieran. Por fuera, el edificio es igual que todos los demás: rectangular, de color beis claro, con baldosas verde esmeralda grabadas con motivos mediterráneos –rosas de los vientos, pequeñas chalupas a vela, sardinas de perfil, soles radiantes– que rodean el pabellón por la base. Los ventanales del centro médico están revestidos, por dentro, de persianas verticales amarillentas, confeccionadas con sirga o algún otro material basto, así que no se distingue el interior. Solo sombras fugaces, trozos de cara, destellos de fluorescente.

–Sí –responde al final con voz patética, y luego le domina un estremecimiento facial, con triple tic de cuello y codazo al éter. Plácido aparta la cara para no verlo–. En efecto. La aparición de hoy ha sido previsiblemente desagradable. Emergía de un seto, desplazándose con cierta dificultad. Pero al menos esta vez se movía, Plácido, lo que no es una tarea tan fácil, ya lo sabes, especialmente si uno lleva muerto desde 1982. Hoy volvía

a llevar el viejo traje de novia, con las... Con las cucarachas que lo recorrían de un lado a otro.
—¿Otra vez las cucarachas, señor?
—Sí, Plácido —dice, separándose de la pared para dar más énfasis a sus palabras y luego cogiéndose la cabeza con ambas manos, y luego soltándola y volviendo a mirar a su mayordomo, las manos abiertas a ambos lados de su cuerpo, como si sostuviera un bandoneón invisible—. Esos insectos de baja estofa. Uno de ellos aplastado, igual que en... No importa. Ha sido *asqueroso,* y para colmo he perdido el conocimiento de un modo poco viril, en pleno despacho de Skorzeny.
—Puedo imaginarlo, señor. Y no hay para menos, si me permite que se lo diga. Su virilidad dista de hallarse en entredicho. Los hombres fuertes también lloran. Piense en Sir Winston Churchill, señor. Lloraba a menudo, y dudo que nadie le tuviese por blando.
—Churchill. Muy bien, Plácido. Tomo nota.
—«Nunca nos rendiremos», señor. Palabras que pueden darle confort en estas horas de oscuridad, tal vez.
—Gracias, Plácido.
—«Lucharemos en las playas», señor. —Su voz adquiere un poso de emoción trémula—. «*Nunca* en el ámbito del conflicto humano *tantos* debieron *tanto* a...»
—Vale, Plácido. Lo he pillado.
—Entendido, señor. Si me permite decirle esto, en el pabellón todo el mundo está hablando de lo del señor Soldevila. ¿Dejó alguna pista que pueda iluminarnos sobre su paradero?
—No. Bueno, espera. —Levanta un dedo y abre más los ojos—. Olvidaba esto. —Introduce dos dedos en pinza en el bolsillo derecho de su bata, y saca un pequeño papel doblado sobre sí mismo, y tensa el brazo y con un ademán melancólico pone la nota al alcance del sirviente—. Sobre su cama había una nota. Está dirigida a mí. No iba en un sobre cerrado, así que la leyeron. Por si contenía algún tipo de información sobre su fuga. Pero claro... En fin, será mejor que la leas tú mismo.

2

—¡Curro! Llama a tu padre y a tu hermano, anda, que la cena está hecha.

El espécimen #1, a quien llamaremos «Madre», es un mamífero bípedo y la especie de mayor tamaño de la casa. Su rasgo más notable es el dimorfismo sexual: la hembra puede llegar a pesar cincuenta kilos más que el macho. Se alimenta de toda clase de cosas. Por su tamaño, tiene pocos depredadores.

Mi madre habla a la vez que mastica, ahora, y sus palabras suenan pastosas, como si remasen río arriba en una papilla de fruta.

—¿Me oyes, Curro?

La miro. Su cara emana una tristeza suave, una pena que sube a la superficie estrujada por sus dos grandes mejillas. Es una cara pequeña que trata de escapar de otra cara enorme. Está masticando algo, pero sin interés, a regañadientes, como si ese algo se hubiese introducido en su boca contra su voluntad.

Yo permanezco sentado al modo indio, una pierna doblada y metida dentro de la otra, en el suelo. En calcetines, cerca de la estufa grande de butano, sobre la alfombra sintética con filigranas persas que mis padres trajeron del Macro hace dos años (la compraron con el carnet de un vecino; ellos no son socios). La estufa me quema la mejilla derecha, solo un lado del cuerpo. El gas crepita y arde, pequeños focos de fuego azulado aparecen y desaparecen en la rejilla. Los miro durante un instante; son como fuegos fatuos. Danzan y se ondulan, y se engullen a sí mismos. El otro lado de mi cuerpo, el que no da a la estufa, permanece bastante frío, incluyendo medio culo. Están dando *Más vale prevenir* por la televisión. No lo miro. No es mi programa favorito, y el de hoy es un especial sobre la intoxicación masiva con aceite de colza.

–Dos personas más han fallecido hoy en Madrid –dice el locutor, con gesto abatido– por consumo de aceite adulterado de colza, según informa el Ministerio de Trabajo, Sanidad y Seguridad Social...

Hojeo mi álbum de cromos *España 82,* y me concentro una vez más en la página de la selección inglesa. Me faltan algunos jugadores, pero no importa: voy con ellos. Mi jugador favorito es Kevin Keegan. Es bajito, tiene la melena rizada y las piernas gruesas. Aún no tengo su cromo. Priu dijo que me lo conseguiría, y yo sé que eso no es posible, porque Priu no tiene ni idea de fútbol, ni amigos, ni una peseta; así que si alguien va a conseguir el cromo de Kevin Keegan, ese voy a ser yo.

Solo que aún no sé cómo. Lo de comprarlo está descartado, porque en mi casa no estamos muy bien de finanzas. «Es una mala época para todo el mundo», afirma mi madre. Yo creía que éramos un poco pobres y ya está, pero mi madre dice que no. Que somos de clase media.

Mi madre sí mira la televisión, y va poniendo la mesa con manos de autómata. Nunca se pierde los programas que hablan del sufrimiento de los demás, como *Más vale prevenir.*

–¿Nosotros tomamos aceite de colza, mamá? –pregunto, desde la alfombra, con la mirada puesta en el álbum de cromos. Seguía sin mirar la televisión, pero una de mis orejas alcanzó a oír el cómputo total de muertos. Eran varios centenares. Los suficientes como para desapaciguar.

–No –dice ella. Alisa el mantel a cuadros rojos y blancos con una mano que parece una estrella de mar abotargada, y al terminar echa un nuevo vistazo a la pantalla–. Eso solo lo compran los muertos de hambre.

En mi familia vamos al médico por cualquier tontería. Un espíritu alegre toma de repente la casa cuando hay epidemia de gripe intestinal. Pasamos mañanas enteras en el ambulatorio, observando a los demás dolientes con sus neuralgias, prolapsos y septicemias, trombosis y varicosidades, y luego hacemos lo mismo en las farmacias, y más tarde mi madre se emplea a fondo con nuestras enfermedades, priorizándolas por delante del resto de las faenas del hogar. Revienta granos, arranca verrugas, aplica yodo, acarrea tisanas. Parece como si le gustara que estemos postrados e indefensos, febriles y letárgicos.

Pese al respeto que le inspira la clase médica, mi madre también comulga con la escuela de la automedicación. En ocasiones, sobre todo cuando tenemos un catarro con fiebre, nos receta varios medicamentos a la vez, agitados en un cóctel sanador con sabor a naranjas pasadas que es invención suya. Previene el resfriado, pero nos provoca violentos accesos de diarrea. Mi madre dice que no se puede tener todo en esta vida, y creo que entiendo lo que quiere decir. Mi nariz está seca pero mi culo no. Uno tiene que escoger el mal menor.

–Espabila, hijo –dice mi madre, porque yo sigo sobre la alfombra, ahora ya tumbado, la cara apoyada en la palma de una mano, ignorando su orden y hojeando mi álbum. Estoy en la página de la selección austríaca. A veces imagino historias que protagonizan los hombres de los cromos: Weber está enfadado con Prohaska. Le mira mal porque fracasó el atraco al banco. Les detuvo... Dihanich. Dihanich estuvo a punto de llenarles de plomo, a esos dos.

–Va-ale –digo, poniéndome en pie.

–La fase crónica se caracterizó por la hepatopatía, la esclerodermia... –dice el señor de la televisión.

Me froto y retuerzo un poco las manos, como si las estuviese lavando pero sin agua ni jabón, me hago crujir los nudillos una, dos, tres veces, me huelo primero una mano, luego la otra, chasqueo los dedos una, dos veces, y ya estoy listo para cumplir con lo que me ha dicho mi madre. No, espera, aún no.

–Para ya con el interruptor, hijo, que vas a fundir la bombilla.

Vale, ahora sí.

–Papá, ¿qué es la esclerodermia?

–¿Qué? ¿Cómo coño voy a saber eso? Venga, cuéntalas, Curro. A partir de ahora, ¿vale? ¡Y no te despistes, que siempre estás igual!

El espécimen #2, a quien llamaremos «Padre», es un crustáceo depredador. Posee un cerebro básico capaz de realizar un esbozo primario de lenguaje simbólico basándose en las amenazas y la mímica. Su segundo rasgo notable es que se halla inmerso en un inusual estado de metamorfosis: ha pasado de gusano a capullo, pero se ha detenido allí, mucho antes de convertirse en mariposa.

«Padre» se encuentra ahora justo debajo de las cuerdas de tender del terrado, que son de alambre oxidado, recubiertas de plástico verde, mordidas por el desgaste en algunos puntos. Está haciendo flexiones, en camiseta imperio y pantalones cortos, pese a que es enero y el día es muy frío. Son las ocho y media de la tarde, hace un par de horas que oscureció. No hay estrellas ni luna; las oculta un grueso manto de nubes.

Nuestra casa tiene dos pisos, aunque muy pequeños, y no nos pertenece: es de alquiler. Angosta y húmeda, en las paredes del piso inferior el yeso y el friso se desconchan y abomban. Parece que la casa tenga gases, granos, inflamaciones. Está demasiado cerca del río, y no tenemos jardín con gnomos ornamentales ni caseta del perro, como tienen las casas que aparecen en *Dallas*. La bombilla de la caseta con tejado de uralita alumbra de forma muy débil algunos objetos del terrado: una escoba vieja de plástico rosa con recogedor adosado, las cerdas hacia arriba; una persiana enrollada de color verde, rota; una mesa con patas de mecano y superficie de conglomerado, muy astillada; la lavadora, cubierta con un hule anticuado de topos naranja; el fregadero de cemento, cubierto por una capa resbaladiza de musgo verde.

El resto del terrado está casi a oscuras. También lo que nos rodea, exceptuando algunas ventanas de pisos vecinos. No se distinguen los depósitos de cemento, los desagües, los palomares, las antenas; nada. Solo mi padre y yo, allí. La luz del interior del dormitorio de mis padres pasa a través de la tela mosquitera, a mi espalda, y permite que se le vean bien las facciones. Tiene la cara como el interior de una granada, resopla y bufa, sus brazos tiemblan y se tensan con cada nueva flexión, pero no se detiene, y yo voy contando. Una, dos, tres, cuatro, cinco, seis. Dejo de mirarle, pero al apartar la mirada a la izquierda me topo con el patio de los Hurtado, nuestros vecinos y antiguos amigos de la familia, y recuerdo que tengo prohibido mirar allí o hacer referencia a nada que tenga que ver con ellos, así que regreso a mi padre.

Sube y baja, sube y baja. Parece una máquina. Unos músculos nuevos se agolpan en sus omoplatos. Me retuerzo las muñecas, y luego me froto las manos, y luego me huelo las puntas de los dedos. El olor a sábanas recién lavadas que impregna el terrado, y que viene de alguna casa cercana, me impide detectar el verdadero olor de mi cuerpo, de mis dedos y saliva. Sigo retorciendo y sigo contando.

—¿Qué te tengo dicho? Deja de hacer eso con las manos, hostia —dice, una nube de vaho saliendo de su cabeza, como si hubiesen encendido un fuego allí, y luego, entre dientes—: niño de los comfmfh...

Me froto y huelo las manos con vigor renovado. Luego las retuerzo de nuevo, doblándolas por las muñecas. Mi padre no se da cuenta, esta vez. Antes se enfadaba a menudo por cosas como esta, pero ahora lo hace menos. Se le ve distante, como en otro sitio. Algo le sucede. A veces le sorprendo con la mirada perdida y una media sonrisa dibujada en su rostro, y sé que no está aquí.

Mi padre continúa haciendo flexiones. El suelo está resbaladizo, empapado de humedad fluvial, a punto de helarse. Quizás se hiele luego, si la temperatura baja un par de grados. En mi pueblo el rocío es permanente, por la cercanía del río. Todo resbala, excepto en los meses de más calor, y esta noche una capa viscosa y fría, como la víscera que recubre la carne de los pavos, está instalada encima de cada superficie. Se oye el ladrido de un perro en un patio lejano.

Siete, ocho, nueve, diez, once, doce. Mi padre: resoplando, inspirando, expulsando el aire, soltando algún gruñido de vez en cuando. El vaho escapa de su boca en forma de humareda.

–¿No sabes qué es la esclerodermia, entonces? –digo, para dar conversación.

–¡No, cojones! ¡Te he dicho que cuentes!

Hace un tiempo a mi padre ni se le hubiese pasado por la cabeza hacer gimnasia. Aquel no era su talante; no el que conocíamos nosotros.

En aquella época mi madre pesaba cuarenta kilos menos y mi padre estaba a gusto en batín, resolviendo movimientos del cubo de Rubik en su sofá de escay negro, cada noche. Cuidaba de su pecera y del resto de sus cosas. Pasó un mes montando una maqueta del Space Shuttle, el avión espacial, ensamblando con afecto cada una de las pequeñas piezas mientras escuchaba un casete que se llamaba *Historias de misterio e imaginación*. Toda la casa olía a pegamento Uhu y a los cigarrillos Chesterfield que fuma todo el rato.

Al cabo de un año, cuando ya había cambiado el sentido del viento, mi hermano Richard tiró la maqueta al suelo en uno de sus regulares ataques de ira, y mi padre le arreó un bofetón con la mano abierta que casi le mueve la cara de sitio, pero Richard no se amedrentó, e insultó a mi padre con un terrible insulto adulto recién aprendido en el patio, y entonces mi madre trató de arrearle a Richard con la zapatilla, pero él interpuso el codo entre ambos y mi madre se golpeó una parte fofa del antebrazo allí, y se echó a llorar del dolor, cojeando con una sola zapatilla puesta, y mi padre seguía gritando y amenazándole con el puño mientras Richard corría en círculos alrededor de la mesa del comedor y yo, el único que aún permanecía sentado en ella, trataba de tragar con dificultad el pollo al ajillo seco, astillado, que había cocinado mi madre, solo para hacerla feliz, pero ella ya se había vuelto a encerrar en la cocina.

Ahora mi padre casi nunca está en casa, llega siempre muy tarde y gruñe *pluriempleo, maldito pluriempleo* al aparecer por la puerta. Cuando sí está en casa se pasa la tarde haciendo flexiones o abdominales en el terrado hasta que llega la hora de cenar, y cuando se sienta ni le echa un vistazo de reojo a su pecera, ni a sus casetes, ni a sus maquetas, ni siquiera a mis tics, y mi madre entra y sale de la cocina, entra y sale de la cocina, con sus ojuelos apenados, párpados carnosos bordeados por una raya oscura que los hace parecer tostados por los extremos, y sus mandíbulas no paran de masticar, masticar, masticar, como un gusano que se adentrara en una gran ladera de basura.

–¡Fuera de aquí, mamón!

El espécimen #3 es Richard, a quien también podemos llamar «Hermano Mayor». Se trata de un feroz mamífero carnívoro del tipo adolescente. Sus rasgos más notables son la piel grasienta y resbaladiza, el desagradable olor corporal, un hirsutismo arbitrario, con fragmentos de pelaje oscuro que se reparten caóticamente en su lomo, axila, pubis y zona supralabial, y el comportamiento territorial y agresivo. El espécimen #3 es incapaz de realizar procesos mentales de complejidad menor, y se mueve solo por impulsos elementales e instinto primordial.

–¡He dicho que fuera de aquí, puto cojo! –vuelve a gritarme.

Esta vez me he asegurado de llamar antes de entrar, como advierte el adhesivo que *él* colgó en la puerta de *nuestra* habitación («NO PASAR. PELIGRO DE MUERTE»). El dibujo de un hombre con traje y sombrero fulminado por un rayo no muy grande, pero mortal. El espécimen #3 me lanza ahora una de sus zapatillas de indio a la nariz, por suerte son blandas, me cubro la cara con el antebrazo, le repito que solo vengo de emisario, joder, que mi madre nos llama para cenar, y que esa es también mi habitación, que no se regale.

Nuestra habitación es la más húmeda de toda la casa, un cubil que da a la calle, en la planta de abajo, y que antes de nuestro nacimiento era una mezcla de trastero y adjunto al recibidor, y donde nunca da el sol, ni de mañana ni de tarde. Las paredes están recubiertas de corcho, ennegrecido por la humedad en distintos tonos de musgo, con manchas pequeñas o anchas que dibujan islas y continentes fantasma. Una litera: yo duermo en la cama de abajo. Richard está ahora en la de arriba, con los pies colgando, mirándome con una media sonrisa rapaz. Tras él se ve su póster de Rummenigge, el jugador alemán. Es una mala foto, al as le pillaron en una postura extraña y parece que acabe de torcerse un tobillo, todo su cuerpo se inclina hacia un lado, como a punto de desplomarse.

Mi hermano tiene catorce años y acaba de empezar en el instituto Rubió i Ors, en la ladera de la Muntanyeta. Richard es muy moreno, lleva el pelo largo, negro como un sioux. Tiene las facciones simétricas, los ojos claros de color almendra y un cuerpo bastante fibrado pese a la edad, y siempre me pega. Me pega duro, con buena puntería, a la cara, como si no nos uniesen lazos de sangre. Como si no me conociese de nada.

«Él utiliza los puños, utiliza tú las palabras», me dijo mi madre una tarde que Richard me había reventado el labio. «¡Defiéndete, venga!»

Cuando mis padres entraron en la habitación aquel día estábamos los dos de pie. Olía a sudor. El aire caliente de dos cuerpos que acaban de chocar y medir sus fuerzas. Yo me llevé la mano a la cara, al labio, y luego vi la palma bañada en sangre. Richard todavía me tenía cogido por el cuello, y su puño derecho flotaba, rígido, en el aire, al final de un brazo. La boca se me había llenado de sabor a chapa. Una parte del labio estaba herida por dentro, donde mis incisivos habían desgarrado la carne.

«¡Pero dale tú también!», me gritó mi padre, zarandeándome por los hombros tras haberme sacado a Richard de encima de un empujón. «¡Devuelve el golpe, hombre, no seas nenaza!»

Yo me froté las manos. Ahora estaban las dos llenas de sangre, pero al repartirla había pedazos de piel donde la sangre tenía menos, solo era suciedad fangosa a punto de secarse. Miré mis manos: parecían de cirujano, era asombroso, como si las hubiese introducido en los pulmones de alguien abierto en canal. Entonces contesté a mi padre.

«¡No puedo!», le grité, en mitad de un sollozo ahogado. Richard se echó a reír, detrás de él, a carcajadas, y mi padre se masajeó la cara y se mesó los cabellos ante mí, el olor a su aftershave Aqua Velva cayó sobre la estancia, y mi madre miró hacia otro lado con sus párpados fofos y requemados.

–¿Quieres dejar ya el interruptor, moña? –dice ahora Richard, dejando a un lado una revista de motociclismo que estaba hojeando. *Solomoto*. Luego pega un brinco y desciende de la litera, cayendo con los dos pies separados ante mí–. He dicho que ya voy. Por cierto, tío, tendrías que hacerte mirar *eso*. –Señala mis manos–. Lo de los toques a la luz, y todo eso que haces. Tocarte y olerte. –Arruga la nariz, parece un pequeño conejito malvado, se coloca un lado del pelo detrás de la oreja. Luego me rodea y se marcha de la habitación, pero oigo cómo continúa hablándome desde el recibidor, subiendo la voz–. No es normal, tío. No es normal. Paso de decirte cómo te llamaba la gente de mi clase en los salesianos.

–Clochard, baja de la mesa –dice mi madre.

El espécimen #4 es un mamífero doméstico de la familia de los cánidos a quien llamamos «Clochard». Su rasgo más notable es que es inofensivo. Clochard es la mejor persona de la casa, y es un perro. En estos momentos está colocado cerca de mi plato. Su morro negro, la nariz brillante como una aceituna negra, la boca peluda llena de unas babas que apestan, y a cada lado del morro una pezuña, sujeta a la mesa como el soporte de un flexo. No se le ven los ojos. Tiene un pelaje muy oscuro, de brea, despeinado y anudado, por todo el cuerpo. No pertenece a ninguna raza más allá de la genérica: perro. Huele a lo que es. Está gimiendo, la cara enfocada a mi plato. No se mueve. Parece un animal de caza.

–¡Baja de ahí, perro asqueroso! –le grita mi padre, levantando una mano plana, amenazadora. Clochard da un brinco, baja de la mesa, le miro. Está justo a mi lado, en el extremo derecho de la mesa. Ya en el suelo, se coloca frente a la pared y empieza a ladrar allí, en un punto donde no hay nada.

La segunda característica del espécimen #4, Clochard, es que, dejando de lado su bajo nivel de cognición animal, y lo de que ninguno de sus órganos sensoriales parezca funcionar adecuadamente, el perro sufre una larga lista de comportamientos disfuncionales, sociopatías, trastornos compulsivos, ansiedades y fobias.

Clochard sigue ladrándole a la pared. No está muy bien de la cabeza. Los perros *pueden* estar locos. No todo el mundo sabe esto; es un hecho poco difundido. Me lo contó Priu. Dijo que lo había leído en un libro.

Mi familia lo aprendió por su cuenta hace un par de años, a inicios de 1980, un sábado por la mañana, cuando compramos a Clochard en la pajarería Mis Canarios, una tienda de animales que está al lado del campo de fútbol viejo, en la cuesta de la gasolinera, allí donde las casas baratas. Era un día de primavera, y subíamos los cuatro por la cuesta, no recuerdo adónde nos dirigíamos; quizás a la Muntanyeta a estirar las piernas, o a tomar el vermut a la plaza Catalunya, como hacíamos algunos sábados.

Clochard estaba en el escaparate de Mis Canarios, arañando el vidrio con las pezuñas delanteras. Producía un chirrido que daba dentera. El perro era algo más pequeño que ahora, debía de tener menos de un año. Los cuatro nos agolpamos allí a mirarle, y en algún punto de ese proceso alguien decidió entrar a preguntar por él. Cuánto valía. Richard insistió.

—Ha pasado mucho tiempo encerrado aquí —nos respondió la chica de la tienda, sacándolo de la jaula del escaparate y acariciándolo un poco y dejándolo en el suelo al instante, mientras el cachorro brincaba, se retorcía por el suelo, sacaba la lengua, ladraba de alegría y parecía que le fuese a dar un ataque al corazón. Al final se meó, tumbado boca arriba. Mi madre apartó el pie a tiempo, doblando la rodilla hacia atrás, pero casi le cae el chorro de meado encima de sus zapatos hechos pedazos. Ya tenían ambos tacones doblados hacia dentro por el peso de su cuerpo, y eso que aún no pesaba lo que ahora.

—Tiene agorafobia —añadió la chica de Mis Canarios.

—¿Agorafobia? —dije yo, porque Priu y yo aún no habíamos buscado aquella palabra en su enciclopedia.

—Miedo a los exteriores —respondió al momento la chica, satisfecha por haber podido realizar una fugaz ostentación de conocimiento. Llevaba una cola de caballo extratensada que le achinaba un poco los ojos, y parecía estar echándonos una mirada torva que contrastaba con su amabilidad. En la cara se le veía que prefería que nos llevásemos al maldito perro, sin duda, pero tampoco quería quebrantar la ley, y por eso se esforzaba en proporcionarnos toda la información psiquiátrica a su alcance.

Yo me había desplazado al fondo de la tienda y, apoyándome en mis rodillas con las dos manos, inclinado, analizaba a una iguana pachucha, color banana magullada, completamente inmóvil, que tenían en un terrario. Golpeé el cristal con la parte plana de la uña del índice.

—Eh —dije—. Tú. Eh.

La iguana no se movía, solo miraba a su alrededor con ojos amarillos. La atmósfera respirable de la tienda era una mezcla de tierra, pienso y reptil. Hacía calor de selva. Con el rabillo del ojo veía a peces nadando en sus peceras, moviendo las aletas con colores de nailon, artificiales, carnavaleros. Algunos pájaros piaban en jaulas. Un loro graznó en un punto de la trastienda, invisible.

Cambié de animal moviéndome unos pasos a mi derecha. Miré unas tortugas pequeñas que deambulaban por un lago de plástico azul en forma de cuerpo de guitarra. El lago se elevaba por un punto central, produciendo una isla desierta con palmera de plástico. Cuando éramos niños Richard y yo tuvimos tortugas de agua como estas. Murieron a las pocas semanas de instalarse en casa, vueltas hacia arriba en una pequeña pecera-lago que olía muy mal, casi idéntica a esta, con su isla y su palmerita. Mi hermano no se había ocupado de ellas. Tuve que tirarlas por el váter. Las tiré todas de golpe, volcando el lago y tirando de la cadena; no sé si ese era el procedimiento correcto.

Cuando Richard soltó, de sopetón, en mitad de Mis Canarios, que quería un perro, que era lo que más ilusión le hacía en el mundo, y que iba a darle «todo su amor», me eché a reír con ganas, agarrando mi propia barriga, y él, sin perder pie ni casi pararse a pensar, se acercó a mí en dos zancadas largas y me sacudió un puñetazo en el bíceps izquierdo. Me desplazó unos pasos a mi derecha; casi me caigo al suelo. A los pocos minutos había aparecido allí un moratón gris del tamaño de una galleta. Se veía mucho, porque yo iba con camiseta de manga corta.

–¿Cómo se llama, entonces? –pregunté, frotándome el brazo de un modo teatral. Mis padres fingían que el puñetazo no había existido. Pero dolía igual.

–Clochard –respondió la chica de Mis Canarios.

–¿*Clochard?* –dije yo, aún frotándome el brazo.

La chica de Mis Canarios asintió, en un gesto sin expresión que podía querer decir cualquier cosa.

–¿Podemos cambiarle el nombre? –dije–. La gente se va a creer que somos franceses, o algo aún peor.

–Mejor que no. Lleva demasiado tiempo aquí, y ya se ha acostumbrado al nombre. Le confundiríais.

Miré al cachorro, que ahora se mordía con saña la propia cola.

—Nos lo llevamos —anunció mi padre. Había encendido un Chester, que humeaba en la mano de anunciar la compra, y un halo de Aqua Velva orbitaba en torno a su cabeza. Llevaba una camisa de poliéster granate de manga corta abierta hasta el cuarto botón, una fina cruz dorada colgando de su pecho. Richard gritó: «¡Mola!», y los dos chocaron esos cinco, y a mí me dieron ganas de vomitar.

—Tiene agorafobia, papá —dije yo, ya en el mostrador, mientras mi padre sacaba su monedero de piel de un bolsillo del culo—. Eso quiere decir que no vamos a poder pasearlo. ¡Y no podemos ni cambiarle el nombre! ¡Se llama *Clochard!*

—¡A ti qué más te da, imbécil! —gritó Richard, su cabeza se materializó tras la espalda de mi padre, parecían un monstruo bicéfalo—. ¡No vas a pasearlo tú! ¡Es *mi* perro! ¡Ni te acerques a él, gilipollas!

Nadie ha paseado a Clochard, aparte de mí, desde el día que entró en esta casa hace dos años. Mi hermano seguro que no. A mí no me gustan los animales, pero digamos que tengo mis motivos para pasearle, como los tengo para hacer otras cosas.

—Quiero dar las gracias a la policía, porque gracias a ellos estoy vivo —digo, en mitad de la cena, a la vez que junto ambas manos en plegaria, y simulo sollozar ante los micrófonos, que son unos cuantos vasos que he dispuesto en semicírculo y también el bote de kétchup del Todo-Todo, medio vacío y con algo de tomate reseco en la tapa, que representa el micrófono grande de TVE—. Sí, sí, gracias.

Estaban a punto de reñir, mi madre y mi padre, las voces llevaban un rato subiendo de volumen a cada frase, pero ahora ella se ríe, con ambos carrillos llenos del postre, una pasta deforme que ha bautizado como «creps». Le ha gustado mi imitación del padre de Julio Iglesias. Estaba secuestrado por ETA político-militar y acaban de soltarle. Su hijo ha pagado el rescate. Lo dijeron ayer en el *Telediario*. Millones y millones de pesetas.

Mi padre deja de mirar a mi hermano con ganas de atizarle un cate y se ríe con mi madre, ahora, ambos de mí, *conmigo*, y deja de observar cómo me froto las manos entre cucharadas, y cómo las huelo, y cómo olfateo las puntas de mis dedos en busca de cualquier olor, podrido o sublime, todo el rato, incapaz de detenerme.

Ha funcionado. A veces sale mal, pero hoy ha funcionado.

–Oye, ¿*esto* representa que son creps? –dice mi padre, sonriendo con malevolencia, mostrando un zurullo de harina ensartado en su tenedor. El tenedor apunta al techo, y lleva en la punta aquella... entidad. El color de la mesa, del grupo de personas que la ocupa, del aire que nos rodea, ha pasado de verde oscuro a un amarillo ligero, y todo gracias a mí. El cuerpo de mi padre, y también el de mi hermano, ante mi cara, están enmarcados por el mueble grande del comedor, una estantería muy grande y aparatosa en marfil y marrón, dos tonos, estilo años setenta. En uno de los estantes, unos cuantos lomos de libro, los releo casi sin darme cuenta: *¡Viven!*, *Boh*, *El viaje de los malditos*, *El triángulo de las Bermudas*, algo de Anaïs Nin, *Antología del disparate 1* y *El pirata*, de Harold Robbins. Una maqueta de R2-D2 muy grande. Un pisapapeles, de mi padre, trofeo de algo relacionado con la instalación y reforma de cocinas y baños; una liguilla de fútbol sala del gremio, o algo parecido.

–Voy a coger un poco de pan y quesito –dice mi madre, a mi lado, echando la silla atrás con el culo. Todos miramos fijamente los platos para no presenciar su salida. Para que ella no vea que la vemos.

Mi padre silba, como hace siempre cuando está avergonzado de algo pero no se atreve a plantarle cara. No es una melodía reconocible. Luego le acaricia la barbilla a Clochard, que se tumba de inmediato en el suelo y se mea, de puro júbilo. Es un charco claro, transparente. Parece solo agua, con las baldosas beis de fondo.

–Lai-la-lai-lai-lará –canta mi madre. No entona mucho, la canción tampoco es reconocible, son solo notas aleatorias expulsadas por un músculo que no está poniendo ningún empeño en su función.

Mi madre sigue cantando camino de la cocina, ahora. La veo andar, moviéndose así, con aquel paso característico. La grasa del culo es tan alta que le llega a media espalda, y a cada paso se le mueven los omoplatos, desplazados por la carne que asciende.

–¡Hazlo otra vez, Curro! –me espeta mi hermano, con una bofetada suave en mi mejilla derecha, lanzada a través de la mesa, de poco tumba el sifón, y luego se vuelve hacia mi padre–. ¿Has visto cómo lo hace, papá? ¡Igual que el padre de Julio Iglesias, vaya flipe!

–Sí, que lo haga otra vez –dice mi padre sin mirarme.

–Quiero dar las gracias a la policía –repito, y luego me pongo en pie, y me froto las manos y me huelo los dedos y guiño los ojos varias veces–. ¿Puedo irme a la habitación ya?

–Ay, Curro. Cuando haces eso con los ojos pareces desequilibrado –dice mi madre, que acaba de regresar a la mesa, y jamás utiliza la *otra* palabra–. Sí, vete, anda.

«Eres una borracha y una madre inepta, cuanto antes te interne en un sanatorio, mucho mejor para todos.»

Desplazo la cara hacia la derecha, para enfocar mejor con la oreja. Es *Dallas*. Las voces de mis padres aletean por encima de la serie. No oigo las palabras, pero las modulaciones de ambos bajan y suben, cambian de tono, atacan y retroceden, como dos ejércitos. Una máquina moderna reflejaría en curvas y picos sus cambios de énfasis, sus indirectas, las palabras que cruzan la línea definitiva de la riña.

Estoy en la cama. Se está caliente en la habitación, porque dejé encendido el Sol-Thermic. El aire hervido por la electricidad huele a metal humedecido, y también a plástico quemado, de un click desobediente a quien aplastamos la cara contra la placa térmica años atrás. Todavía se distingue la mancha allí.

—¿Has oído eso? ¿Era Jota Erre, no? —le digo a mi hermano, en la litera de arriba. No contesta. Debe de haber ido al váter.

Regreso al *Mortadelo* que estaba leyendo, paso la página como si el tebeo me interesara más que cualquier otra cosa del mundo, pero por mi oreja no cesan de entrar las frases sin significado que vienen del comedor, y no puedo evitar rodearlas de imágenes, porque ya he visto todo esto antes.

Mi madre estará con los papeles de las cuentas de la casa y un Bic naranja y una calculadora de color jijona encima de la mesa redonda del comedor. La que baila y hay que falcar con un papel doblado cada día. En la pared, a su espalda, cuelga el bodegón con un cesto de mimbre venido a menos y unas cuantas sandías e higos arrugados, trazados con brochazos toscos, abultados al tacto. Es una naturaleza muerta, muy fúnebre. El cuadro triste le enmarca la cara. Ella está picando algo, altramuces o cacahuetes con cáscara, que desmenuza y deja en una pequeña pila a su lado, y a ratos reclama a mi padre, que es de ciencias, para que la ayude a cuadrar los números, porque ni un milagro conseguiría que llegaran a fin de mes, y mi padre rezonga en su sofá privado de escay. Masculla para sí mismo (aunque vocalizando perfectamente): «Pues empieza a trabajar tú también, joder.» Tarde o temprano mi madre le acabará respondiendo, con la boca llena de cacahuetes: «Y los niños, ¿te ocupas tú de los niños?» La gramática de la miseria.

En el comedor suena la música del final de *Dallas*. Nace allí un nuevo silencio inestable. Un único sonido: el ruido de la silla de mi madre, que se va levantando de vez en cuando para ir a la cocina. Sacudo la cabeza, como intentando hacerle evidente a mi cerebro la orden de leer, mis ojos regresan al *Mortadelo,* es uno de mis favoritos pero no recuerdo dónde estaba, pasan unos cuantos minutos, regreso a la historia, pasan unos cuantos minutos más, cambio de *Mortadelo,* el siguiente también me gusta bastante.

—¿Pero estás loco, cómo te vas a ir a correr ahora?

Mi madre. Ha gritado bastante fuerte. Al otro lado de la puerta de mi habitación, en el recibidor. Miro el reloj-despertador trapezoidal que hay sobre mi lamparilla de noche, con la base semiderretida por el calor, y que hace tictac a todo volumen: son las once y media.

–¡A ti qué más te da! –dice mi padre, también levantando la voz–. Estoy en forma. El footing me sienta bien.

–¿Desde cuándo te sienta bien el footing? –dice mi madre–. ¡Si no habías hecho deporte en la vida! Te pasabas el día haciendo maquetas.

–Y eso qué.

–¡Que odiabas el deporte, y ahora te pasas la vida corriendo y haciendo flexiones y no sé qué! ¿A ti te parece normal?

–Un hombre tiene que ir cambiando de hobby –responde mi padre, con voz grave, impostada, y mi madre le contesta con una risa forzada, falsa y triste.

–¡Hagas lo que hagas, al final me voy a *enterar!* –añade mi madre, gritando aún–. ¡Yo me entero de todo, no soy tonta!

Me incorporo en la cama a medias, para no arrearme un cabezazo contra la litera superior, dejo ambos *Mortadelos* a un lado, saco la pierna y pongo un pie descalzo en el suelo congelado, está frío de veras, en el *Telediario* han dicho «una cruenta ola de frío azota Europa», y también han dicho que la península ibérica de momento se libraba, aunque en mi pueblo no lo parece. Es por el río. El río lo enfría todo. Toco con el talón izquierdo el bulto de humedad que forma un pequeño cerro partido en las baldosas, y me pongo en pie. Me calzo ambas pantuflas y, después de golpear con la punta en el suelo una, dos, tres, cuatro veces, dos con cada pie, y frotarme los extremos de los labios con la punta de los dedos de una mano, y luego olerla, me acerco a la puerta de mi habitación, sin abrirla.

–¿Enterar de qué? –responde ahora mi padre, a voces–. ¡Estás pirada!

–No lo sé, pero lo voy a saber tarde o temprano. ¡No, no me *toques!*

–¡Pues entonces déjame en paz! ¡Aparta ya! –grita de nuevo mi padre.

Mi madre no debe de haberse apartado, porque no se ha

oído el zumbido. Tenemos un timbre que protesta con un ruido nasal cada vez que se abre la puerta. Empiezo a frotarme ambas manos, retorciéndolas por la muñeca hasta que crujen, y luego la emprendo con los nudillos, dedo a dedo, y luego vuelvo a olerme los dedos. Huelen a pimentón.

–¡Aparta de ahí te digo! –grita mi padre–. ¡Voy a salir igual! –Se oye el zumbido, claro y reverberante, del timbre. La puerta está abierta, ahora–. ¡Aparta ya, hostia! ¡Amargada!

Decido salir. Tengo que tirar con fuerza de la puerta del cubil, que siempre se queda encajada en el dintel, por la humedad. Lo hago con mucha más fuerza de la requerida, casi me caigo al suelo. Los dos se vuelven hacia mí. Ponen cara de despertar de un ensueño.

–¡Tú vuelve a la cama, cojones! –grita él–. ¡Y deja de hacer eso con las manos, que pareces un loco!

–¡Vuelve a la cama, Curro! –mi madre.

–¿Queréis callaros ya? –Richard aparece ahora por la puerta del recibidor, en su pijama deportivo azul con puños y cuello rojos. Lleva la melena negra por detrás de las orejas, y algunas puntas sobresalen, despeinadas, de su nuca–. ¡Estoy viendo *Estudio Estadio!*

Mi padre logra sortear a mi madre y salta fuera de la casa. A la calle de hielo, oscura, muy poco invitante. Lo hace de un brinco atlético, sin esfuerzo, con sus cuádriceps recién esculpidos. Mi madre y yo seguimos en el recibidor, mirándole; ella está más cerca de la puerta que yo.

Mi padre lleva pantalones cortos Meyba de nailon azul eléctrico, unas bambas blancas sin rayas y una chaqueta de chándal azul claro, del mercadillo de la plaza, con el cuello muy amplio y rayas perpendiculares negras en los brazos y el logotipo Adadas, cuatro laureles en lugar de tres, en el pecho derecho. Lleva calcetines también blancos, largos hasta la rodilla, que le cubren unas pantorrillas llenas de pelo negro y rizado. Es bastante peludo, mi padre. Antes lucía un bigote en mitad de la cara, pero se lo afeitó. Sigue llevando la diminuta cruz de oro en el pecho. La cadenita es también dorada, muy fina, casi como un hilo de coser. Se balancea en su pecho, de un lado a otro, como un diminuto incensario de iglesia.

Mi madre sale a la calle. Se ve obligada a realizar una ligera inclinación de cuerpo al pasar por la puerta. Es un movimiento familiar: coloca las caderas de medio lado, aunque no del todo, y luego esconde un poco de barriga y de culo y de tetas. Para no quedarse encajada.

–¡Vete, vete con *ella,* desgraciado, a ver si *ella* te aguanta! –le grita mi madre, en mitad de la calle, echándose las manos a la cintura y sacando pecho, como una gitana de las que salen en las películas–. ¡Estás *desequilibrado,* como tu padre!

Es una calle muy estrecha, con calzada de alquitrán y dos palmos de acera en cada lado. Adoquines bastos pero pulidos limitan cada orilla. Los cuerpos de mis padres están envueltos en una niebla licuada, semitransparente, allí. Casi no hay luz, solo un par de farolas unos números más abajo y más arriba, así que sus perfiles están llenos de contrastes, media cara iluminada y la otra media no, ante un paisaje de cemento de pared.

Se oyen varios restallidos de persianas, puertas de balcón que se abren. Mi madre no hace ademán de inmutarse. Es extraño. Mi madre desprecia a la mayoría de los vecinos de la calle y a la vez vive pendiente del qué dirán, se desvive por caerles bien. Y sin embargo ahí está, ahora. Nuestra calle es muy respetable y siempre está muerta, sobre todo en los meses de invierno. No se oyen voces, ni ambulancias, ni música, ni televisores. Un callejón sin vida. Solo mis padres, gritándose, ahora, delante de todo el mundo.

–¡Bah, no sabes lo que dices, tienes que examinarte la cabeza! –contesta mi padre, y desaparece de mi ángulo de visión, y su voz empieza a sonar cada vez más floja, como si se estuviese alejando calle abajo–. ¡Qué padre «loco» ni qué niño muerto! ¡Tú sí que estás *loca!* ¡A lo mejor al psiquiatra tendrías que ir tú! ¡O al manicomio, directamente! ¡Ahí, con los locos! ¡Ahí estarías bien!

Mi madre arruga la cara al oír tanta mención seguida de la palabra que no le gusta oír, especialmente si hace referencia a nuestra familia, pues hace que parezcamos menos... *normales*. Está paralizada en mitad de la calle, dudando en si contestar o no. Yo sigo en la puerta; temblando. Doblo las manos hacia dentro, sobre mi pecho, haciendo que se toquen los dorsos de cada una de ellas, palmas hacia fuera. Los dedos forman un arabesco simétrico en mi torso. Es una postura que me tranquiliza, mi madre me dice que así estaba yo en el útero, en su barriga, durante aquellos nueve meses antes de salir.

–¡Hagamos algo! –le digo a mi hermano, que aparece a mi lado en el recibidor–. ¡Avisemos a los vecinos!

Mis palabras escapan con un pito agudo. Mi hermano se ríe. No es una carcajada amable.

–«A los vecinos», dice. –Se quita el flequillo de los ojos con un golpe de cuello, luego se vuelve para irse–. Serás moña.

Mi madre regresa a la casa. Ante la puerta realiza su baile de caderas, se coloca medio de lado, intenta contraer sus tetas, pone rígido el culo, e incluso haciendo todo eso acaba rozando el dintel, y los cristales finos, antiguos, con la masilla agrietada, de la puerta bailan con un sonido navideño. Entra y cierra tras de sí; zumbido. Me mira. Sus ojos con michelines están irritados y lanzan destellos acuosos, el labio inferior le tiembla, realiza un ademán de tocarme la mejilla con sus dedos, cada día más abultados y regordetes, pero al final ni me roza, sus manos huelen siempre a ajo y a lejía Conejo y a trapos mojados, y entonces deja de mirarme y suelta, al borde del sollozo:

–¿Y tú qué miras? Te vas a helar. Vete a la cama ya, hijo, venga.

Mi madre se aleja, rumbo a la sala de estar, y abre la puerta y la cruza, pasando por delante del sillón donde Richard está viendo *Estudio Estadio,* en dirección a la cocina.

«Kevin Keegan que estás en los cielos», digo, en mi mente.
Estoy en la cama otra vez. A mi izquierda está Kevin Keegan, en el póster, en cuclillas, se apoya en un balón blanco con la mano derecha. Detrás de él se distingue una campiña muy

verde con algunos árboles de tierras húmedas, norteñas, de helecho y sombra y lluvias perpetuas. Kevin Keegan lleva la equipación entera de la selección inglesa, marca Admiral. Sonríe. Parece feliz, como si estuviese haciendo lo que siempre quiso hacer; cumpliendo una promesa, o algo así. Se acerca el Mundial 82, él es uno de los ídolos, tiene unos muslos muy amplios pero una boca muy pequeña, siempre prieta. Me hace pensar en esa gente a quien les explotó algo en la mandíbula inferior y se les quedó mueca de buitre.

«Pocos jugadores actuales poseen como él el sentido relampagueante del juego, el sprint corto e irresistible, su magnífico juego de cabeza saltando solo con un pie –uno de sus secretos– y su poder de tiro ante el marco contrario.»

Lo pone en mi libro *Copa del Mundo de Fútbol España 1982*. Lo regalaban en una caja de pensiones si abrías una cuenta con ellos. Mi libro tiene una página entera dedicada a Kevin Keegan, en la sección «Ídolos». Leo ese libro una y otra vez. Estoy contento por no haber llorado, esta noche. Solo una exclamación con la voz un poco aguda, pero eso no es nada; mañana lo habré olvidado. Mañana será otro día.

Mi hermano aparece en la habitación, ahora, y abre de un palmetazo la luz principal, sin mirar si yo estaba durmiendo o despierto, y luego la apaga de otro palmetazo y pega un brinco y se sube a su litera. Al cabo de cinco segundos, la litera empieza a menearse, y se oye la frotación de cada noche.

–Para de moverte –le digo–, que me mareo, Richard.

–¡Cállate, gilipollas, que me desconcentras!

La litera sigue meneándose durante unos minutos, con sonido de cosas restregándose, y al cabo de un rato se oye un suspiro entrecortado, y luego todo se queda quieto, en silencio. Un calcetín de deporte hecho bola cae desde arriba por un lado de la litera, y rebota en la alfombra sin hacer nada de ruido.

–¿Hablamos? –digo, pero nadie me contesta.

Customer ID: *****2592

Items that you checked out

Title: Antes del huracán
ID: 0220115933
Due: Tuesday, December 31, 2019

Title: Las valkirias
ID: R0205669348
Due: Tuesday, December 31, 2019

Title: Patria
ID: 0220066390
Due: Tuesday, December 31, 2019

Title: Un pequeño favor
ID: 0207845649
Due: Tuesday, December 31, 2019

Total items: 4
Account balance: $0.00
12/10/2019 2:29 PM
Checked out: 5
Overdue: 0
Hold requests: 0
Ready for pickup: 0

Thank you for using the bibliotheca SelfCheck System.

3

–Léela en voz alta, por favor –dice Curro.

Los dos continúan ante las escaleras del pabellón H, sobre el asfalto del camino principal que rodea el patio y el jardín. En el interior del edificio se ve pasar, de vez en cuando, a algún loco. Todos se mueven como palomas. Cabeceos eléctricos, tics temblones.

Plácido toma la nota de Soldevila en una de sus manos, y Curro distingue sus uñas perfectas, de apariencia manicurada, y el ligero vello del dorso de sus manos, abundante pero siempre arado hacia un lado. Curro sospecha que se *peina* el vello. Quizás sea el único hombre del mundo que lo hace. Curro también ve, no puede evitar ver, las cicatrices abultadas que recorren, entrecruzadas como un manojo de cables, las muñecas de Plácido, protuberancias de carne tierna, carne y piel que ha vuelto a unirse después de haber sido acuchillada, y aparta sus ojos de allí.

La papada de Plácido cimbrea cuando este baja su mirada al papel, y ambos extremos de la sotabarba sobresalen por la presión del mentón, como si se derramaran del cuello de la camisa en forma de flor de lis. Plácido tiene las orejas minúsculas, y así, con la cabeza baja, se le distingue una calva rotunda, con tan solo una tonsura de cabello por encima de orejas y nuca que realiza una perfecta media circunferencia en el cráneo. Su rostro está rasurado con severidad, tanto en las patillas como en la zona del mentón y la quijada y las mejillas, pero una sombra testaruda delata una barba cerrada, de la que brota en horas, no días, y que requiere atención constante. Tiene unos cincuenta años, aunque parece mayor. Plácido es de ese tipo de personas que no puedes visualizar de joven. En tu mente luchas por que aparezca un niño de seis años, pero siempre está calvo y lleva plastrón.

A veces, cuando Curro ve a Plácido se acuerda de su abuelo Sebastián, pese a que los dos hombres no se parecen en nada. Su abuelo llevaba la locura en la solapa, mientras que la de Plácido fluye en ríos subterráneos, y solo sube a la superficie en brotes ocasionales de manía suicida. Fue en uno de aquellos ataques, hace dos años, el primero y último que Curro ha presenciado, cuando él tuvo la suerte de estar en el mismo emplazamiento que su sirviente y evitó, con un certero placaje, que el segundo se lanzara al vacío.

–De acuerdo, señor. Veamos. –Plácido se aclara la voz y comienza a leer–: «Para bailar la bamba. Para bailar la bamba se necesita una poca de gracia. Una poca de gracia pa' mí pa' ti y arriba y arriba. Ah y arriba y arriba por ti seré, por ti seré, por ti seré. Yo no soy marinero. Yo no soy marinero, soy capitán. Soy capitán, soy capitán. Bamba bamba. Bamba bamba. Bamba bamba. Bamba bam...»

–Ya es suficiente, Plácido –dice el otro, enojado de repente, arrebatándole la nota de las manos de un tirón, y luego la estruja en una bola y la lanza por detrás del hombro.

–De acuerdo, señor –dice Plácido, levantando la cabeza y mirándole con rictus fósil. La mayoría de las emociones del amplio abanico del sentimiento humano no parecen hacer mella en él, si exceptuamos las que tienen que ver con Winston Churchill y sus enseñanzas. Las pocas restantes solo afloran a su cara en circunstancias extremas. A Curro nunca deja de reconfortarle la presencia de ánimo de su sirviente–. Comprendo su enojo, señor. Desde luego. La nota no desvela las razones de la precipitada fuga en solitario del señor Soldevila, tras desentenderse de los compromisos previos que había contraído con el señor.

–No lo hace, no. –Curro, arrugando un extremo del labio–. Ese maldito chiflado...

–Si me permite hacer una sugerencia, tal vez sería aconsejable subir a su habitáculo y cambiarse de ropa, señor. La vida adopta un aspecto distinto una vez que uno se ha zafado de las legañas y el sopor y, ya lavado y con ropa limpia, se enfrenta a los desafíos de ese nuevo día con la cara nueva. Su ropa está dispuesta en su chaquetero, señor, como cada mañana.

–Quizás tengas razón, Plácido. Quizás tengas razón.

Curro es un enfermo mental, y lo parece. Se contempla en el reflejo de la ventana cerrada con llave. Ninguna habitación del pabellón H tiene espejo. Cortantes como espadas, si uno los rompe en pedazos grandes.

Ya se ha duchado y cambiado de ropa. No ha servido de nada. Sigue pareciendo un loco. Lleva un traje azul marino muy oscuro, americana con solapas gigantes, entallada, de un solo botón, que cubre una sudadera blanca, limpia, donde se lee Marc O'Polo. Lleva una soga por cinturón, anudada, y por dentro del cuello de la sudadera el fular de cortina que le trajo Plácido. Curro no escogió la ropa que lleva. Es la que le dan en el manicomio. Su sirviente la mantiene en un estado deslumbrante, considerando la materia prima, y en todo caso no importa. Su aspecto es el menor de sus problemas.

Curro se cansa de observarse y enfoca los ojos hacia el exterior del edificio. Su reflejo despeinado continúa allí, en el cristal, pero de repente ve a través de sí mismo, como si su imagen fuese una cortina traslúcida. Desde la ventana de su habitación se ve todo el patio del colegio salesiano, el mismo al que iba de niño. Es una extraordinaria paradoja: de la escuela al psiquiátrico, andando tan solo veinte pasos. Curro intenta no pensar demasiado en ello; en las cosas que había deseado hacer de niño, y las que en realidad había hecho. Mira los terrados y azoteas de las casas cercanas, los tragaluces en penumbra, los tendederos de los balcones. El día sigue gris, pero según avanza la hora se va aclarando por los extremos. Algunos tejados de teja, toldos verdes y rojos de tela de tienda de campaña, una chimenea con forma de rosca. Tras los edificios se ve una buena porción de la montaña de Sant Ramon, por el lado este; tres o cuatro torres de luz parecen subir por la ladera en peregrinación, conectadas entre ellas por cables negros y gruesos. En la cima está la ermita de Sant Ramon. Curro la observa un instante, y piensa en las pequeñas masías de corcho de los belenes, tan bien hechas, tan verosímiles y ligeras.

—Lo que me rompe el corazón, Plácido —le dice, volviéndose, a su criado, que tras doblar su pijama lo colocó debajo del almohadón con la mano en bandeja—, es tener que informar al resto del equipo de que la fuga se ha ido al traste. Ya sabes que yo soy de hacer de tripas corazón, y todo eso, y al mal tiempo buena cara. Fortaleza, fortaleza. Esa siempre ha sido mi filosofía: una sonrisa frente al alud de excremento que se abalanza sobre uno cuando menos se lo espera. Pero todos esos hombres... Habían depositado sus esperanzas en mí. Y les he defraudado. No sé dónde esconderme. No quiero ver sus caras de ovejitas a punto de sacrificio ritual. Esas caras de niño a quien le hubieses arrebatado el chupa-chups tras el primer lametón. No puedo enfrentarme a ellas.

—Si me permite decirle esto, señor, creo que debería impartir las malas noticias lo antes posible, y sin tratar de edulcorarlas. —Plácido se yergue otra vez, y se coloca en posición tiesa ante Curro, los brazos rectos a ambos lados de su cuerpo—. Creo que hallará que la disposición de esos hombres es mucho más comprensiva de lo que imagina, y que nadie le culpará a usted por la precipitada y, si se me permite, desconsiderada decisión del señor Soldevila. Una vez que hayan aceptado la nueva situación puede usted informarles de que volverá a trazar un nuevo plan de fuga, en el momento adecuado, y que todos ellos volverán a estar incluidos en ese plan.

—¿Sí? ¿Tú crees, Plácido? —le contesta Curro.

—Sí, señor.

—Pero las ovejitas... El sacrificio... Sus caras... El chupa-chups...

–Todo irá bien, señor. Si me permite añadir algo, me temo que algunos de esos hombres tampoco estaban pendientes de la fuga. Por lo que deduzco, la mayoría de ellos se encuentran perfectamente confortables en reclusión, señor. Aún diría más, señor: muchos de ellos ni siquiera quieren curarse. Lo de tratar de sanar a los enfermos mentales, si me permite usted ahondar en el tema, es un error que aún lastra a la psiquiatría moderna. Tratar de curar a los esquizofrénicos obedece más a la compulsión heroica, o el celo filantrópico, o incluso a la vanidad, de los médicos, que a un deseo de que todos estos hombres se pongan bien. Esa es mi firme opinión al respecto, señor.

–Ya veo –responde Curro–. Pero cómo les cuento...

–«Nunca te quejes y nunca des explicaciones», señor. Benjamin Disraeli, señor, repetida por Churchill en más de una ocasión.

–De acuerdo. –Curro decide creer a su sirviente, que acostumbra a tener razón en una insólita proporción de ocasiones–. Me tranquiliza que digas eso, la verdad, porque estaba empezando a pensar en rendirme, y eso es algo que no me gusta hacer. A no ser que no me quede otro remedio. Por cierto, ¿cómo se llama ese cuadro de la rendición de no-sé-qué ciudad? El de las lanzas. Antes olvidé preguntártelo.

–*La rendición de Breda*, señor. Velázquez, si no me equivoco. Óleo sobre lienzo, 1635 o 1636, diría yo.

–Exacto. Ese. Antes intentaba acordarme del nombre y era incapaz. Pues eso, que no pienso rendirme como los gallinas mojadas esos de Breda.

–Admirable resolución la suya, señor –dice Plácido, sin sonreír. Nunca sonríe, maldita sea, o al menos Curro jamás le ha pillado haciéndolo–. Al mal tiempo buena cara, como usted mismo decía con gran acierto hace unos segundos, si no le importa que se lo repita.

–No me importa en absoluto, Plácido. De hecho, lo agradezco –dice Curro, y al instante sufre un nuevo ataque de pareidolia y tiene que ir a toquetear una mancha que ha distinguido al lado del interruptor. También enciende y apaga la luz en una rápida secuencia de fogonazos–. ¡Diosmierdavirgenbreda! –grita, y solo entonces se calma, y al instante se vuelve hacia el sirviente–. Disculpa mi lenguaje, Plácido. Son los tics. Ese condenado Tourette. Siempre regresa cuando algo empieza a dañarme los nervios. Mi espectral madre, en este caso. No quería ofenderte. Por añadidura, me preocupa que hallar un nuevo punto de escape no sea tan sencillo esta vez.

–Muy comprensible, señor. Entiendo la necesidad de proferir palabras gruesas, viendo el cariz que han tomado las cosas. El fantasma de una madre fallecida hace treinta y cinco años no es un asunto para tomar a la ligera. Una vez más, Sir Winston Churchill, de quien como usted sabe soy un devoto admirador, no temía prorrumpir en profanidades de vez en cuando, si la situación lo requería. En cuanto a lo segundo, me veo en la obligación de recordarle que escapar de aquí es complicado. No olvide lo que le sucedió al señor Pinyol, el que trató de escapar por el baño del pabellón C.

Si Curro tuviese que buscarle un defecto a su sirviente (si le forzaran a ello) sería la condenada manía de hablarle de muertes grotescas que han tenido lugar en el hospital. Los que mueren en cama, hinchados de gas y resecos, no le interesan ni pizca a Plácido. Él va a la caza del fallecimiento violento. Es uno de sus únicos pasatiempos conocidos.

Plácido continúa explicando (Curro no se atreve a detenerlo; su sirviente le intimida, es la verdad) que Pinyol trató de colarse por un ventanuco del baño del pabellón C, uno que no tiene barrotes, pese a que da a la calle directamente, porque está colocado a gran altura, y que no sabe muy bien cómo lo hizo, pero que Pinyol trató de ayudarse a subir con una escoba, colocándola en ángulo agudo contra la pared, y resbaló, y se quedó empalado en ella.

–*Empalado,* señor –apostilla Plácido, con una gravedad aún mayor de la habitual, y permanece, erecto, en postura de servir. Una mano aprisiona la muñeca contraria de un modo implacable–. Es un fin muy poco deseable, y no precisamente noble. Pienso en biografías futuras, señor. Difícil de embellecer. No sería precisamente un modelo de comportamiento para su descendencia, de llegar a tenerla algún día, señor.

—Gracias, Plácido. —Fríamente, intentando no irritarse; aunque esa morbidez le crispa, si tiene que ser sincero.

—Supongo que está usted familiarizado con el concepto de empalación. Hablo, por supuesto, de empalación rectal, no de...

—Ya es suficiente, Plácido —dice Curro con sequedad.

—Por supuesto, señor. —Plácido no se inmuta por el tono cortante. Curro agradece que su sirviente sea el menos susceptible de los hombres sobre la capa de la tierra—. Si me permite, como le decía, me atreveré a señalarle otro par de puntos de escape que pueden ser más adecuados a sus características musculares y atléticas, y que eluden por un amplio margen la posibilidad de una muerte violenta. Será necesario hallar una distracción que les permita escapar de la vigilancia de los celadores. De momento, mi consejo sería mantener el plan de fuga en estado durmiente hasta que hallemos dicha distracción.

—Durmiente. Distracción. Capital, capital, Plácido. Te lo agradeceré mucho. No me avergüenza decir que me siento un poco perdido, después de todo lo que ha sucedido esta mañana. Me ha pillado por sorpresa, lo admito.

—Será para mí un placer hacerlo, señor.

—Supongo que no podré convencerte para que me acompañes —dice Curro, que sabe que su sirviente no tiene la menor intención de abandonar el centro.

—Lamento decir que no, señor. Mi lugar está aquí, por el momento. Jamás me perdonaría abandonar el balneario antes de haber completado todas mis atribuciones y deberes con éxito.

—Qué lástima. No sé cómo me las voy a apañar sin ti. —Suspira, y luego se masajea las sienes cada vez más fuerte, de un modo en que empieza incluso a dolerle. Las dos manos en forma de pico de pato, cavando a ambos lados de su cabeza, como si quisiese autoadministrarse una deliciosa descarga de electroterapia. Se detiene y levanta la cabeza—. En fin. Si el plan funciona, Plácido, y logro acometer con éxito esta fuga, cuando proceda, puedo decirte que habrás saldado tu deuda conmigo ampliamente, y por lo que a mí concierne, serás libre para rehacer tu vida como te plazca.

–Es grato oír eso, señor. Aunque me apenará dejar de estar a su servicio, por supuesto.

–Lo mismo digo, Plácido. Lo mismo digo. Supongo que tú anhelas salir de aquí por tu propio pie, y con la cartilla limpia. Por descontado, esa posibilidad a mí me está negada. Por los sucesos de... –Curro mira al suelo–. Por todo aquello. Ya sabes. Lo de las patatas fritas. El delirio. La –suspira de nuevo– *agresión*.

–Señor.

–No creo que con mi historial, tanto familiar como personal, vayan a dejarme en libertad algún día.

–Lo dudo mucho, señor.

4

—«El cubo está lleno.»
Me despierto, abriendo los dos párpados de un golpe seco, como una muñeca con mecanismo. Ya es de día. Es Priu.
—«Sí, de inmundicia» –le digo desde la cama, levantando la voz.
Sacamos la contraseña de un *Mortadelo*. Nos hace reír. Me pongo en pie, riendo para mí mismo, Priu ríe también, fuerte, con su voz de hombre prematuro, al otro lado de la ventana. Doy toques con ambas punteras de las pantuflas al suelo, un, dos, tres, cuatro en cada pie. Mi hermano ya no está en su litera, su cama está deshecha, varios cabellos negros yacen, muertos y largos, sobre la sábana estrujada.
Ando hacia la ventana. La abro, y subo la persiana de madera con el cordel de plástico trenzado verde. De la calle entra un olor triste y mojado a enero, pero a la vez intenso, agresivo, te obliga a despertar, se te mete por las fosas nasales y casi raspa.
Allí está Priu, plantado en mitad de la calzada. El frío me arruga la cara. Me abrazo a mí mismo. Apretando la mejilla contra la reja helada miro al cielo: un día ceniciento, sin nada de sol. La luz pasa por el cielo como a través de papel de calcar, llega al suelo deshecha, sin ánimo.
–Heil, Priu. –Levanto la palma.
–Heil, Curro. –Levanta la palma–. Vaya frío que hace. El

General Invierno ha entrado en acción. Anda, date prisa. *Schnell,* tío, *schnell.*

Un ceceo delicado. No suena a *priza*, pero tampoco a prisa. Es un punto intermedio, *prisza,* el punto justo para que se le entienda bien pero la gente pueda reírse de él cada vez que toma la palabra en público. Y Priu no necesita más motivos para que la gente se ría de él.

Aún en pijama, descalzo, los ojos arenosos, me dirijo al lavabo, que está en la misma planta que mi cubil, y abro la puerta.

–Vale, vale, Clochard. Tranquilo ya con los espasmos, chucho, que te va a dar algo.

El perro salta, me lame las manos, pone sus patas llenas de meado encima de mis pantalones de pijama. Le tomo de las patas y le aparto. Se ha meado otra vez en los papeles de periódico que le dispongo a modo de váter antes de irme a la cama. Tiene un aroma característico, el papel impreso con orina, y este se mezcla con el hedor a chinches del collar antipulgas. La puerta del baño está llena de arañazos, porque Clochard sufre ataques de pánico muchas noches, y se pone a arañar la puerta hasta que alguien le abre, pateándole el culo mientras escapa rumbo a alguna cama.

En el comedor, mi madre y mi hermano están en la mesa, metiéndose comida en la boca. Mi padre se marcha cada día a las siete de la mañana. Es comercial de una empresa barcelonesa de reformas de baños y cocinas. Nunca le veo desayunar. Clochard brinca y lame al tuntún, sin apuntar, por la zona que ocupa Richard, pero él ni mira al perro. Mi madre sumerge en leche una rebanada untada en Nocilla que parece uno de esos portaviones de la Sexta Flota. Clochard sale al trote en dirección al terrado, escucho sus zarpas en los escalones de ladrillo rojo y madera.

–La-li-la-loi-ra-loi-rili. Buenos días, Curro –me dice mi madre, como si lo que sucedió ayer entre ella y mi padre, en mitad de la calle, no hubiese sucedido nunca. Su pelo es un nido enmarañado, pero limpio. Le brilla un poco, de haberse duchado hace nada. Me llega su olor a champú Timotei, sus axilas Tulipán Negro, junto con los olores a café y leche calentada que dominan la sala. Está envuelta en su enorme bata rosa, acolchada, de rombos y mangas anchas. Sostiene la rebanada a medio comer, mojada por el borde del mordisco.

–Buenos días, mamá –digo, bostezando.
–Date prisa, o llegarás tarde a clase. Lai-larai-lai.

Richard ni hace ademán de reconocer mi presencia. Su media melena se desploma sobre el desayuno. Una mano grande envuelve el tazón. La otra sostiene una cuchara de postre, en vertical, ahora vacía.

–Voy –digo.

Salgo del comedor. Subo la escalera agarrado al pasamanos de plomo, doce escalones que subo en tres zancadas, cruzo el dormitorio de mis padres, con su cama años setenta, toda madera blanca lacada y formas oblongas, futuristas y pasadas de moda a la vez, y salgo al terrado, abriendo primero la pesada puerta de madera abombada por la humedad y luego la mosquitera.

Cielo gris rata, cielo piel de muerto, varias nubes fláccidas acumulándose en las esquinas del firmamento. El humo de las fábricas de El Prat y la Colonia Güell. La peste a pedo industrial llega hasta aquí desde La Seda de Barcelona, acarreada por el viento del este. Miro los terrados de los vecinos, a mi derecha. Las paredes blancas de yeso, también descascarilladas. Los depósitos cilíndricos de fibrocemento gris, con marcas de moho en los bordes. Las antenas de televisión, torcidas y escuálidas, en posturas raras; como pilladas en mitad de un picapared. Una de ellas tiene espinas de pez espada. Alambres para tender la ropa, tela metálica, una escalera de metal abandonada contra una chimenea, dos depósitos más en forma de caja de zapatos. En el aire flotan varios olores: ropa tendida, cemento empapado, caca de paloma.

Clochard caga sobre las baldosas de ladrillo rojo. Mea y caga a la vez, a toda prisa, como si pudiese sucederle algo aquí fuera, las ancas traseras dobladas de un modo inusual. No levanta una pata, como hacen el resto de los perros. Quizás crea ser hembra, además de sufrir agorafobia. Luego sale trotando hacia la puerta mosquitera, la abre con una sola pezuña y bastante pericia, y desaparece.

Solo entonces vuelvo la cabeza hacia la zona izquierda del terrado, y miro más allá, al patio de los Hurtado, donde tengo prohibido mirar y preguntar sobre lo que he visto. Es un patio grande, tiene suelo de tierra y gravilla, y varios parterres elevados hechos de piedras irregulares pegadas entre ellas con cemento. En uno de los parterres hay una palmera, que ahora es muy grande y se eleva casi hasta tocar el segundo piso de su casa. Es una casa grande, bonita, enyesada de blanco impoluto, tejas en buen estado en el tejado, con un soportal que parece un claustro de iglesia, y otro más en la parte superior, pegado al terrado.

Me acerco a la tubería metálica con reja de plástico que en mi terrado hace de balconera. Me apoyo en ella con dos manos, me llega solo al ombligo, y examino el patio de los Hurtado. Lo conozco bien; jugué mucho allí. Hay otro árbol además de la palmera, un almez, completamente desnudo, sin una sola hoja. Bastante tétrico en esta época del año. Todas sus hojas están en el suelo, amarillas o marrones, y hay muchos helechos y melisa aquí y allá, creciendo en estado salvaje, y un pequeño estanque hecho con cemento y piedras de distintos tamaños y colores y formas, y tienen una perezosa tortuga de tierra que a veces pulula por ahí y que se llama Juanita. Ahora no la veo, debe de estar entre los ficus del rincón.

Cuando hace bueno, de mayo a septiembre, Luisa toma el sol en bikini allí, en mitad del patio, sobre una tumbona, donde pega bien el sol durante dos o tres horas, mientras lee *Jazmín,* y a veces *Harlequin,* y otras *Deseo.* Las distingo de lejos por la tipografía, y porque en las de *Deseo* el hombre y la mujer de la portada llevan menos ropa y se abrazan más sexy, como si quisiesen ensamblarse.

Mi madre odia a Luisa porque pesa sesenta kilos menos que ella y lee *Deseo* y toma el sol en bikini con las uñas de los pies pintadas de color amarillo o turquesa, y a ratos canturrea canciones en inglés original, más o menos fiel, sobre la música de la radiofórmula, y los pómulos de su cara son como dos dunas tostadas, y tiene una nariz chata y un poco levantada hacia arriba, y lleva el cabello corto como un chico *(ninguna mujer lleva ese peinado en mi pueblo)* y pendientes con aros muy grandes en las orejas, y cuando me ve aquí, en el terrado, siempre me grita: «¡Hola, Curro!», saludándome alegre desde su tumbona, en su bikini exiguo, cuando empieza a hacer bueno, a finales de abril, a veces se tumba boca abajo y se desabrocha el sostén, que cuelga a ambos lados de su cuerpo, y se le ve allí una marca blanca perfecta donde no ha dado el sol, y se distinguen los costados de sus pechos aplastados contra la tela de la tumbona, y a mí me arden las mejillas y siento un nuevo cosquilleo bajo el ombligo, y si está boca arriba el sostén siempre está abrochado y me saluda y yo devuelvo el saludo a toda prisa intentando mirar a la zona que está por encima de su clavícula.

Hoy no hay nadie tomando el sol. Es enero. El patio está desierto y alicaído; en invierno tiene demasiada sombra, es frío y húmedo y un poco hostil. Es un patio de primavera y verano, no para todo el año. Miro a su terrado, sus ventanas, pero no hay ropa tendida, ni luz, ni movimiento, ni sonido. Tal vez no estén; viajan mucho. Tienen dinero para permitírselo. Dice mi madre. Han estado en Nueva York; Mateo me enseñó las fotos, los tres sonriendo junto a la Estatua de la Libertad. Hèctor, Luisa y su hijo Mateo. Los Hurtado. Eran nuestros mejores amigos. Pasábamos la vida en esa casa, podría dibujarla entera, hacer un mapa casi exacto de sus habitaciones y corredores. Comidas de domingo, tardes de sábado, verbenas de San Juan, noches de Fin de Año e incluso, un año en que mis padres habían reñido con los abuelos, una Navidad.

De niños, Richard y yo llamábamos «primo» a Mateo. El primo Mateo. Creíamos que existía una relación de sangre con él; no podía no haberla. Ambas parejas de padres se reían y los ojos les hacían chiribitas cuando decíamos aquello, como si nuestra confusión genealógica fuese la prueba definitiva de su vínculo irrompible. Mateo tiene un año más que yo, lleva gafas, tiene las manos muy pequeñas, una peca en la mejilla y me cae normal, ni bien ni mal.

Nuestras familias estaban todo lo unidas que pueden estar dos familias. Todo eran regalos, visitas, felicitaciones y llamadas telefónicas (pese a que viven a diez metros, calle abajo). Todos dejábamos las puertas abiertas; ellos entraban en nuestra casa y nosotros en la suya, sin llamar. Se sobrentendía que utilizar el timbre hubiese sido absurdo. El timbre era para los extraños. Nosotros éramos *familia*.

Y de repente, dejamos de serlo.

Recojo la caca y el meado de Clochard con un pedazo de periódico, lo hago todo una bola para que no se me caiga algún pedazo de mierda por el camino, abro la mosquitera, luego la puerta grande, me meto en casa, tengo los pies helados.

—¿Te cuento el chiste de Hitler? —me dice.

Priu sigue allí, al otro lado de mi ventana. Las rejas le hacen parecer un simio enjaulado. No ha entrado en la casa en todo este tiempo. Nunca entra. Se queda allí, en la calzada. No le gusta la interacción con civiles, con adultos, gente que le habla de cosas normales, o deportes, o le pregunta por el tiempo, por su familia. Priu no tiene tiempo para lo que no es *fundamental*.

—¿Cuál, el del testículo? Ya me lo sé —le digo, colocando un carpesano en mi mochila, mirándole a él. La mesa de mi habitación está colocada justo al lado de la ventana. Siempre se cuela el frío por entre las maderas abombadas, y se te mete por la rabadilla hasta los tobillos. Las cosas de mi parte de la mesa están perfectamente dispuestas, unas al lado de las otras, en meticuloso orden: bolígrafos y lápices en su cestillo de metal, regla en paralelo a un borde de la mesa. No sé hacerlo de otro modo. La zona de mi hermano da asco.

Priu no es gitano, pero tiene piel de aceituna. No verde, como un marciano, sino muy tostada. Sombra de terciopelo en el labio superior, pese a sus doce años. Una nariz de patata, bulbosa, a menudo reluciente de sudor. Orejas prominentes. Es más alto que yo, me saca medio palmo. Voz de señor. El pelo le empieza justo encima de las cejas, recio y negro brillante, muy corto, cada cabello empuja hacia delante. Su madre se lo corta siempre al rape, dice mi madre que para ahorrar.

Y la *bufanda*. Una bufanda larguísima, tejida en casa con lana color chocolate de la que suelta bolas, le envuelve el cuello como una anaconda. Y un anorak coreano de baratillo que le va corto de mangas, con parches. Pantalones de pana *acampanados*, como los que llevábamos de niños mi hermano y yo. Unas bambas Tórtola de color marrón y gris. No hay una marca por debajo de Tórtola.

—No, no un chiste *sobre* Hitler —me dice, chizte, y con una mano se agarra a la reja, veo sus uñas mordidas, relucientes de saliva, astilladas—. Un chiste *de* Hitler. A Hitler solo se le conoce uno. Lo contó en la Guarida del Lobo, el cuartel general que instaló en Prusia Oriental cuando empezó la campaña soviética, en 1941.

Había dejado de mirarle, porque no encontraba mi estuche, pero ahora Priu vuelve a acaparar toda mi atención.

—Una noche en que una de sus secretarias no encontraba una linterna para salir al exterior —continúa—, Hitler le dijo que no creyese que la había robado él. «Yo soy un ladrón de países, no un ladrón de linternas», le dijo. —Priu sonríe—. ¿Qué te parece?

—Hostia, es malísimo —le digo, sonriendo—. Me decepcionas, Adolf.

—Ya. Pésimo. Yo me lo imagino, a Hitler, riéndose solo, después de contar esa caca de chiste, mirando a los demás con el rabillo del ojo, asegurándose de que los pelotas de su séquito se ríen con él, pero en el fondo sabiendo que ha metido la pata, que eso no tenía gracia ni nada.

—Bueno. Era el Führer de todo el Reich. Podía haber ordenado que reír con sus chistes fuese obligatorio, o algo así.

Priu se ríe. Tiene los dientes manchados de algo, chocolate o no sé qué. Mi madre dice que los Priu son pobres de *necesidad*.

–Antropófago, espantajo, beduino interplanetario, pies descalzos –dice ahora Priu, para sí mismo, desde el otro lado de la ventana, mientras yo me paso por la cabeza un jersey que era de mi hermano y que lleva un dibujo del osito Misha, *Moscú 80,* en el pecho, y meto ambos brazos en las mangas y luego encajo el brazo derecho en el anorak reversible, marrón mierda, con capucha extraíble, que también era de mi hermano el pasado curso. Priu lee de un bloc que ha sacado de su coreana, porque aún no ha almacenado las palabras en la memoria.

Cruz y su panda llaman «Trapero» a Priu. Está más sucio que el culo de Priu, dice Torras. ¿Qué es el viento? Las orejas de Priu en movimiento, dice Vidal. Priu es demasiado alto, demasiado desgarbado, demasiado despistado, su ropa es fea y anticuada, su pupitre es como una maqueta del vertedero comarcal y su caligrafía, aunque rica en léxico, es diminuta, indescifrable, con mayúsculas que parecen huesos resecos. Priu huele a cerrado y pies, una peste rica y fermentada que escapa de sus calcetines granate con la goma deshecha, y que por suerte solo hueles cuando te sientas muy cerca de él. Se muerde las uñas hasta la raíz y se rasca las pelotas en clase para luego olerse los dedos, y no es un tic.

–Ladrón de niños, majadero, archipámpano, jugo de regaliz –dice.

Priu está harto de que Cruz le haga el truco del desmayo en el patio, o en la puerta del colegio, o por la calle, y por eso ha decidido memorizar todos los insultos del capitán Haddock. Los ha ido recogiendo de varios *Tintín*. Para responder a sus agresores.

Lleva varios días con esa cantinela. El primer día, cuando estrenó el bloc, le dije que esa era la táctica defensiva más imprudente de la historia. «Peor que la Línea Maginot», le dije. Pero Priu no me escuchó. Cuando se le mete algo en la cabeza se vuelve impermeable. A veces le digo cosas y las veo resbalar por su piel, como agua en la espalda de un pato. Priu vive en la otra punta del pueblo, en Marianao, y se cruza el pueblo entero para venirme a buscar antes del colegio, pues teme lo que puedan hacerle si entra solo en el patio.

Priu es mi mejor amigo, y nadie sabe más cosas de Hitler y los nazis que él, pero me gustaría que cerrase la boca en público y pasara desapercibido. Me gustaría, de hecho, que fuese invisible. Y, ya puestos a pedir, serlo yo también.

—¡Residuo de ectoplasma! —recita ahora, algo más alto. Se ha excitado.

Reziduo.

Ectoplazma.

Va a ser otro día maravilloso en el colegio salesiano.

—¿Dónde he dejado mi estuche? —Remuevo los trastos de mi mesa, impaciente pero cuidadoso, sin mover las cosas de su sitio natural—. Seguro que lo ha cogido mi hermano. Ese tío no cuida nada. —Me vuelvo hacia la ventana—. Y deja de hacer eso, hostia, Priu, te lo *suplico*. Si sigues así vas a conseguir que esos hijos de puta nos maten a los dos.

Andamos calle arriba. Priu silba. Silba muy mal, algo de *Mary Poppins* o aquella de La Trinca que tanto le gusta. Silba tan mal que no reconozco la melodía, pero solo puede ser una de esas dos, siempre silba las mismas, me saca de quicio. Pasamos por delante de la imprenta, que en verano oigo desde mi cubil, siempre ese sonido mecánico de telar, y el aire se impregna de tinta y papel y productos químicos. Me gusta ese olor. Y también el ruido regular, ordenado, de las rotativas.

Priu se sube a la cornisa de cemento que recorre toda la pared de la imprenta y realiza el trayecto pegado a la pared con las palmas de las manos levantadas, y su cuerpo parece un tenedor. Desplaza las piernas de lado, sosteniéndose con la puntera de sus Tórtola y sin dejar de silbar. Al fin reconozco la canción. «Con un poco de azúcar y la píldora que os dan.» Lo hace rápido, lo de la cornisa; tiene práctica, se sube ahí cada mañana. En la pared de cemento gris hay dos pintadas, una de «Visca la terra» y otra de FET y de las JONS, con el yugo y el haz de flechas. Priu llega a la V de *Visca,* pega un brinco y se planta en el suelo, a mi lado, tachán, seguimos andando.

Volvemos la esquina al final de mi calle, torcemos a la derecha por la calle Nou, donde viven muchos más forasteros que en la mía. Mi madre y mi padre les llaman así: *forasteros.* Como en el Salvaje Oeste.

«¡Detente ahora mismo, forastero!», nos decimos a menudo Priu y yo, como desenfundando un Colt del cinto, para reírnos de nuestros padres.

«¡Coge ese revólver del suelo, forastero!», decimos. «Y vuélvete a tu pueblo.»

En la calle Nou, esta mañana, varios forasteros forman una pequeña compañía en el interior de La Murtra (Ambiente Musical), el bar de la calle. Lo pone en el cartel de Estrella Dorada de la puerta: «Ambiente musical». Siempre lo he visto así. Desde fuera solo distingo una radio mal sintonizada en Radio Ochenta Serie Oro, «la radio musical bien hecha», y una canción de Kenny Rogers que mi padre siempre canta inventándose un idioma nuevo. *Oh-wende-jo. Oh-wende-jola.* Nunca he visto «ambiente musical» aquí dentro, a nadie tocando una guitarra, o una armónica, nada de eso. Mi madre me prohíbe la entrada en ese *antro,* como lo llama siempre, así que lo investigo desde fuera, al pasar, haciendo como que me da igual pero apreciando cada detalle.

Los hombres están tostados por el sol y van poco abrigados para cualquier época del año, en camiseta o mangas de camisa arremangadas. Llevan patillas en forma de Italia, bromean entre ellos y beben algo que llaman *barrecha.* Cuando pasamos por delante del bar se oye cómo alguien dispara un pedo fuerte, sísmico, estallan unas carcajadas, hay uno que grita: «Dale que suene.» Priu se carcajea al oírlo, yo también, luego me tira de la manga, vamos a llegar tarde, pero mientras me dejo llevar abro bien las narices y dejo que penetre en ellas un aroma fantástico, mezcla de pinchos morunos, café espeso y anís. Nada en mi casa huele así. Son las nueve menos diez de la mañana. Mi padre dice que a los del sur no les gusta trabajar, y por eso se pasan el día tocándose los huevos, dice, en el bar La Murtra. Suerte de nosotros, los del norte, dice mi padre, porque allí abajo lo único que saben hacer es bailar y hacer la siesta, y viven del cuento. De nuestros impuestos. Siempre recalca eso. Lo de los impuestos que nos roba todo el mundo.

No sé por qué mis padres discutieron con los Hurtado. La historia de su cisma es como una televisión mal sintonizada: distingo formas, sombras, alguna palabra, pero la imagen completa no tiene mucho sentido, es imposible adivinar la trama o los protagonistas, y al final solo consigues que te lloren los ojos.
Hèctor y mi padre eran amigos de toda la vida. Del colegio, del barrio, luego también de los estudios. Hèctor estudió ingeniería, mi padre administración, pero iban al mismo centro. Se ennoviaron a la vez, salían siempre juntos los cuatro, con sus respectivas chicas. Richard me dijo que papá estuvo a punto de ser novio de Luisa, pero que al final se quedó con mi madre. No se casaron a la vez, las dos parejas; mis padres lo hicieron primero, al cabo de un año se casaron los otros. Mi hermano nació menos de un año después de su boda. Richard dice que fue penalti. Que nuestros padres *tuvieron* que casarse.
«No supiste guardar las distancias» es una de las frases que mi madre le repetía. «Perdías el culo por Hèctor, hacías todo lo que te decía, incluso copiabas sus frases, como si quisieses ser como él.» Esa también. Mi padre admiraba a su amigo. No sé por qué. Supongo que porque era todo lo que no era mi padre: más caradura, más lanzado, con más carácter. Si algo no le gustaba, se plantaba. No escondía su mala leche. Ganaba dinero, tenía vista para los negocios, era un vividor. Le daba igual lo que los demás pensaran de él.
Ya eran vecinos. Mi padre decidió irse a vivir con su nueva familia cerca de la casa donde ya residían los Hurtado (aún sin Mateo). La única casa libre de la calle, de alquiler y que podía permitirse, era la nuestra, donde vivimos ahora, y no se parecía en nada a la casa de su amigo. Pero estaba cerca, y la cercanía con

su amigo, con su ídolo, era una prioridad. No se amargó, al principio; no lo creo. Y lo mejor de todo era que la casa de Hèctor tenía una planta baja que podían utilizar de despacho. Porque también iban a empezar una empresa de reformas e instalación de baños y cocinas juntos: Sebastián Hèctor, S. A.: Sebhecsa. Un nombre como de dios hindú.

Ahí, justo ahí, es donde pierdo el rumbo. El camino se parece al continente americano de los primeros mapas, cuando ya aparecía pero solo era una aproximación abollada de la realidad.

Atrapo frases al aire, gritos que se lanzaron, y trato de pegarlos, completar el puzle, aunque faltan demasiadas piezas. Mi padre dijo una vez que Hèctor «no pegaba golpe», pero no entró en detalles. Mi madre le daba la razón: «Siempre te tenía yendo arriba y abajo, él solo hacía lo importante y tú eras el machaca.» Pero luego mi madre le preguntaba a mi padre cosas de dinero que faltaba en la sociedad, cuentas que no salieron en su momento, y mi padre juraba y daba portazos con espumarajos en la boca, «ese tío me ha saboteado la vida», «ese tío me mira con condescendencia, como si yo fuese un don nadie», decía que toda la culpa era de aquel malnacido, «no tiene ni idea de contabilidad», decía que le había engañado, pero tras decir cosas como esas mi padre no hacía nada para alterar la situación, no le llevaba a juicio ni le retaba a un duelo ni le pegaba un puñetazo en la nariz, ni le incrustaba una pistola en la nuca para que modificase los derechos y estatutos de Sebhecsa. Dejaba las cosas como estaban, como si él tuviese «miedo de remover la mierda o algo así» (mi madre).

–Eh. No corras tanto, tío –le digo a Priu, que ya andaba tres metros por delante de mí.

Priu tiene las piernas largas como zancos, sería bueno en deportes, baloncesto o balonmano, si no fuese porque es malísimo, pero es malísimo *porque quiere,* porque le da lo mismo, porque los deportes no entran en *lo fundamental.*

Cojeo desde hace unos meses. Porque me duele mucho una pierna, y ambas rodillas, al andar, y a veces al dormir. Mi madre, sin llamar al médico, dice que lo que tengo es dolor de crecimiento.

–Perdona, tío –me dice Priu, deteniéndose al momento, y se vuelve hacia mí y su voz es amable y buena, algo ronca y desafinada, gallos terribles que hacen carcajear a toda la clase, porque Priu ya ha hecho «el cambio», tiene los huevos muy peludos, como si llevara una ardilla colgada allá abajo–. ¿Duele? –Y señala la pierna renqueante.

–Un poco –le digo, y llego a su lado, en la parte inferior de la plaza Cap de la Vila, donde antes estaba la herrería. Pasa un payés viejo, muy feo, de cara arrugada, en una Torrot roja, cuesta arriba; la moto petardea y se aleja. Se oye la reja principal de la papelería de más arriba, que se abre y encaja en el dintel de cemento con un golpe seco.

Me froto las manos, al responder, y no le miro a los ojos, a Priu. Desvío la mirada a otro punto. Todas las personas con las que hablo asumen que estoy mirando algo que tienen allí: una mancha de chocolate en los dientes, un asomo de alopecia, un grano de pus, mierda en la frente.

Empiezo a recoger envoltorios de caramelo del suelo, también papelitos de todo tipo, a cada paso, y los voy apretujando en mi mano fría, y no sé si eso me proporciona sosiego, pero sé que no puedo detener la acción. Sé que debo continuar recogiendo papeles del suelo hasta que deje de hacerlo, algún día; porque quizás eso es algo parecido a llenar un recipiente, y hay una limitación cúbica, hay un punto de rebose que alcanzaré, espero, papel a papel, hasta llegar al límite de mi tic nervioso.

Entramos por la calle Ebro. Aún no está asfaltada. Hay socavones, piedras, charcos medio helados que sortear. Pasamos por delante de la funeraria, con su entrada para los coches fúnebres y todos los ataúdes vacíos en unas estanterías espaciosas que se elevan hasta el techo, cuatro o cinco metros hacia el cielo, unos encima de otros, decenas de féretros de madera sin pulir.

Dejo de recoger papeles del suelo. Nos detenemos ante la funeraria un instante. Me huelo las puntas de los dedos de la otra mano, doy una, dos, tres puntadas con la puntera de las zapatillas al suelo, vigilando no tocar el fango, toco a Priu en el codo con la mano, porque él me ha rozado a mí con su brazo, sin darse cuenta. Priu me conoce, y no me devuelve el toque, porque sabe que yo tendría que devolvérselo a él, y nos darían las doce de la noche. Sabe que yo *tengo* que dar el último toque.

Dejo caer todos los papeles que había ido recogiendo con la mano. Son un montón multicolor, y de repente hay fiesta de cumpleaños en el barro, ante la funeraria. Envoltorios de caramelo de media peseta, los de cola, y algunos de Kojak, y de Bang Bang y Barrilete y algún otro papel irreconocible, y uno de propaganda de toldos, y otro de rejas de aluminio Mecatramex.

–Venga, va –le digo, echando a andar de nuevo–. No demoremos más esto.

Mi padre, ahora, odia a muerte a Hèctor. Se refiere a él como «ese», simplemente, asumiendo que los demás sabremos de quién habla. Y lo sabemos. Lo peor es que el odio ni siquiera es recíproco, que es lo mínimo que se le puede pedir a un odio. Hèctor Hurtado no odia a mi padre; no lo creo. Mi padre ya no posee nada que Hèctor pueda desear. Mi padre no le ha hecho nada a Hèctor, porque no está en posición de hacerle cosas a nadie. Mi padre tuvo que meterse a comercial de váteres y lavamanos y duchas en otra empresa de Barcelona, cerca de la estatua esa tan fea de Miró, cuando se hundió Sebhecsa y tuvieron que cerrar el despacho que compartían.

El viejo despacho olía a humedad permanente. Me acuerdo de él. No tenía ventanas, siempre estaba alumbrado con luz artificial. Parecía un museo, incluso al principio de su sociedad. Había sido de otra empresa antes de que ellos llegaran, y decidieron conservar algunos elementos de la decoración previa: unos teléfonos de baquelita negra que pesaban como muertos; unos tabiques de madera que tenían la parte superior de cristal esmerilado y no llegaban al techo, como en los bancos de los westerns. Richard, Mateo y yo jugábamos al escondite en aquel despacho, incluso cuando nuestros padres ya no trabajaban juntos, cuando ya habían puesto el local a la venta, y había algo mortecino en el aire.

¿Debió de ser de un día para otro, la muerte de su asociación, o el clima fue cambiando mes a mes, como en una prehistórica era glacial, cada vez más frío hasta que era inhabitable, y salías de allí o morías atrapado en el hielo?

Me recuerdo agazapado bajo una de las dos mesas, con las rodillas raspadas, rezando para que no me pillaran los otros dos. Tenía telarañas en la nariz y las manos, alergia incipiente al polvo que había por todas partes, sobre mesas y sillas y los libros de contabilidad que habían dejado allí, sin mirar atrás. Debía de hacer tiempo que no se hacían negocios. Ya entonces era un mausoleo.

Hèctor se lo pensó mejor y al final decidió no abandonar el despacho que había sido de ambos. No tenía por qué marcharse. Lo compró, y lo reconvirtió en garaje para su coche nuevo. Un Ford Taunus. Aún no lo hemos visto, pero los vecinos cuentan que lleva en la carrocería un acabado cegador del color de la miel, y asientos tapizados en algún tipo de sofisticado cuero de tono beis.

Ya no vamos nunca a comer a casa de los Hurtado. Ya nunca jugamos a baloncesto en su patio, ni perseguimos a la tortuga. La admiración de mi padre por su amigo se convirtió en otra cosa. Mi madre le decía a mi padre: «Siempre vas siguiendo a alguien, como un patito feo.» Un día, no hace mucho, en que ella estaba muy enfadada, le dijo: «Siempre vas admirando a la gente, pero nadie te admira a ti, porque eres un cobarde.» Para demostrar que no era un cobarde, mi padre rompió un cenicero. Delante de nosotros. Luego abandonó la sala.

Mi padre se niega a poner los pies en esa casa, la de los Hurtado, lo dice así, como si lo hubiese visto en alguna teleserie, «me niego a poner los pies en esa casa», realizando un débil amago de poder patriarcal, y mi madre odia *tanto* a Luisa que si ella sale en la conversación se le quitan las ganas de comer por un momento, y solo las recupera al cabo de unos minutos.

Acabamos de cruzar el solar, como casi todas las mañanas. Un cuadrado de tierra removida con espacio para una manzana entera de casas, pero nadie se ha decidido aún a levantar edificios allí, así que solo hay una cuadrícula de fango entre pisos ya construidos, nuevos, delimitada por las aceras y el asfalto de calles que sí existen. En el solar yace un palé de ladrillos a medio vaciar, que nadie ha robado aún. Una hormigonera que parece abandonada, hecha croqueta de hormigón. Unas vallas de metal, dobladas a patadas por niños gamberros. Revistas porno con las páginas pegadas.

–Gran fariseo, Brontosaurio escapado de la historia, calabacín diplomado, inca de carnaval, cantamañanas –murmura Priu, leyendo de nuevo su listín de calumnias.

Yo ni me vuelvo hacia él. Solo rezo para que cierre la boca. *Inca de carnaval.*

Al final del solar está el cauce de la riera Basté, que va a dar al colegio y lo rodea por el lado derecho. Cuando no llueve la gente la utiliza de sendero, aunque está sembrado de escoria y fango, mierda de cabra y perro y gato, maderas rotas, tochanas partidas con pedazos de cemento adheridos, rompetochos usados del pasado San Juan, una tapa de váter, uno de esos canalones gigantes de cemento que se usan para el alcantarillado, y que olvidaron allí, donde siempre juegan los niños, y a veces hace de dormitorio de un vagabundo.

La riera pasa justo por delante de la tapia del manicomio. El pabellón H, con sus baldosas verdes en la base, sus persianas blancas y su techo cuadrado, es el que está más cerca de mi colegio. Solo diez metros separan una tapia de la otra. Los niños hombro con hombro con los tarados. Un poco más al norte, detrás del hospital psiquiátrico, se halla el cementerio, pero no se ve desde aquí.

La reja del manicomio tiene barrotes beis muy anchos, pegados los unos a los otros, en ese punto justo (no paneles de cemento, como en otras partes del muro, coronados por lanzas de reja metálica) y muchos días, hace un tiempo, en cuarto o quinto, cuando yo era más niño, veía a mi abuelo Sebastián mirarnos desde el interior del hospital, a mi hermano y a mí. A veces nos saludaba con mucho énfasis, con la mano, sonriendo con aquella extensa boca Netol llena de dientes amarillos, orejotas balanceándose al viento, barba de muchos días, despeinado, en bata, como un loco, y mi hermano y yo mirábamos primero a nuestro alrededor, por si algún amigo o enemigo nos estaba espiando, y si nadie se percataba entonces le devolvíamos el saludo.

Llegamos al colegio salesiano. Un edificio moderno en forma de L, de color verdoso, rodeado por dos campos grandes de fútbol, de tierra, un campo de futbito de cemento, una cancha de baloncesto descubierta, reglamentaria, y unas cuantas pistas de básquet más pequeñas para los de primero, segundo y tercero. Cercado mediante tapias de cemento en placas rectangulares encajadas en barras, colocadas con cierta apariencia de provisionalidad. Blanco en el plástico de las persianas entreabiertas de las clases. Estamos tan cerca de los edificios que rodean el colegio que la montaña de Sant Ramon queda oculta, pero está allí, en algún punto a la izquierda, cruzando Marianao y la Ronda.

Priu y yo simulamos no estar haciendo esto: escrutar el patio desde la tapia por si Cruz y los otros dos están allí. En la tapia exterior, rodeado de espiguillas y malas hierbas y latas de refresco quemadas por el sol con las palabras borradas, junto a un arbolillo recién plantado que han apuntalado con muletas aquí y allá para que no se doble, haciendo como que no examino palmo a palmo el patio del colegio, estoy a punto de contarle a Priu lo de mi padre y su súbito afán atlético, la pájara que le ha dado con el ejercicio físico, no cerebral, la pelea de ayer, más grande que todas las peleas que yo había visto hasta el momento, pero al final no le cuento nada. Quizás mejor, porque no sé si Priu iba a entenderlo. No sé si la comunión sentimental es uno de sus puntos fuertes. Se enredaría en los tecnicismos, Priu.

–Bebe-sin-sed, bárbaro, giróscopo, grotesco polichinela –continúa él, leyendo de su voluminoso bloc de injurias.
Girózcopo.
Bebe-zin-zed.
–No hagas eso, Priu –le digo yo, entrecerrando los ojos–. Que será peor, lo sabes de sobra.

Priu me mira con curiosidad, como si yo no entendiese algo tan básico, tan esencial, que le resultaría imposible de explicar.

El patio se inunda de alumnos poco a poco, niños que se agrupan en pequeñas manchas aquí y allá, formando un dibujo de camuflaje en los dos patios de tierra. Un enjambre de anoraks colorados y verdes y azules. Bufandas y guantes y gorros de lana tejidos por las madres, con motivos romanos, cenefas, abetos, iniciales, Epi y Blas, colores del Barça, incluso hay un pelota que lleva los colores del Vaticano: blanco y amarillo chillón. No. Ya no los lleva. Unos graciosos le acaban de quitar la gorra de lana y se la están lanzando entre dos o tres, mientras el pelota da brincos e intenta recuperarla, con las orejas congeladas.

–Bueno, va, vamos –le digo.

Cruzamos la puerta metálica verde, corredera, ahora abierta de par en par, y empezamos a recorrer el camino que lleva al edificio. Es un sendero de asfalto de cien metros pero, andado del modo en que lo estamos andando nosotros, parece una escalera eterna hacia el cielo, donde no distingues el final. Un paseo al cadalso. Huele a hierba reseca, a hielo y a fango podrido de la riera Basté. Plástico quemado, no muy lejos de aquí. Varios grupos de alumnos chutan sus balones en ambas porterías, así que andamos con cautela, por si nos pegan un balonazo. Son las nueve menos cinco, en nada vamos a formar filas delante del porche, pero los que juegan al fútbol aprovechan hasta el último segundo, como si les fuese la vida en ello, como si mañana fuesen a prohibirlo.

Diez o veinte pasos más y ya estaremos.
Cinco pasos. Solo cinco pasos más.
Va bien. Va bien, Priu. No te detengas.

—El cojo y el trapero —dice de repente una voz a nuestra espalda, seguida de un par de carcajadas. Nos volvemos. Es Cruz. Le acompañan Torras y Vidal, como siempre.

En nada lo tienen sujeto. *Eficientes* son; es innegable.

Vidal agarra a Priu por ambos brazos, como el que pasa una soga por entre las asas de un ánfora, y le hinca la rodilla en el trasero, riendo. Vidal es lento y bobo y está lleno de carne, aunque por desgracia no es comestible. Lleva un peinado de yelmo que le corta su madre. Su padre tiene una churrería delante del colegio. Vidal huele a churros y a fritanga, como la tienda de su padre, como la calle entera. Puedo olerlo ahora, como una premonición del juego del desmayo.

El juego del desmayo es muy fácil de jugar. Consiste en coger aire hasta la máxima capacidad de tus pulmones y, mientras aguantas la respiración, permitir que un compañero te encaje un buen puñetazo en la parte blanda del estómago, bajo el esternón. Entonces te desvaneces. El juego tiene dos versiones: la voluntaria y la forzosa. Priu y yo nunca hemos jugado a la voluntaria. Yo creo que no existe.

—'Tate quieto, tú —le dice Vidal a Priu—. Este está cagao —le dice ahora a Torras.

Torras ríe y merodea, relamiéndose los dientes de conejo. Su culo es ancho como una pantalla de cine. Es mal jugador de baloncesto, pero tiene toda la equipación de Los Angeles Lakers: muñequeras y bandas para el pelo, calcetines hasta la rodilla. Torras hace cada fin de curso una fiesta de cumpleaños, y es el único que invita a toda la clase, porque sus padres tienen tres droguerías y son ricos. Creo. Mi madre dice que lo son, que para el caso es lo mismo. «Mucha droguería, pero su padre es cojo», dice mi madre a veces, frotándose las manos.

Cruz se coloca ahora delante de Priu, con pasos de boxeador, pasando el peso del tórax y los brazos de un pie al otro. No vamos a ir a ningún lado, y él lo sabe. Su melena pelirroja, despeinada, bota un poco a cada salto. No abre la boca.

Yo intento no mirar la mano con muñones de Cruz. Una espoleta de granada de mortero que recogió de la Montanyeta, que se había dejado el Ejército de Tierra en alguna maniobra, le arrancó tres dedos de cuajo cuando trató de abrirla. Si extiende los dos dedos que le quedan, pulgar y meñique, su mano parece un porrón. A Cruz no le gusta nada que la gente le mire la mano mala, no te das cuenta y la estás mirando y de golpe te sangra la nariz del puñetazo que te ha metido de sopetón.

Cruz sigue bailando delante de Priu. Aún no ha dicho nada, pero sí que ha sonreído, y se ha visto el hueco en su boca. A Cruz le falta un diente delantero porque, según repite, se lanzó de cara contra un poste de portería, al intentar pegar un cabe. En realidad, a los pocos días de aquello llamaron a su padre al colegio, un hombre también pelirrojo, corpulento, que andaba con los brazos muy separados del cuerpo, como si siempre estuviese a punto de embestir a alguien. Al padre de Cruz le tuvieron toda aquella tarde en el despacho del director, y desde el pasillo se oía el inconfundible sonido de gente riñendo fuerte.

Cruz tiene en casa «una situación complicada».

Brinco alrededor de todos ellos, oliéndome los dedos y crujiendo los nudillos.

Echo un vistazo tan rápido como inútil a mi alrededor, por si hay algún cura a la vista.

—Estate quieto, Trapero —masculla Torras—. ¿Habéis visto qué bambas?

Vidal ríe la broma. Yo también. Cruz no. Él no sabe lo que es la presión social. Torras le pisa ahora las Tórtola a Priu, con mala intención, pero las zapatillas están tan sucias que su acción no deja huella. Priu, mortificado, les dedica ahora una sonrisa nerviosa y zalamera, a pesar de que hemos leído suficientes tebeos de guerra, *Hazañas Bélicas* o *Sargento Furia*, para saber que al cobarde que intenta congraciarse con los malos siempre acaban matándole. Me doy cuenta, de pronto, de que no está recitando los insultos del capitán Haddock.

—¡Quieto todo el mundo! —grito, sonriendo con la boca ondulada, un dedo haciendo de mostacho, la otra mano simulando empuñar un revólver y pegando tiros al aire–. ¡Todo el mundo al suelo!

Cruz y los otros dos dejan lo que estaban haciendo y me observan, complacidos. Los dos dientes de Torras asoman por debajo de su labio inferior, y una risa de jerbo mana de sus mejillas rechonchas.

–¡Se sienten, coño! –grito ahora.

Todos ríen, el nudo de brazos que sujeta a Priu se relaja y él puede zafarse con delicadeza de sus captores, solo necesita un segundo, Priu tiene unas piernas largas y briosas que son como puros zancos hechos de músculo, podría ser deportista si no le importara tan poco, y antes de que ninguno de los cuatro se dé cuenta Priu ya está en la fila, allá en la lejanía, ha recorrido cincuenta metros en tres segundos, batiendo algún nuevo récord mundial y mírale, a salvo en su posición alfabética.

–Vaya, nos hemos quedado solos, cojo –dice Cruz ahora–. Viejo amigo. Qué jersey tan bonito. El osito Misha. –Lo dice casi cantando la canción de la serie–. Eh: mírame a la cara, catalán.

La madre de Cruz viste como una viuda, de negro completo, zapatos y medias a juego, y anda encorvada como una alcayata redonda, los ojuelos siempre entrecerrados, entrando y saliendo del despacho del director del colegio y la oficina de Servicios Sociales. Cuando Cruz tiene que traer un justificante para alguna excursión, en el lugar de la firma del padre solo hay una X y en el de su madre, un garabato que parece escrito por un niño pequeño, con las letras muy redondas, donde se lee Tomasa Barragán.

–El osito Misha –repite Vidal, sin ni siquiera intentar alterar la broma de Cruz. Todos ríen, y yo con ellos. Vidal me agarra por los brazos y de pronto estoy inmovilizado, su rodilla en mi coxis.

–Ahora aguanta la respiración, cojo –dice Cruz–. Venga, chaval, que todos lo hemos hecho.

Siempre dice eso, pero yo jamás les he visto practicándolo entre ellos. Solo reciben los niños más pequeños, de segundo y tercero, además de Priu y yo.

–Hey, tío, Cruz, pasa, va –imploro, y echo otro vistazo ansioso a la fila de la clase–. Tío, que somos colegas, pasad de todo, ja, ja, vale ya de bromas, hacédselo a otro, no sé, a algún pelota.

Cruz parece dudar un momento de lo adecuado de todo aquello, pero es un momento muy breve. La cara le cambia y le vuelve a cambiar en dos clack-clacks, como a Zorak, el enemigo de Big Jim, cuando apretabas el espacio entre sus omoplatos con el pulgar.

–Respira hondo. Ya verás, es muy bestia. –Y Cruz cierra el puño bueno, se lleva la mano de porrón casi a la espalda, y su brazo bueno toma impulso hacia atrás, doblándose por el codo, y sé lo que viene ahora, he pasado por esto antes.

Este sería el momento de echar una mano, Kevin Keegan.

«Una amenaza a vigilar por sus rivales», dice mi libro de *España 1982*.

El mundo desaparece de repente y todo se pinta de negro, como si hubiera saltado de un trampolín de siete metros y me hubiese zambullido en un lago muy oscuro de alta montaña, y de repente ya no soy, ya no estoy en mi interior, y dejo de oír risas o el aire escapando de mis pulmones en el momento del impacto de su puño, ni siquiera noto el golpe seco que da mi frente al impactar contra el asfalto del camino entre los dos campos de fútbol. Nada. Es solo un instante y luego ya no estoy.

Interludio #1: Gandesa

¿Cerveza? Yo también, sí. Dos, amigo. No, no me hace falta vaso. Solo uno, para este. Este sitio está bien, ¿no? Sí, se está tranquilo aquí. La cerveza está fría de verdad. Y al menos no tienen una maldita tele a todo trapo en la esquina. Ya. Detesto la televisión. Me pone enfermo, es que no puedo ni soportarla de fondo, con la voz quitada. No sé si es por mi abuelo, que durante una época creía que la tele le daba órdenes directas para invadir Catalunya. Sí, estaba bastante ido. No, no por senil. Era un enfermo mental. Sí, con carnet, ja, ja.

Joder, mi abuelo. Mira, te voy a contar una cosa sobre él, ahora que me he acordado, que te vas a caer de culo. A mi familia no le gustaría saber que voy contándolo por ahí, así que te pido discreción. Ya sé que nunca los ves, yo tampoco, pero por si acaso. A lo mejor te encuentras al gilipollas de mi hermano por el pueblo, yo qué sé. O a mi padre, aunque eso es menos probable. Bueno, aunque les veas, tú calladito y ya está. Bueno, pues porque es un tema delicado, ya lo verás. Además, mi madre se pasó media vida simulando que su suegro no estaba como una cabra. Hizo del tema un empleo a jornada completa, casi. Ni siquiera se permitía utilizar la palabra «loco»; era patológico, lo suyo. Mi madre creía que si escondes las cosas, si haces como que no están, al final desaparecen de verdad. No, claro que no. ¿Cómo va a funcionar eso?

La cuestión es que si mi familia se entera de que te cuento

aquí la verdad sobre el abuelo «desequilibrado», van a sermonearme, y ahora mismo no necesito eso. Entendido. Tú chitón y ya está. Mm, buena cerveza. La hacen bien aquí, ja, ja. Salud, compadre. Nos merecemos esto, al menos, después de partirnos la espalda todo el día con las jodidas rejas.

Mira. El primer brote de mi abuelo sucedió en la Guerra Civil. Me sé la fecha y todo: el 25 de julio de 1938. ¿Controlas de la Guerra Civil? ¿No mucho? El general Rojo, republicano, ordenó una ofensiva para tomar el Valle del Ebro, que estaba en manos de los nacionales. Mi abuelo Sebastián estaba allí, al lado de Gandesa, con el Cuerpo del Ejército Marroquí, a las órdenes del general Yagüe, nacional. *Paterno,* sí. Sebastián Abad. El padre de mi padre.

Te enseñaré una foto. Espera, ¿dónde la he...? Hey, te juro que si la he perdido me da algo. Ah, *aquí*. Joder, qué arrugada, tengo que dejar de llevarla por ahí, va a acabar hecha un asco. Mira, es este, el que está espatarrado en el suelo, delante de los otros. Se parecía a Clark Gable, ¿verdad? Las orejas de elefante, los dientes salidos así, la sonrisa, el bigotillo estrecho.

Mi abuelo era del reemplazo del 41. Lo llamaban la Quinta del Biberón. Su división era la 50.ª, que era la de los soldados normales. Chavales imberbes y cagados de miedo con camisas demasiado grandes y dientes llenos de sarro, que venían de Aragón, Tarragona o Barcelona. El resto de las divisiones franquistas no eran como la suya. Estaban compuestas por legionarios, regulares y mercenarios africanos. Gente jodida.

A mi abuelo le pegaba ser de la Quinta del Biberón, porque tenía cara de escapado de la cuna y era buena gente, dentro de lo que cabe, no un matón, no un asesino. Mira qué cuello de pavo. Ni media hostia. Tenía una nuez que subía y bajaba como un yoyó cada vez que comía o bebía, lo recuerdo perfectamente, y en aquella época fíjate: ni un pelo en el mentón o las patillas. Mejillas sonrosadas.

Sí, era de aquí. Nació en 1919 en el pueblo, como había nacido *su* padre, como años después nacería *mi* padre y luego yo. Mi abuelo era anticomunista, pero no tenía ganas de pelear en aquella guerra. Ya te lo puedes creer. O te crees que todos los nacionales eran fascistas fanáticos. Qué va, no va así, nunca va así, en ninguna guerra. Hay unos cuantos fervientes, unos cuantos pirados, y luego una gran masa que preferiría estar en otro lugar, follando o bebiendo o en el cine. Mi abuelo era así. Pues porque le *obligaron,* por qué va a ser. Es decir, le obligaron a enrolarse en el Ejército Republicano, que le tocaba por zona, y luego cambió de bando, claro. Tenía solo dieciocho años. ¿No te acuerdas cómo eras tú a los dieciocho? ¿Cuando hicimos la mili? Pues él lo mismo, lo hubiese solucionado con un partido de fútbol, o un pulso; piedra-papel-tijera. Lo que fuese menos pegar tiros. Era un chaval civilizado del Baix Llobregat, como tú, como yo. Le disgustaba la violencia. Solo quería ser actor de teatro cómico. Tenía cierta fama local en el grupo teatral de aficionados del Ateneu Santboià. Era gracioso haciendo imitaciones. Ah, gracias, te has ganado otra cerveza luego. Sí, me viene de familia.

Cuando el general Líster, republicano, afianzó su cabeza de puente a cincuenta kilómetros de Gandesa, mi abuelo estaba jugando al fútbol con unos compañeros. Medio en broma medio en serio. Sin matarse a correr. Haciendo el payaso. Nosotros hubiésemos hecho igual, qué crees. En la plaza mayor, creo. Habían dejado los mosquetones y los cascos en una pila al lado del hotel, como si fuesen a quemarlos, y estaban arreándole patadones desganados a un balón. Hecho de paños resecos o algo así, supongo. Hasta ahí no llego.

A media mañana empezaron a silbar las balas, según se ve. Al principio mi abuelo no se percató de que lo que chiflaba cerca de su oreja derecha eran balas. Qué va. Acababan de llamarlo a filas, y no tenía experiencia en el campo de la balística. Te lo repito: dieciocho años, y de Sant Boi. No distinguía un balazo de un abejorro, quiero decir. Lo mismo les pasaba a la mayoría de sus compañeros. Lo mismo te sucedería a ti, no sé qué fantasías tienes. Sí, sí, todo el mundo se cree que actuaría heroicamente, esa ya me la sé. Pero espera. Déjame continuar... La cosa es que siguieron jugando, y mi abuelo estaba intentando bloquear una finta de otro, y se puso a hacer el imbécil, dejando caer la mandíbula hacia abajo como si fuese retrasado mental, para desconcentrar al contrincante, y andaba a lo zombi cuando una bala le entró por el cogote y le salió por un ojo. ¿Cómo? No, hombre. Al *delantero,* no a mi abuelo. Trozos de su ojo y cráneo y cerebro fueron a parar a la cara de mi abuelo. Como te lo cuento. Una máscara resbaladiza de sesos de otro tío.

Pues no. Eso es lo que se cree todo el mundo. Mi abuelo no se volvió loco *allí.* La historia tiene truco. Aquel día mi abuelo, con un par de huevos que había sacado de no sé dónde, porque el historial de los Abad no era precisamente épico, una pandilla de charlatanes y jetas, del primero al último, da igual, ni te imaginas, pero en fin, que mi abuelo fue y se apartó con los dedos de las dos manos los trozos pastosos que habían salido del cráneo de su compañero (así me lo contaron) y, a trompicones, tropezando con el resto de los soldados, logró alcanzar la pila de mosquetones y cascos que se habían quitado para jugar. Localizó los que parecían suyos (llevaban tanto tiempo con aquello encima que los distinguían por pequeños rasguños y marcas invisibles), se echó el fusil al hombro, se colocó el casco, ajustando la correa bajo el mentón, y salió corriendo con el resto de los chicos de su brigada, en la dirección que les gritaba el capitán Folch, un barcelonés muy cursi, de Sarrià, que simulaba no saber catalán y se pasaba el santo día rezando, pasando las cuentas del rosario. Sí, otro hijo de puta, seguro. Un pijo. Un santurrón. Son los peores, esos.

A su alrededor: explosiones. A lo bestia, ¿eh? También silbidos, todo el rato. De vez en cuando, con el rabillo del ojo, mi abuelo veía cómo se desplomaba una tapia, todas las piezas de piedra se desmoronaban las unas sobre las otras, ¿sabes? Lo contaba así. Solo esa parte.

Bueno, el tema es que salieron del pueblo por una callejuela estrecha y se encontraron a campo abierto. ¿Has estado alguna vez por aquellas tierras? El campo de la Terra Alta es *muy* abierto. El árbol más alto que encuentras es un olivo, y todo encorvado, lo demás son viñas o hierbajos. Quizás algunos pinos. Las laderas son como picaduras de mosquito, solo curvas del terreno. No hay montañas altas, ni plantaciones de maíz, solo vides y más vides hasta donde alcanza la vista. Algún halcón planeando en círculos en el aire, nada más. Es una tierra dura. Seca.

Debían ser unos quince o veinte de la brigada, no más. Corrían inclinados, con una mano en el casco y la otra en el fusil. Así. El capitán Folch, que estaba perdiendo los nervios (creo que era una de sus primeras operaciones), les gritó que se subiesen a un camión con la parte trasera descubierta que había allí, al lado de un algarrobo. La brigada que lo aparcó allí con intención de regresar a él estaba muerta, o capturada, o retirada. El capitán Folch ese, que cada vez tenía la voz más de pito y la frente más sudada, encargó a un soldado que se metiese en la cabina, al volante, y ordenó a los demás que subiesen a la parte de atrás. Con él. Por casualidad, mi abuelo estaba justo a su lado. ¿Me sigues?

Pues subieron ellos dos primero. El capitán estaba cagado, en serio. Se había puesto el casco, aunque por norma general los capitanes solo llevaban el gorrillo aquel, con la borla y las tres estrellas. El que tiene forma de sombrero de papel, seguro que lo has visto en fotos de Franco. Estaban sentados cara a cara, mi abuelo y él. Prepárate porque ahora viene lo fuerte. Mi abuelo se dio cuenta de que se le había desatado una alpargata. Se inclinó para hacerse el nudo. Tal cual. Lo más normal del mundo. Entonces se oyó una explosión, sin aviso ni nada. No, que yo sepa no; ni silbido. Un ruido terrible que a mi abuelo le reventó los tímpanos y le sacudió todo el cuerpo. ¡BUM!

Mi abuelo cerró los ojos. Se creyó muerto. Sabía que algo había explotado en el camión.

Pero no estaba muerto. Presta atención, amigo: se incorporó un poco, abrió los ojos, y ante él todavía estaba el capitán. Solo que el proyectil (debía de ser uno de esos que llamaban Rompedor, de cuatro kilos, una bestia de trilita pura) le había arrancado el pecho entero, y *había dejado intacta la columna vertebral*. Encima de la columna *estaba la cabeza* del capitán, *con el casco puesto* y todo. Estaba inclinada hacia atrás, y tenía los ojos abiertos. Mi abuelo tenía el hombro y el brazo izquierdo del capitán en su regazo. Aquí encima, ¿sabes? Como un brazo de gitano que acabase de comprar. O un jamón. Ya. Puaj.

Si mi abuelo no llega a agacharse para atarse la alpargata, el Rompedor habría pasado a través de su pecho y brazo derecho. Al pobre le bajaron, completamente sordo y temblando, del camión (el trozo de capitán que llevaba encima cayó al suelo) y entonces empezó a reírse a carcajadas. Estuvo mucho rato riendo, y luego se empezó a quitar la ropa, alpargatas y todo, y se quedó en pelotas, con la cara llena de sangre y sesos y fragmentos de hueso de *dos* personas, y salió corriendo, campo a través.

No, no pasa nada. Hace gracia, qué vas a hacer. ¿Llorar?

Para colmo, a los cincuenta metros o así le pegaron un tiro. En el culo. Que sí. Que no, que no pasa nada si te ríes. ¡Qué va! Ni republicanos ni nada, hombre. Fueron los de su propio bando: algún mercenario de mierda con sentido del honor confuso, que se sintió ofendido por la espantada antipatriótica del viejo, a lo mejor, y le disparó mientras huía. Aquel culo reluciente y pelado de niño debía de ser un blanco imposible de fallar, ¿no?

Cuando la bala le entró en la nalga, mi abuelo seguía riendo. Grandes carcajadas, cayendo por el suelo. Reía y reía, como si le hubiese pasado la cosa más graciosa de la historia. Se tronchaba. Eso es lo que cuentan. Golpeaba el suelo con la palma de la mano. *Hebefrenia*. Sí, se llama así. Cuando ríes sin razón. Por histeria. ¿Por qué lo sé? Lo sé y ya está. He leído libros, al contrario que tú.

Pues así quedó la cosa. Al final mi abuelo fue juzgado por un tribunal psiquiátrico militar, que le declaró incapacitado para el servicio, y con ello se libró de ir a la cárcel. Por los pelos, vaya.

Mi abuelo padecía un trastorno esquizoafectivo que se convertiría en brote psicótico, pero en 1938 no le dijeron eso. Supongo que aún no sabían de esas cosas. Le licenciaron, y mi abuelo volvió a casa, a Sant Boi, y luego conoció a mi abuela Purificación, a quien mataría de un disgusto años después. Pero esa es otra historia, ya te la contaré luego, no me presiones. Tenemos toda la tarde. No, no tengo planes, tampoco. ¿Qué cojones de planes voy a tener yo? Pues vale, pues perfecto. Qué mejor que pasar la tarde aquí, largando. Y que lo digas.

¿Cuántos? Pues solo en la Batalla del Ebro unos dieciséis mil quinientos. De ambos bandos, sí. Mi abuelo se libró de la escabechina. El destino le canjeó muerte por demencia. No es un mal trato, si te pones a pensarlo bien, ¿verdad? ¿Tú qué escogerías? Hombre, de calle. Más vale loco que cadáver, cómo te lo diría.

En fin, brindemos. Por mi abuelo Sebastián, que en paz descanse. Por ser el primer loco de mi familia. ¡Salud!

¿Qué? Ah, pues lo que te he contado. Que volvió a Sant Boi con la nalga perforada y un tartamudeo por estrés postraumático (le operaron el trasero en un hospital de campaña, al pobre, mientras caían las bombas de la Legión Cóndor a su alrededor, su *propio* ejército), curó su sordera y desde entonces sufrió delirios y fabulaciones ocasionales que durante unos años no fueron tan graves como para recluirle en el manicomio local, pero casi. Casi. Y luego, ya lo sabes, sí lo fueron. Qué le vas a hacer. Vale, venga, otra. Joder, vaya ritmo llevas. Vas fuerte, amigo. A este paso acabamos por el suelo.

5

–Buenos días, Plácido.
Plácido levanta la cabeza. Una arruga transversal parecida a una salchicha se forma en su nuca.
–Buenos días, señ... Oh.
Es un día húmedo que carga con algo pesado. Febrero, a primera hora de una mañana laborable, ante la capilla del hospital psiquiátrico Santa Dympna. Parece que va a llover, el cielo tiene un color grisáceo uniforme, ni siquiera se distinguen nubes. Todo es un gran plafón de color delfín. La temperatura es alta para la época. La capilla se halla en el lado norte del manicomio, y la limitan la recepción, por un lado, y los dormitorios de las monjas, por el otro. Desde fuera parece una iglesia en desuso: las ventanas están tapiadas, con rejas o cemento, y la campana está sujeta con hierros al hormigón del campanario. La puerta que da al callejón Santa Dympna, que separa el nuevo hospital del antiguo, lleva cerrada con llave desde el primer día. Los civiles no pueden acceder a la pequeña iglesia; es solo para enfermos mentales y personal del manicomio.

Hace un instante Plácido estaba sentado en las escaleras, pero se ha puesto en pie al ver a Curro plantado allí y ha descendido un par de escalones. Los dos hombres están uno delante del otro, ahora, a un metro de distancia y al mismo nivel. Plácido viste uniforme completo de mayordomo.

–¿Qué sucede, Plácido?

Plácido le echa a su empleador un vistazo general. Sobrio, sin entretenerse en detalles. Tarda un poco en contestar, considera la respuesta unos instantes. Curro sabe que no le gusta meterse donde no le llaman.

–Bien, señor. Lo cierto es que estaba admirando su nuevo..., ¿cómo lo llama?, *look*. Un cambio de imagen muy atrevido, si me permite que se lo diga. ¿París, señor? ¿Londres?

–No digas disparates, Plácido. No es ningún *look*. Pensaba que ya me lo había quitado todo. –Curro se señala la cabeza, que es el punto donde Plácido está fijando su mirada mientras trata de no hacerlo obvio–. ¿Tengo algo aún?

–Entiendo, señor –dice Plácido, y luego carraspea para darse algo más de tiempo, y solo entonces señala a un lado de la cabeza de Curro–. Un chupa-chups pegado en el pelo, señor. Justo ahí. Sí, ahí.

Curro se pega un manotazo en el lado derecho de la cabeza. Un chupa-chups rosáceo se desprende de su pelo y cae sobre un escalón de la capilla, partiéndose en dos o tres trozos. Un solo trozo se queda adherido al palo del caramelo. Curro lo chuta, se le queda adherido al zapato, tiene que dar un par de puntapiés adicionales para soltarlo, cuando terminan los puntapiés le invade un tic, empieza a dar taconazos. Termina al cabo de medio minuto.

–¿Algo más? –dice Curro, al fin, y se queda quieto, esperando. En el cielo no hay ni un solo pájaro. Solo se oye, de fondo, el taladro de una máquina perforadora en algún punto del exterior y el ronquido de la circulación en la carretera de la Colonia Güell.

–Me temo que sí, señor. Tiene briznas de hierba seca aquí y allá, y varias colillas en un estado repugnante, justo encima de sus cejas, y también lo que parece... ¿Me permite, señor? –Plácido hace un ademán de pinza con el pulgar y el índice de la mano derecha, Curro asiente, Plácido atrapa algo y lo muestra–. Un soldadito de plástico, señor. –Se lo acerca a los ojos. Plácido no necesita gafas–. Bastante realista, a decir verdad. Parece un capitán del ejército japonés. De la unidad veterinaria.

Infantería. 1942 o incluso, a juzgar por el tipo de calzado, 1943. Campaña de Birmania, por descontado. –Plácido le mira, ahora. Aún sostiene el objeto–. Un lugar bastante peculiar para almacenar su colección, señor, si me permite que se lo diga.

–Haz el favor de tirar esa mierda –dice Curro, y le arrea a Plácido un rápido toque en la mano que manda al soldadito japonés al suelo–. Y dejar de decir sandeces. No me he puesto toda esa basura en el pelo con intenciones ornamentales, Plácido. Ni, no hace falta decirlo, por afán coleccionista. Parece mentira, viniendo de ti. Me decepcionas. Lo que pasa es que me he desmayado en un parterre, maldita sea. ¿No es obvio? Quítame toda esta porquería de encima, te lo ruego.

–Ahora que lo dice, señor, sí lo es, señor –dice Plácido, impávido, y luego saca un pañuelo del interior de su manga izquierda y empieza a sacudirlo en la cabeza y luego hombros, y luego pecho, de Curro, con toques rápidos, embate-retroceso, embate-retroceso–. Obvio, quiero decir. Mis disculpas. ¿Su madre de nuevo, señor?

–Vale, ya está. Déjalo. Puedo continuar yo. –Y se empieza a quitar el polvo y los desperdicios de la americana y los pantalones con el dorso de la mano derecha, aplicando manotazos aquí y allá–. Sí, mi madre. El espejismo de mi madre. La aparición. La alucinación. Como quieras llamarla.

–Si nos halláramos sumergidos aún en las edades oscuras, señor, podríamos llamarla «aparición» o «fantasma», incluso «ectoplasma», pero en mi opinión no es más que una alucinación. Lo que en términos médicos se conoce como fantosmia, señor. Este tipo de fenómenos son más comunes de lo que suele creerse. –Curro le mira con interés y asiente con la cabeza–. Y no siempre son una consecuencia de la esquizofrenia, señor. A veces tienen que ver con el síndrome de Parkinson, la epilepsia, la pérdida o disminución de algunos sentidos, el síndrome de Charles Bonnet, por nombrar solo algunos. Eso explicaría que usted fuese capaz de razonar sobre la alucinación. Por lo general, los enfermos mentales no hacen crítica de su locura: el delirio es la mentira que se cuentan para evitar el sufrimiento.

En su caso, la mentira consiste en que su difunta madre se le aparece a horas muertas. Perdón por la expresión. Pero si me permite decírselo, señor, puedo asegurarle que los textos del Nuevo y Antiguo Testamento relativos a la resurrección de los cuerpos han sido refutados de forma consistente. No existe una vida después de la muerte.

–Siempre lo he sospechado, Plácido –le dice Curro, y observa la fachada de la capilla–. Entremos aquí. Es hora de la ronda de sor Lourdes y no quiero topar con ella en este estado.

Plácido se adelanta y empuja la pesada puerta de madera hinchada por la humedad con ambas manos. La puerta rechina y se abre. Los dos hombres se adentran en la capilla. Está vacía y en silencio. Es fea, setentona, casi anglicana; escasos bustos y efigies. Un aroma a cera ardiendo, a viga humedecida, a moho. Hay suciedad sobre la mayoría de las superficies. No es un edificio muy transitado, y las mujeres de la limpieza suelen olvidarse de él. Curro y Plácido se sitúan en la segunda fila, cerca del altar.

–Los antipsicóticos no parecen servir de nada contra mi madre, Plácido. Esa es la triste realidad –susurra, y pasa un dedo por encima del apoyabrazos de un reclinatorio, se lo planta delante de la nariz, y el gesto le obliga a bizquear: polvo. Polvo eres, y en polvo te convertirás–. Siempre fue testaruda, esa mujer. El rencor era sagrado para ella. Esa era su religión: no olvidar jamás. No perdonar nunca.

–Entiendo, señor. En cualquier caso, la fantosmia es una consecuencia común del estrés postraumático –le susurra Plácido–. Las visiones, sonidos u olores insoportables que son consecuencia de una experiencia dramática se encierran en una cámara subterránea separada de la mente. Se *secuestran* esas experiencias, señor, y se aíslan para que no puedan dañarnos. Pero esa disociación crea una grieta en la conciencia. Uno se parte en dos, señor. Y *alucina,* por decirlo de algún modo.

Curro se acuerda de la primera vez que le habló al doctor Skorzeny, el psiquiatra jefe, de la aparición. El médico le contestó que aquello era normal, producto del trauma. Cuando el *doktor* le dijo aquello, Curro no pudo evitar pensar en alimentos típicos de algún lugar, consumibles con denominación de origen: Producto del Trauma. Mientras recuerda aquello, Curro observa la lechosa efigie de Santa Dympna, inmóvil en la esquina izquierda del altar. La cara de la estatua, envuelta en un pañuelo de campesina, luce la expresión de alguien que un día se puso cómodo en su propia fatalidad. A Curro eso le hace pensar en su madre. Un pensamiento que no le apetece en absoluto. No le sienta bien. Le empuja a sitios malos, a nuevas pesadillas febriles. Apariciones pavorosas.

–Santa Dympna, virgen y mártir, ruega por nosotros –susurra de repente Curro, dirigiéndose a la efigie, como le han enseñado a hacer las monjas del centro–. Santa Dympna, patrona de aquellos afligidos con problemas mentales y nerviosos, ruega por nosotros. Santa Dympna, coronada en la gloria del cielo, ruega por nosotros... –Se vuelve hacia su sirviente–. Nada. No creo que esté sintonizando mi mensaje, Plácido. Qué frustrante. Alguien con su historial debería priorizar a la gente como yo, los que estamos aquejados de males parecidos.

Curro vuelve a observar la estatua. Santa Dympna parece estar reprimiendo una sonrisa pícara, aunque en vida no tuvo muchos motivos para sonreír. Su padre, Damon, un rey pagano irlandés del siglo VI, se volvió loco tras la muerte de su esposa e intentó casarse con su propia hija. Cuando esta se negó, el rey le partió la cabeza con una espada. Y la dejó allí. Desde entonces Santa Dympna es la patrona de los locos y las víctimas de incesto. La efigie de la capilla sostiene en las manos un libro con un trébol al dorso. Curro espera que al menos el libro sea entretenido.

–Es inútil –dice Curro, que se vuelve y abandona su lugar en el reclinatorio. Plácido le sigue, sin decir nada–. Vamos a dar una vuelta. Está claro que ni los santos ni los mártires van a resolver nuestros problemas.

Curro y Plácido salen de la capilla, bajan los dos o tres escalones de cemento flanqueados con dos barandillas de plomo, y dejan la recepción a la izquierda. Son casi las nueve, y empieza a notarse cierta actividad en todo el manicomio. Una furgoneta Bimbo de reparto se adentra por el camino principal. Acaba de permitirle el paso, accionando la valla roja y blanca de la recepción, un celador. Desde donde están ahora solo se ve su camisa azul de faena dentro del cubículo. Algunos tiestos con geranios alegran las ventanas superiores del edificio. Al otro lado, en la calle, unos cuantos vehículos esperan a que les den paso: un camión de paquetería, un coche civil, incluso un taxi. Palmeras de distintos tamaños, algunas muy altas y las otras bajitas, en buen estado; la barrera de rayas de la recepción; unas vallas anchas de color beis, de unos tres metros de altura, cercan el lado sur. Solo faltan las banderas de varios países ondeando al viento, y la entrada parecería un camping.

El reloj de la torre del manicomio antiguo, al otro lado del callejón, da las nueve con unas campanadas que suenan a cristal. Se ve el pararrayos, y una grúa metálica de color amarillo en segundo plano.

Curro observa el cartel de la recepción. Es muy grande, se lee bien desde lejos: «Congregación Hermanas Hospitalarias Santa Dympna». Las letras rodean, por arriba y por debajo, un corazón sangrante que en el cuerpo lleva impreso un laurel irlandés, símbolo de la santa. El corazón sangra por un cilicio de espinas que lo aprieta por la parte inferior, a modo de cinturón. Algunas gotas caen de él, pero no hasta el punto de formar un charco.

—Intentando arrojar algo de optimismo a la conversación que manteníamos, señor... —dice Plácido, andando un poco más deprisa pero guardándose mucho de no adelantar a Curro, que va delante, con la cabeza baja pero el paso decidido, como si planease embestir a alguien–. Si me permite que le diga esto, su situación no es precisamente una rareza, si consideramos el tipo de centro en el que nos hallamos. Sería distinto, sin duda, si nos encontráramos en algún club cicloturista rural, o en un congreso de cardiólogos. O en la cabina de un Boeing en pleno vuelo. Escenarios, todos ellos, en los que la constante alucinación de formas espectrales estaría mal vista; incluso podría resultar letal. Pero estamos en un hospital psiquiátrico. Podría decirse que aquí la alucinación es lo común, señor. Aquí usted es... normal.

Curro se detiene a medio cruzar los jardines centrales del hospital, y se vuelve. Plácido se detiene también. Más palmeras, un sauce llorón, tres o cuatro olivos. Sobre un montículo, un abeto muy frondoso; las ramas inferiores barren el césped. Lleva varios días sin llover. Están los dos pisando la hierba. Curro mira fijamente a su sirviente y trata de decidir si está siendo sarcástico, pero la expresión de Plácido permanece inmutable, imperturbable, como si posara para un retrato.

–Es curioso que digas eso, Plácido. La normalidad siempre ha parecido eludirme. Yo siempre quise ser normal. Encajar. Ser como... –Curro fija su vista en la distancia, y ve a cuatro o cinco hombres pasar corriendo por delante de la puerta principal, y seguir a lo largo de la tapia norte. Les ve a través de los barrotes. Todos llevan ropa deportiva multicolor muy ceñida, bromean entre ellos, lo pasan bien–. Como esos tipos de ahí, por ejemplo. –Y apunta hacia ellos con la mano plana, con discreción. Plácido dirige su mirada hacia ese punto, obediente–. Les envidio, Plácido. Envidio la forma en que establecen una conexión con otros seres humanos. Yo nunca fui así. Nunca logré abrirme. Siempre estuve cerrado, metido en una concha, como un cangrejo ermitaño o un caracol de mar. Siempre tuve una especie de... –Curro realiza un gesto con ambas manos, que se separan la una de la otra, sobre su abdomen y hacia cada riñón, dibujando una faja– *membrana*. Eso es.

Curro deja de hablar, observa un ciprés lejano que, colocado donde está y desde donde él mira, parece emerger, perfectamente estático, de la mitad de la cabeza de su mayordomo, como un gran capirote verde. En otra situación aquella imagen (su sirviente transformado en un ayudante de Santa Claus; un simpático elfo) le haría sonreír, pero ha dejado de estar de humor.

–Pero incluso aquello, aquella separación, era mejor que estar loco. Estar loco no tiene ninguna gracia, ya lo sabes. –Plá-

cido asiente–. ¿Por qué alguna gente permanece intacta hasta el día de su muerte, pero otra se parte en pedazos mucho antes? ¿Cuál es la ecuación de la cordura? ¿Por qué nosotros?
—No lo sé, señor.

Vuelven a andar. Atrás, a la derecha, dejan el pabellón B, el de crisis adolescentes, con sus dos mesas de ping-pong en el patio interior. Luego el pabellón D, de hospitalización psicogeriátrica: los locos seniles. A su izquierda, mientras transitan por un senderito serpenteante de piedras planas que cruza el jardín, queda el mayor pabellón del manicomio: el A, para internos de media y corta estancia, y admisiones. Curro sigue deprimido cuando empiezan a cruzar el segundo patio, llano, sin montículos ni desniveles. Contiene más piedra gruesa y más setos, pero menos césped. Se oye un trueno en la lejanía, muy apagado, solo una vibración. Plácido levanta la vista hacia el cielo. Curro le imita. Se detienen un instante.
—Creo que tendremos tormenta, señor.
—Eso parece, Plácido. Eso parece. Mejor será que apretemos el paso. ¿Cuál es la siguiente actividad del calendario?
—A las once tiene usted terapia ocupacional —dice Plácido, sacando un reloj redondo con cadena del bolsillo de su chaleco a rayas y echándole un vistazo tranquilo—. Marquetería, si no me equivoco. A las dos, almuerzo. Segunda dosis de torazina, si procede, tras la comida. A las cinco, merienda. A las ocho, cena. A las diez, luces fuera y todo el mundo a dormir. Lo de cada día, señor.
—Captado, Plácido —dice Curro, y hace ademán de empezar a andar, pero de repente se detiene, y señala a un extremo del segundo patio—. Oye, ¿tú qué opinas que está haciendo ese individuo? Ahí, cerca de la estatua de Santa Dympna, sobre el césped. Llevo un rato observándole y soy incapaz de comprender qué rayos está...
—¿Quién, señor? —Plácido se vuelve—. Oh, sí, ya le veo. Pues yo diría que está practicando halterofilia, señor.

—¿Haltero...?

—Es un deporte, señor. Consiste en el levantamiento del máximo peso posible en una barra en cuyos extremos se fijan varios discos de metal.

—Entiendo. Y sin embargo luego vuelve a dejar la barra donde estaba. No la acarrea hasta algún lugar donde pueda ser puesta a buen uso o transformada en algo más práctico, como una bicicleta o un cigüeñal. Solo levanta algo que, a juzgar por las venas hinchadas de su cuello y su cara de intensa vejación, se me antoja increíblemente pesado, y luego lo deposita de nuevo en el lugar previo. ¿Se trata de eso?

—Eso mismo, señor.

—Qué actividad tan chocante, Plácido. —Curro sonríe, ahora, distraído por la novedad—. ¿Hace mucho que la gente levanta objetos pesados para dejarlos en el suelo casi al instante? No estoy muy al día de estas actividades atléticas modernas.

—Yo diría que desde 3600 antes de Cristo, señor. China, señor.

Curro levanta las cejas y coloca los dos brazos en jarras.

—Caramba. Homofilia, ¿eh? Sigue siendo una práctica extravagante, Plácido, me da igual lo que digas. No me extraña que el pobre chino esté encerrado en un manicomio. Alguien que persigue la extenuación por sí misma no debe de estar muy bien de la cabeza, pienso yo.

Curro entrecierra los ojos, observando al hombre. No es chino, después de todo. Es un hombre caucásico muy bajo, un metro cincuenta, de musculatura rotunda y brazos amplios. Muy moreno. Lleva un bañador minúsculo, de color negro. Nada más cubre su cuerpo. Sus nalgas son muy pequeñas, también, y están muy aplastadas la una contra la otra, como masa de pizza sin cocer. Sigue agarrando la barra y, tras flexionar las rodillas y tensar el tejido muscular, la alza sobre su cabeza una y otra vez. Cada extremo de la barra lleva ensartados tres gruesos aros de apariencia metálica, pintados de rojo descascarillado.

—¿Y qué lleva en el cuerpo? Parece como si su torso y hombros y cuello estuviesen recubiertos de algún tipo de pintura ritual.

—Son tatuajes, señor —dice Plácido—. Todos parecen remitir al mismo tema, señor. Es un fresco coherente, por decirlo de algún modo.

—¿Un fresco coherente? ¿A qué te refieres, Plácido? Desde aquí solo veo manchas. Aunque, espera un instante, ese trazo de su hombro derecho, ahora que me fijo, se parece un poco a una...

—Esvástica, señor. En efecto. De tamaño colosal, señor. —Plácido desplaza lateralmente su cuello, al modo de las ocas, para ver mejor—. En su cuello luce las runas de las SS, la guardia de asalto del Führer, como tal vez pueda usted apreciar. El número dieciocho de su clavícula izquierda hace referencia, no me cabe la menor duda, a las iniciales de Adolf Hitler. Lo de su antebrazo izquierdo es el emblema del Movimiento de Resistencia Afrikáner, tres sietes dispuestos en un trisquel similar a la esvástica...

—Ya veo. Sí, ahora que lo dices, sí. Tres sietes en forma helicoidal. —Curro señala a otro punto del cuerpo del hombre, que ahora se tumba en el suelo en posición horizontal y empieza a levantar la barra sobre su pecho—. ¿Y eso? ¿Lo del pecho?

—Eso solo son dos aves, señor. En cortejo nupcial, diría yo. Sin relación alguna con el pensamiento totalitario o la simbología fascista, que yo sepa.

Empiezan a caer gotas. Se oye el sonido sordo de la lluvia sobre el asfalto del camino principal, suena igual que si alguien tamborileara con los dedos sobre formica. Plácido dispone su mano derecha plana, hacia arriba, y levanta las cejas a la vez que vuelve a observar el cielo, sin desplazar la cabeza. Está oscuro de repente, como si el atardecer y la mañana hubiesen cambiado lugares. Empieza a soplar un viento ligero pero desagradable. Algunas gotas van a parar a la cara de Curro. Se distingue la luz de un rayo al este, lejano, en la dirección de Barcelona, quizás en Collserola o el Tibidabo.

—Ya está aquí el chaparrón. Será mejor que entremos, señor.

—El nazi no tiene intención de moverse, ¿verdad? —contesta Curro. Se seca algunas gotas de las mejillas con la palma de una mano. Han llegado al pabellón H. Empieza a subir los escalones, pero vuelve la cabeza mientras habla.

–No lo parece, no, señor.

–Va a quedarse allí, bajo la lluvia, subiendo y bajando piezas de pesado metal con la única fuerza de sus brazos y muslos y trasero, ¿verdad?

–Todo apunta a que sí, señor.

–Qué curioso.

Plácido llega a la doble puerta del pabellón, y abre una de ellas, y se coloca al lado para cederle el paso a Curro. El interior del edificio huele a limpiasuelos de abeto, tabaco, calefactores escalfados y muchos gases. Curro está a punto de entrar, pero se detiene en el umbral. Están debajo del porche frontal, resguardados de la lluvia. Es un porche feo, de cemento, coronado por ahuyentadores de palomas. En una esquina hay un cenicero rectangular metálico rebosante de colillas frías y espachurradas. El día se ennegrece; cada vez hace más frío. Se oye el trueno del rayo anterior; reverbera durante un rato. La temperatura, ahora sí, es de febrero. Curro toca con su codo izquierdo la puerta abierta. La toca y la vuelve a tocar, una decena de veces.

–¿Le conoces? –dice Curro, pensativo–. ¿Al nazi mojado ese? Tú conoces a todo el mundo.

–No, señor. Debe de tratarse de una nueva entrada. Del pabellón K.

–Bien. Averigua quién es. Podría sernos útil para la fuga, aún no sé cómo. Quizás exista una forma de hacer buen uso de esa obcecación insensata.

–De inmediato, señor.

6

—No tengo ni idea de dónde está —le digo—. Deja eso y ayúdame, joder.

Priu está en cuclillas, de espaldas a mí, hurgando un termitero con un palo.

—¿Adónde crees que puede haber ido? —me dice Priu, y deja caer su palo lleno de hormigas. El palo aterriza sobre unas malas hierbas, bota una sola vez. No produce ningún sonido, pese a que tiene cierta apariencia de cascabelero. Las hormigas abandonan el palo en estampida.

—Yo qué sé —le digo—. A mi casa no puede haber vuelto. Estamos muy lejos. Este perro es tonto de remate. No sabría volver ni que le compraras un mapa de la zona.

Es una mañana limpia de principios de abril. Solo hay dos o tres nubes finas y alargadas que recuerdan al humo de los Chester de mi padre, acaracolándose y deshaciéndose en el aire. Un avión de pasajeros cruza, paralelo al horizonte, en línea recta y de izquierda a derecha, muy lento, hacia el aeropuerto de El Prat. Desde aquí no parece que vaya a trescientos cincuenta kilómetros por hora; avanza como un avión de papel. Es sábado. Sant Ramon es la montaña de mi pueblo. La llaman «montaña» pero solo está trescientos metros sobre el nivel del mar. Nos lo contaron un día en clase de sociales. Se halla justo en medio de tres pueblos, y en la cima se erige una ermita antigua que se divisa desde toda la comarca. La ves siempre allí arriba, de cara, con el rosetón de cristal y la puerta frontal bien visibles, y desde abajo parece un cíclope con la boca abierta vigilando las fábricas y los arroyos, los barrios baratos y los polígonos industriales.

Solo llegar a la cima de Sant Ramon solté a Clochard, que se había pasado todo el trayecto de subida resollando y tirando de la correa en sentido contrario, ladrando y atacando a los pinos y encinas. Gemía de una forma muy inquietante, como si llorara. Fui demasiado confiado. Bajé la guardia. Solo notar el clic del cierre de la cadena, Clochard salió corriendo, las patas traseras le tocaban el morro de lo rápido que iba, parecía un galgo de carreras, y se metió por entre los árboles y los matorrales, y ya no le volvimos a ver. Solo un ladrido esporádico aquí, otro gruñido allá. Sonaba en varios puntos cardinales a la vez. Priu dijo que esa «táctica de desorientación» era «puro Viet Cong».

No es la primera vez que sucede algo así. Muchas veces Clochard vuelve solo a casa si le paseo cerca del barrio, o en la Montanyeta. No le gustan los exteriores, y se pasa todo el paseo clavándose al suelo, como si le estuviese llevando a la perrera municipal. Ese perro *loco*. Si alguna vez se me ocurre soltarle para que trisque a su aire él echa a correr de regreso a casa, muerto de miedo, y, contra todo pronóstico, sabe hallar el camino. Pero desde aquí es imposible que lo haya conseguido; estamos a un par de kilómetros de casa. Tendría que ser un genio, un superdotado, un perro policía. Clochard no es ese tipo de perro.

–Heil. Soy yo. «El cubo está lleno» –le dije a través del interfono de su casa, unas horas antes de que empezáramos a subir a Sant Ramon.
–«Sí, de inmundicia» –dijo Priu.
–Baja.
–No, sube tú.
–No, tío, baja tú. Que llevo al perro.
–Pues átalo.
–Hey, amiguete. De qué vas. A ver si te ato a ti. No puedo tratar a Clochard así, como a un perro.

Oí a Priu carcajearse en el interfono. Si estaba bebiendo leche, seguro que salió disparada de su nariz en dos largos chorros mucosos.

—Que dice mi madre que subas —añadió, cuando logró dejar de reír—. Que hace tiempo que no te ve.

Hinché los carrillos y eché aire. Priu vive en la calle Victoria, en Marianao, en la otra punta del pueblo, y su piso me pone triste, y por eso siempre evito subir. *Trato* de evitar subir, pero casi nunca funciona. Até al perro en la puerta, Clochard empezó a ladrar y gemir casi de inmediato. Las escaleras de Priu parecían vaporizadas con ajo, aceite reutilizado, moho, suelo fregado con mochos viejos y agua sucia. Un póster contra la droga en el panel de anuncios, tras una portezuela de cristal cerrada con llave. En la pared del recibidor, una ristra de buzones metálicos verdes, todos alineados pero llenos de abolladuras, mensajes rayados con puntas de llave —insultos, en su gran mayoría, dibujos de culos cagando, mujeres abiertas de piernas, pollas escupiendo líquido— y en la parte superior de los buzones las ranuras en línea recta, tan serias.

—Hola, señora —le dije a la madre de Priu, forzando una sonrisa, en el umbral de su piso, tras subir las escaleras. Era un primero segunda, sin entresuelo. Luego me hice crujir los nudillos de las manos, apretándolos uno a uno hasta llegar a diez, pero por fortuna no se oyó nada, porque siempre tienen el televisor a todo volumen en esta casa.

—Hola, Curro —me dijo ella en la puerta, y entonces, echando el cuerpo hacia delante, me emplastó un beso pegajoso en la mejilla, casi en la boca. Sus labios pinchaban un poco, en la zona del bigote—. Qué alto estás. Cómo has crecido. ¿Qué tal están tus padres?

La casa de Priu siempre está oscura, con las cortinas medio corridas, y una fina capa de grasa y suciedad se amontona encima de todas las superficies. El padre de Priu estaba allí, incrustado en el sofá del comedor, viendo *Sabadabada*. Volumen alto; el que pondría una yaya sorda. El padre de Priu viste como el superviviente de un tornado y tiene cara de chimpancé. Está muy calvo por arriba, pero conserva algo de pelo justo encima de las orejas, al estilo monje, aunque largo y ralo, con un asomo de melena en la nuca. Está en el paro, como mucha otra gente de mi pueblo. Esa mañana llevaba un chándal de licra negro, blanco y amarillo, de rayas diagonales.

La madre de Priu casi no existe. La ves de milagro. Además, no deja de moverse, como si la estaticidad pudiese matarla. Tiene la nariz de patata, bulbosa y reluciente como la de su hijo, y a menudo la rodea un halo de caldo y cebolla, sudor de sobaco, ropa que has llevado demasiados días. Ropa fea en beis y verde botella, trenzados de poliéster. Va siempre con delantal, cocine o no. Mide casi lo mismo que yo. Es oblonga y no muy agradable de contemplar. No es como mi madre, que se afeó a base de comer, pero que de joven estaba de buen ver. Lo he visto en fotos.

La casa de Priu siempre huele. Ventosidades, polvo y nicotina, macarrones con chorizo del día anterior, mal ventilados, que cuelgan del aire como serpentinas olvidadas. Me adentré en el salón. Había cosas en el suelo. Envoltorios transparentes de paquetes de tabaco, migas de pan y trozos de huevo reseco, una peluca de click.

–¿Tu madre trabaja también? –me preguntó de sopetón la madre de Priu, admirando mi ropa, tocando el paño con dos dedos. Solo era una camiseta del mercadillo donde se leía Michigan University.

–No –dije–. Pero se lo está pensando, me parece.

–Ah –dijo ella, y luego dirigió sus ojos hacia su marido, que ni nos había mirado al entrar, como si quisiese comunicarle algo por telepatía.

El hermano pequeño de Priu entró en el comedor rascándose el trasero por debajo del pijama, y se puso a ver la televisión. De pie. La boca abierta, con la lengua tumbada sobre los dientes inferiores. El aire era pegajoso, pese a que en la calle no hacía nada de calor. En la pantalla de la televisión acababan de aparecer Torrebruno, vestido de majorette, y Mayra Gómez Kemp; estaban completando un crucigrama con rotulador en una pizarra de plástico. Por un segundo tuve la esperanza de que tras el hermano de Priu apareciese Angi, la hermana mayor de la familia, pero nadie más se materializó en el comedor.

Angi tiene dieciséis años, va al instituto de la Cooperativa, a segundo de BUP, es incluso más alta que mi hermano y siempre me trata bien, me sonríe y me dice que soy el más espabilado del colegio, y yo me quedo allí mirándola: sus tejanos negros apretados y arrugados en los bajos, y sus bambas J'hayber negras de caña alta y su cabello negro, lacio, hasta media espalda, y una camiseta negra donde pone Iron Maiden muy abultada porque le han crecido las tetas y Priu dice que es de comer piel de pollo y almendras y que parece una vaca lechera, pero a mí Angi no me parece en absoluto una vaca lechera. Tiene unos pocos granos en la cara pero no importa, ella es la única razón por la que subo a esta casa, a veces incluso hacíamos peleas con ella Priu y yo, nos tirábamos encima de ella en su cama y le hacíamos cosquillas y estaba llena de bultos nuevos y firmes aquí y allá, pero ya no hacemos eso porque un día nos dijo que si le volvíamos a meter mano nos arrancaba la piel a tiras.

Angi también me gusta porque les devuelve los gritos a sus padres. Les cierra la boca. Les llama inútiles y vagos, les dice que ella habría preferido ser huérfana, que solo el azar ha hecho que sean sus padres, y luego da unos portazos que sacuden la finca y ya en la habitación pone la música a todo volumen, a modo de protesta no silenciosa, pero justo antes de dar el portazo a veces me mira y me sonríe y me guiña el ojo.

–¿Quieres una galletita? –me dijo la madre de Priu de repente, abriendo la tapa de una caja de surtido Cuétara ya abierta, donde solo quedaban las migas y también las reblandecidas que nadie quería, pero no podías abrir la segunda bandeja hasta que se terminasen todas las de arriba. Era la ley. El hermano de Priu, que aún estaba delante del televisor, se hurgó la nariz y sacó un moco medio seco medio blando, con secreción interna como de caracol, y se lo comió ante mis ojos.

—No gracias, señora —respondí, con un gesto afable me palmeé la barriga, y luego me froté a fondo ambas manos, y luego las acerqué a mi cara, y olían a metal de la correa de Clochard.

—¿Vamos a la habitación a jugar? —me dijo Priu. Llevaba una camisa marrón de nailon con el cuello enorme, y unos pantalones de pana también marrones, algo más claros, acampanados, y las Tórtola grises. Priu solo tenía dos juegos, pasados de moda, y le faltaban la mitad de fichas y cartas, y su padre fumaba Ducados y olía a sobaco y nunca decía hola.

—¿Estás loco? —se me escapó—. Quiero decir: no, tío. Que tengo a Clochard abajo y a lo mejor ha tirado tanto de la puerta que se la ha llevado con él.

Priu se echó a reír.

—¿Está tu hermana? —le dije.

—¿Qué? No lo sé. No, creo que no —me dijo sin mirarme.

Su madre me ofreció de nuevo el surtido Cuétara. Esta vez tomé una galleta, aunque sin llegar a morderla, pensando que ya se la daría a Clochard cuando lográramos salir de allí. Su padre gruñó y, desplazando la parte inferior del cuerpo, levantó una sola nalga del sofá. En el televisor, de fondo, aparecían los Niños de San Ildefonso, con sus trajes cruzados y sus rayas al lado. Di toques con la punta de las bambas en el suelo, mientras observaba la puerta cerrada de la habitación de Angi. Una cruz satánica del tamaño de una mano, en negro sobre blanco.

—¡Para ya con el pie, cojones! —me gritó el simio, desde su sofá, pero sin dejar de mirar la pantalla iluminada.

Tardamos más de una hora en subir a la cima de Sant Ramon. Más de lo habitual, porque esa mañana tomamos una ruta rara, serpenteante, no la lógica que utilizábamos cuando lo único que queríamos era llegar lo antes posible. No sé por qué. Supongo que disponíamos de mucho tiempo, hacía un día bonito de primavera, nadie tenía prisa por volver a su casa.

Habíamos cruzado Marianao de punta a punta. A ratos andábamos cogidos de los hombros, Priu y yo. Silbando la sintonía de aquella peli de prisioneros de guerra americanos que dieron por televisión hace poco. Poco a poco dejamos atrás las casas baratas y los pisos de tres o cuatro plantas y nos adentramos por entre los bloques de catorce pisos de la Ciudad Cooperativa. El extrarradio del extrarradio. Si cruzabas la Cope ya te salías del todo de la órbita; estabas fuera del radio, fuera del universo, en lo desconocido: el limbo.

Dejamos atrás los descampados, las rieras rodeadas de juncos polvorientos y moreras retorcidas, sucias pero aún verdes y frondosas. En un par de meses darían moras comestibles, y llenarían el suelo de frutos chafados. Ahora, sobre el fango seco, solo se distinguían huellas profundas de pisadas, agujas hipodérmicas y revistas pornográficas rasgadas, junto a un sofá del que brotaban los muelles por dos o tres partes, y en los cojines despanzurrados había manchas de sangre y meados y vómito seco.

Cruzamos las vías de los Ferrocarriles, pisando con cuidado las piedras puntiagudas. Echamos un vistazo a ambos lados de la vía, no se distinguía ningún tren, solo vías y maderos atravesados, un pasillo de cañaverales hasta la primera curva. Cruzamos por entre las espiguillas y las cañas, los vallados y las zarzas secas, de vez en cuando topábamos con vertederos improvisados, y uno que parecía más asentado: carrocerías enteras de coche, sin puertas ni ruedas, bañeras rotas, llantas herrumbrosas de bicicleta, lámparas de pie con baño de oro falso medio despellejado y sin bombilla, allí una nevera Kelvinator pasada de moda, allá una televisión en blanco y negro con la pantalla rota. Todos los desechos se amontonaban en un pequeño cerro de ocho o nueve metros de altura. Muchas pilas de fregadero, fragmentos de tubería, flexos sin la base, sillas con el asiento manchado, o una pata rota.

–¿Oye, tu hermana habla de mí alguna vez? –le dije a Priu mientras él, en la base del cerro de basura, pateaba sin ganas el lateral de un televisor.

–¿Qué? –dijo él, sin volverse, buscando más trastos que reventar–. Para qué. No, no ha dicho nada. Mi hermana es tonta perdida, tío. Tiene más granos que una paella. ¿Qué más te da a ti lo que ha dicho?

—Beh. Nada. Vamos –le contesté.

Luego me tiré un pedo, uno retumbante, allí en el vertedero, para que Priu viese que no me estaba poniendo cursi ni nada, y Priu me pegó un empujón y me dijo, riendo, que descargase mi *napalm* en otro sitio. Se oyó un tren. Iba rápido. El ruido que hacía sobre las vías llevaba acentos, como una melodía. *Trop*-tro-tro-tro-*Trop*-tro-tro-tro...

Seguimos andando: más uralita, alambre de espino, más descampados, algún huerto de alcachofas, uralita otra vez, cultivos furtivos con tomateras reumáticas y alguna lechuga tímida, una pequeña choza hecha con planchas de acero, plástico y alambre, cuatro tochanas mal ensambladas, robadas de una obra. Un viejo con sombrero de paja y la cintura muy amplia, los pantalones por encima del ombligo, regaba con una manguera de la que brotaba un chorro débil.

Más adelante, las naves industriales. Eran tantas que casi formaban un segundo pueblo. Fábricas de cojinetes, chucherías, mangueras, aceitunas, vinos y conservas, frutos secos, rejas Mecatramex, cemento, yeso, medicamentos, neumáticos, aceros, soluciones de aluminio, palets, servicios de transporte. También se veían algunos invernaderos con techos frágiles y paredes de plástico que volaban aquí y allá, como rasgadas, como si alguien las hubiese atacado a navajazos. Y todo el rato postes de luz y teléfono, de madera basta y fea, muy viejos. Solo un palo de cucaña con dos cuernos, y otro algo más allá, y otro, y otro más.

A ratos el aire olía a chocolate a la taza. No sé por qué. A veces a fresa, por la fábrica grande de mermeladas que había a la entrada del pueblo. A veces a caucho quemado, a malas hierbas ardiendo. A veces a diarrea. Casi siempre a diarrea. Ya ni la olíamos. La costumbre.

Con mis padres, hace unos años, cuando los cuatro aún íbamos a sitios juntos, dábamos un paseo como el que habíamos dado Priu y yo aquella mañana, solo que esquivábamos los huertos y los vertederos y los polígonos y subíamos por la parte frondosa del bosque, la que mira al pueblo. La vía directa. Richard aún no había hecho el cambio, y venía también. Mi abuelo paterno Sebastián, el *desequilibrado,* acababa de morir, pero nadie parecía haberse inmutado, no se hablaba ya de él, había sido desterrado de todas las conversaciones, que ya solo buscaban aferrarse a principios optimistas o, cuando menos, inocuos.

Subíamos andando, cada diciembre, los cuatro, padre y madre y dos niños, en chándales sobre jerséis de cuello de cisne y anoraks, el aire tan frío que casi se podía agarrar con el puño, y mi padre nos enseñaba a recoger musgo para el belén. Levantaba aquella pequeña esterilla de verdor mojado con un cariño extraño, inusitado, usando su bonita navaja portátil con mango de hueso, y la depositaba en nuestras manos igual que si fuese un erizo herido, con *tanto* amor, y todo el bosque estaba húmedo y helado pero era agradable, y mi hermano no me zurraba casi nunca, lo pasábamos bien juntos porque Richard todavía no había descubierto el básquet, jugaba conmigo a hacer-que-éramos y al escondite y a lanzar piñas a discreción, y en el bosque había muchas encinas, y los pinos blancos se amontonaban por todas partes, inclinados de esta o aquella manera, haciendo bulto pero completamente asimétricos, cayendo los unos encima de los otros, como un manojo de borrachos saliendo de La Murtra.

Aquello terminó. Ya no subimos nunca a Sant Ramon. Mi hermano se va a entrenar a básquet, a reírse de los patosos y rollizos delante de las chicas que le gustan; mi madre se queda viendo *Sabadabada* mientras ingiere emparedados cada vez más robustos, con combinaciones inusitadas de embutidos, carnes y salsas; y mi padre, que no había hecho deporte en la vida, ignora su vieja pecera y su cubo de Rubik y sus maquetas de naves espaciales y se va a trotar a las pistas de atletismo del Llor, el colegio para ricos que hay en las afueras de la ciudad. Se pasa la vida allí. Se debe de haber hecho socio, supongo.

La ermita está abierta. No es hora de misa, no se oyen rezos ni cánticos. Priu y yo accedemos al interior después de abrir la puerta derecha del vestíbulo, pasada la gran puerta frontal. Es improbable que Clochard se haya metido dentro, pero trato de descartar opciones. Se está fresco. Unos pocos reclinatorios alineados, las paredes desnudas, el mínimo de decoraciones en el altar. Una efigie de San Ramón Nonato ocupa el centro del retablo de madera. Un santo calvo y barbudo, patrón de los partos, los recién nacidos y las personas falsamente acusadas. Nos lo contaron en catequesis. También nos contaron que los musulmanes le perforaron los labios con un hierro al rojo y colocaron un candado allí, para impedir que siguiese predicando.

—¿Cuál es el tuyo? —me dice Priu de repente, en un susurro que parece un grito. Y señala los exvotos. Cuelgan de una gran pared de piedra basta, al lado de la entrada, en el lado derecho del edificio: patucos, ranitas, gorros, guantes, incluso extremidades ortopédicas de plástico amarilleado por las décadas: pies; piernas; codos; una oreja de plástico. Moldes de brazos escayolados. Chichoneras. Vestidos de comunión enteros, cubiertos con fundas plásticas de tintorería. Ofrendas que las madres de la comarca llevaban casi un siglo entregándole al santo para que sus hijos no naciesen inválidos, cojos, mongólicos. Muertos.

Cuando aún subíamos juntos toda la familia, mi madre nos obligaba a entrar en la ermita, y nos mostraba, sobrecogida, los exvotos, como si ella fuese la guía de un museo. Empalidecía. Le encantaba ese momento. Recordarnos la existencia de la muerte y la enfermedad, el padecimiento de los inocentes. A Richard y a mí nos daba algo de asco ver toda aquella pared llena de calcetines y chichoneras de bebé, siempre buscábamos alguna excusa para apartar los ojos.

—No estoy muy seguro —le susurro, luego señalo, sin que mi dedo haga contacto, un patuco de tipo calado, con bordados de fantasía y dos borlas repipis. Ahora amarillea, de puro viejo, y lo cubre una capa protectora de grasa y polvo—. Creo que este de aquí.

Mi madre, siempre que subíamos aquí, miraba mi patuco clavado a la pared de la capilla y se echaba a llorar a berridos, sin poder controlarse, como si yo hubiese muerto, pese a que estaba allí, ante sus ojos. Mi padre no entendía lo que le sucedía; pero yo sí, creo que yo sí entendía. Podría haberle contado a mi padre lo que le pasaba a mi madre por la cabeza, pero nunca lo hice. Nadie lo hizo. Creo que él jamás lo entendió.

–¡Clochard! –grito otra vez, de nuevo en la puerta de la ermita.

Priu y yo bajamos al trote la escalinata de la ermita, cruzamos el pequeño patio delantero y pegamos las barrigas a un muro de medio metro que delimita la ermita y lo que llaman «mirador». Un viento muy suave nos acaricia la cara; viene del Mediterráneo. Lleva romero, mimosa y humo de hierbajos quemados. La ermita vigila el Baix Llobregat, toda la zona, el delta entero hasta el mar. Bloques de edificios, fábricas, pueblos adheridos a la tierra como costras resecas, huertos famélicos y polvorientos. Las vías de los Ferrocarriles Catalanes sobre el terreno son como el entramado de venas de un cuerpo despellejado. Imagino siluetas humanas en los tubos gigantescos, simétricos, de la gran fábrica de cemento. Se distinguen hogueras pequeñas aquí y allá, hasta donde alcanza la vista. Mi padre dice que esta montaña tiene la vista más bonita del delta. Yo siempre sigo su dedo, intentando atisbar esa belleza de la que habla, pero nunca lo logro. Debemos de estar hablando de cosas distintas.

–Vamos a separarnos, tío –le digo a Priu, algo alicaído, no sé por qué; este paisaje siempre me deprime un poco–. Tú ve por allí y yo iré por aquí. ¡Clochard! ¡CLOCHARD!

Como no encuentre al perro este me la voy a cargar. Mi padre me mata, no lo digo en broma.

—¿Ese no es el coche de tu padre? —me susurra Priu, a mi espalda.

—¿No te he dicho que nos separáramos, caraculo? —le contesto, susurrando también, agazapado tras una zarza. Las moras están verdes aún, faltan un par de meses para que sean comestibles—. ¿Qué haces aquí?

—Me ha dado un poco de cague ir por ahí solo, tío —dice—. Es un bosque misterioso. Como si fuese a saltarte encima un orco, de algún matojo, o algo.

Chasqueo la lengua contra los dientes delanteros. Un *orco*. Venga, Priu.

Observo el coche. Es el Seat 124 blanco de mi padre. Matrícula: B-3005-BL. La pegatina de Snoopy con la bandera catalana. Herrumbre en los cierres de las puertas, y también en el parachoques. Polvo que se acumula en las ventanas y casi impide que puedas ver el interior, como sucede en las limusinas de los ricos. El rasguño alargado que recorre toda la parte derecha del coche, y que mi padre le hizo aparcando en Castelldefels, contra una papelera, un día en que estábamos todos dentro, dándonos de hostias, y le desconcentramos.

—Oye, Curro, ¿qué hace el coche de tu padre ahí? —pregunta Priu.

—Se lo habrán robado —digo, con poco convencimiento en mi voz.

El coche se encuentra en la parte baja de un desnivel, en la ladera que lleva a Viladecans y los polígonos del sur. A unos treinta metros de donde estamos nosotros, acuclillados tras la zarza. Debemos de estar cerca del pequeño camino sin asfaltar que se encarama a la montaña. Me froto las manos con una fuerza tremenda, por el dorso y por la palma, y dentro de mi boca golpeteo los molares de arriba contra los de abajo.

—¿No decías que tu padre iba a correr al Llor todos los sábados? —insiste Priu.

Ni contesto. Seguro que frunce el ceño; las cejas le deben de casi tocar la punta de la nariz. Trato de mirarle, pero de golpe noto un intenso dolor en la parte derecha del cuello y me doy cuenta de que no puedo volver la cabeza. Como si se me hubiese partido un tendón. Me llevo la mano a la zona dolorida. Tortícolis aguda. Me sucede a veces, cuando me angustio.

Se oyen unos ladridos. Clochard. Al fin. El rumor de su voz se va intensificando, Priu y yo somos capaces de distinguir la cadencia de su trote en dirección hacia el claro del bosque en el que se encuentra el Seat. En unos pocos segundos Clochard hace su aparición en medio del claro. Tiene el pelaje negro repleto de bolas de maleza y hierba seca. Ladra sin control, esparce su meado por todo el contorno del coche mientras da cabriolas, y restriega su cabeza contra las puertas, dejando una marca de baba y sudor de hocico en el polvo de la superficie, y brinca muy alto, con la cabeza por encima de las ventanas, y luego se pone a rascar la puerta del conductor como rasca la puerta del váter algunas noches.

—Bueno, ya hemos encontrado a ese perro sarnoso —dice Priu.

Zarnozo.

Le arreo un toque que no es tic, pero Priu no reacciona. La puerta del conductor se abre de repente, y todo se queda quieto. ¿Han callado los pájaros? Es imposible, pero en aquel momento lo parece. Como si un silencio premonitorio, el que precede a los grandes accidentes, ocupase la montaña entera.

Mi padre. Ha doblado el cuerpo para salir del coche y no darse un cabezazo contra la puerta, y ahora se incorpora. Lleva la camisa abierta del todo, cuelga a ambos lados de su torso peludo, y se está abrochando unos pantalones tejanos con pinzas que le encantan: un poco lavados a la piedra, planchados con raya, marca de mercadillo, muy prietos en las nalgas pero espaciosos en los bolsillos. Va descalzo. Sus pies desnudos sobre la pinaza. Pies amplios, morenos, con vello en el empeine, las uñas siempre bien cortadas. Mueve los dedos de los pies.

—Tú espera ahí —le dice mi padre al interior del coche, sin volverse, mirando el bosque que le rodea.

Mi padre se inclina un poco, hacia delante y hacia la derecha, lo justo para acariciar el lomo de Clochard durante un segundo, el perro se tumba de espaldas para que mi padre le rasque la panza, y mi padre lo hace, y a la vez sigue examinando el bosque con mayor intensidad. Las cejas levantadas, y luego no, luego unidas por la mitad, los ojos entrecerrados, la frente arrugada. Como el que trata de entender uno de esos problemas de trigonometría que no hay quien entienda.

Se abrocha la camisa, botón a botón, en sentido ascendente, no al revés. La camisa tiene motivos egipcios (jeroglíficos, ojos y escarabajos y la cruz ansada), es de manga corta y muy bolsuda, y ahora mi padre se la embute por dentro de los pantalones. Le gusta ir ancho de tórax y angosto de pernera. Su pelo nace hacia arriba desde una raya en medio y luego cae hacia ambos lados del cráneo, solo que se lo peina hacia atrás, con efecto de ir en moto. Ahora está despeinado; el pelo se le levanta aquí y allá, como si se lo hubiese estado frotando. Ya no: acaba de peinarse con las dos manos en forma de rastrillo, aplastando hacia atrás cada lado rebelde. Luego tuerce el cuello, inclinando la cabeza, casi puedo oír el crujido que siempre hace ese movimiento.

Agarro la nuca de Priu con mi mano derecha y le obligo a arrimar la cara al suelo, casi tumbado. Yo estoy en la misma posición. Mis labios rozan la hierba y las espiguillas, porque no puedo volver la cara y apoyar la mejilla. Estoy clavado.

No sé cuánto rato paso así. No sé qué hace mi padre. He dejado de espiarle, pues la prioridad era que no nos viese. Me duele mucho el cuello, y ahora también la clavícula y el hombro. Me entran unas ganas terribles de cagar. Me sucede cada vez más a menudo, lo de no poder controlarme. Hago presión con mis nalgas, para meter hacia dentro el problema.

–Es como un documental de Félix Rodríguez de la Fuente, ¿no? –susurra Priu, a punto de reírse, pero espero que no empiece a reírse, porque le aplasto la nariz de un puñetazo. Afecta una voz más grave que la suya–. Tu padre y su hábitat.

–Cállate.

–«Aquí podemos ver al majestuoso Sebastián adulto...» –continúa–. «Oh, es una espléndida criatura, amigos.»
–¡Que te calles! –digo, con otro susurro gritado.

Priu se calla, *majeztuozo, ezpléndida,* y entonces empieza a hacer esa cosa que siempre hace. Se lleva un puño a la boca y empieza a respirar dentro de él. No es carraspera, sino algo más delicado. Cuando Priu hace esto en mi habitación, a media partida de La Fuga de Colditz, a mí me inunda un sueño muy dulce, una estaticidad desconocida. Mis tics se suavizan, dejo de guiñar los ojos y de dar toques al suelo.

Pero ahora no cumple esa función. La voz no logra calmarme.

El coche de mi padre arranca. Tartamudo. Un repiqueteo que al final se transforma en ruido de motor. El sonido cambia, la marcha aumenta, mi padre da gas y Clochard empieza a lanzar salvas de ladridos para despedirle. Sigo con la nariz pegada al suelo. Aspiro la fragancia de la tierra, mezclada con algo de eucalipto y tomillo; también algarrobas, ese aroma tan dulzón, empalagoso.

El coche se aleja con lentitud. Luego acelera. El ruido del motor disminuye con la distancia, se oye el crujido de las ruedas por encima de la hierba seca y luego la gravilla del camino, pedruscos que parecen romperse bajo el duro neumático, todo con el acompañamiento de Clochard, que no deja de ladrar. Me arriesgo a levantar un poco la cabeza, y noto un dolor punzante en el cuello. Los pájaros vuelven a trinar. Un jilguero aquí, otro allá, espaciados, dándose la vez, como si comentaran lo sucedido.

Cuando Clochard considera que ha despedido a mi padre se queda embelesado, mirando a un punto distante del horizonte. La lengua fuera. Respira fuerte, puedo ver su caja torácica, cómo se amplía y contrae bajo los manojos de pelo negro.

–¡Clochard, ven aquí! –grito, echándome una mano al cuello, señalando con la otra a mis pies, ya incorporado del todo, aún haciendo presión con las nalgas. Doblo un poco las rodillas hacia dentro y me llevo la mano al culo.

El perro arranca a trotar hacia mí, eufórico, como si no me hubiese visto en muchos años. Representa su danza de la alegría a nuestro alrededor. Le observo. No puedo volverme hacia Priu. Finalmente lo hago, pero rotando solo cintura y tronco.

–«¡Mazinger-Z, el-mons-truo me-cánico!» –dice Priu, con una voz robotizada, hablando a trompicones–. «Condu-cirás ese po-der cómo de-sees, Ko-ji Ka-buto, ¡el-mundo te-perte-nece!»

–Cállate, te he dicho. ¡Se me ha quedado clavado el cuello otra vez, gilipollas! ¿Es que no lo ves? Y me estoy *cagando*, hostia puta. Me estoy cagando un montón.

–«Lo veo» –contesta Priu, simulando que su puño es un micrófono–. «Es muy raro vislumbrar a un ejemplar adulto de Sebastián realizando su danza de apareamiento, queridos telespectadores. Hemos tenido mucha suerte...»

–¡He dicho que te calles, imbécil! –Y le arreo un empujón en el pecho, noto otro estoque en el cuello, otro en el culo, percibo al momento que se me ha escapado un pequeño chorro de mierda líquida, y Priu pierde pie y cae de culo al suelo. Sobre las zarzas. Un grito de dolor. Clochard se le lanza encima y empieza a lamerle la cara con su aliento, que huele a basura.

Me froto las manos. Me hago crujir los nudillos. Me huelo los dedos. Noto la humedad en mis calzoncillos. Me cago en mi padre.

7

—Ya tengo la respuesta, señor.
—¿Cómo dices, Plácido? —responde Curro, incorporándose, pensando «las dos manos en la fregona; una sujeta, la otra presiona», como le enseñó sor Lourdes–. Desde aquí dentro no te oigo. Habla más alto, por favor.
Han pasado cinco días desde su último intercambio de palabras. Curro está limpiando sangre de un lavabo del pabellón H. Alguien no pudo soportarlo más y aquella madrugada se había cortado las venas, salpicándolo todo. Suelen encargar a Curro las tareas de limpieza de la mayoría de los suicidios, porque su obsesión compulsiva es útil para limpiar de forma agresiva las manchas resistentes. La sangre no ha coagulado todavía. Conserva el color rojo y reluciente, repartido por los azulejos y la baldosas en salpicaduras con formas diversas, y en charcos más pequeños o más grandes en el suelo. Cuando Curro pasa la fregona queda allí un zarpazo de animal, diluido en el agua, que le recuerda a los documentales sobre tiburones. Llueve fuera, pero no es un día gris sino luminoso. Como si el agua cayese sin usar las nubes.
—Digo, señor, que ya tengo la respuesta a su pregunta del otro día —dice Plácido, vocalizando. Curro solo oye su voz, porque el sirviente se halla al otro lado de la puerta verde del excusado–. Por qué alguna gente se rompe y alguna no.
—Casi no te oigo, Plácido —dice Curro, mientras deja la fre-

gona y, agarrando un trapo, ataca con saña una mancha de sangre de la puerta que sí empezaba a coagular. El ruido de las gotas sobre los tragaluces ha aumentado, y oculta las palabras del sirviente–. Habla más alto.

–La respuesta es que no hay respuesta, señor –dice el sirviente, elevando el tono–. No existe una razón. El cerebro de todos esos hombres y mujeres y niños se sostiene con nada, como el hilillo de carne que se aferra a un diente de leche, por utilizar un símil. Todo el mundo está a un paso de perder la razón; nadie es inmune. A veces le toca a uno, y eso es todo, señor. Se enciende el interruptor de la enfermedad mental, y algunas veces uno no puede hallar un motivo concreto, y otras veces uno sí puede, como es su caso.

–Entiendo.

–Mi consejo es que no le dé más vueltas, señor. A veces solo hace falta un día malo. Como debió sucederle al pobre desdichado que se quitó la vida ayer, o como sin duda le sucedió a Roca.

–¿Quién narices es Roca? –dice Curro, sin parar de frotar.

–El levantador de pesas nazi, señor. ¿Recuerda? Es un maníaco depresivo de treinta años. Lleva cinco de esos años ingresado en otros centros de la provincia, y acaban de trasladarle aquí para probar una nueva terapia. Es esquizofrénico. También disléxico. *Muy* agresivo. Cuando era niño los demás chavales se reían de sus pestañas, y le llamaban Nancy.

–¿Cómo dices? –Curro interrumpe su tarea, pero no se incorpora. Solo se queda paralizado, de rodillas en el suelo, con un lado de la cabeza inclinado hacia la voz de su mayordomo, trapo sangriento en una mano, pistola limpiacristales en la otra–. Repite eso último, te lo ruego. Y acércate a la puerta.

–*Nancy,* señor. –Plácido obedece. Se acerca a la puerta–. De Jesmar, señor. Creo que por sus pestañas. Son anormalmente largas. Esto lo he deducido yo mismo, señor.

–Muy bien. Continúa, por favor.

–De acuerdo. Todo apunta a que el señor Roca fue maltratado de forma continuada en sus años escolares por el resto del alumnado. Una humillación sostenida. Sin amigos. Experimentó una soledad terrible. Los demás niños se reían de sus andares gráciles y sus intereses poco... masculinos. Y sus pestañas. Eran muy largas, como ya le he dicho. También tenía dificultades en cuanto al aprendizaje lectoescritor, que por supuesto eran independientes de su capacidad intelectual o cultural. La dislexia dista de ser bien comprendida, especialmente a esas edades. Para acabarlo de complicar todo, su padre abandonó a la familia y se marchó a Andorra con una mujer mucho más joven. Allí se compró un coche. Un Toyota.

–¿Un Toyota? –dice Curro. Deja trapo y espray en el suelo, se incorpora y abre la puerta verde–. ¿Cómo puedes saber eso?

–Tengo mis fuentes, señor –contesta Plácido, erguido en mitad del baño, a la vez que realiza un casi invisible mohín de orgullo–. Un Toyota Corolla de 1980. Rojo. De vez en cuando el padre aparecía con el mencionado Toyota por el pueblo, anormalmente bronceado, acompañado de su nueva concubina, y visitaba a sus hijos durante una hora de reloj. La madre de Roca padeció una grave depresión a consecuencia del abandono, y tuvieron que internarla. Tardó mucho en recuperarse. Una infancia de lo más desgraciada. A los quince años, Roca hizo el cambio, creció a lo ancho y, tras echar un rápido vistazo a su nuevo cuerpo (el que usted tuvo la oportunidad de ver allí en el jardín, hace unos días), digamos que decidió que el mundo iba a pagar por lo que le había sucedido. El resto puede usted imaginarlo, señor.

–Acaban de administrarme diez miligramos de tioridazina por vía oral, Plácido. Mis circuitos están embotados y no entiendo una sola palabra de lo que insinúas. Haz el favor de completar el cuadro.

–Claro, señor. Disculpe. Hacía referencia a los numerosos conatos de agresividad homicida que ha padecido el señor Roca desde que empezó a manifestarse su dolencia, señor. Roca se aficionó temprano a ir de «cacería», como suelen llamar a esa actividad, junto a células de inclinación xenófoba vinculadas a clubes de balompié. Por lo que sé, destacaba por su ferocidad y saña incluso en aquellos grupúsculos, donde la competencia era dura. Le bautizaron como Doctor Muerte en una de aquellas últimas células patrióticas. Por desgracia para ellos, cuando sufría uno de sus brotes tendía a no distinguir entre amigos y enemigos, y terminaba mandando a urgencias a sus propios camaradas, creyendo que su tez era más oscura de lo que era o que su acento sonaba «rumano». Resumiendo: está loco, señor. Como una regadera, como suele decirse. Voces, sobre todo, en el interior de su cabeza. Le dan órdenes de lo más precisas para..., ya sabe, señor.

–Sí. Conozco la sensación, Plácido –dice Curro, que emerge del cubículo y procede a lavarse las manos debajo de un grifo. El agua de la pila se tiñe de un color diluido, más anaranjado que rojo, parecido al salmorejo–. Es curioso. –Pausa, examina el agua, que desaparece en remolinos sanguinolentos por el desagüe–. Mira a este pobre. Se derrumbó por completo, quizás a la mínima de cambio. Yo, por el contrario, casi nunca he sufrido esa inclinación suicida, no sé por qué. Incluso en las peores épocas conservé un absurdo apego a la vida. Bueno, exceptuando aquella vez, Plácido. En el terrado, cuando tú...

–A veces uno se suicida *contra* algo, señor –le corta Plácido–. Uno quiere matar la voz, lo que le amenaza. Para dejar de ver las cosas terribles que el... Que el *otro* le mete en la cabeza. –Carraspea–. Es lo que tengo entendido, señor.

Curro le mira de reojo. Plácido permanece impávido, como siempre. Pero tal vez, solo tal vez, detecta un minúsculo temblor en la pestaña izquierda.

–En fin. ¿Algo más que puedas contarme sobre nuestro nazi loco? –le dice.

Curro cierra el grifo, al terminar, y sacude ambas manos. Plácido le acerca una toalla. Curro procede a secarlas. Dorso, palma, dedos. Muñecas, dorso otra vez, por si acaso.

–Las dos aves tatuadas en su pecho. Se trata de dos somormujos lavancos. *Podiceps cristatus*. En cortejo nupcial, como creo haberle sugerido aquel mismo día. Las poses enfrentadas, ¿me explico?

—De forma diáfana, Plácido. —Curro continúa frotando manos y toalla, sin poder ocultar cierto desinterés hacia esa parte de la explicación; los animales nunca le han interesado–. ¿Qué más?

—Es ornitólogo, señor. Su hobby. Se dedica a observar pájaros. Así me lo dijo él mismo.

Curro levanta la cabeza y mira directamente a los ojos de su mayordomo. Cesa de frotar.

—¿Cómo? ¿Hablaste con él?

—Afirmativo, señor. La mejor manera de enterarse de algo es preguntarlo, ¿no cree, señor? Por desgracia, el señor Roca despidió nuestro breve intercambio de pareceres con una larga serie de insultos de carácter sexual dirigidos hacia mi persona que me niego a reproducir, señor. También me conminó a volverme a «África», y colocó su puño a unos dos centímetros de mi nariz. Así. —Plácido realiza el ademán, Curro da un paso sobresaltado hacia atrás–. No se preocupe, señor. Mis reflejos están en perfecto estado. Boxeé en el equipo de mi universidad. Peso wélter. Pero creo que el señor Roca buscaba comunicarme que no tendría el menor problema en desmenuzar mi tabique nasal a implacables golpes de puño si continuaba haciendo preguntas.

—Sí. No parece que exista ninguna duda al respecto. ¿Sabes qué? Se me está ocurriendo un plan de lo más astuto. ¿Recuerdas que sor Lourdes decidió asignarme una actividad extra? Me encargaron, ella y Skorzeny, que organizara alguna actividad deportiva para los chicos del pabellón H. Para levantar la moral, y todo eso. ¿Dónde dejo esto?

—Yo me ocupo, señor. La echaré a la ropa sucia. —Plácido toma la toalla húmeda, teñida de unos pocos restos de sangre aguada, de las manos de Curro y la dobla sobre sí misma y se la coloca bajo el brazo–. ¿Cómo se encuentra el doctor Skorzeny, si me permite preguntárselo?

—Pues cada día más calvo, Plácido. Y me es imposible no percibir que, cuando hablamos, tiende a echar mano de un bote de fármacos cuyo contenido decrece a pasos históricos.

Venga, salgamos de aquí de una vez. –Curro se encamina hacia la puerta del baño. Plácido le sigue–. La cuestión es que sor Lourdes me dio dos opciones: dijo que podía ocuparme de esa actividad deportiva, o incorporarme a la brigada voluntaria de limpieza de ancianos incontinentes del pabellón D. O sea, que se trataba de dos opciones, pero en realidad era una sola. Acepté de buen grado la atlética, claro.

–¿Y cómo salió todo, señor? –pregunta. Están ambos en el pasillo, ahora, andando hacia el porche. Hablan mientras andan, sin mirarse. Plácido va un paso por detrás de su empleador.

–No muy bien, a decir verdad. Organicé unas carreras de relevos, pero no logramos pasar del primer relevo. Un colosal bochorno, Plácido. Los dos primeros corredores eran esquizos comunes del pabellón A. Se suponía que tenían que completar una vuelta entera al perímetro del hospital, y con esas indicaciones echaron a correr ambos. Al cabo de cuarenta minutos no me quedó más remedio que aceptar que no iban a regresar.

–Un incidente desafortunado y nada más, señor. Permítame recordarle que «el éxito es la capacidad de ir de fracaso en fracaso sin perder el entusiasmo». Churchill, señor.

–Gracias, Plácido –dice Curro, volviéndose hacia su sirviente rotando solo la cintura, sin dejar de andar. Luego recupera la postura original y mira al frente, andando con decisión–. Lo tendré en mente. La cuestión es que sor Lourdes me conminó a relatarle lo sucedido al doctor Skorzeny. Que si «sabrá comprenderme», que si «lo peor es mentir»... Ya ves por dónde voy. Se equivocaba, como puedes imaginar. Skorzeny no solo no me felicitó por mi sinceridad, sino que me culpó de la fuga de los relevos, me castigó a limpieza de suicidios, como ya has visto, y me comunicó de forma tajante (a *gritos*, Plácido) que quería un «equipo de algo» organizado «de forma total» a principios de marzo. Le encanta la palabra «total», a ese hombre. Luego sufrió un ataque de hipo, y engulló un puñado de pastillas del bote, y luego se atizó un par de puñetazos en el pecho para tragarlas. Estaba de un color violáceo. Casi se asfixia. No me arriesgo a aventurar un diagnóstico sobre su conducta (después de todo, el

médico es él), pero ese hombre no está muy bien de salud, Plácido. Tiene mala cara, ¿no crees? Al salir de su despacho, por cierto, oí un sollozo que se transformó en grito desolador. Ah, y sor Lourdes me catalogó, acompañándome al pabellón, de «escoria espasmódica».
–Lamentable, señor.
–Escoria Espasmódica. Parece el nombre de un conjunto de música moderna, ¿verdad?
–No sabría decirle, señor.
–No, claro.

Curro y Plácido salen al porche, tres minutos más tarde. El chaparrón se ha intensificado. La luz incongruente ha desaparecido ya, tragada por nubarrones rechonchos y negruzcos. Hay charcos cada vez más amplios en la calzada; el agua no deja de escupir y hacer ondas en su superficie. Una sólida cortina de agua difumina los pabellones. Todas las luces encendidas en el interior de los edificios. Se oye otro trueno a media distancia. Alguien gime, no muy fuerte, en algún punto del hall, que han dejado atrás. Un gemido repetitivo, cíclico. Una ambulancia se acerca por el sendero asfaltado, a muy poca velocidad, se detiene ante el pabellón C, dos enfermeros descienden del vehículo y, cubriéndose las cabezas con las propias batas, como si fuesen monstruos decapitados, corren hacia el edificio.

Un grupo de siete enfermos mentales, dos mujeres y cinco hombres, desciende ahora las escaleras del pabellón C, el de subagudos, que queda a su izquierda, y cruza por delante de ellos. Todos parecen locos, igual que Curro; es ese *algo* indescriptible. Los hombros caídos, quizás, la mirada encajada en un punto lejano; ojos rotos y vacíos y polvorientos, como el escaparate de una tienda que hubiese quebrado años atrás. Llevan ropa anticuada, de los ochenta, jerséis de poliéster trenzado de un bermellón intenso, los pantalones muy caídos pero no por moda. Bambas J'hayber blancas en los pies, más grandes que barcazas.

–¿Sabes, Plácido? –dice Curro ahora, examinando al grupo de locos que se aleja–. Quizás lo anormal sea la cordura, después de todo. ¿No crees? Es un mundo regido por la aleatoriedad, rodeado de vacío. Crueldad y violencia. Donde nada significa nada y los inocentes son aplastados. En un mundo así, Plácido, solo puedes beber o enloquecer. Yo hice lo primero y luego, cuando eso ya no bastaba, lo segundo.

–Lo sé, señor. Muy profundo, señor.

–En cambio, toda esa gente de fuera, todos esos... normales. –Curro dibuja una mueca de asco con la cara, niega con la cabeza, irritándose por momentos con el mundo, con su vida de mierda, con su pasado, con *todo*–. Andando por la calle con sus caras de normalidad, haciendo sus cosas de normales, pretendiendo estar cuerdos en un mundo donde aviones se estrellan contra rascacielos, donde adultos violan a niños, donde terroristas atropellan a transeúntes en nombre de un Dios ficticio... –Se le rompe la voz. Se interrumpe un instante y luego continúa, resuelto–. Los raros no son los de aquí dentro, Plácido. No. Ellos son los razonables, porque han intuido el vacío. Los locos son los que se niegan a aceptar la realidad. Sucede lo mismo que con el miedo a volar. Lo *lógico* es tenerlo. Lo extraño es fingir que deslizarte por el cielo sentado en un tubo de acero de varios cientos de toneladas es perfectamente seguro; que todo está bien y no hay peligro. Me río yo de eso. Me río. ¡Ja! –grita de repente, sobresaltando un poco al mayordomo. Uno de los locos del grupo rompe a llorar, en la distancia.

–Tranquilícese, señor –dice Plácido, con voz amansadora–. Puedo prepararle una tisana, si lo desea.

–No, gracias. Estoy bien. –Curro respira hondo–. De acuerdo. Calma. No nos desanimemos –dice, y dirige la vista hacia la estatua de Santa Dympna, con su manto y capucha de piedra, encaramada al pedestal.

–Por supuesto que no, señor. «Un optimista ve una oportunidad en toda calamidad, un pesimista ve una calamidad en toda oportunidad», como dijo...

–Churchill. Gracias. Deja de hacer eso, te lo ruego.

—Señor —responde Plácido, imperturbable. Las dos manos cogidas a su espalda, el cuello enhiesto.

—Lo que necesitamos es otra actividad deportiva. He decidido que voy a utilizarla como tapadera para nuestra fuga.

—Excelente idea, señor.

—No es mía, Plácido. Es de una película americana. Más bien mediocre. La vi de niño junto a un viejo amigo que se llamaba Priu. Salía ese actor, como se llame, uno que hablaba como si padeciese parálisis facial, y salían futbolistas de verdad. Estaba ambientada en un campo de concentración alemán. Los futbolistas aliados tenían que jugar un partido contra una selección de guardias del campo, a la vez que planeaban la fuga. Un túnel, o algo parecido. Tengo el recuerdo algo borroso, la verdad. El final era muy poco realista. Ideal para niños de once años, por otra parte.

—Suena sensacional, señor. Y tiene el deporte que buscaba.

—No, Plácido. En eso te equivocas. No puede ser el fútbol.

—¿Oh? ¿Alguna razón en particular, señor?

—Sí, Placido. Porque lo aborrezco. De niño juré con el amigo que acabo de mencionar que *jamás* jugaría al fútbol, ninguno de los dos lo haríamos, pues era el tradicional sello de los normales, los matones y los cortos de luces. Esa maldita actividad me amargó la existencia de niño, y te garantizo que no pienso claudicar ante ella ahora, ni siquiera con el objetivo de fugarme. Así que te conmino a que pienses en otra actividad deportiva con la que podamos ganar tiempo para realizar un plan de evasión. Seguro que se te ocurre algo. Tu mente funciona con la precisión de un motor alemán.

—Pensaré en ello, señor.

—Piensa rápido, Plácido. Piensa rápido.

8

—Fu-fi-fu-fiu-fiu –silba mi padre.
—Lai-la-lai-lai-lará –canta mi madre.
Mi hermano no dice nada, y yo tampoco. Aún es sábado. Estamos los cuatro sentados a la mesa. Unos platos humeantes reposan ante nosotros pero, si exceptuamos a mi madre, que vuelve a tener la boca llena, nadie se atreve a manipularlos. Oigo el sonido de sus muelas, machacando los alimentos hasta que se convierten en pulpa. Suena como si alguien zurrase unos pantalones mojados. Yo jugueteo con la entidad, punzándola y redistribuyéndola con el tenedor por el plato, paseándola de aquí y allá, a ver si cambia de textura. Creo que es revoltillo de huevos con tomate, uno de los platos más nocivos del libro de recetas de mi madre.

Cada vez que levanto la cabeza, mi padre me mira, me mira fijamente, y eso es extraño, porque por lo general mi padre nunca me mira. Últimamente no me miraba *en absoluto*. Solo reparaba en mí cuando se estaba cagando, o necesitaba afeitarse, y yo estaba encerrado en el lavabo, y entonces se ponía a aporrear la puerta como un animal y yo permanecía allí dentro, erigiendo una montaña de toallas para poder conectar el secador de pelo y que no me diese la corriente, y yo le abría al fin para que no le diese una embolia, y mi padre entraba en el baño y veía las toallas y se ponía como loco.

Noto su mirada clavándose en la parte superior de mi cráneo mientras examino los huevos aguados con tomate de lata. Quizás intuye que ha sucedido algo nuevo, inesperado, en una mañana en que él debía estar haciendo footing en el colegio Llor pero estaba en su coche en mitad de la montaña de Sant Ramon. Acompañado. Abrochándose los pantalones. Con el pelo revuelto.

–¿Has paseado al perro hoy? –dice mi padre de repente, apuñalando mi cara con sus ojos–. Mírame cuando te hablo.

Me vuelvo hacia él rotando cintura y tórax. Incluso así, mis ojos no entran en contacto con los suyos.

–¿Se puede saber qué *le* pasa ahora? –dice mi padre.

–Tiene tortícolis espasmódica psicógena –dice mi madre. Su cara está enmarcada en el bodegón triste del comedor, y sus facciones hinchadas parecen formar parte de la pintura, como si su cabeza fuese una hogaza de pan. No ha consultado ningún manual médico antes de soltar su prognosis. Mi madre es de autodiagnóstico libre–. Está fatal, el pobre. Mañana habrá que llevarle al ambulatorio de urgencias. ¿Podrás hacerlo tú, o tienes algún «triatlón» del que «ocuparte»?

–¿*Este* niño siempre está enfermo o qué? –dice mi padre, ignorando a la vez el diagnóstico y la indirecta de mi madre, y de repente cambia de posición y me interpela directamente–. Deja de frotarte las manos y hacer el raro. Digo que si has paseado al perro esta mañana. Hostia de niño. Es que solo me dais disgustos.

Hace años no estaba así de disgustado, mi padre. Mi madre tampoco. Hace años venían amigos a casa, no solo Hèctor y Luisa, sino muchos otros, gente que había estudiado con mi padre, viejos amigos de la mili, compañeras de escuela de mi madre, y yo me dormía escuchando sus risas y conversaciones alegres. Se descorchaba champán barato, en algunas ocasiones especiales (cumpleaños, celebraciones) se fumaban puros, a veces incluso un amigo de mi padre que llevaba barba y era un poco hippy tocaba la guitarra e imitaba a Bob Dylan y a Simon

& Garfunkel, o ponían cintas, de Kenny Rogers o Creedence, y todos cantaban, inventándose el idioma. *Oh-wende-jo, oh-wende-jola.* Y me despertaban, un poco, bastante, pero me daba igual; me gustaba oír aquellas voces.

Ahora ya no viene nadie. Se pelearon con unos, dejaron de cogerles el teléfono a aquellos otros, desarrollaron afrentas imaginarias contra los de más allá. Porque eran más ricos, más afortunados o estaban demasiado contentos o demasiado divorciados o tenían hijos más exitosos o los hijos, simplemente, se portaban mejor. Porque aquellas personas habían hecho algo para alterar su suerte; habían hallado algún tipo de felicidad no ilusoria. Y ahora nadie viene y ellos no van a ninguna parte. Siempre están aquí. Siempre. Como esperando que suceda algo.

—Sí —le respondo al fin a mi padre, sin mirarle y frotándome las manos.

—¿Dónde habéis ido? —dice él, y noto el calor infrarrojo de sus retinas—. *Para* YA con las manos.

—Sant Ramon —digo yo, y escondo mis manos debajo de la mesa, y allí sigo frotando, sin mirarle.

Noto que mi madre vuelve la cabeza, le mira y susurra, moviendo solo los labios pero haciendo que sus palabras surjan con un silbido semiaudible: «Se ha hecho caca encima.» Mi padre se frota la cara con ambas manos. Gime, para que lo oigamos. Su gemido surge en forma de palabra. Dice: «Dios.» Alarga mucho la ese. Mi hermano suelta una risita de perro. Por la parte superior de mis ojos puedo ver cómo se balancea su media melena a ambos lados de su cabeza.

—¿Ha ido bien la «gimnasia» en el Llor? —le suelta de sopetón mi madre a mi padre. Un tono untado con verdor rabioso, punzante y adhesivo como una zarza.

Mi madre no quiere preguntarle directamente. Se queda en la sugerencia, en el tonillo, en la agresividad no resolutiva. Quiere dañar, pero no quiere una respuesta. «Las verdades ofenden», como se dice en el patio de mi colegio. Nadie quiere la verdad, especialmente mi madre. No sabría qué hacer con ella, dónde guardarla luego. Cómo usarla.

—Sí —dice mi padre, cabreado por su pregunta, y me mira a mí, no a ella.

La mesa se queda en silencio. Incluso Richard está perplejo por la ausencia de hostilidad física; no está acostumbrado a este modelo de agresividad pasiva. En mi familia somos más de grito y trauma, puñetazo en la mesa y zapatillazo en la nuca, pan que vuela, portazo, portazo, opereta y chillido, hostia y collons, lágrimas en la cocina, pero hace poco han cambiado las reglas, *mi padre* ha cambiado las reglas sin poner sobre aviso a los demás, y Richard no se ha enterado aún.

Los demás terminan, se levantan de la mesa y se dejan caer ante la televisión. Mi madre recoge los platos. No la ayudamos. Un vecino pone a todo volumen un disco de Nana Mouskouri, los chillidos de la cantante se filtran a través de la pared del comedor. El señor del *Telediario* dice ahora que Argentina acaba de invadir las Malvinas. No sé dónde están las Malvinas; es la primera vez que oigo el nombre. El señor del *Telediario* dice que habían sido territorio inglés. En la pantalla se ven soldados anfibios emergiendo del agua, y luego un submarino, y varios destructores sobre las olas, en un día gris. Unos hombres con bigotes, cascos y ropa de camuflaje están en un estudio de la radio, sonriendo y poniéndose cómodos allí, uno incluso coloca las dos botas encima de la mesa de control, y anuncian cosas por los micrófonos. No les oigo, porque la imagen no tenía sonido. Deben de ser avisos a la población civil, supongo, como es costumbre cuando te adueñas de un país por la fuerza de las armas.

—Que se jodan los ingleses —dice, desde su sofá individual de escay, mi padre, que no sabe nada de los ingleses y nunca ha conocido a uno.

—¿Doy de comer a los peces? —digo yo, aún desde la mesa del comedor.

Nadie me contesta. En la televisión, decenas de soldados anfibios del ejército argentino siguen emergiendo de un mar rizado y cada vez más hostil, con las olas más enfurecidas, y se adentran en la playa, bajo un cielo color de ostra, lluvioso, con muy mala pinta.

Miro la vieja pecera de mi padre, entrecerrando los ojos. Es difícil distinguir lo que hay dentro, el agua está llena de algas y una pasta verduzca, y el cristal dejó de ser transparente hace tiempo, pero de vez en cuando se detecta allí algún movimiento, de los peces supervivientes, los duros de veras. Siempre me sorprende ver que algo en el interior aún se mueve entre las algas, después de todo lo que les ha pasado.

Hace un año, en 1981, lo tercero que hacía mi padre al llegar a casa era controlar el estado de su pecera. Entraba por la puerta a las ocho de la tarde y se quitaba la cartera del bolsillo trasero de sus pantalones de pinzas, y la depositaba sobre el secreter del recibidor. Luego se desabrochaba su reloj de pulsera, plateado y voluminoso, con cinta elástica de metal, y lo dejaba junto a la cartera. Nunca se quitaba los zapatos, ni se lavaba las manos. Solo se quitaba de encima esos dos objetos, y entonces se dirigía al acuario del comedor y allí certificaba que sus peces de colores estuviesen aún coleando en el agua. Los contaba: uno, dos, tres...

Después echaba comida de un bote, el alimento olía a alga seca y playa sucia de El Prat, a medusa podrida, mi padre esparcía los copos por la superficie del agua, ensuciándola, dándole al bote pequeños toques como haría con un salero de verdad, y luego examinaba el filtro de agua. Era una pecera espaciosa, profesional, no el florero ovalado que tiene mucha gente y al que le cambias el agua sacando al pez y luego volviendo a rellenar del grifo.

Cuando mi padre había terminado de servirles la cena a los peces, y una vez que había comprobado que el filtro de agua no estuviese obturado, se acercaba una silla al culo y permanecía un rato allí, solo mirando sus peces, la forma en que parecían subir a la superficie a respirar, dando bocados diminutos a los fragmentos flotantes de alimento. Eran unos diez o doce, de varios colores. Dos de ellos eran peces luchadores de Siam. De los demás nunca supe sus razas, no sé si mi padre no se molestó en decírmelo o simplemente lo olvidé.

A veces mi padre me llamaba desde allí, y yo acudía. Los animales me daban igual, pero aquello parecía hacerle feliz, así que yo iba y agarraba otra silla y me sentaba a su lado.

«¿Ves esta?», me dijo una vez, apuntando con el dedo índice. «Cuando se quede preñada tendremos que poner a las crías en una rejilla separada, porque las madres de esta especie, y de muchas otras, se comen a sus hijos después de que hayan nacido.»

Yo le miré a la cara, a mi padre, hacia la zona del mentón y el lóbulo de la oreja izquierda, y luego a aquel pececillo rojo con franjas blancas que daba tumbos por el acuario, aleteando con la aleta trasera y desplazándose de aquí a allá. No parecía una parricida, pero no dije nada. Mirar los peces de mi padre era bastante aburrido. Por mucho que esperases y esperases, no hacían nada remarcable. La primera vez que vi cagar a uno me hizo cierta gracia, el hilillo plastiforme y grácil que quedó ondulándose tras la cola, como una pancarta de esas que llevan las avionetas de propaganda en las playas, pero la novedad se agotó pronto.

Los barrenderos sí me interesaban. Era la única especie que yo era capaz de reconocer. Mi padre me dijo que en realidad se llaman peces gato. Tienen bigotes, y solo circulan por el suelo de arena de la pecera, y se comen toda la porquería que se les cae de las bocas a los otros, o que se va acumulando en el suelo marino simulado.

«¿Por qué miras a los barrenderos?», me decía siempre mi padre, algo molesto, como si hubiese roto alguna regla universal de la observación de peces de acuario. «Son los más feos. Son unos machacas. No valen nada. Solo los tengo aquí para que mantengan limpio el acuario. Mira estos luchadores, en cambio, qué colores tan vivos.»

Yo nunca le contestaba. Me gustaban los barrenderos, nada más. Su falta de pretensiones. Su humildad. Que desempeñaran la faena sin protestar. Sus bigotes divertidos. Que prefiriesen el suelo sucio al ancho mar. Que fuesen unos *machacas*.

Hace un año, a finales de 1981, a mi padre le volvieron a estafar. A mi madre no le gusta que hablemos de eso.

Llegó a casa con una bolsa de plástico repleta de agua. La agarraba de las asas con un puño. Parecía bastante difícil de transportar; no sé cómo se lo montó en el coche.

«¿Qué es eso?», le pregunté yo en el recibidor. Él abrió la bolsa y yo acerqué la nariz y los ojos allí, inclinando la cabeza, porque la bolsa no era transparente, solo podías ver el interior mirando por la parte superior, y estaba llena de vegetal verdoso.

«Espadas enanas del Amazonas. Son plantas. Para alegrar la pecera», dijo él. Parecía contento. Estaba satisfecho de sí mismo, se le veía. Empezó a andar hacia su pecera. Sujetaba la bolsa con las dos manos, ahora. «Aguanta esto», me dijo, una vez allí. Yo le había seguido. Tomé la bolsa con las dos manos, como él había hecho. Mi padre levantó la tapa del acuario y, con delicadeza, la depositó a un lado, en vertical, apoyada contra la pared. El fluorescente de la parte inferior, que solía alumbrar la pecera, seguía encendido. Estaba manchado de musgo, o algas de color verde.

Mi madre sacó la cabeza de la cocina en el momento en que mi padre terminaba de arremangarse la segunda manga.

«¿Qué es eso?», dijo, como yo había hecho un minuto antes en el recibidor.

«Plantas de agua», dijo mi padre, volviéndose solo un instante. Luego tomó una de las plantas de la bolsa que yo sostenía, un puño agarraba las hojas y la otra mano, plana, hacía de plato para que las gotas no cayesen al suelo, y la transportó de mi bolsa a la pecera, y la sumergió allí y, con las puntas de los dedos de ambas manos, enterró las raíces con mucho cuidado en la arena.

«¿Te has gastado dinero en *plantas?*», le dijo mi madre.

«Qué va», respondió él, sintiéndose bien. «Qué dices. Se las he cambiado a uno del trabajo por un par de mis peces payaso. Para que luego digas que no sé hacer negocios.»

En unos pocos días, no más de tres, descubrimos que las plantas llevaban un parásito. Un gusano llamado lernaea, muy pequeño, parecido a un fideo de fideuá, que entierra la cabeza en el cuerpo del pez, entre las escamas, y le sorbe la vida. En menos de una semana, la mayoría de los peces de mi padre llevaban esas tiras colgando de los costados, como si se hubiesen colgado flecos decorativos. Y empezaron a adelgazar a toda prisa. Sus pieles perdieron el brillo; se movían lentos, como fatigados.

Mi padre, al principio, aún tuvo ánimo para curarlos, día a día, aunque rezongando y jurando y lanzando amenazas contra el tipo del trabajo que le había timado (quien, claro está, se negó a devolverle los dos peces payaso). No sirvió de nada. Sus mejores peces murieron a las pocas semanas. Los gusanos no paraban de reproducirse.

Mi padre levantaba la tapa y sacaba los peces enteros para curarles, era una maniobra que requería la máxima atención, y mientras lo hacía, mientras se deshacía de aquellos gusanos con una pinza de las cejas de mi madre, juraba, y maldecía al hombre aquel, le deseaba muertes espantosas y violentas, y luego con una redecilla iba pescando a los peces que ya estaban muertos. Un día sacó a sus dos peces luchadores de Siam, dos ejemplares color turquesa y rojo inflamado que eran sus favoritos, siempre me los estaba enseñando, y ahora estaban muertos, macilentos y chupados, como esos drogadictos que andan por mi pueblo a quienes los dientes se les salen de la cara, y los peces luchadores de Siam iban recubiertos de serpentinas blancas, y parecía que les hubiese sentado algo mal en pleno cotillón, y sus aletas inmensas, que en el agua eran majestuosas y ahora solo colgaban, como empequeñecidas, en la palma de su mano. Aquel día estuvo a punto de echarse a llorar. Vi cómo le temblaba el labio inferior. «Qué desgracia», repetía. «Mira qué desgracia.»

De eso hace solo un año, en 1981, y justo después del asunto de los gusanos y la muerte de los luchadores de Siam empezó a suceder lo que le sucede ahora a mi padre en la cabeza, el footing y los secretos, y llegó un día en que se desentendió del todo de su pecera, como si la cosa no fuera con él, y el filtro se fue atascando día de desatención tras día de desatención, y los cristales se fueron empañando más y más, hasta que solo eran una placa regular de musgo opaco, y ahora ya no se distingue lo que hay en el interior, mi madre le dice a mi padre que la tire o la limpie de una vez, una de dos, yo nunca miro dentro pero sé que los peces barrendero siguen ahí, impertérritos, realizando su faena en las condiciones más ominosas, ajenos a la catástrofe o la capitulación, fieles hasta que no reciban la orden de deponer las armas, y muchas tardes llego a casa esperando ver a mi padre delante de la pecera, echando la comida del salero y examinando el filtro, pero él nunca está.

–Fi-fo-fiu-fum –silba mi padre, al ritmo de una canción de Mike Oldfield que le gusta mucho. Una mano al volante del Seat 124 y el otro codo en la ventanilla abierta. El Chesterfield humeante está en la mano del volante, no en la que toma el aire fuera. Para ver todo esto he tenido que rotar mi cintura, y pensaba que mi padre iba a regañarme por la tortícolis, pero no se ha dado cuenta, porque estaba metido en su cofre de secretos mentales.

Entra un aire casi frío que me obliga a meter las manos bajo los muslos, pero a la vez lo agradezco, porque evita que me maree. Es domingo por la mañana.

–*Oh-wende-jo* –canta mi padre, sobre la canción de Kenny Rogers que acaban de poner en Radio 80–. *Oh-wende-jola.* –Y luego dice–: Ya casi estamos. –Y toma el desvío al Carrefour de El Prat.

Es la primera frase que pronuncia desde que hemos salido de casa esta mañana. Quince minutos en silencio. Él. Yo he intentado inundar el silencio con una explicación detallada sobre la esclerodermia (piel que se endurece y reseca por la intoxicación de colza), y luego he realizado un comentario sociopolítico sobre la invasión de las Malvinas, sobre la que no sé casi nada, solo lo poco que me ha contado Priu, y algo más adelante, cuando pasábamos por delante del concesionario de Citroën que hay a la salida del pueblo, he seguido con una selección variada de milagros de Don Bosco. Tipos con vista cansada que de repente veían algo mejor, gente que no podía arrodillarse y de repente se arrodillaba, y también una vez en que el santo multiplicó unas castañas.

Yo hablo con la mirada fija en la carretera. No quiero ver a mi padre; la expresión ausente que tiene fija en la cara me da escalofríos. Por la ventanilla van pasando los paneles de anuncios del propio Carrefour, y de Rioleón Safari, y del camping El Toro Bravo, y motores de lancha Evinrude. Las torres eléctricas se elevan por encima de las cañadas, sosteniendo unos gruesos cables negros donde reposa alguna urraca, alguna tórtola, algún tordo. Pasamos por delante de un par de restaurantes de polígono para bodas y comuniones que yacen rodeados por parkings mucho más grandes que el propio edificio, y están colocados allí en medio, al lado de la carretera, a merced del polvo y las bocinas, la solana del verano. No tienen ni parque infantil.

A unos cien metros del Carrefour se encuentra una masía deshabitada, la veo ahora desde el coche, con una torre alta, bonita e incongruente entre las fábricas y los polígonos y los centros comerciales, rodeada de palmeras y algún olivo, la única superviviente de otro siglo. Se cae a trozos, hace tiempo que el último payés la abandonó. Faltan tejas en todo el tejado, las puertas están fuera de los goznes, el gallinero solo es un amasijo de vallado torcido sobre sí mismo, mierda y maderas cagadas. Frente a la masía, como lanzando algún tipo de reto, está el cartel de Top Models, con su neón de señora danzante, de la casa de putas que hay allí. Un poco más adelante se distingue la fábrica de La Seda de Barcelona, con sus cuatro chimeneas en la fachada, que parece un piso de inquilinos reconvertido en edificio industrial. Sus persianas bajadas y el humo pestilente que expulsa sin cesar. No llegamos hasta allí, pero el olor a boñiga no tarda en penetrar en el coche. Mi padre no dice nada; no se queja por la peste. Solo toma la salida en la última rotonda y se mete en el camino al Carrefour. Cruzamos junto a varias palmeras pochas, con los frutos resecos o podridos que cuelgan de su copa como barbas de vagabundo.

He descrito todo esto sin pensar, en realidad, porque no estaba admirando el paisaje. Solo pensaba que bajo ningún concepto debía preguntar qué hacía mi padre esa mañana en mitad de Sant Ramon y a quién demonios llevaba en el coche y por qué estamos simulando que nada de esto tuvo lugar. Creo que mi padre ha decidido creer que estuvimos en Sant Ramon pero no le vimos, aunque eso no sea la verdad. Nadie quiere la verdad de nada.

Una vez en el Carrefour, mi padre y yo aparcamos cerca de una salida de agua, y salimos del coche. Solo hay otro coche, en la otra punta. Un hombre trastea bajo el capó abierto mientras dos niños pequeños pedalean en círculos con sus bicis enanas. Mi padre, en calzones muy cortos de atletismo, color azul eléctrico, y calcetines blancos de deporte hasta las rodillas, abre el maletero y saca un barreño amarillo de plástico musgoso que teníamos en el terrado, que mi madre ya no utilizaba ni para fregar, y lo llena bajo el grifo, luego echa allí algo de Mistol anaranjado, el bote hace una pedorreta cuando se termina, y al final deja caer una esponja sintética también naranja en el interior del cubo. Salpica un poco fuera, al asfalto tibio del aparcamiento, que estaba vacío porque el supermercado cierra los domingos. El sol de abril no caía muy duro, por suerte, porque los arbolillos que plantaron el año pasado están aún a medio crecer y no dan ni sombra ni nada, tienen que sujetarlos con tacatás y alambres y cosas, y entonces mi padre me acerca el cubo y realiza un ademán tajante, y yo solo le digo:

—¿Yo?

Como un imbécil, porque no se ve ni un alma en los doscientos metros de aparcamiento, aparte de los niños pequeños aquellos y su padre, y mi hermano se había ido por ahí con sus amigos, a ver el básquet femenino del colegio de monjas, y mi madre se había quedado en casa a hacer lo que siempre hace cuando está en casa, y mi padre estaba claro que no pensaba mover un dedo, y todo eso quería decir, en resumen, que quedaba *yo*.

–Venga, a fondo –me dice, y le arrea un tenue puntapié al cubo con la punta de la zapatilla. Crea un poco de oleaje en el interior y salpica fuera otra vez. Luego pone ambos brazos en jarras, y aunque seguía allí, ante mí, en el parking, he visto que se había marchado al interior de su cabeza.

–¿Cómo crees que terminará lo de las Malvinas, papá? –le digo yo, mientras me pongo en cuclillas y meto una de mis manos en el interior del cubo para estrujar la esponja. El agua está fría, pero no mucho. La espuma envuelve mi mano como la pupa sedosa de una larva y se queda allí pegada, incluso cuando saco el puño con la esponja y la estrujo–. Por supuesto, los ingleses poseen un ejército mucho mayor. Solo con su Armada y con la Fuerza Aérea ya les podrían...

–Ahora vuelvo –dice.

Mi padre se vuelve y, sin añadir nada más, arranca a trotar por el parking. Con bastante buen ritmo, todo hay que decirlo.

–¡Venga, dale, papá! –grito yo mientras se aleja, para darle ánimos.

Según corre, yo, de reojo, le veo pasar, desde mi posición junto al coche, y cuento las vueltas (sin querer), y de vez en cuando me interrumpo para arrear puntapiés tácticos al suelo en cadencia perfecta, números pares, y también dejo de limpiar para masajearme el cuello, que sigue rígido. En el interior del vehículo (mi padre se había dejado las llaves puestas) suena una canción de Supertramp que a él le gusta; suena ahogada por las ventanillas cerradas, pero se distinguen las notas, y en algunas de las vueltas al parking, cuando pasa cerca de donde estamos el Seat y yo, veo a mi padre sonreír, sonreír solo, no a mí, y yo voy frotando las partes más sucias de la máquina, pero no parece servir de mucho porque la herrumbre, que es vieja, parece formar parte del coche y desde luego no se va con jabón barato por mucho que frote.

Cuando me parece que el coche está a punto, o todo lo decente que puede estar, media hora más tarde, lo enjuago con barreñazos de agua sin jabón que lleno de la salida de agua, me lleva un par o tres de rellenadas hacerlo, y luego lo seco con un trapo viejo que nos dio mi madre por la mañana, y cuando ya está todo hecho lo examino por todos los ángulos y me llevo una sola mano a un extremo de la boca y grito:

—¡Papá! ¡Ya he terminado! ¡Ha quedado como un Mercedes, ja, ja!

Mi padre cruzaba en aquel momento por delante de la puerta principal del Carrefour, que hoy está cerrada con una gran reja metálica de color blanco, a unos cien metros de donde me hallo yo, pero mi voz llega hasta él y se vuelve hacia mí y contesta un Vale mímico con el pulgar extendido hacia arriba, al modo americano. No regresa al trote. Disminuye el ritmo y, a marcha atlética, que siempre hace reír un poco, encamina sus pasos hacia una cabina telefónica. Tras él solo se ve hipermercado y cielo. Un cielo muy azul, sin viento. Los focos del aparcamiento, apagados; una palmera solitaria al lado del túnel de lavado de coches (que podríamos haber utilizado). Algunos jilgueros que dan vueltas por ahí. Unas nubes de tebeo, blancas y abultadas, como nubes de dibujo de niño, parecen acolchar el hipermercado por la parte de atrás, y ocultan Collserola, a lo lejos.

Le veo agarrar el auricular con una mano, la izquierda, y luego introduce unas monedas, que antes saca de su monedero de piel, ese que abres e inclinas y la calderilla cae en una bandejita, y allí seleccionas la cantidad de monedas deseada. Con la misma mano realiza el gesto de teclear los números con un solo dedo, y al terminar deja su mano derecha reposando ahí, sobre el teléfono, como si la cabina fuese el hombro de un viejo amigo, y cruza una pierna ante la otra.

Yo no tengo superpoderes, así que no oigo una sola palabra de lo que dice o le contesta quien sea, pero sí veo la evolución de su porte. Erguida al principio, y luego gesticulando, con exasperación, crispado, y de ahí a un abatimiento pesado que ha parecido chafarle entero, y la cabeza se le ha caído al pecho, como si le hubiesen cortado los músculos de la nuca, y se ha quedado un buen rato así, cara caída y mano frotante de mejillas y pelos, y al final parece que halla fuerzas en su interior para decir algo más, y pasan unos segundos en que su interlocutor debe de haber contestado, y de repente mi padre grita algo, su voz llega a donde estaba yo aunque sin forma, solo el caparazón del berrido, sin contenido, los niños de las bicis ya no están allí pero lo habrían oído también, y mi padre entonces empieza a golpear el teléfono con el auricular, desde el coche se oyen los trompazos, secos y medio metálicos, yo nunca le había visto así, ni siquiera cuando se pone furioso con nosotros, en casa. Parece un chiflado, y sigue haciendo eso un rato bastante largo, como si quisiese destrozar el aparato entero, veo cómo saltan un par de astillas de plástico, un fragmento del propio teléfono, golpea muy fuerte, todo su cuerpo tiembla con cada sacudida.

Entonces se detiene. De repente, no poco a poco. Como si alguien le hubiese dicho algo en el interior de su cabeza.

Mi padre regresa. Ha dejado el auricular despanzurrado colgando del cable, balanceándose allí. Rehace el camino hacia el coche sin correr, esta vez, andando a muy poca velocidad. Cuando llega donde estamos el 124 y yo, mi padre mira el automóvil pero con la cabeza en otra parte, como si le importara una mierda el coche recién lavado, y por un momento parece que esté a punto de preguntarme algo. Al final cambia de idea, supongo, y no dice nada, solo murmura alguna palabra de aprobación abstracta, y abre la puerta del conductor y saca de allí un paquete de tabaco y extrae un pitillo y se lo echa a los labios y lo enciende, y entra en el coche. Arrea un buen portazo, porque la puerta de su lado no cierra bien del todo. Un suspiro de canción empieza y termina en la radio.

Y entonces mi padre se echa a llorar.

Me quedo fuera un instante, sin saber qué hacer. Desde el exterior del asiento del copiloto le observo de reojo. Sus dos manos al volante, aunque el coche está parado y el motor sin vida, y la cabeza baja, pegada al pecho otra vez. Su tórax baja y sube con una cadencia regular, y yo me froto los dedos, y me hago crujir los nudillos, y me huelo ambas manos por estricto orden, derecha-izquierda, sin mirarlas, y huelen a Mistol, pero entonces echo un vistazo y veo que hay sangre en dos de mis dedos. La nariz me ha empezado a sangrar. Me llevo la mano allí y me tapo el orificio que sangraba y sorbo para dentro y un chorro de líquido con sabor a hojalata me baja por el gaznate.

Los sollozos de mi padre no traspasan el metal de las puertas ni el cristal de las ventanillas, pero se intuye una especie de hipo atragantado que llega a mí por vía cutánea. Un gemido parecido a los que hace Clochard cuando quiere que le saquemos del lavabo.

Yo nunca había visto llorar a mi padre. Hace solo medio minuto yo creía, de hecho, que los padres no lloraban; que lo tenían prohibido, o algo así.

Todo se deshace. Ver a tu padre llorar es como ver la pared maestra de tu casa convirtiéndose en plastilina. Ya no hay fuerza de sostén. El eje está fuera de sitio, y todos los elementos salen volando a su aire, desperdigados, como cuando golpea el huracán.

Al frente. Miro al frente. Miro al frente durante mucho rato para no mirar al hombre blando y deshecho del coche. Tengo el hipermercado a la espalda, sigo a un lado del vehículo 124, mi cara fija en la dirección de mi pueblo. La ermita de Sant Ramon se dibuja allí arriba, en la cima de la loma, recortada contra el cielo azul, y el aire parece impregnado de asfalto y metal y algo en mal estado que viene del río, y un objeto ruidoso cruza el cielo por encima de donde estamos. Dirijo mi vista hacia allí, me resulta difícil rotar el cuello porque sigue estando petrificado por la tortícolis espasmódica psicógena, y distingo a otro avión de pasajeros que se dirige hacia El Prat. Deja tras de sí una cola perfecta de humo blanco, como aquel enemigo de Mazinger-Z que parecía un obús.

Hago rotar solo la cintura, pero no mucho, y miro a mi padre, que ya no hipa y solo se está secando ambos ojos con la palma de la mano derecha; primero uno y luego el otro. Decido abrir la puerta del copiloto, lo hago con el máximo ruido posible, anunciando mi entrada, como cuando silbas en el váter público para que ningún imbécil abra la puerta por error y te pille cagando, o limpiándote el culo.

Mi padre coloca el pitorro del seguro que cierra todas las puertas, la mía también, pulsando con el dedo índice hacia abajo, y luego gira la llave de contacto y el 124 arranca con un estornudo, mi padre no me mira ni nada, no ofrece ningún tipo de explicación, solo sube el volumen de la radio, y justo entonces suena una canción muy mala, «Eye in the Sky», y justo ahí, de escuchar la canción esa y de recordar cuando veía *Mazinger-Z* a los seis años en casa de mi abuelo, que gritaba en mitad de la noche y llamaba a sus muertos, a sus viejos compañeros de la guerra, porque creía que estaban allí con él, y haber visto a mi padre llorando me entran a mí también ganas de llorar, yo qué sé, solo un poco, en el asiento del copiloto del 124, con el olor de escay y óxido y gasolina y cigarrillos, tengo ganas de llorar, pero al final logro controlarme y no lloro ni nada. Solo mantengo los dedos de la mano izquierda ahora prietos contra el orificio nasal que sangraba, esperando que coagule.

Cambio de postura en el asiento. Algo me punza una nalga. Levanto el culo por un solo lado y extraigo el objeto con los dedos de la mano derecha, y lo sostengo en el costado derecho de mi cuerpo, oculto a los ojos de mi padre, que cambia de marcha y salimos del parking, por entre las palmeras enfermas, y miro el objeto y es un pendiente de mujer. Una lágrima de fuego cuelga de un fino aro de plata. Cierro el puño y la envuelvo ahí.

Mi padre conduce de vuelta a casa, sin hablar, ni siquiera silbar la canción, y yo tampoco hablo.

Interludio #2: Pesadillas

¿Te he contado alguna vez que de niño sufrí una hepatitis bastante grave? Entre otras cosas. De niño me ponía enfermo a menudo. Cojeaba, sufría alergias, anemias, tuve apendicitis, fimosis, tuberculosis leve y, al final del ciclo, hepatitis.

Bueno, a lo mejor me he pasado con lo de grave. No estuve a punto de morir, ni nada de eso. Creo que hay tres tipos de hepatitis: una que ni te enteras, otra que pasas dos meses en cama y una que te mata. Yo tuve la del medio: la que te tumba pero no te destruye. Creo que era la A. Sí, era la A, ahora que lo pienso. Me di cuenta de que la tenía porque me cansaba todo el rato y meaba de color verde. Sí, un verde lima intenso, como de polo; me asusté cuando lo vi. También me dijeron que tenía la cara amarillenta, los ojos sin brillo, de un tono beis, grisáceo, parecido al pus, pero yo no recuerdo eso. Si lo noté se me ha olvidado. Además, yo era un niño bastante pálido, quizás por eso no me di cuenta. De que mi hígado había dejado de funcionar.

Sí, quiero otra más. Sin chupito, solo la cerveza. Eh: tuve hepatitis, colega, te lo acabo de contar. Los chupitos no me convienen. Me da igual si me invitas, tengo mi propio dinero y hago las mismas horas con las rejas que tú. Un momento: ¿por qué te estaba contando mi historial médico infantil? No paras de distraerme, y entonces pierdo el hi... Ah, ya me acuerdo. La cosa es que, cuando tuve la hepatitis, mi familia se fue de vacaciones sin mí. Sí, tío. ¿Cómo? *Seis* años. Se fueron no sé dónde, no sé cómo lo pagaron, porque en aquella época íbamos bien justos, aprovechábamos ropa de otra gente y comíamos solo marcas baratas de supermercado. Quizás pudieron pagarlo porque no estaba yo, ja, ja. Un niño menos da para mucho, no sé cómo no siguieron el razonamiento hasta su conclusión lógica y acabaron matándome.

El tema es que me dejaron con mis abuelos paternos. No, nadie llamó a los servicios sociales. Mi abuelo Sebastián y mi abuela Purificación se ocuparon de mí. Un mes y medio de verano. Mi abuelo era el que se parecía a Clark Gable, te lo conté el otro día, en este mismo bar. ¿Te acuerdas? Exacto, el que se volvió loco cuando lo del teniente aquel, que se quedó tieso con la columna y el cráneo intacto, el cuerpo reventado.

Mi abuelo era un hombre simpático, aunque jamás le definirías como cariñoso, o afable con los niños. No era un abuelo como los de los cuentos y las canciones, abuelito dime tú, toda esa mierda. Tenía sus propios problemas, vivía en un mundo de adultos, y nosotros no estábamos invitados a él. No le recuerdo cogiéndome en brazos o poniéndome en sus rodillas, dibujándome monstruos ni nada de eso. Tartamudeaba, de cuando le habían operado en plena batalla. Contaba chistes, eso sí, era un hombre ingenioso, pero la verdad es que guardaba las distancias. Como un cómico que no para de decir paridas para que la gente no pille que está deprimido. Una barrera, ¿sabes? Nunca supe cómo era de verdad por dentro. Creo que nadie lo supo; era impenetrable. Llevaba alrededor una especie de... ¿Cómo te diría? De *membrana,* ¿entiendes? Un algo que le mantenía separado de los demás, un sitio donde la gente no podía acceder. O a lo mejor es que de nieto nunca puedes conocer de verdad a tus abuelos. Hay demasiada distancia, ¿no? Son esa gente arrugada y tal que dice cosas incomprensibles y que pone nerviosos a tus padres, nada más. Ya.

Sí. Era de derechas. ¿Qué pasa, que todos tus abuelos eran anarcosindicalistas? A ver, tampoco era radical, no tenía la casa llena de fotos del Caudillo ni cosas de esas. Y era del Barça, ahora que me acuerdo. Sí, con carnet de socio. Pues yo qué sé: supongo que porque era partidario de la ley y el orden, creía que los de la FAI eran unos descontrolados, no le hacía demasiada gracia lo del PCE y el oro de Stalin, y siempre decía que a él nadie le decía qué hacer con sus propiedades. De hecho, lo que más repetía era que a él *nadie* le decía lo que tenía que hacer. En general. Fascistas o comunistas daba igual. No le gustaba la autoridad. Detestaba que le diesen órdenes; tenía un serio problema con eso.

¿Te dije que odiaba a los curas? Sí, era ver a uno y ponerse a mascullar juramentos y a hacer como que hablaba en latín y a santiguarse en broma. A mi hermano y a mí nos hacía mucha gracia, pero mi madre y mi padre no sabían dónde esconderse. Se negaba a entrar en las iglesias, no veas qué bochorno pasó mi madre cuando lo de mi comunión. No, qué dices, *no entró*. Era un hombre muy tozudo. Un cabezota tremendo. Su manera era su manera y ya está, no podías convencerle de nada, y de viejo se volvió mucho peor. Cuando veía un capellán siempre decía: «¿Cómo vas a fiarte de un tío que es virgen, va de negro y habla con gente que no está ahí?» De niño yo no lo entendía, luego lo entendí. Era un tipo peculiar, eso está claro. Muy suyo.

En su casa mi hermano y yo siempre nos aburríamos mucho, porque no tenían nada para niños. Solo libros de esos que regalaba la Caixa de Catalunya, *Catalans Universals*, y *S.O.S.: Guía práctica de las reparaciones* y no sé qué más. Era una casa llena de trastos, estaba delante del mercado viejo, yo creo que mi abuela padecía eso que llaman Diógenes, ¿sabes lo que te digo? Es un síndrome, lo guardas todo, cualquier basura con la que tropiezas por ahí va directa a tu casa, como si fuese un gran tesoro o yo qué sé. Mi abuela más que mi abuelo, pero él también era de guardarlo todo. Tenía su uniforme completo de la guerra, y una gabardina así como de la Gestapo que era la leche, ojalá me la hubiese quedado. Sí, rollo Terminator, con el cinturón por aquí, larga hasta las rodillas, y unas charrete...

Ya, vale. A este paso vamos a tener que dormir aquí. Me estoy enrollando, ya lo sé. Nunca me sale la versión corta. Lo que te quería contar no era nada de esto de la gabardina franquista y todo lo demás. Eres tú, joder, que no paras de hacer preguntas sobre los detalles más insignificantes. Lo que de verdad quería contar era que el verano de 1976, el que pasé con ellos, no podía ni levantarme de la cama, ¿sabes? Cuando tienes hepatitis todo tu cuerpo se colapsa. No tienes fuerzas ni para ir al lavabo. Piernas de goma. Mi pobre abuelo me llevaba en brazos a mear y cagar, a pesar de lo que he dicho antes, lo de que no era muy niñero y eso, y luego a la cama. Yo me pasaba el día viendo *Mazinger-Z,* leyendo *Mortadelos,* comía solo pasta hervida sin salsa, pescado hervido, nada más. Mi hígado no podía asimilar nada más fuerte que eso. Tampoco fue un drama, vamos. Al menos durante el día.

A eso iba. Lo peor de aquel verano fueron las pesadillas. Durante el día todo marchaba bien, leía *El sulfato atómico,* veía los dibujos, dibujaba mis monigotes, sin problemas, lo que te estaba diciendo. Las horas iban pasando; siempre he sabido entretenerme solo. Me gusta mi propia compañía. Pero por la noche me tumbaban en un plegatín de su comedor, una sala bastante siniestra con un crucifijo hiperrealista (porque mi abuela sí era de talante beato, y mi abuelo apechugaba), con la sangre que le chorreaba pecho abajo, a Jesús, y la corona de espinas y más sangre en la cara, mezclándose con las lágrimas, y los clavos en los empeines, y las persianas de esa sala no cerraban muy bien y se colaba de fuera como una luz lunar de película de terror, en plan *Christine,* durante toda la noche, y yo me moría de miedo. No, *Christine* es la del coche. Tú estás pensando en *Cujo. Cujo* es la del perro. ¿La del payaso? *It.*

Pero no me moría de miedo solo por eso, aunque la cosa ya suene mal. No. Me moría de miedo porque cuando mi abuelo se dormía empezaba a gritar. Unos aullidos como no has escuchado en la vida, tío. Muchas veces solo eran chillidos y luego murmullos intraducibles que venían del piso de arriba, la voz de mi abuela que intentaba confortarle, recordarle que estaba en casa, en su cama. Otras veces vocalizaba con claridad, se le entendía todo. ¿Y sabes qué decía? Llamaba a gritos a su *teniente,* pedía auxilio, aullaba a los médicos, mencionaba a compañeros muertos, reclamaba a su madre que viniese a ayudarle, que le sacara de allí, de las bombas, de las explosiones y los cuerpos destrozados. En serio. Decía un montón de apellidos, como el que recita una alineación. No todas las noches, pero sí muchas noches. Estaba en el frente del Ebro otra vez, el pobre viejo.

Luego, claro, yo no me podía dormir. Uy, sí, eso piensa todo el mundo. Me gustaría verte a ti. El hombre veía *muertos*. Es muy fácil decirlo ahora. ¿A los seis años, solo en una casa oscura y vieja donde por la noche llaman a los cadáveres de la guerra...? Te *cagas* en los pantalones. Aquellos chillidos... Como si los oyese ahora, tío. No se parecían en nada a los aullidos de las películas de vampiros, eran otra cosa, parecía que salían directos de su estómago, o de algún túnel muy profundo de su cuerpo. Una cosa que te cuajaba la sangre en las venas. También decía cosas en pichinglis, mi abuelo. ¿Qué? Es una especie de jerga que hablan en Fernando Poo, en Guinea Ecuatorial. Que no me lo he inventado, cretino. No tengo la culpa de que seas un analfabeto. Sí, *pichinglis*. Viene de los conquistadores ingleses. Sí, también lo he leído en un libro. Algún día deberías abrir alguno, no te va a matar. Mi abuelo estuvo allí, en Guinea. Recuérdame que luego te cuente una cosa muy bestia, con esa sí te vas a quedar de piedra.

Mira, la verdad es que pienso muchas veces en la de gente de aquella época que llevaba eso dentro, ¿sabes? No es por ponerme filosófico, ni nada, pero... Yo qué sé. Me angustia pensarlo. Será que empiezo a ir un poco borracho, pero es que me imagino llevar esa mierda oscura en el alma, que les quemaba por dentro, como una putrefacción. Debió de ser horrible. La culpa y la vergüenza, las cosas espantosas que hiciste (y no espantosas como dejar a una novia o ponerle los cuernos con otra o chorradas así, quiero decir espantosas *de verdad),* los masacrados, los destripados, los niños con los ojos vaciados, las extremidades arrancadas, los caballos con los intestinos fuera, volando tras una bomba. Mi abuelo vivió con aquello *dentro,* tío, nosotros no podemos ni hacernos a la idea de algo así, no hemos visto guerras, no hemos visto nada. Solo conocemos esto, la paz; nos parece lo normal.

Era una época en la que nadie te echaba una mano. Te lo comías solo. Claro, no había centros especializados, no existía el concepto de estrés postraumático. Ni en broma, dónde vas. Máximo te llamaban «neurasténico». Así que tenías que ser un hombre y aguantarlo, tragarte tus demonios y hacer como que todo iba de cojones, que la vida era maravillosa, levantarte cada mañana y saludar a la gente y coger de la mano a tus nietos y llevarles a la cama cada día si tenían hepatitis, y durante todo ese rato hacer ver que no habías visto lo que habías visto. La columna vertebral, aquel casco que se balanceaba; los bebés boca abajo en el fango, inertes. No me extraña que el hombre se volviese loco.

Ahora veo que yo no le conocía, ¿sabes lo que te quiero decir? Podría imitarte cómo comía, describirte con todo detalle el olor de su brillantina, dibujarte la forma de sus uñas, de sus dedos cuadrados, hacer una imitación pasable de cómo hablaba, de su tartamudeo, pero no sabía nada de él, nada de lo que había en su interior. A lo mejor es lo normal, ¿no? No saber nada de nadie. Lo que de veras llevamos dentro. Yo podría haberme follado a un caniche y tú nunca lo sabrías. No. Imbécil, es una forma de hablar. No, no me he follado un caniche. Que *no*. Cómo voy a haberme follado a un caniche, ¿estás mal de la cabeza? Era para ponerte un ejemplo de la mierda que llevaba dentro mi abuelo y que le carcomió por dentro, poco a poco, hasta que se volvió loco como una cabra.

Hostia, qué rápido me he acabado esto. Malditas batallitas, tío, qué sed dan. ¿Qué? ¿Cómo te vas a ir a casa ahora? A la siguiente invito yo. Ya sabía que eso te convencería, eres un parásito social. Mira, además te voy a contar otra de mi abuelo que te vas a partir de risa. Sí, la que te decía antes. La del pichinglis, y Fernando Poo. No, en esa no hay muertos. Bueno, calla, ahora que lo pienso sí que hay uno. Tiene gracia: siempre me olvido de ese.

9

—¡Venga, esa delantera! —grita Curro, sin dejar de regar. Sostiene la manguera de grueso plástico amarillo con una sola mano; la otra reposa en su cintura. El chorro de agua realiza una parábola alta en arco perfecto, dejando escapar solo unas pocas gotas rebeldes en el trayecto. Curro pellizca la boca de la manguera con el pulgar y el índice, y el chorro se convierte en un abanico de agua que se esparce, abierto el ángulo, sobre un lecho de margaritas—. ¡Muy bien, chicos! —grita, y luego se vuelve un poco hacia Plácido y, entre dientes, suelta—: No lo hacen muy bien, ¿verdad?

—Me temo que no, señor —dice Plácido, que mantiene ambas manos a su espalda y sostiene allí un pequeño libro de tapa dura con apariencia de manual. Luce el uniforme completo, plastrón y americana con chaleco de rayas, pese a que el termómetro señala veinticinco grados a la sombra, y son solo las diez de la mañana. La piel de su calva lanza destellos desde un lado u otro según toca el sol. Lo mismo hacen sus zapatos.

—No sé mucho de estos asuntos, pero todo apunta a que juegan de un modo espeluznante, Plácido —añade Curro, mientras un arco iris básico, solo dos o tres colores difuminados, se dibuja bajo el chorro de su manguera—. Es asombroso. No parecen estar dedicándose siquiera a algo reconocible como deporte federado, ¿no es cierto? Y no están poniendo en práctica ninguna de las jugadas que les he trazado antes en el pizarrín.

Curro mueve la manguera hacia la derecha, sin dejar de pellizcar la boca del tubo. El chorro disperso se concentra ahora en uno de los setos laterales de hoja dura, rectangulares, que marcan el límite del patio. Es un luminoso día de julio; más tarde hará calor, pero aún se está bien. Nubes y más nubes se van reproduciendo desde una esquina del cielo en tiras deshechas, paralelas, como rasgadas con un tenedor. Un persistente perfume de menta y viento fresco, sin intromisión del habitual aliento a fábrica y plástico quemado. El cielo está lleno de golondrinas, que trinan y realizan piruetas admirables. Son diez o doce, se entrecruzan las unas con las otras, descienden en picado y, cuando parece que van a tocar el suelo, vuelven a elevarse.

–El muchacho, Roca, está demostrando un verdadero talento para la parte más sanguinaria del deporte, ¿verdad? –dice Curro.

–A decir verdad, señor –dice Plácido, a la vez que transporta el manual desde la espalda a la parte delantera de su cuerpo, lo abre y localiza una página concreta–, aquí no dice en ninguna parte que el rugby a siete se juegue de ese modo. Como lo está jugando el señor Roca, quiero decir. –Levanta la cabeza y mira al patio, a los cuerpos en pantalones cortos que corren de un lado a otro de un modo que insinúa una mezcla de aleatoriedad y extravío. Solo uno de ellos, Roca, parece sostener la pelota de forma continuada–. A modo de ejemplo: lo que está realizando ahora Roca, retorcer de ese modo el brazo del joven aquel, que ni siquiera llevaba el balón. –Curro redirige la mirada al libro y se concentra en un fragmento–. Eso sería una... «Falta», señor. Por no hacer mención, señor, a la cuestionable utilidad de un delantero en esta modalidad de deporte. Aquí especifica claramente que «el equipo debe estar compuesto exclusivamente de tres cuartos, a causa de su mayor velocidad y agilidad en relación con los delanteros o pilares». Es una de las normas principales del juego, señor. Según dice este apasionante tratado.

–Lo sé, Plácido –dice Curro, que se desplaza unos metros a su izquierda, aún sujetando la manguera amarilla pero apuntando hacia el césped, a sus pies, y con la otra mano cierra el grifo de la salida de agua, una tubería que sobresale del césped como un dedo torcido en gancho. El chorro de agua se corta de repente, con un golpe brusco que parece retráctil. Curro continúa hablando, ya con la mirada fija en su sirviente, mientras deja caer la manguera al césped–. Pero me he visto obligado a hacer ciertas concesiones. Cuando hace unas semanas anuncié a los pocos enfermos que había logrado reunir, en el pabellón para crisis subagudas, que ya teníamos deporte y podíamos formar equipo, Roca, que estaba en la última fila, nos sorprendió a todos diciendo que se apuntaba, pero con la condición de ser delantero. Le traicionó la sonrisa aviesa. Opino que lo hizo para sabotear el juego, Plácido, a la vez que paliaba de forma transitoria su insaciable sed de violencia. Pero no tuve otra opción que aceptar su oferta. Me faltaban jugadores.

–Entiendo, señor.

–¿Crees que volverá en sí en algún momento nuestro zaguero, Plácido?

–No lo creo posible, señor, no. No con lo que le ha hecho antes el señor Roca.

–Lleva mucho tiempo desvanecido allí.

–Sí. Diría que más de media hora, señor.

–No lo habrá matado, ¿verdad? Sería un presagio de lo más aciago para nuestros futuros planes de fuga.

–No, señor. Respira, señor. Observe cómo se dilata y contrae su caja torácica. Lo más probable es que se trate tan solo de una conmoción cerebral leve. Saldrá de esta.

–Me tranquilizas, Plácido –dice Curro, y respira hondo, y su mirada se pierde en algún punto del horizonte–. No me gusta que maltraten a los débiles. Me disgusta sobremanera el abuso de los corporales hacia los cerebrales. El marxismo se equivocaba, Plácido.

–¿Lo hacía, señor?

–Sin duda. No somos iguales. En absoluto. Nuestros intereses e impulsos no son los mismos en todos los hombres; priorizamos cosas distintas. Hay varios tipos de gente. Varios estratos, me atrevería a decir. La *aristocracia,* Plácido. La aristocracia no era tan mala idea. Por supuesto, estructuraron el mundo en base a principios erróneos: linaje, genealogía, fortuna... Conceptos que inevitablemente conducen a la endogamia, la corrupción y la supremacía de los idiotas. No, Plácido: el verdadero liderazgo solo puede determinarse en base a la amplitud de alma y la largueza de corazón. La imaginación, el ingenio, el coraje. El ímpetu. Una cierta, qué sé yo, ¿sensibilidad? –Eructa–. En suma: lo que poseemos tú y yo. Y mira dónde hemos terminado. –Curro presenta todo el centro con un barrido de mano–. En un maldito manicomio.

–Es un mundo injusto, señor. Si me permite glosar su excelente discurso.

–Sí, Plácido. Pero un magnífico día.

Lo es. La talla de los pabellones, con sus dos pisos chatos, permite ver una sección considerable de la bóveda celeste. Las azoteas de los edificios del frenopático están cercadas por unas vallas diminutas, decorativas, completamente ineficaces a la hora de impedir que los enfermos se lancen al vacío. A través del jardín ondulan los serpenteantes caminitos de piedra que conectan el circuito de pabellones. Algunos gorriones juegan a la rayuela por esos caminitos, escondiéndose de vez en cuando entre los setos de laurel y de repente echando a volar, y luego trazando hélices, signos de infinito, en el aire. Zumban las avispas y las moscas y las abejas, entre las flores y en el aire. Huele a la retama que salpica algunos parterres del sector sur como esputos de saliva amarilla sobre el verde.

–Es agradable ver cómo nuestro joven equipo hace honor al pendón de su escudo. El que sugeriste el otro día –continúa diciendo Curro–, ¿cómo era?

–*Ad utrumque paratus,* señor. En español quiere decir: «Preparados para cualquier contingencia.»

–Es un buen lema, Plácido –dice Curro, volviéndose hacia el mayordomo–. Un lema excelente. Te felicito.

–Virgilio, señor.

–¿Cómo dices?

–La cita, señor. Es de Virgilio.

—Ah. Ya veo —dice Curro, y echa la cabeza hacia atrás—. ¿Un senil del pabellón D, quizás?

—No, señor —dice Plácido, sin mirarle, aún sujetando con ambas manos el manual deportivo, ya cerrado, sobre su entrepierna, como si cubriese su desnudez—. Un poeta romano, señor. Autor de la *Eneida*.

—Oh. Por supuesto. Felicítale a él, en ese caso.

—Me temo que eso será imposible, señor. Falleció el año 19 antes de Cristo, señor. De una primera etapa influido por el epicureísmo evolucionó hacia un platonismo místico, señor.

—¿Platonismo...? —dice Curro, inclinando la cabeza hacia el sirviente y colocando el dedo índice en su oreja derecha.

—Místico, señor.

—*Místico*. Correcto. Espléndido, Plácido, espléndido. Me gusta lo místico. Oh —dice, y señala al patio—. Parece que Roca va a arrearle un puntapié al balón, ahora.

—Chutar, señor.

—Eso, *chutar*.

—Pues sí. Eso parece, señor.

—Es cierto. Es curioso: los músculos en tensión permiten distinguir mejor la esvástica del bíceps izquierdo. Ese símbolo inhumano siempre es una visión estremecedora. Mira. Está cogiendo impulso con la pierna derecha, Plácido; todo apunta a que va a utilizar esa extremidad para... Para «chutar», como decías, y trasladar la pelota unos metros, hacia otro lado del patio. No sé con qué fin.

—En efecto, señor. Bien observado, señor.

—Allá va. Buena potencia, buena potencia. Una perfecta parábola. Ya cae. Caramba, esa pelota no se está quieta ni que la maten. Nunca he entendido cuál es el objetivo de practicar deporte con una bola que se asemeja de una forma tan exagerada a un melón. A un melón con epilepsia. Resulta impredecible en qué dirección irá tras cada bote, ¿verdad? Mira, al final ha dado trompicones hasta donde está ese tío raro de allí. Eh, espera un momento. Yo conozco a ese hombre.

Tan solo un par de días antes, Curro estaba sentado en el hall del pabellón H. Era domingo de visitas, y algunos familiares sacaban de paseo a los enfermos no peligrosos. Tomaban café, deambulaban por el casco antiguo del pueblo, y devolvían a los enfermos un par de horas después; estaban igual de locos, pero los familiares habían apaciguado su conciencia. A muchos pacientes les alegraba el domingo de visitas, pero no a Curro; al menos no ese domingo en particular. Un celador acababa de informarle de que Richard, su hermano, había llamado diciendo que no iba a poder venir a visitarle, porque le «había salido una cosa de última hora». Curro deseó que aquella cosa fuese un tumor, y luego se arrepintió de haberlo deseado.

Justo cuando dejaba a un lado el *Lecturas* que estaba hojeando, Curro reparó en una familia que se sentaba en la mesa más cercana a él. No les había visto, porque hasta hacía un segundo tenía la nariz enterrada en aquella publicación incomprensible.

Eran un hombre, una mujer y dos niños. Los hijos, sin duda. Él era un paciente nuevo. Lo supo al instante. Llevaba unas gafas muy gruesas, parecidas a lupas, que le engrandecían los ojos de forma cómica; peinado de paje, con un flequillo que cubría sus cejas; y una camisa púrpura con dibujos de amebas que se ondulaban y comían las unas a las otras. La mujer era pequeña pero su cabeza era grande, desproporcionada, y tenía una nariz minúscula. El par de niños, chico y chica, eran también algo cabezones, solo que más guapos, y parecían confusos y asustados. Debían de tener siete u ocho años, y no dejaban de moverse en sus sillas. Parecía que les estuvieran aplicando descargas eléctricas desde algún punto invisible. Se mordían las uñas, los pellejos de los dedos, miraban hacia todos los lados y a ninguno, evitando el contacto visual con los hombres en bata que circulaban por la sala.

Curró observó al nuevo. Gesticulaba... *como un loco,* precisamente. Realizaba alambicados arabescos con ambas manos, su melena se convulsionaba con cada nuevo ademán excitado. Su mujer lucía un peinado de fiesta, arquitectónicamente elaborado, al que había dedicado unas cuantas horas ante el espejo del tocador. Estaba conteniéndose. Se notaba. Curro podía imaginar sus ganas de cubrirse la cara y echarse a llorar con mucha fuerza, empezando a sentir un odio palpable contra aquel demente. Curro sabía por experiencia propia que era imposible no detestar a los enfermos, aunque (como solía suceder) no tuviesen culpa alguna de padecer su dolencia. Los sanos siempre interpretaban su sufrimiento, sus quejas, su dolor, como chantaje, como coacción. Como una pura invención para mortificarles y complicar sus vidas.

Los niños miraban al padre sin entender nada. Solo querían irse de una vez. Esperaban allí, sin llorar ni tirarse de los pelos, aunque se les notaba una cierta tristeza mezclada con fastidio. Parecían más cansados que afligidos, a decir verdad. Pero Curro sabía que la pena iba horadándoles por dentro, minuto a minuto y visita a visita, que iba a quedarse allí agazapada, como le sucedió a él con la muerte de su abuelo o su madre, para aparecer años después transformada en titubeos y odios y tics, cuando uno ya no sabe qué son ni de dónde vienen, uno solo nota que se está transformando en los tipos que abusaron de uno, repitiendo el esquema, emborrachándose y amargando la vida a los que le rodean porque alguien se la amargó a uno antes. Era un pensamiento de lo más deprimente.

Curro se quedó allí mirando, sin disimular, de pie. Los dos niños tristes hacían de vez en cuando además de marcharse a casa solos (se ponían ambas manos en los muslos y levantaban un poco el culo de las sillas, como si la entrevista hubiera concluido: «¡en marcha!») pero no podían desasirse del vínculo; eran demasiado pequeños. A Curro se le anegaron los ojos de lágrimas, al ver aquellos teatrales intentos de huida, decapitados en su gestación. Una rabia terrible, incandescente, impotente, acumulada durante una vida entera, tomó todo su cuerpo. Curro empezó a golpearse con el puño derecho en la cara, por no gritar y asustarles aún más, se arreó varias veces, con tanta fuerza que casi perdía pie a cada puñetazo, notaba el calor de la hinchazón creciente y siguió pegándose a sí mismo durante unos minutos, unos golpes secos que sonaban a martillazos en un cráneo envuelto en beicon, mientras lloraba y maldecía, y los niños le vieron y se asustaron, y alguien llamó a los enfermeros y a Curro se lo llevaron a rastras del hall. Uno de sus ojos se iba poniendo del color gris de los bistecs pasados de fecha.

—Se llama Angus, señor —le dice Plácido, y trata de no mirar el ojo a la funerala de su amo—. Maníaco depresivo grave. Esquizofrenia incurable. Sus delirios son terribles, si bien muy detallados. Ideación delirante y clínica alucinatoria coherente, señor. —Plácido baja la voz—. Está construyendo un submarino de vidrio en su habitación, señor.

—¿Un submarino de vidrio? —exclama Curro, asintiendo con aprobación, y se frota las manos entre ellas, y luego las frota varias veces, en sentido ascendente y descendente, contra la pechera del mono de mecánico que Plácido le consiguió hace un mes, y que utiliza siempre que se le encomienda alguna labor de jardinería—. ¡Pero eso es fantástico, Plácido! Acércame esa azadilla, por favor. Me pregunto a qué escala lo está...

—Se trata de una alucinación, señor. Fantosmia —le contesta el otro, y se agacha, doblando solo la cintura, piernas erectas, y toma la herramienta, que tiene fango y hierbas pegadas en el pico, y se la ofrece a Curro—. Hemos conversado sobre ello en alguna que otra ocasión. El submarino no está allí, naturalmente; solo existe en la mente del señor Angus. Igual que el elefante efervescente del señor Pineda, o la catapulta del señor Adolfo.

Curro agarra la azadilla por el mango, y lanza la cabeza hacia delante, como hacen las gallinas al picar grano.

—¿La catapulta de Adolfo es *una alucinación?*

—Me temo que sí, señor.

—Pues vaya chasco, Plácido. Vaya chasco más terrible. Tus palabras son, como dices tú, una daga en mi corazón. Me estaba planteando pedírsela para ayudar al esfuerzo de fuga.

—Eso no va a poder ser, señor, pues dicha catapulta está compuesta exclusivamente por gases respirables en diversas proporciones. *No existe,* señor. Esa sería otra forma de decirlo.

–Bien, bien –dice Curro, y sujeta la azadilla con las dos manos, ahora, y mira al hombre aquel–. No tiene sentido llorar por árbol caído, o algo así. Boabdil. ¿Qué?
–Leche derramada.
–¿Perdón?
–No tiene sentido llorar por *leche derramada,* señor. Ese es el dicho correcto. Cuando a alguien se le derrama leche que ya ha hervido, no tiene sentido lamentarse. Aplicado a la vida cotidiana, este proverbio nos aconseja que no nos quejemos una vez que ha sucedido la desgracia, señor.
–Bien dicho, Plácido. Bien dicho. No nos quejemos. Y sin embargo, cambiando de tema, ¿por qué crees que el tal Angus no está devolviendo la pelota? No parece muy interesado en táctica rugbística ni en su posición como jugador. De hecho, parece haber abandonado toda pretensión de jugar con el resto del equipo.
–En mi opinión, señor, lo que está haciendo el señor Angus es observar fijamente el colegio de al lado. Su colegio de infancia. El de usted, quiero decir. Desde el lugar en el que se halla, entre el centro médico y el pabellón H, se tiene vista directa al centro educativo salesiano, si no me equivoco.

Curro oye, a lo lejos, de repente, el griterío de niños jugando, empujándose, riendo y a la zaga los unos de los otros. Deben de ser pasadas las diez y media, la hora del recreo en su antigua escuela. Algunas niñas cantan y saltan a la goma, pues hoy en día es un colegio mixto. La canción entera no llega a él, solo notas sueltas. Debe de hacer un buen rato que se escucha ese sonido, pero no lo asimiló. No estaba concentrado. Ahora sí: llega a él alto, aunque no claro, como si alguien hubiese subido el volumen general desde un mando.

Ni Curro ni Plácido pueden ver el patio, pero Angus, desde el ángulo donde se encuentra, sí puede. Angus mira ese patio sin mover un músculo. Su cabeza efectúa una leve rotación de vez en cuando, como si siguiese algo en movimiento. Los brazos estáticos a cada lado del cuerpo. Curro distingue su cara, de perfil: parece que sonríe. Roca está gritándole que devuelva la pelota. Se dirige al otro con una elaborada serie de adjetivos derogatorios.

Angus no le escucha. Tiene los ojos un poco achinados y las mejillas arrugadas y, vaya, va a empezar a llorar. Sí. Es una inconfundible mueca de llanto, piensa Curro. Y de risa. A la vez. Angus *está* loco, no hay duda. Es un loco que llora en la tapia suroeste, mientras escruta el colegio salesiano entre los barrotes beis. Lleva una camisa de topos blancos sobre fondo negro, pantalones de pijama y pantuflas humorísticas en forma de patas de monstruo.

—Creo que voy a ver qué le sucede a ese hombre, Plácido. Tal vez necesite ayuda, y un Abad jamás se achica cuando llega la hora de prestar ayuda al prójimo.

—De acuerdo señor. ¿Desea que le acompañe?

—En absoluto. Tú quédate aquí.

Curro suelta la azadilla, que cae y se clava en el césped por la parte amplia y se queda allí hincada, y, recorriendo los treinta metros con un amago de soltura, se acerca al lugar donde se halla Angus, aún inmóvil, ambos brazos pegados al tronco.

Curro le toca el hombro al hombre con el dedo índice. Él se vuelve hacia Curro, los ojos en carne viva y las gafas empañadas, aún a medio camino entre la carcajada y el aullido. Le tiembla la boca, los labios se agitan. Su barbilla se mueve, pero su boca no se abre. Caen lágrimas por debajo de las gafas, como si escapasen de un bote de pepinillos mal cerrado. Parece no registrar la presencia de Curro. Tras un breve instante, vuelve la cabeza en dirección al patio del colegio. Se seca el vaho de las gafas con su camisa de topos. Saluda con la mano, a través de las gruesas vallas. Los barrotes beis, colocados a tres dedos de distancia los unos de los otros, son altos pero no están electrificados. Parecen colocados con la intención de mantener a los cuerdos fuera, más que a los locos encerrados.

Curro vuelve la cabeza hacia el punto que marcan los ojos de Angus y les ve. A los dos niños. En bata. Niño y niña. Al lado de las pistas pequeñas de básquet, alejados de sus compañeros, pegados a la valla oeste del colegio. En la distancia, de fondo, se ve Sant Ramon, las pocas torres y casas que se reparten por su ladera, la ermita como un sombrerito en la cumbre. En el patio, los dos niños saludan a su padre con la mano, callados, y tratan de sonreír. Curro también les saluda, sin darse cuenta de que lo está haciendo. Un acto reflejo. Por un momento quizás siente como si él fuese uno de ellos, y Angus su abuelo Sebastián. Por un momento le parece estar reviviendo su propia vida desde otro punto de vista.

Angus deja de sonreír, del todo, ahora. Su boca tiembla mucho, empieza a abrirse, emerge algo de allí, un grito. Un grito que sale de su abdomen, como si algo hubiese hecho explosión en su interior. Pero Curro no se va. Los niños se echan a llorar; ella se cubre la cara con ambas manos. Suena el silbato del fin del recreo, un sonido de sirena que recuerda a una alarma antiaérea de las películas, y los niños se vuelven y echan a correr hacia el porche, a formar filas. Angus continúa gritando durante todo su trayecto, solo se detiene para tomar aire y volver a gritar. Curro se pone a gritar también. Varios enfermeros corren hacia ellos, ahora.

—Plácido, ¿ves lo que yo veo? —dice, arreando un leve toque al brazo de su sirviente, que tenía la nuca casi pegada a la espalda, la barbilla donde tendría que estar su frente, y miraba al cielo. Se encuentran los dos en la puerta de los talleres, el edificio situado entre el pabellón K y el centro médico, en el lado sur del frenopático.

—Y tanto, señor. Una nube con forma de autogiro. Es remarcable cómo un simple hidrometeoro, una masa de cristales de nieve o gotas microscópicas, puede adoptar...

—Eso no, Plácido. Por el amor del cielo, haz el favor de concentrarte. Ahí. —Curro señala a un punto del patio.

Plácido se vuelve hacia el campo de juego justo en el instante en que Roca, a quien los demás jugadores han dejado solo del todo, le arrea otro potente puntapié al balón. La pelota pasa con limpieza por entre los dos palos imaginarios de la portería. Roca permanece allí con los brazos en jarras, solo que mirando hacia la puerta del pabellón K, que queda al lado. Curro y Plácido le ven de perfil. El hombre sonríe. Luego levanta el mentón, y se cruza de brazos. Mussolini en shorts.

–¿Se puede saber qué le pasa ahora a Roca? –le dice a Plácido–. ¿Le ha dado un aire?

–Yo no lo llamaría así, señor. Creo más bien que está realizando algún tipo de cortejo, como los somormujos lavancos en parada nupcial.

–¿De *qué* hablas, Plácido? –Tono suspicaz en su voz–. Hoy tienes un día más críptico de lo habitual. Edítate, por favor.

–Somormujos lavancos, señor. *Podiceps cristatus*. Las aves aquellas de las que siempre habla el señor Roca. Las que lleva tatuadas en su pecho de manera muy poco discreta, señor.

–Sé lo que es un somormujo lavanco, Plácido. A mí también me ha retenido Roca en varias ocasiones para someterme a interminables descripciones de egagrópilas y alteraciones en el pelaje de esos condenados pajarracos. Es lo único remotamente interesante que emerge de su boca, si descontamos la vívida adjetivación de sus clasificaciones raciales. Nuestro amigo no es un maestro de la oratoria. Pero ¿qué tiene eso que ver con lo que está haciendo *ahora*? No distingo aves por ningún lado.

–Si me disculpa el señor, es obvio, señor –dice Plácido–. Las parejas de somormujos se contonean mientras nadan, realizando movimientos de cabeza, erizan sus moños y sus golas enfrentados, imitando los movimientos del otro. En la fase final, se alzan pecho contra pecho sosteniendo en el pico plantas acuáticas que han arrancado del fondo. El señor Roca está haciendo lo mismo. –Le señala brevemente con cuatro dedos extendidos de la mano izquierda, como si invitase a alguien a pasar al salón de fumar–. Pavoneándose ante *su hembra*, solo que en lugar de erizar el moño, enfrentar su gola a la de la pareja o sostener anémonas en el pico, lo ha hecho a base de trotar en solitario por el campo, patear el balón muy lejos y, como puede ver ahora mismo, ponerse a realizar tandas de flexiones a un ritmo sobrenatural.

—Entiendo, Plácido —dice Curro, lleno de admiración—. Desde luego, no se te escapa una. Menuda sagacidad la tuya. Deberías tener tu propia agencia de detectives. Y, sin embargo, a quien no veo es a la afortunada destinataria de sus cumplidos.

—Concéntrese, señor. Estoy seguro de que la verá, si se fija lo suficiente.

Curro entrecierra los ojos y pasa un minuto largo analizando el centro. Le gustan este tipo de retos. Los pabellones bien visibles, con sus baldosas verde vómito. Los setos donde podía estar parapetada. Las vallas y tapias. Al fondo de todo, semioculta por la cuesta del jardín principal, la recepción. Solo se ve la parte superior del edificio; el corazón sangrante con trébol se distingue a medias, la parte superior y nada más. Al fondo se encuentran el campanario del manicomio antiguo, elegante, y el campanario silenciado de la capilla del centro nuevo, silenciado y desapacible.

—Es inútil, Plácido —admite—. No soy capaz de verla. Su camuflaje debe ser indetectable. Lo único que se me ocurre es que esté agazapada detrás de aquella mujer horrible de allí.

—Señor. —Plácido levanta ambas cejas, en el que es el gesto más expresivo de su catálogo.

—¿Está allí? ¿Agazapada detrás?

—*Señor.*

—Oh. Dios del cielo. Comprendo.

En la puerta del pabellón K, sentada en las escaleras, se halla una de las heroinómanas pálidas de ojos cóncavos que aterran a Curro, y a las que trata de evitar arrancándose con un vigoroso trote cada vez que cruza por la zona. Esta es nueva. Curro no la ha visto antes. La analiza bien. Es un ser horrible, con dientes de conejo, cabello rubio apelmazado, de gato pringoso, tieso por aquí y lleno de nudos allá, y unas ojeras que van del lila descolorido al caqui apagado. Brazos de filamento llenos de moratones grisáceos, pústulas repartidas a modo de camuflaje. Un cuerpo malnutrido debajo de una bata colorada, con pantuflas no conjuntadas, arremangadas las mangas hasta el codo, de modo que parecen manguitos acuáticos. Fuma con abulia. Sus ojos secos, muy hondos y pequeños, no se separan de Roca, que ahora está haciendo el pino por cuarta vez. Con una sola mano.

De repente la mujer horrible sonríe muy fuerte, mirando al antiguo delantero del equipo, y muestra sus dientes, ennegrecidos a la vez que recubiertos de una capa amarillenta, y Roca le muestra también a ella sus encías mientras se manosea la entrepierna. Curro no puede evitar ver las SS tatuadas de su cuello, deformadas por una arteria repleta de sangre.

–Tenemos problemas, señor –dice Plácido. Susurra por un extremo de su boca.

–Pero ¿qué dices, Plácido? –Curro se vuelve hacia él–. Lo que Roca decida hacer con su libido fuera de control no nos incumbe, mi buen amigo. Puede repugnarnos, naturalmente. Puede obligarnos a clamar por el retorno de la eugenesia, incluso (una rama de la ciencia que no apruebo, excepto en casos extremos como el que nos ocupa). Pero sus pulsiones animalísticas difícilmente podrían influir en nuestro porvenir en el centro, Plácido.

–Allí no, señor –sigue susurrando, y da un cabezazo casi invisible hacia su izquierda–. *Allí.*

Curro rota la cabeza y ve a sor Lourdes, observándolo todo desde una ventana superior del pabellón H. La toca angular la hace parecer algún tipo de esfinge amenazante del antiguo Egipto. Tiene la nariz pegada al cristal, torcida hacia un lado, y no sonríe.

–¿No dijo sor Lourdes que le responsabilizaría de cualquier infracción que se cometiera en horario deportivo, señor?

Curro traga saliva.

–Sí. Sí que dijo eso.

10

Priu no parece enfadado por el empujón que le arreé en Sant Ramon el sábado pasado. Priu nunca se enfada, yo jamás le he visto molesto de verdad, creo que es un *estoico,* y siempre está de un humor excelente.

—¿Guapa, no? —le digo, pellizcando la tela frontal de la camiseta nueva con ambas manos y tensándola hacia fuera, como para admirarla yo mismo. La luz tibia de la mañana mayera rebota allí en varios destellos de nailon rojo, azul y blanco. Los tres leones rampantes, garras fuera, pelos enmarañados. Parecen a punto de destripar a su presa.

—Guapísima —me contesta.

—Inglaterra —digo.

—Sí. Y encima te han salido tetas —dice él.

Nos reímos los dos, frente a la tapia oeste del frenopático. Dejo de pinzar la camiseta; las tetas desaparecen y el nailon se pega a mi pecho. Es día de colegio. Estamos parados en el fango de la riera Basté, que está seca pero llena de basura y papeles y paquetes de cigarrillos descoloridos, también cagarros redondos de oveja. Hay un pastor que aún pasa por aquí con su rebaño de vez en cuando, camino de Sant Ramon o de la Montanyeta. Las bolitas negras se reparten sobre la tierra sin un patrón visible, como desperdigadas por un pimentero. A veces pisas unas cuantas, que se quedan adheridas a la suela de la bamba; pero no huelen a nada, las puedes arrancar con los dedos.

En la valla beis, por el lado de dentro del manicomio, aparece un loco. Agarra dos barrotes con las dos manos y aplasta su cara allí, parece a punto de hacer cu-cú. Solo nos mira. Priu lleva un jersey de tela de toalla marrón, con rayas ocre. Yo mi camiseta nueva. Ambos agarramos con las dos manos las asas de las mochilas que llevamos a la espalda, el uno frente al otro. El dorso de la mano de Priu: tan peludo, a sus doce años. Sus dedos morenos y algo aceitosos. Priu vuelve su cabeza rapada hacia el loco, que tiene solo tres dientes en la parte frontal superior de la dentadura, uno solo abajo. Está a cuatro metros de nosotros, y sonríe mucho. La sonrisa le arruga las mejillas en varios surcos en forma de paréntesis.

Le observo. En mi pueblo hay decenas y decenas de hombres como él. Son inofensivos, están en régimen abierto, pasean por donde se les antoja. No hacen más que fumar, andar, algunos de ellos utilizan siempre la misma frase. Dicen cosas incomprensibles, como si tuviesen una lengua propia. Yo imagino que esa sola frase que dicen quiere decirlo todo, quiere resumir el mundo.

–¿Me daich un chigarrito? –pregunta el loco. Se lleva dos dedos a la boca, en V, y los acerca y separa varias veces de sus labios–. Un chigarrito. ¿Me daich?

A veces me pregunto cómo eran antes de lo que les sucedió. No nacieron así. ¿Se esperaban esto? Seguro que no. Nadie puede imaginar un futuro así. Ser uno más de los hombres rotos que babean bajo los plátanos de sombra, en los bancos de la rambla, fumando cigarrillo tras cigarrillo en la entrada del manicomio, apoyados en la tapia al sol, echando humo con muecas cómicas, la mirada opaca y los dedos amarillos, andando en círculos, interpelando a los transeúntes. Discutiendo con Dios. Creyendo que *son* Dios. Sin nadie que les quiera; sin madre ni novia. Porque, claro, nadie puede quererte cuando estás así. Mi abuelo cantaba a veces una canción que aprendió en la guerra: «el que se quiebra se quiebra / y nadie quiere a un quebrao / antes me llovían las hembras / y ahora me tiran pa un lao».

–¿Pero te gusta la camiseta o no? –le digo a Priu.
–Que sí, pesao.

Hace un bonito día, azulísimo, sin viento. Esta mañana llegó un paquete a casa. Lo trajo el cartero del barrio. Cuando gritó «paquete» yo incrusté la nariz por entre las rejas de mi ventana, que da a la calle, y le vi en la puerta, con su gorra gris un poco ladeada, y estaba sonriendo, como si el mundo fuese un lugar maravilloso en el que haber nacido, y llevaba algo envuelto en la mano. Parecía una bandeja mullida, de plástico.

Me froté bien las manos, y luego hice castañuelas con los dedos, y abrí la puerta de la calle y solo entonces recogí el bulto; no pesaba nada. No tuve que firmar. Él seguía sonriendo; debía de gustarle mucho su trabajo, sobre todo en primavera. O quizás estaba enamorado. Cerré la puerta de la calle y salí corriendo hacia el comedor con el paquete, aún incapaz de creer lo que estaba sucediendo. Esto era una ocasión especial, en casa jamás llegaban paquetes, solo cartas del banco y del agua y de la luz y propaganda del Carrefour o del Todo-Todo, de vez en cuando algún panfleto de los Testigos de Jehová, *La Atalaya*. Mi madre comía en la mesa del comedor.

—¡Eh, mira! ¡Un paquete! ¿Qué debe ser? —Y se lo mostré, extendiendo los brazos, con delicadeza.

—Es para ti —dijo mi madre, levantando la cara de su tazón, y lucía un ancho bigote de leche, estilo Pancho Villa, mejilla abajo hasta la quijada—. Por tu santo.

—¡Uau! —grité, mirando el bulto como si fuese algo nuevo, distinto al que recogí, porque ahora me pertenecía, era *mío,* y eso lo cambiaba todo. Lo sacudí, y no desprendió el menor sonido. Era fláccido y ligero. Lo olisqueé: solo plástico del envoltorio. Mi madre bebía leche del tazón y su cuello se contraía y expandía y hacía ruido de bañera vaciándose. Volvía a estar enmarcada por el bodegón sombrío: alrededor de sus orejas se agolpaban unos higos secos muy mal pintados, un plátano pasado. Cuando devolvió el tazón a la mesa, esta bailó un poco; debía de estar mal falcada otra vez.

Mi hermano entró en el comedor. Venía del baño. Richard

pasa mucho rato allí, secándose la melena con un cariño que no le he visto aplicar a ninguna otra criatura viva. Le da igual si se forma cola en la puerta o no. Utiliza suavizante de mi madre, que huele a moras o arándanos. Sudaba, a lo mejor por la ropa: llevaba un canguro azul marino con rayas azul claro en los antebrazos, marca Karhu, con un oso en el logotipo, pantalones azul cielo desgastados y sus Nike Wimbledon nuevas, blancas con la raya azul claro, bajas. Un disfraz de niño rico rateado del pluriempleo de mi padre.

–Hey, ¿qué es eso? –dijo, sentándose a la mesa, sin preguntar si hacía falta traer algo, sin decir buenos días, solo señalando mi paquete y ya está.

–Es el santo de tu hermano –le dijo mi madre, y le temblaba un poco la voz. Habló como se habla a los que duermen la siesta y hay que despertar con precaución. Luego me dijo a mí, tras limpiarse el bigote de leche con una servilleta de tela a cuadros rojos y blancos–: Ábrelo, venga, Curro.

Yo obedecí. Rasgué el papel plástico con las dos manos. La abertura dejó entrever un trozo de tela sintética blanca, brillante de polvo cósmico. Por un momento temí que fuese un disfraz del Comando G o algo así. Ensanché el rasgado y me deshice de todo el envoltorio. El regalo se desplegó en mis manos, cubriéndolas. Las franjas horizontales roja y azul en la parte superior del pecho, y el cuello en V, y la insignia en tinta en la parte derecha del pecho: Admiral. Y en la izquierda el escudo con los tres leones en posición de ataque. Le di la vuelta, sosteniéndola con cuidado con la mano izquierda; la ropa se derramó por ambos lados de la mano. En la espalda el número 10, muy vistoso, muy bien escrito.

–¡La camiseta de la selección inglesa! ¡Igual que la de Kevin Keegan! –grité, mostrándola por los hombros, la camiseta cayó recta hacia abajo y yo sonreía.

–Vaya mierda –dijo Richard, cogiendo una magdalena de la bolsa–. Los alemanes les van a dar para el pelo. ¿Tú has visto cómo la toca Rummenigge, tío?

–Pero no tenemos dinero –le dije a mi madre, ignorando a mi hermano–. La pagaré.

–¡No hace falta! Es del Yoplait –dijo mi madre, y agarró otra magdalena de la bolsa y empezó a quitarle la falda de papel plisado con sus dedos gorditos–. La daban si mandabas cincuenta tapas. ¡Pero es igual que la de verdad!
–¡Sí! –dije yo, feliz.
–No se parece en nada a la de verdad, vaya traperada –dijo mi hermano, masticando su magdalena.

–Gatos también, Curro –dice Priu.
Ante el frenopático aún. Para llegar allí usamos el camino de siempre desde mi casa: calle Vermell, por delante de la imprenta, chac-chac-chac las rotativas y el olor a tinta y químicos, Priu que se subió a la pared y recorrió los tres metros de cornisa como un hombre araña, calle Nou, bar La Murtra, luego funeraria, ataúdes hacia el cielo, luego la plazoleta de los yonquis, donde unos cuantos quinquis escuálidos estaban medio adormilados, ya de buena mañana.
Priu señala a un gato de la riera mientras habla. En el pueblo abundan los gatos de pelaje listado, gris y negro y blanco, feos y huesudos, casi siempre tuertos o tullidos, pero este es negro del todo. Tiene una cicatriz color carne en el costado izquierdo, bajo las costillas. Olisquea unos hierbajos en la base de la tapia del frenopático. Temeroso. Los omoplatos sobresalen de su dorso como si se hubiese roto por dentro.
–¿Qué? –le digo.
–El genocidio de gatos, Curro. *Mundo Felino Alemán,* la hoja informativa de la sociedad protectora de animales, convertida por el *Gleichschaltung* en un órgano más del partido, llegó a comunicar que ya no admitía a criaturas que vivían con judíos y que, por tanto, «habían olvidado la pureza de su especie». En poco tiempo les arrebataron a los judíos todos sus animales domésticos y los mandaron matar.
–¿*Gleich*qué?
–*Gleichschaltung*. Quiere decir nazificación sincronizada de la sociedad.

—¿Nazificación sincronizada? —le digo, y me agacho y tomo un guijarro y se lo arrojo al gato, que ya había previsto algo así y lo esquiva limpiamente, sin volverse hacia nosotros, y luego se marcha a toda prisa, deslizándose líquido por entre unas hierbas altas—. ¿Cómo en *Escuela de sirenas?*
—Hablo de *gatos,* Curro. Gatos, tío.
—Ya sabes que los animales me la pelan, tío —digo, y me meto las manos en los bolsillos, y mis dedos, los de la mano izquierda, toquetean algo allí—. Hey. Mira lo que he encontrado en nuestro coche. Prepara tus indignos ojos —le digo, y dejo unos segundos de suspense, y cuando veo que Priu concentra su atención en mí, saco del bolsillo el pendiente con la lágrima de fuego, y lo sostengo por el cierre de plata de la oreja con dos dedos. El pendiente se balancea allí, ante su cara. Un punching ball en miniatura.
—Será de tu madre, ¿no? —dice Priu, prestándole un vago interés al pendiente (pues los asuntos del corazón no son su departamento).
—Yo nunca se los he visto —le digo—. Y te aseguro que he investigado cada cajón de mi casa. Conozco incluso el zapatero donde mi padre esconde unas revistas francesas de mujeres desnudas. *Lui, Valentina* y no sé qué más.
Priu dibuja en su cara una expresión *vacante.* Sus ojos no enfocan a ningún sitio en concreto. Creo que ha sido la expresión «mujeres desnudas». Se oye un tren en la distancia. La vía está a doscientos metros de aquí, al lado del río, pero el sonido rebota en las paredes del manicomio y el cauce de cemento de la riera, y durante un instante parece que el tren vaya a cruzar por donde estamos, y nos sobresalta un momento.
—Es de otra persona, ¿entiendes? —le digo, poniéndole el pendiente a un centímetro de su nariz reluciente, más cerca que antes, casi clavándolo allí; él bizquea de una forma graciosa—. De la persona que iba con mi padre en el coche, tío. ¿Te lo deletreo? Creo que mi padre está con otra señora. Otra mujer. ¿Cómo dicen en las películas? Una «amante», eso. Tiene una *amante.*

—¿*Tu* padre? —Priu arruga el labio por un extremo.
—Lo que yo te diga.
—¿Una *amante*?
—Que sí. Yo creía que mi padre estaba loco y ya está, porque mi abuelo se volvió loco y eso se hereda, sabes, pero resulta que no está loco. No como este. —Y señalo con el pulgar al loco del manicomio que sigue allí, haciendo pedorretas a nada en concreto, con la cara aplastada aún por los barrotes–. No —continúo–. Lo único que le pasa a mi padre es que le está haciendo el salto a mi madre, y ya está.

—¿Me daich un chigarrito, chiusplau? —insiste el loco, tras la tapia, y repite el gesto con los dos dedos en V–. ¿Chigarrito, chiusplau?

—¿El *salto*? —me dice Priu, cada vez más interesado en mi historia, ignorando al loco.

Yo sí vuelvo a mirarle. Me acuerdo de cuando saludábamos a mi abuelo desde aquí mismo. Se colocaba en este punto exacto de la valla, porque era la más cercana a su pabellón, el H, pero también porque desde aquí se veía la riera, los niños que cruzaban por ella y, al otro lado, el patio del colegio. Era la época en que ya no decía nada, hacia el final. Solo agitaba la mano, con la sonrisa deshecha. Aquel día vino una monja, una muy fea, con cara de media luna, y nos gritó que estaba prohibido estar allí, que nos marcháramos con viento fresco, y Richard le dijo que la riera no era suya, que él supiese, se lo dijo en catalán, y la monja le dijo que no le entendía, que hablase en cristiano, y Richard, en un momento admirable, le hizo un buen corte de mangas, y la monja agarró por un brazo a nuestro abuelo, que siguió con la mirada puesta en nosotros durante todo el trayecto, y se lo llevó de allí, y yo me puse triste y tuve ganas de ir al baño y creo que me salió una llaga así, plop, como una habichuela mágica de esas de los cuentos.

—¡Que no fumamos! —le grito al loco, al cabo de un rato, y luego le digo a Priu–: Sí. Oyes bien, tío. El *salto*. Los cuernos, creo que también se dice.

—¿Y qué vas a hacer? ¿Se lo dirás a tu madre?

—Aún no lo sé. Me angustia un poco que esté pasando eso. Los cuernos —digo, guardándome el pendiente en el bolsillo, y trato de sonreír—. Pero también me tranquiliza que tenga una explicación normal. Que nadie de mi familia se esté volviendo loco, ¿entiendes? Eso sí sería una putada.

Llegamos al colegio. Cruzamos el patio. Se ha hecho un poco tarde, y ya casi todo el mundo está formando filas, o camino de ellas. El frescor de la mañana se me mete dentro de la nariz; la enfría por dentro, hasta la campanilla. La luz de mayo es especial. Es joven. Aún no se ha quemado, como la de agosto. Es una luz contenta. En los balcones de los pisos que hay delante del colegio la ropa tendida no se mueve, todas las camisetas y sábanas multicolor cuelgan allí, muy quietas y alineadas, como banderas de la ONU. Miro al sol, que me ciega, y pequeños fuegos fatuos bailan en el interior de mis párpados durante un instante. Se oye el trino de una tórtola. Tiene una cadencia clara, es un gorgoteo en tres fases: corto-corto-largo. Se repite todo el rato, sin variaciones.

Priu y yo nos dirigimos a la fila de séptimo. Las persianas del edificio están en posición horizontal, para que penetre la máxima luz del sol en las clases. Debajo de ellas, los niños aún no se han colocado por orden alfabético, y se amontonan en un grupo grande pero desordenado. Se cuentan cosas, juegan a piedra-papel-tijera, intercambian cromos. Por encima de los niños sobresale el tórax y la cabeza de un profesor. Se llama Alejandro. Lleva una bata blanca que le va un poco pequeña y le da una apariencia ridícula. Es gallego, siempre va mal afeitado, tiene una mandíbula inferior como un ladrillo y huele a anís pero no a caramelo de anís. En lengua castellana, cuando no llevamos los deberes hechos, nos sube al estrado, nos coloca en una fila de infractores y luego nos cruza la cara uno a uno, como en una cadena de montaje.

Alejandro rota la cabeza hacia donde estamos Priu y yo, que íbamos andando el uno al lado del otro. Acabábamos de dejar atrás el pasadizo entre los campos de fútbol de tierra, estábamos entrando en el campo de básquet asfaltado donde se forman las filas. Nos reconoce, sus pupilas nos enfocan como en una cámara.

—¡Miradle! —grita, dirigiéndose a los demás niños pero señalando hacia donde me hallo yo—. ¡Un inglés! ¡Imperialista! ¡Muerte al invasor!

Me vuelvo, por si hay alguien más. No. Por un instante creo que habla de Priu, pero luego me admito que me está señalando *a mí,* sin ninguna duda.

—¡A mantearle! —vuelve a gritar—. ¡Por el *Belgrano!*

—¿Qué dice? —me dice Priu.

Los chavales de la clase salen corriendo hacia donde estamos. Todos ríen, algunos gritan. Dorca, que tiene una melena muy rubia que se le agita al trotar, me sujeta por un brazo cuando yo me volvía para escapar. Solo me dio tiempo a correr seis pasos, estaba entrando en el campo de arena. Todo mi cuerpo se tensa, del agarrón que mata mi impulso, y me caigo al suelo de culo. Noto sus manos, muchas manos, que agarran mi ropa por debajo, me sujetan, y todos sus brazos forman un anillo a mi alrededor, y veo sus caras, están encima de mí. Sus caras, y el cielo al fondo. Un cielo azul tan bonito, de un color uniforme, sin neblina ni condensación. Me duele la pierna; un dolor uniforme.

Empiezan a mantearme. Floto en el aire. Caigo en los brazos. El estómago se me contrae. Rezo para no cagarme encima, Dios, que no sea ahora, estoy flotando otra vez, una náusea en la nuez, me elevo tres metros o más en el aire, aprieto las nalgas todo lo que puedo, todo el mundo se carcajea, muchas bocas que se abren y cierran, abren y cierran. Cada vez que estoy en el aire veo por la esquina de mis ojos el edificio del colegio, las persianas blancas, los pisos de ladrillo rojo, las antenas de los terrados. Objetos difuminados, solo el borrón de su contorno.

Ahí está Priu, algo apartado del grupo. Se ha quitado el jersey marrón. Lleva una camisa verde esmeralda de nailon brillante, una prenda que ya no se ve por la calle. Mira al suelo, no distingo su expresión, de todos modos le veo en un suspiro, pasa un segundo y ya vuelvo a estar rodeado de las caras, que se cierran sobre mí como fauces.

—¡Así aprenderás a hundir barcos ajenos, Thatcher! —grita el maestro, fuera de mi campo visual, y entonces añade—: Venga, ya está bien, dejadle estar.

Las manos me sueltan. Con poca sincronización me deslizan hacia el suelo, una mano antes que la otra, y yo caigo rodando al suelo de arcilla y polvo del campo de fútbol grande, primero la panza y luego el culo.

Me quedo allí, sentado en el suelo. Sacudo el polvo y las piedras pequeñas de mis manos. Tengo algún arañazo. Mis uñas están llenas de arena. Cruje algo de tierra en mi boca; alguien debe de haberla chutado hacia mi cara, queriendo o sin querer. Las piedrecitas de desmenuzan entre mis muelas. Escupo, con la lengua pegada a los labios. Paso la mano derecha por mi boca, me quito la saliva, la seco en los pantalones.

Se me acerca un chaval de la clase. Va a catequesis y participa en las actividades del Domund. Se llama Manzano, es bajito y pelota; su pelo es un champiñón. Sus padres siempre rezan; estuve en su casa una vez, para un trabajo. Lleva una camiseta de la Selección Argentina del mismo estilo que la mía, de nailon y de imitación, también del Yoplait.

—Un submarino de *tu* país ha hundido un crucero argentino hoy, en las Malvinas —dice—. El *Belgrano*. ¡Trescientos veintitrés muertos!

—P-pero yo no soy inglés de verdad —le digo, y los ojos me empiezan a escocer—. Solo era una... Una camiseta. —Y la miro, era nueva, me la acababan de regalar, y ahora está llena de polvo y fango medio seco, y alguien me ha pegado un buen tirón, descosiéndola por donde el hombro se une al cuello.

Todos se ríen. Se oye la sirena del colegio. Un sonido fuerte, antiaéreo.

Cruz no se ríe. No le vi antes, no sé si acaba de llegar o qué. Está como aturdido, y frunce el ceño. Le distingo de repente, con su pelo de estropajo oxidado y los ojos entreabiertos. Cansados. Está justo al lado del maestro, con la mano mala en un bolsillo, no le gusta que se la vean, y me mira a mí y le mira a él, y cuando nuestros ojos se encuentran él se encoge de hombros y tuerce la boca y suelta un bufido, y el profesor se da cuenta de que Cruz le está echando ahora una mirada extraña, y entonces le atiza un manotazo en la coronilla, muy fuerte, se oye el sonido de la mano al golpear contra la nuca, la cabeza se le desplaza un poco hacia delante, pero su cara no se altera, no llora, nunca llora, ni siquiera cuando le cruzan la cara en clase, y Alejandro le agarra de la camiseta por entre los omoplatos y le empuja con rabia hacia la clase, Cruz forcejea contra el empujón, y agita ambos brazos, para zafarse del maestro, y luego se marcha andando él solo hacia el colegio, con las manos en los bolsillos y los hombros a ras de suelo, el maestro va detrás, escupiendo amenazas y prometiendo doblegarle, hasta que ya no le oigo. Noto cómo los ojos se me empañan, y un suspiro parece nacer en mitad de mi pecho, pero lo apago antes de que suba a coger aire, y en el patio los demás se vuelven y también empiezan a andar hacia la clase.

A las cinco, al salir del colegio, mi madre me obliga a acompañarla al cementerio del pueblo, a llevar flores a la tumba de mi abuelo. Su padre. El cementerio está al lado del manicomio, entre la Cooperativa y Marianao, rodeado de descampados y solares a medio edificar, un puñado de higueras enfermas, unos cuantos olmos jóvenes pero ya echados a perder. Una torre eléctrica domina el lugar como un castillo feudal. En el cielo hay unas nubes en cuadrícula, pálidas, medio desvanecidas, que suavizan el impacto solar. Es un día opaco, tirando a feo, sin viento. El aire está sucio.

–¿Cómo ha ido el colegio? –me pregunta.

Miro sus ojeras celulíticas color lila. Desvío la mirada, me cuesta hallar un lugar donde aterrizar porque casi todo su cuerpo es susceptible de sentirse observado. Al final poso los ojos en la parte superior de una oreja. Mi madre se la toca.

–Bien –digo.
–Tienes la camiseta muy sucia ya.
–De tanto jugar al fútbol. Hoy lo he dado todo, mamá. Tendrías que haberme visto. Ahí, luchando por el balón, haciendo regates...

Mi madre trata de sonreír y me agarra la mano mientras cruzamos el llano terroso que lleva directamente a la entrada del cementerio, detrás de mi colegio. El suelo está estriado y roto por desniveles abruptos, socavones de metro y medio que hay que ir sorteando aquí y allá, a veces descendiendo y volviendo a subir. La tierra es arcilla roja mezclada con pedruscos y malas hierbas. Xibecas rotas; una paleta fangosa de albañil que alguien abandonó; un capazo, también rebozado de cemento seco; un par de palets de madera, astillados, con varias tablas partidas. Al lado de uno de los palets yace un gato gris muerto, cubierto de gusanos blancos minúsculos y moscas de color verde, con la cabeza aplastada invisible debajo de un canto rodado, medio cubierto por papeles de periódico. Como si se hubiese subido la manta para echarse a dormir. Las larvas y moscas que se mueven en su cabeza le dan al cadáver una falsa apariencia de vida.

Mi madre respira con dificultad a cada pequeña subida de montículo. Le suda mucho la mano que sujeta la mía. Sus piernas fofas rozan la una con la otra dentro de su vestido de poliéster a punto de estallar. Oigo el sonido de rozamiento de la parte interior de sus muslos, frit-frat-frit-frat. Ambos empeines brotan de sus zapatos como derramándose por fuera; parece la mermelada que gotea de un bocadillo cuando te has pasado con el relleno. El dedo gordo que asoma por la punta de su zapato es todo carne; casi sin uña. La grasa ha vencido la batalla también allí. Le brilla la cara y el pelo se le apelmaza por detrás.

Dos quinquis del barrio de Priu que siempre hacen novillos y nos roban los cromos se nos quedan mirando. Uno de ellos, el que lleva una chaqueta de chándal del ejército español con pantalones de pana gastados, canta la melodía del paso del elefante, de aquella película, y yo hago un esfuerzo por soltarme de la mano, y cojear menos. Por un momento temo que no empiecen también con mi camiseta y lo del barco argentino hundido, pero los quinquis no deben de haber enchufado la televisión, o no están demasiado preocupados por la guerra de las Malvinas.

Entramos en el cementerio. Paredes blancas de cal, relucientes, sin pintadas. Unos carteles con horarios laminados, colgados en la pared de entrada con una chincheta en cada esquina. Varios pinos más o menos frondosos, podados en la parte inferior. Puertas azul marino que me hacen pensar en casitas de playa, en los chiringuitos de Gavà. Geranios y hortensias aquí y allá. Cruzando por entre los nichos, miro las flores (algunas de plástico), las fotos perturbadoras de viejas color sepia con nombres piadosos y vestidos negros y caras de haber amargado siempre la vida de quienes les rodearon. Unas tórtolas cantan cerca del ciprés que tenemos al lado, ese canto que está entre silbido y desagüe.

Delante del nicho de mi abuelo materno, con quien mi madre se llevaba muy mal, ella y yo forzamos cara de aflicción. Antes de que mi abuelo muriese de una angina de pecho hace un par de años mi madre rechazaba pronunciar su nombre, y le llamaba Aquel Hombre.

Ejemplo: «Tenéis mucha suerte de que os deje ver la televisión a esta hora. *Aquel Hombre* habría sacado el cinturón, os lo aseguro, y os habría arreado hasta que os sangrara el culo.»

Mi madre y yo depositamos un ramo de claveles mustios, blancos, ante la lápida barata de los Colet. Hacemos el ademán a la vez, como en un ballet. Mi abuelo materno yace en la planta baja del edificio de nichos. Es un agujero. Al anciano le ha tocado la peor parcela. Mi madre me contó una vez que el abuelo, cuando se enteró de que ella tenía su primer novio, a los diecisiete, le atizó tal guantazo que le dejó un incisivo bailando, y desde entonces mi madre lleva una funda, que se ha ido ennegreciendo con los años.

—Descansa en paz, papito —murmura mi madre, con su mejor voz de beata.

Mi abuela, que era fría pero no mala, enviudó de él y a los dos días se había vuelto a juntar con otro hombre, un antiguo novio de juventud, que encima tenía negocios y empresas y un periódico catalanista de alcance comarcal, y ella parecía feliz, más feliz que nunca, más feliz de lo que la había hecho el muerto en toda su vida, y mi madre se ofendió por ello (¿por su felicidad?) y dejó de hablarle a su propia madre y esgrimió razones que aún no termino de comprender («ensució la memoria de papá») y contra todo pronóstico aquí estamos, ella y yo, rindiéndole pleitesía a su padre, a la sombra de un pino.

—¿Tú crees que todo el mundo acaba yendo al cielo, mamá? —le pregunto. Mi madre tenía los ojos cerrados, y parecía que estuviese descabezando una siesta. Siempre pone esa expresión cuando quiere parecer misericordiosa.

—Pues claro. Dios perdona a todos los pecadores —dice ella, abriendo los ojos, mirando el nicho angosto aquel, tan mal situado, tan sombrío—. Si pides perdón, vas al cielo. ¿No os lo enseñan en los salesianos?

—Sí, sí. Pero ¿todo el mundo, *todo el mundo*?

Mi madre arruga la frente.

—Claro, hijo.

—El abuelo está en el cielo, entonces.

—Y tanto —contesta mi madre, con menos firmeza de la que yo esperaba.

—¿Y Hitler? —le pregunto. Llevo varios días discutiendo este asunto a fondo con Priu, sin hallar respuestas—. Si Hitler pidió perdón, está en el cielo, ¿no? Dios no puede hacer distinciones. Todo el mundo al cielo. Incluso podríamos plantearnos que si Hitler se ha arrepentido *del todo* puede que lo hayan santificado, ¿no? No sería imposible —hago una pequeña pausa, me llevo un dedo a la boca—, San Hitler. ¿Te imaginas? Santo Patrón de los tiranos genocidas, ja, ja.

Mi madre se vuelve hacia mí, solo la cabeza, ahora. Perpleja y apenada y confusa. Continúa mirándome durante un instante, sus dos pequeñas cejas oscuras cada vez más hundidas y pegadas a los párpados.

—La verdad es que nunca pidió perdón, Hitler —prosigo, chutando una piedrecita, que rebota por encima de la pinaza seca, y luego me saco algo de suciedad de una uña—. Es más: pocos días antes de su muerte, en el búnker de la Cancillería, aún lamentaba *no haber matado a más gente*. Como por ejemplo a no sé qué burgueses moderados, que le caían fatal. Me lo contó Priu. Priu también me dijo que Hitler incluso les había dicho a sus generales: «Uno lamenta haber sido tan bueno.» ¡Ja, ja! Fascinante. Tan *bueno*. ¡Hitler, bueno! Nadie se conoce a sí mismo, esa es la verdad.

—¿Por qué siempre tienes que decir cosas como esa, Curro? «Nadie se conoce a sí mismo.» «San Hitler». —Ha dicho ambas cosas imitando mi acento, con una voz aguda y afectada, para que suene mariquita—. Es que abusas de los buenos, ¿eh? ¿No puedes ser normal? ¿No puedes *hacer como* que eres normal?

—¿Qué hacemos aquí, mamá? —le contesto—. El abuelo no era muy bueno. Te trataba mal. ¿No me dijiste que una vez te encerró en un armario durante un día entero? ¿Por ponerte minifalda?

—No digas eso. Era mi papá. Un poco anticuado, y ya está. No se habla así de tu propio abuelo.

—Y qué que sea tu padre, o mi abuelo —respondo, intrigado, frotándome las manos y tocándome los talones, primero uno y luego el otro, con las puntas de los dedos; algo de pinaza se desprende con dulzura de mis suelas y cae sin hacer ningún sonido sobre el resto del manto—. Pero era mala persona, ¿no?

—No se abandona a la sangre, Curro. Sangre es sangre. No puedes huir de ella así como así. Puedes separarte de todo menos de la sangre.

—Tengo que ir 'errando, 'eñora —dice el vigilante del cementerio, con una expresión muy falsa. Señala la puerta de salida con un dedo lleno de duricias, ladeado de forma extraña en la última falange, así que parece que el dedo ha cambiado de opinión en el último momento y nos redirige a otra puerta.

Mi madre ahoga un sollozo, también falso, y menea la cabeza mirando con cierta condescendencia a aquel andaluz medio muerto, que se muere de ganas de irse al bar a jugar su partida de remigio y beber vino rancio pero que tiene que quedarse allí por obligación, aguantando caprichos y lamentaciones de viudos y huérfanos.

–Era un buen hombre, ¿sabe usted? –le dice a aquel viejo, y luego me aprieta muy fuerte la mano con su agarre fofo y húmedo, sus uñas claudicantes–. Todo corazón. Que el cielo le acoja.

En la mesa de la cena. La televisión está encendida, como cada noche. En la segunda cadena hablan de los primeros rivales que le han tocado a la selección española en el Mundial 82: Yugoslavia, Irlanda y Honduras. Luego los buscaré en mi libro, a ver qué caras tienen. Muchos tienen la nariz rota, no sé por qué. Sobre todo los de Europa del Este.

En la mesa nadie grita. Una tregua: es el cumpleaños de mi padre. Él no parece muy festivo: observa la televisión con las cejas caídas, la cuchara reposando en el plato de puré de calabacín con sabor a césped, y de vez en cuando se le va la mirada a su pecera, pero sin mirar su pecera. Si prestara atención vería que flotan en ella dos más, los últimos peces de colores que quedaban vivos, y que luego tendré que recoger yo mismo, con un salabre viscoso de plástico barato verde que reposa al lado de la pecera, apoyado en su pared derecha. Asumo que los barrenderos siguen ahí abajo, trabajando, incólumes, firmes, siempre al pie del cañón.

Richard ve las noticias de fútbol. Muy concentrado. Lleva una camiseta Nike azul con un balón de rugby que cruza a través de dos palos. Mi madre come con avidez su puré. Yo repiqueteo con el cuchillo en el sifón. No hace mucho ruido, es un tamborileo sordo, plástico pero constante, que amortigua el masticar de mi madre.

–Para con eso –masculla mi padre, sin mirarme. Yo paro.

–¿Vas a correr hoy también? –le pregunta ahora mi madre a mi padre, de repente. Su voz está tensa, como si dos tipos estuviesen tirando de ella, uno a cada lado. Lleva su bata de primavera y verano, rosa y blanca de cuadros, sin mangas, y la axila se le arruga en tres grandes pliegues de carne.

Él no contesta a la primera. Permanece con los ojos vacíos un rato, así que mi madre tiene que repetir la pregunta.

–No –contesta él al fin, volviéndose hacia ella, e intenta modular una sonrisa, y se mete un dedo en una oreja simulando un gesto mundano, y todo resulta ser un fracaso absoluto–. Esta noche no me apetece. Estoy muy cansado.

–¿Alguien sabe qué ha pasado en las Malvinas? –digo yo–. Vaya jaleo se tienen allí montado, ¿eh, papá?

Mi padre hunde la cuchara, y se mete aquella materia verde en la boca, y su boca se tuerce en la habitual mueca de estupor y escrúpulo, pero esta vez no comenta nada, pese a que lo normal sería que se metiese con mi madre, y yo entonces me pongo a repiquetear con el cuchillo en el sifón, otra vez.

Y luego: silencio otra vez.

Mi madre suspira, se pone en pie y sale del comedor. Se oye la nevera: abierta y cerrada. Luego una selección de ruidos: papel arrugándose, cajones que se cierran. Al final, pasos. Mi madre apaga la luz del comedor. Richard dice: «¡Eh!» Nos volvemos, y vemos el brazo de gitano con las dos velas encendidas, las manos gorditas que lo sujetan, su barbilla reluciente, el resto del cuerpo en penumbra. Cantamos: *«Moltes felicitats, / moltes felicitats, et desitge-em, papa...»* Mi madre deposita el dulce sobre la mesa al ritmo de la canción, ante mi padre, que acerca la cara y toma aire para soplar las velas. Sus carrillos se hinchan, sopla y los apaga, aplaudimos, mi madre enciende la luz y le miramos. Tiene los ojos llorosos, parece confundido, como si no supiese qué hacemos aquí. Se mira las manos, nos observa por debajo de sus cejas.

–Toma –digo yo–. Es para ti.

Mi padre levanta la mirada hacia donde estoy y yo saco un paquete envuelto con papel de regalo –planetas y soles y estrellas– que sostenía oculto en mi regazo, y lo extiendo por encima de la mesa, y él sonríe, desganado, y agarra el paquete y se queda con él delante de las narices, como si no supiera qué hacer, y yo vuelvo a temer por su cordura. Empiezo a chasquear los dedos, una mano y la otra, una mano y la otra, y cuando termino me hago crujir cada uno de los nudillos, del uno al diez, y mi padre no me regaña.

–Ábrelo, va –dice mi madre, que quita las dos velas y luego se chupa los dedos–. Lo han escogido los niños.

–A mí me cayó esto por el santo –le digo, y mientras él sostiene su paquete aún envuelto yo pinzo mi camiseta Admiral y la extiendo en la pechera, deformando a los tres leones del escudo, pero nadie me presta atención. Excepto Richard.

–Es de imitación –dice, sin dejar de observar la pantalla de la televisión. Están echando anuncios encadenados. Hola, Radiola. Cointreau. Núñez y Navarro. Segur de Calafell, qué torres, qué casas. Soberano es cosa de hombres.

Mi padre rasga el papel de su regalo, con cuidado, tirando del celo central, y lo deja a un lado tras haberlo doblado en dos. Es una maqueta: jeep de la Wehrmacht, campaña escandinava de 1940, y seis soldados alemanes en traje de nieve. En el dibujo de la cubierta dos de ellos están tumbados con una ametralladora pesada. Dos más están dentro del jeep, y los otros dos avanzan, con esquís a la espalda y fusiles en la mano. Todos muy serios. Marchan a conquistar Noruega.

Mi hermano se vuelve y observa la miniatura un segundo, antes de regresar a la televisión. Nada podría interesarle menos que un vehículo militar histórico con instrucciones de montaje. De fondo se oye el avance de programación, luego más anuncios.

Mi padre analiza la miniatura sin apartar la mirada, como si tratase de descifrar un anónimo en clave. Hace unos años le encantaban las maquetas. Construyó el C-3PO grande que hay en la estantería del comedor, y el Space Shuttle. Y un avión De Havilland DH98 Mosquito de la RAF. Yo le eché una mano con las ruedas. Eran muy difíciles de sujetar. Mi padre estaba muy contento cuando terminamos, y no me dio un beso pero casi. Me apretó el antebrazo, con las manos llenas de pegamento, y luego me mesó el pelo, y yo me alegré tanto que casi me pongo a dar gritos de entusiasmo.

—¿Te gusta? —le digo, y mi madre, que ya ha vuelto a sentarse, empieza a cortar el brazo de gitano.

En el televisor da comienzo el *Telediario*. La primera imagen es la del *Belgrano*: un buque de guerra escorado y humeante, cercado por llamas pequeñas que parecen bailar, hacer surf sobre el océano. Se está hundiendo. No, aún no; *ahora*. Se ha hundido del todo. Muchos hombres abandonan el destructor con balsas salvavidas. No hay escenas de pánico.

A mi padre se le humedecen los ojos cada vez más, hasta que la concentración de líquido crea allí una lágrima, que cae por su mejilla y que él se seca con la mano derecha, muy rápido. Sorbe por la nariz, y creo que no es por el fin del *Belgrano*. Quizás al final será verdad que se está volviendo loco, como su padre antes que él. Todos podemos ver lo de sus ojos empapados menos Richard, que sigue viendo el *Telediario*. Ahora aparece Simonsen, el extranjero aquel del Barça, con cara de estar contento, hablando. Su acento es cómico, muy fácil de imitar, cambia el sexo de algunos sujetos y el orden del predicado. En la leyenda a pie de pantalla anuncian que Núñez le ha renovado el contrato.

—Míralo, ay. Pero si se nos ha emocionado —dice mi madre, mientras le alcanza un plato con su porción de brazo de gitano. Habla de mi padre, no de Simonsen.

—¿Te gusta? —le vuelvo a preguntar a mi padre, a la vez que me huelo las puntas de los dedos, que ahora huelen al aliento de Clochard, pues el perro me lamió la mano antes.

No espero respuesta. Sé que mi padre no está emocionado por el regalo. Ni de lejos. Sé que algo le ronda, nos ronda, como un ejército zulú que hubiese cercado nuestro puesto de vigilancia, cercado del todo, de ese modo que no puedes huir, solo esperar a su ataque al amanecer, esperar, esperar, esperar...

—Son del XXI Ejército, de la Tercera División de Montaña —le explico—. Tropas frescas, papá. En Noruega fue la primera vez que entraban en combate, ¿te imaginas? Tuvieron suerte de que les tocara allí, no en el frente ruso, porque ¿sabes cuántos alemanes murieron en Dinamarca, por ejemplo? *Uno*. ¡Ja, ja! Un solo piloto alemán. ¿Te imaginas el entierro militar, en el aeropuerto? ¡Un solo ataúd! ¡Vaya chasco para la familia! ¡Vaya mala suerte que le toque a tu hijo! ¡VAYA PANORAMA!

Mi padre no atiende, y eso que he gritado bastante fuerte. En su oreja. Sus ojos relucen. Miro a la pecera para no mirar más sus ojos empantanados y avergonzarle. Los dos cadáveres de pez siguen ahí, panza arriba, como señuelos abandonados. Nadie los ve.

—Creo que al f-f-final sí que voy a salir a correr —suelta entonces mi padre, con voz entrecortada, aguantándose un sollozo, y se pone en pie echando la silla hacia atrás, hace bastante ruido al arrastrar las patas, no da ni las gracias por el regalo ni come una sola cucharada de pastel, rodea la mesa sin tocar a nadie y echa a andar a toda prisa y abre la puerta del comedor y oímos la puerta de la calle, no le ha dado tiempo a ponerse los pantalones cortos de correr ni los calcetines largos ni nada, y mi hermano suelta qué mosca le ha picado ahora a ese, y mi madre no dice ni pío, solo continúa echando paletada tras paletada de brazo de gitano en su boca, más callada que los peces muertos de la pecera, con sus ojos fofos recubriéndose también de un cristal de espejo, y yo echo un vistazo al suelo, al lado de la mesa, y veo que los zapatos de mi padre están allí.

—¿Se ha ido descalzo? —pregunto, señalándolos con el dedo derecho, y espero que alguien se ría o haga algún chiste pero nadie dice nada—. «Bienvenidos a la Puerta del Misterio» —digo, con la misma voz que el profesor Jiménez del Oso, el del programa de asuntos paranormales, me ha salido casi igual pero nada, ni una sola risa en toda la mesa. Estoy perdiendo mi toque.

Me pongo en pie.

—¡Se los llevo! —grito y, agachándome en un movimiento rápido, agarro ambos zapatos y salgo también corriendo por la puerta, decidido a seguirle allá donde demonios va cada noche, decidido a espiarle para enterarme de lo que pasa en esta casa, oigo a mi madre que grita: «¡Vuelve aquí ahora mismo, Curro!», y yo desobedezco sus órdenes por segunda vez en un día, y nada de eso me hace sentirme demasiado mal, porque en un segundo he dejado atrás la casa, sin pensar en lo que estoy haciendo y de repente ya estoy en la calle. Fuera.

HISTORIA CLÍNICA PSIQUIÁTRICA 13/03/1994
Hospital psiquiátrico Santa Dympna
Doctor: Avelino Quincoces

FICHA DE IDENTIFICACIÓN
Nombre: Curro Abad Colet
Sexo: masculino
Edad: 24
Lugar y fecha de nacimiento: 27 de julio de 1970, Sant Boi del Llobregat
Raza: caucásica
Religión: católica
Ocupación: operario no especializado
Estudios: graduado escolar

MOTIVO DE LA CONSULTA INICIAL (1993)
Paciente masculino de 23 años ingresado por presentar heteroagresividad, demencia homicida, errores de juicio y delirios esquizoides. Su primer ingreso es en la penitenciaría psiquiátrica **ILEGIBLE** y pasados tres meses se le traslada al hospital psiquiátrico de su pueblo natal.

ENFERMEDAD ACTUAL
El padecimiento actual da inicio aproximadamente en el año 1982 **ILEGIBLE** El niño había padecido problemas familiares **ILEGIBLE** y presentaba síntomas de Tourette, depresión y manía depresiva, así como trastorno obsesivo-compulsivo. La muerte de su madre **ILEGIBLE** parece haber sido el factor determinante del brote de esquizofrenia paranoide y el trastorno límite de personalidad. El paciente empieza a mostrar síntomas de fobia tras la muerte de la madre, y pasa los siguientes nueve años en tratamiento, entrando y saliendo brevemente de varios centros psiquiátricos para adolescentes del área del Llobregat. Ocasional-

mente queda bajo la custodia del padre, aunque el paciente reincide en escapar de la vigilancia paterna. Finalmente el adolescente queda a cargo de los Servicios Sociales del Barcelonés.

El brote definitivo hasta la fecha le sorprende viviendo de nuevo en Sant Boi **ILEGIBLE** tras la separación de su pareja el paciente se recluye en su casa con síntomas de manía persecutoria. Según familiares y vecinos aduce que le están «vigilando», y el televisor le da «órdenes», y solo realiza sus necesidades menores en garrafas de plástico, que empieza a almacenar en el balcón de su propia casa. Se ducha vestido (varios vecinos testifican haberle visto salir empapado al balcón). En este periodo empieza a manifestarse la autoscopia, y el paciente relatará que en aquel periodo suele verse desde fuera realizando todas sus acciones cotidianas. También busca micrófonos entre sus heces y mantiene extensas conversaciones, audibles para los vecinos, con su madre fallecida **ILEGIBLE** ataques de hebefrenia, o risa histérica, parecen ser constantes hacia finales de junio del año 1993. El paciente aduce que «la banda terrorista ETA» le «recluta», por vía televisiva, «para realizar misiones terroristas en Catalunya». En julio del mismo año el paciente sufre un ataque grave de Berserk, o locura homicida, y **ILEGIBLE** el paciente sufrió pérdida completa de conciencia a consecuencia del ataque. El penal psiquiátrico se hace cargo de él durante tres meses, tras reanimarlo in situ **ILEGIBLE** el paciente da muestras de extrema desorientación mezclada con lucidez y señales de una inteligencia superior a la media, y desarrolla un delirio visual con alucinaciones visuales y olfativas **ILEGIBLE** paciente admite parte del episodio, y confiesa que sufrió una grave depresión al morir su madre, y que el día del ataque había visto al «fantasma de su madre» emergiendo de la tienda de patatas fritas, y que aquella aparición **ILEGIBLE** declara que se enfrenta a «apariciones regulares» del «fantasma de su madre», quien le culpa de su enfermedad y muerte. Y que estas apariciones le provocan nuevas pérdidas de conciencia, sin secuelas observables más allá de una ligera jaqueca, y abatimiento.

El paciente sigue manifestando signos de autoscopia y hebefrenia, así como Tourette y TOC, pero no abulia ni melancolía.

También ha fabricado un delirio secundario, aunque paralelo al de la madre, irregular, mediante el cual el paciente se relata que se halla en un manicomio «del Reich» y el doctor a su cargo, Avelino Quincoces, es el «doctor Skorzeny». Algunos pacientes declaran que de vez en cuando habla de estar en el «*Aktion T4*» (programa nazi de eutanasia forzosa en manicomios).

HISTORIA PERSONAL

Antecedentes familiares: Madre con diagnóstico de **ILEGIBLE** fallece **ILEGIBLE** en la fase final de su trastorno **ILEGIBLE** El padre era verbalmente violento **ILEGIBLE** aunque no se han hallado pruebas de agresión física **ILEGIBLE** sus abuelos, el paterno, había sido diagnosticado de shock postraumático tras la Guerra Civil, y manifestó síntomas de esquizofrenia y depresión nerviosa con numerosos delirios coherentes. Fue internado en este mismo sanatorio, y tratado durante 2 años, hasta la fecha de su fallecimiento. Se le aplicó terapia de shock en varias ocasiones.

El paciente tiene un hermano, dos años mayor, que le visita mensualmente desde su tercer mes de estancia en el hospital.

EXPLORACIÓN

Aspecto general y conducta: Paciente masculino de edad aparente a la cronológica. Higiene notable. Alerta e inquisitivo, su actitud es cooperadora, aunque raramente realiza contacto visual. Se identifica a sí mismo y a otros (aunque a menudo mediante delirios, especificados más abajo, con algunas personas determinadas). Se orienta respecto al tiempo y lugar en el que se encuentra, aunque manifiesta de modo intermitente un trastorno delirante **ILEGIBLE**.

Desde la infancia manifiesta un cuadro claro de trastorno obsesivo-compulsivo y Tourette. De niño sus padres le llevaron al psiquiatra, que le diagnosticó erróneamente trastorno bipolar, cuando en realidad es posible que manifestara solo síntomas de

TOC y espectro autista (Asperger), ambas cosas derivadas de traumas personales y/o familiares, no genéticos ni innatos. Al hablar suele encallarse con palabras concretas, juramentos y blasfemias esporádicas. Sufre tics de párpados, extremidades inferiores y superiores, y también de varios músculos faciales y del cuello. Padece también pareidolia, y una compulsión táctil (con interruptores, con secuencias de golpes rítmicos a interlocutores o a superficies...) y una olfativa, por la cual suele olerse las puntas de los dedos de forma constante y automática.

Habla de un modo claro, culto, aunque con palabras grandilocuentes y con cierta afectación, producto de los delirios esquizoides **ILEGIBLE** pero la medicación parece haberla atenuado. Su conciencia es despierta, y no aparenta sufrir somnolencia ni estupor. Tampoco abulia, depresión nerviosa ni melancolía **ILEGIBLE** su lenguaje no es críptico, aunque sí grandilocuente, y obedece a una idea lógica (aunque delirante) que presenta coherencia argumental.

Su sensopercepción presenta cuadros de pareidolia y autoscopia. También frecuentes alucinaciones, tanto visuales (el espectro de su madre) como olfativas (un fuerte olor a «patatas fritas» precede cada uno de sus **ILEGIBLE** memoria presenta lagunas muy marcadas en lo relacionado con el episodio violento **ILEGIBLE** No parece padecer amnesia total a largo ni corto plazo. Manifiesta algunas fobias (latrofobia, deshabiliofobia, agateofobia...).

DIAGNÓSTICO

Según el DSM-IV y la prognosis **ILEGIBLE** el paciente presenta un cuadro claro de trastorno psicótico esquizofreniforme. Problemas relativos al grupo primario (padres) y a un trauma posterior (muerte madre), precipitado por la **ILEGIBLE** Asperger. Delirios cognitivos coherentes, fobias y alucinaciones. Posible comportamiento agresivo o violento, ya manifestado, aunque no frecuente.

TRATAMIENTO

En la fase aguda se le administra clorpromazina y haloperidol, que parece mejorar las alucinaciones y los delirios, y previenen la recaída y el comportamiento violento. 25-50 mg por dosis oral cada seis horas, alternados. En la fase estable, aunque sigue manifestando delirios y alucinaciones, se le administra clozapina dos veces al día por dosis oral. Vigilancia cuidadosa y exploraciones mentales con una frecuencia de dos veces por semana.

11

–Te digo que ella ya anda como un vaquero, Plácido –dice Curro–. Sus piernas parecen paréntesis. Hoy la he visto salir del pabellón K. Incluso teniendo en cuenta la asombrosa capacidad de dilatación de algunos músculos humanos, salta a la vista que su organismo no había previsto los esfuerzos de tensión límite a que los está sometiendo Roca.

–Entiendo, señor.

Los dos pasean por el camino de asfalto que recorre el frenopático. A su derecha está el pabellón A, de admisiones; media y corta estancia. Ante ellos, un grupo de personas cruza el hospital. Les acompaña una monja. Lleva toca y griñón. Toda su ropa es blanca. Como una aparición. Un crucifijo plateado se balancea de forma muy tenue en su cadenita sobre un pecho sin desniveles. Diversas organizaciones católicas visitan el centro a diario, e importunan a los enfermos con sermones sobre la fe, la caridad, la piedad y el mensaje de Jesús. La comitiva llega al pabellón A y se concentra en su entrada mientras la monja reparte explicaciones e indicaciones. Varios de sus miembros, seminaristas jóvenes o curas recién ordenados, sonríen, condescendientes, a Curro y a Plácido. Todos llevan raya al lado; a veces peinada a la derecha, otras a la izquierda. Jerséis de cuello redondo, tejanos con la raya planchada. Curro hincha las mejillas y suelta aire. Por un momento parece un pez.

—Mi aguante tiene un límite, Plácido —dice, y se detiene ante el pabellón A, a unos diez metros del grupo de personas, dándoles la espalda, sin reparar en ellos—. Nunca se dirá que un Abad no estuvo allí para arrimar el hombro y ayudar a una criatura del Señor a superar el infortunio y la soledad, pero esto es pasarse de la raya. Llevo dos semanas sometido a ello, y mi paciencia se está agotando. Por no mencionar el retraso que esta... *indignidad* está provocando en nuestra futura fuga.

—¿Se refiere, señor, a vigilar mientras Roca..., mientras Roca...?

—Sí, Plácido. Mientras Roca, en sus propias palabras, «pone bizca» a la mujer horrible del pabellón K. Yo evité comentarle que la mujer *era* bizca, así que era poco probable que consiguiese *ponerla* bizca. Si acaso, podía esperar curarla de su bizquera, como hacía Jesucristo con los enfermos.

—«Y le trajeron todos los que se encontraban mal» —dice Plácido— «con enfermedades y sufrimientos diversos, endemoniados, lunáticos y paralíticos, y los curó». Mateo 4:24, señor.

—Eso mismo, Plácido. —Curro se mesa los cabellos, su cabeza se queda en forma de cactus de aloe—. Tengo los nervios de punta, como suele decirse. Casi preferiría que reapareciese mi madre, caramba. «¡Dios de mi vida, me estás destrozando!» —le grita Curro de repente, muy alto. Plácido levanta las cejas. La mayoría de los curas y seminaristas se vuelven hacia ellos—. Es lo que oigo chillar a la mujer horrible muchas mañanas, desde el puesto de vigilancia. ¿Puedes imaginarlo?

—Lo intento, señor.

—«¡No pares, maldito bastardo! ¡Dame duro ahí, ábreme en canal, cerdo!» —vuelve a gritar Curro, mirando muy fijamente a Plácido—. «¡Ahógame en tu semen!» —grita. Todos los seminaristas les observan, ahora. Una nota de color asoma a la mayoría de las mejillas. La monja, por el contrario, empieza a adquirir un tono blanco amarilleado, similar al de un periódico viejo. Un joven párroco la sostiene de un brazo, empieza a abanicarle la cara con un ejemplar de *Joia,* el magacín de la salud mental—. Eso lo he tenido que soportar esta misma mañana. *Ahógame en...* Me apena incluso reproducir la expresión. Los últimos alaridos de placer eran de una naturaleza tan monstruosa que se han filtrado a través del algodón en rama que me había introducido hasta lo más profundo de mis pabellones auditivos, Plácido. Me gustaría que lucharan contra esa compulsión. Es muy desagradable, y les envilece. Me pregunto por qué nos crearon así, Plácido. El sexo se me antoja obsoleto, algo desde lo que, como raza, deberíamos haber evolucionado. Un vestigio animal, como el vello atávico que conservamos en el cuerpo de cuando vivíamos a la intemperie. ¿No podríamos haber mutado ya hacia algún sistema de esporas?

—Muy acertado, señor. Esporas.

—Esos dos están acabando con mi salud: mis tics se han multiplicado, mi diarrea es tan súbita que casi siempre me pilla por sorpresa y no me da tiempo a alcanzar el baño, y mi tortícolis parece el resultado de un aneurisma en lugar de un simple espasmo muscular. Mira esto. —Curro se lleva dos dedos a la boca, y dobla el labio inferior hacia fuera, a la vez que acerca su cara a la del criado—. Llagas. Igual que cuando era niño. Y también retortijones.

—Lamento oír eso, señor.

—El problema es que no sé cómo escapar de mis obligaciones de vigilancia sin incurrir en la furia pugilística de Roca, ni convertirme en un deleznable soplón —le dice Curro, a la vez que intenta aplastar una de sus hombreras con la mano opuesta. Curro viste hoy con una desafortunada *ensemble* de camisa blanca con chorreras y hombreras al estilo 1983, pantalones de beduino color turquesa y botas camperas. Fue lo único que Plácido pudo encontrar en suministros, donde almacenan los donativos de ropa—. No hace falta decir que lo de denunciarlos de forma anónima es impensable.

—Solo los delatores y los verdugos esconden la cara, señor. Es mi firme opinión al respecto. Espero que usted esté de acuerdo con ello.

—Lo estoy, Plácido. No hay nada más cobarde que un anónimo. Es lo menos viril que se me ocurre.

—Por otro lado, si de lo que se trata es de ahogar los sonidos del exterior, señor —añade—, se me ha ocurrido que los walkman con auriculares del señor Angus podrían servir para ese fin.

—¿Los walkman? —dice Curro—. ¡Excelente idea, Plácido! Ahora mismo voy a pedirle que me los preste.

—Siempre a su servicio, señor.

Funciona. Las golondrinas siguen aquí, en el pueblo, dando garbeos helicoidales en el cielo del manicomio, solo que mudas. Curro no oye a los gorriones ni a las tórtolas, ni los coches de la carretera que va a la Colonia Güell. La música inunda de forma misteriosa el interior de su cráneo. En el interior del aparato de Angus, quien se lo prestó sin casi reparar en su presencia, yacía una vieja cinta en cuyo dorso solo ponía «surf», y ahora Curro oye varias voces masculinas pregrabadas, agudas, hacer coros al unísono, montándose las unas sobre las otras en perfecta armonía.

Plácido le recomendó que se quitara las botas camperas (para «máximo disfrute sónico») y que se colocara sobre un montón de arena que descargaron hace poco cerca de los talleres. Plácido está lleno de ideas sensacionales. Curro sigue su consejo y, tras arremangarse los pantalones de beduino hasta las rodillas, pisa la arena y cierra los ojos, y pulsa el botón de Play del aparato japonés de Angus, y la música se derrama en su cráneo como arena en un reloj. Curro se recuerda de inmediato en la playa de Gavà, sobre una colchoneta amarilla, con su hermano, remando con los brazos, mientras unas olas poco agresivas zarandean su embarcación, y los dos ríen, pegan gritos, dicen cosas de piratas.

Durante una cara de casete Curro se siente bien. Mejor que en mucho tiempo. Cuarenta y cinco minutos de paz. Hace tiempo que su madre no aparece; tal vez estén funcionando los cada vez más complejos cócteles de medicamentos con los que experimenta Skorzeny. Tal vez esté... ¿curado? Curro teme usar esa palabra. Estar curado no es su normalidad. Pero es innegable: se trata de una buena época. Por un momento se olvida de sus ansias de fuga, de las apariciones de la fantosmía materna, de su infancia y su dolor. Nunca escuchó mucha música en su vida, y ahora se arrepiente. Algo le obliga a mover los dedos de los pies sobre la arena, y piensa que quizás la música le habría podido arrancar el caparazón. Pero no la escuchó, no estuvo atento a las notas que sonaban; la apartó de él, decía que era banal e inútil. Lo que hizo fue hincar su nariz en más y más libros, y aferrado a ellos meterse cada vez más hacia dentro, hacia abajo, por la espiral de la cáscara, hasta quedar encajado contra el último rincón. Atascado en el cuerno, brocha en mano, el suelo pintado y su culo contra la pared. Y todas las pesadillas que le atenazaban: madres muertas vestidas de boda, cucarachas decapitadas, ciegos arrebatos de violencia; muerte, locura y sangre, chorros de ella, abriéndose hacia el cielo como algún tipo de rara planta marciana.

El alcohol. El alcohol, a veces, parecía ayudarle; le desagarrotaba los brazos, le soltaba la lengua, le hacía sacar la cabeza y mirar hacia fuera. Pero era como el aliado traidor de las películas: el que te da la mano en el acantilado para luego soltarte cuando te confías y sonríes y piensas que ya estás salvado. Y barranco abajo vas. Cuando bebía, de joven, la mente de Curro bailaba la yenka: un pasito adelante, sí, una débil mejora, pero luego otro atrás, y otro y otro, un, dos, tres, hasta que al final trataba de romperle una botella en la cara a alguien. Le dijeron que era culpa de la medicación, que los antidepresivos no podían mezclarse con alcohol, pero Curro sabe que no era por eso. Era por esto de aquí; lo que lleva dentro: la sed de destrucción que le inocularon. Esa rabia que *nunca* se va.

Excepto ahora. Las canciones la han obligado a retroceder. Toda esa gente cantando sobre California a la puerta de sus tímpanos. Curro menea el cuello, intenta seguir el estribillo, lo que dicen. Ca-li-for-nia.

Se oye un clac seco. La música ha cesado; debe de haber terminado la cara A. Curro abre los ojos y mira a su alrededor.

Sigue en el hospital, por supuesto. Loco, sin duda. Igual que esos de ahí: un tipo se palmea los muslos mientras circula por el patio, otro de más allá se arrea fieros tirones en el lóbulo de una oreja. Otros parecen tan sedados que son incapaces de hablar, y solo miran a un punto distante, más allá de las vallas del lado este, las que dan al río. Las caras parecen fundidas, los ojos oscuros e inexpresivos, como dos marcas de pulgar en un puñado de arcilla.

Lo malo de las buenas épocas, se dice Curro, es que siempre preceden a una mala. Es el inmutable ciclo de la existencia.

Se oye un chillido espantoso. Viene, como viene siendo habitual, de detrás del seto grande, donde la estatua de Santa Dympna.

—¡Qué me haces, Dios mío! —grita la mujer horrible—. ¡Pero qué me haces! ¡Qué me haces, animal! ¡Qué me...! ¡Me vas a partir en dos, bestia!

Curro agarra el walkman, que colgaba de su cinturón en la zona de la cadera derecha, abre la tapa del walkman, agarra la cinta, le da la vuelta y la pone boca abajo. Pulsa Play. Pero antes, un segundo antes, le invade la sensación de que el suelo va a hundirse bajo sus pies, como en uno de sus sueños recurrentes. El suelo que se abre, resquebrajando el asfalto, y empieza a tragarlo todo: autobuses, quioscos, gente. Todo roto. Y nota cómo pierde pie, y de repente todo es vacío, y no hay nada donde agarrarse, y empieza a caer.

El grupo anda, tenso, por un pasillo del centro médico. Las camperas de Curro hacen ruido de western en las baldosas. Cataclop, cataclop. Tres enfermeros sujetan a Roca, aunque no haría falta. Lleva camisa de fuerza, lo mismo que Curro. Hace más de dos décadas que no se utilizaban camisas de sujeción en el hospital; los nuevos tratamientos las convirtieron en obsoletas, vergonzosos recuerdos de prácticas barbáricas de siglos oscuros. Y, sin embargo, ahí están. El doctor Skorzeny las mandó sacar de un viejo desván; son piezas de museo, en cierto modo.

Huelen a naftalina y mierda de ratón. «Circunstancias excepcionales», adujo el doctor cuando dio la orden.

Curro solo tiene a un enfermero al lado, que le toma por el bíceps izquierdo con cierta desgana mientras siguen andando. Su incidente de las patatas fritas está muy lejano en la memoria popular del frenopático, aunque aparezca bien detallado en su historial clínico. No, aunque permanezca en el pabellón H por razones administrativas, tal vez incluso por costumbre, Curro duda que le sigan considerando peligroso de veras. Su comportamiento a lo largo de veinticuatro años ha oscilado entre lo irritante y lo desesperante, pasando por lo clínicamente provechoso, pero no es una amenaza, y todos lo saben. Curro observa uno de los viejos cuadros de la pared: una enfermera rubia, con pinta de sueca o alemana, en gesto de chitón, con el índice sobre los labios. Hace ya mucho de la época en que los cuadros, especialmente ese, se dirigían a él en particular.

—Pero ¿qué ha sucedido, señor? —le susurra Plácido, a su derecha. Él no lleva camisa de fuerza. Traje entero, con cadena de reloj que traquetea en su tripa a cada paso. Uno podría peinarse en los zapatos que luce. Plácido baja la voz un tono más—. ¿Han descubierto su plan de fuga?

—Olvida la fuga. Para siempre. Todo se ha ido al garete, Plácido. *Todo* —dice Curro, abrazado a sí mismo por la fuerza de la camisa—. Ha sucedido justo lo que temíamos, Plácido. Para cuando la he visto, se hallaba a cincuenta metros. Yo estaba simulando arar un parterre, pero me había interrumpido unos instantes. De repente, al incorporarme, la he visto, y por el hábito parecía que se estuviese desplazando a toda velocidad hacia mí sin mover los pies.

—Pero ¿quién, señor?

Curro señala con un gesto de cráneo, impulsando la frente con los músculos del cuello, a la persona que encabeza la comitiva de los pasillos. Plácido la observa. Los salientes angulosos de los omoplatos, como si acabaran de arrancarle un par de alas de murciélago. La toca en forma de pala. Las zancadas enérgicas. Es otra monja, originaria de Navarra, como muchas de las monjas y curas del centro. «Navarra debe de ser el productor nacional de monjas y curas», Curro le dijo una vez a Plácido, a la hora de la cena, en el comedor. «La demanda supera la oferta, ¿te das cuenta? Supongo que tienen a matrimonios de Pamplona yaciendo a jornada completa, haciendo turnos, para cumplir con el cupo de nuevas monjas y capellanes que repartir por los centros psiquiátricos del país.» Plácido no se rió. Nunca lo hacía. Su impermeabilidad al humor era de lo más... *irritante*.

–¿Sor Resurrección? –le dice el sirviente.

–No, Plácido –inspira, espira, contiene su impaciencia–. Esa no. Como bien sabes, sor Resurrección ha venido en sustitución de aquella a quien me estoy refiriendo, y que ahora se encuentra en cuidados intensivos: sor Lourdes. Me he enfrentado a caras más felices, te lo aseguro. Mascullaba algo entre dientes, aún inaudible desde donde yo estaba, y movía mucho los brazos al andar. Era una visión terrible. Una de sus cejas y el ojo que estaba debajo de ella parpadeaban en un espasmo incontrolable. Estaba algo lejos aún, pero recorría la distancia con una aceleración encomiable para alguien de su edad. Pulsé el Stop del walkman, pero ya era tarde. Fue peor.

–¿Peor, señor?

–Sí, Plácido. Porque al apagar la música resultó que, desde detrás del seto grande, a metro y medio de donde yo me hallaba, se oía aún a la mujer horrible y a Roca. Gritos, Plácido. Más fuertes de lo común. Audibles desde cualquier punto del hospital. Volví la cabeza. –Curro realiza una pausa dramática, vuelven una curva en el pasillo, baja aún más la voz–. Sor Lourdes estaba ya a veinte metros. Por un segundo, solo un segundo, pensé, de un modo irracional, que llevaba patines. Estaba claro que había oído todo aquello. Tuve que tomar una decisión drástica en un tiempo récord: silbaba a Roca y me exponía al castigo de sor Lourdes, o no le silbaba y dejaba que me culpara por lo sucedido.

–¿Y cuál fue su decisión, señor?

Roca intenta zafarse de los enfermeros, ahora. Agita la parte superior de su cuerpo, como un pez grande, vivo, recién pescado, que tratara de escurrirse de las manos del pescador. Los celadores le arrean una serie coordinada de puñetazos en la cara y brazos. Roca cesa momentáneamente en su empeño, no sin antes escupir unos cuantos insultos de tono racial.

—¿A ti qué te parece, Plácido? Míralo. Ese tipo es un asesino. Toma sus decisiones más complejas con los músculos del cuello y los de la ingle. Prefiero limpiar letrinas el resto de mi vida que arriesgarme a un nuevo encontronazo con él.

—¿Silbó usted, entonces?

Curro mira al suelo sin dejar de andar, sus ojos se meten dentro de su cabeza, como quien acaba de recordar algo terrible que dijo, completamente embriagado, la noche pasada.

—Lo intenté. —Nueva pausa. Se vuelve hacia Plácido—. Es decir: me llevé la mano a la boca realizando el gesto de herradura de pulgar e índice que tantas veces había visto hacer a los chavales de mi pueblo, suponiendo que silbar sería fácil. —Pausa—. Pero de allí no brotó un silbido, Plácido.

—¿No brotó, señor?

—No, Plácido. Solo se oyó una pedorreta bañada en saliva que no sirvió para nada más que para humedecerme de baba los dedos y la barbilla. Jesús del cielo. Olvidé que no sabía silbar, de otro modo te habría pedido que me enseñaras a hacer el que haces tú, el de la lechuza, o como se llame. Con los dedos, y la caja de resonancia, y todo eso. Pero ya no importa. Naturalmente, no pude alertar a Roca de la inminente llegada de la monja. Sor Lourdes pasó por mi lado, no sin antes arrearme un empujón en el pecho que me derribó de culo al suelo. Una fuerza admirable para sus setenta años largos, te lo garantizo, Plácido. No la retes jamás a un pulso; es mi consejo. Rodeó el seto mientras la saliva me goteaba del mentón. Justo en el momento en que ella desaparecía tras el seto se oyó esta frase: «¡Échame toda tu leche en la cara, venga, campe...!»

—Oh. Santo cielo —dice Plácido. Es una de las primeras veces en que Curro le ve sucumbiendo por completo a la emoción. Se alegraría, si las circunstancias no fuesen tan aciagas.

—Supongo que la mujer horrible se disponía a decir «campe...ón» –continúa hablando Curro–. La cuestión es que, Plácido, a ella no le dio tiempo ni a terminar la frase. Y te diré otra cosa: sor Lourdes *sí* sabe silbar. Un silbido agudo, autoritario, capaz de salvar distancias asombrosas. Más sonoro que el tuyo, incluso. En dos minutos aparecieron dos celadores, aquellos dos navarros con cara de efigie de la Isla de Pascua, ¿sabes quién te digo? –Plácido asiente bajando los párpados–. Los del mentón absurdo. Hermanos, o algo. O tal vez todos los navarros tengan ese tipo de barbilla. No importa. Desaparecieron tras el seto. Yo me puse en pie y les seguí.

Dos de los enfermeros que sujetaban a Roca se vuelven y le miran. Sor Resurrección chista sin volverse, aún a la cabeza del pelotón. Nadie mira a Plácido, ni realiza objeción alguna sobre su presencia allí. El celador encargado de Curro le aprieta más fuerte el bíceps. «Ay», dice él, observando su brazo izquierdo. El grupo está acercándose ya al despacho del doctor Skorzeny. Tras la próxima esquina. Curro ha pasado media vida aquí, tiene las distancias bien medidas.

–Lo primero que vi al cruzar al otro lado del seto –continúa Curro– fue a la mujer horrible. Estaba allí con los hombros caídos, desnuda de cintura para abajo y la cara llena de una pasta blancuzca. En cejas, nariz, labios y barbilla, y también mejillas. Creo que ya puedes imaginar de qué sustancia se trataba. Tras la pasta, en su rostro de color grisáceo, no se distinguía la menor inquietud, el más ínfimo destello de preocupación. Quizás todo aquello formaba parte de lo que ella aceptaba como cotidianidad. «¡Vístete, pedazo de animal!», le gruñó sor Lourdes a Roca, que estaba allí de pie semidesnudo también, con los pantalones por las rodillas. Es curioso cómo algunas cosas no penetran en tu corteza cerebral hasta que les echas un segundo vistazo, Plácido. La primera vez que miré a Roca no percibí que llevara las bragas de la chica en la cabeza.

–¿Bragas, señor?

–Sí. La segunda vez, cuando trataba de no mirar lo que colgaba de su entrepierna, sí las vi. Le daba una apariencia divertida, eso, como de albañil con el pañuelo anudado en la cocorota.

–Curro sonríe con el fantasma de una sonrisa, pero las comisuras empujan hacia abajo, y vuelve a su antigua mueca de pesar–. Era solo que le temblaba un labio y le chirriaban las muelas. De su cuello emergió una especie de mugido. Como de toro muy molesto con un torero que acabase de clavarle una banderilla. Empezó a llegar más gente. Otros dos enfermeros navarros, del pabellón K, se llevaban a la chica zarandeándola de manera brusca, aunque no hacía ninguna falta, pues la mujer se hallaba en un estado de completa mansedumbre. En todo caso, a Roca no le gustó ese zarandeo extra. Cosas se le tensaron en los brazos y cuello y espalda. Cosas que no tenemos ni tú ni yo, Plácido. Músculos distintos. Venas que parecían no existir subían a la superficie. Parecía que lo estuvieran hinchando por detrás con una de esas manchas de bicicleta. Adquiría volumen, y el gruñido aumentaba en consonancia con su tejido muscular.

El grupo llega a la puerta del despacho del doctor. Sor Resurrección llama a la puerta con unos nudillos que parecen un puño americano. Todos esperan.

–Entonces fue cuando sor Lourdes agarró a Roca, a este. –Curro le señala con el mentón. Roca está mascullando entre dientes, parece masticarse a sí mismo–. «Tú, maldita best...», le dijo. Tampoco terminó la frase. El puño de Roca se estrelló contra la mandíbula de sor Lourdes. –Plácido abre los ojos un par de milímetros extra–. Venía de muy lejos, ese puño, Plácido. De muy lejos. Viajaba desde la cadera, aquel puño, y había ido agarrando potencia centrípeta en cada estación de odio de su vida. La fuerza que concentró en ese puño hizo que la parte superior de su cuerpo rotase por la cintura, ¿lo visualizas? Sor Lourdes pagó por lo de su padre, entre otras cosas. Por el abandono, el bronceado, el Toyota, la nueva mujer del padre, la asignación de miseria que le pasaba a la madre. Por las risas de sus compañeros de clase, los que le llamaban Nancy y le desnudaban en el patio. Por su dislexia. Todo lo que me contaste aquel día. Esa rabia nunca se va, Plácido. En eso empatizo con nuestro impulsivo amigo.

–Pero ¿la tumbó? –pregunta Plácido.

Una voz con tonos histéricos dice «adelante» desde el interior del despacho. La monja mueve el pomo y se adentra en él. Todos la siguen. Plácido, Curro y el enfermero van los últimos.

–No –dice Curro, en el umbral del despacho, deteniéndose un segundo–. *Voló.* Sor Lourdes tomó parte en el milagro del vuelo humano, Plácido. –Los ojos de Curro se humedecen–. Voló dos o tres metros. Fue algo espléndido, Plácido. Espléndido. Como yo nunca había visto a una monja voladora, estuve a punto de ponerme a aplaudir.

–¿Y lo hizo, señor?

–Me temo que no. El táser paralizante que uno de los navarros me aplicó en el costado derecho del cuello me impidió hacerlo. Caí como un árbol recién talado, amigo mío. Cuando ya tocaba el suelo, un instante antes de desvanecerme, vi cómo le aplicaban el mismo artilugio a Roca. Cayó de cara justo al lado de donde estaba yo. Aún tuve tiempo para mirar una última vez hacia el lugar donde había caído sor Lourdes. Era gracioso: tenía la quijada tan fuera de sitio que parecía estar realizando una mueca grotesca. Como si se estuviese riendo. Pero no se estaba riendo, claro.

Plácido prepara una maleta utilitaria para su amo. Calzoncillos, pijama, cepillo de dientes, un par de mudas. La cierra, encajando los dos clips con los pulgares, y la transporta con una sola mano, la izquierda, hasta la puerta, donde les esperan dos enfermeros más. Skorzeny ha castigado a Curro y a Roca con dos meses de aislamiento, y el habitual tratamiento de duchas frías. Sin acceso a la biblioteca, y las comidas en la celda acolchada. Triplicada la medicación. Visitas con permiso especial.

Él y Curro se despiden con un sobrio apretón de manos.

–¿Has empacado algún libro, Plácido?

–Sí, señor. *El pirata,* de Harold Robbins. Era el único que tenía.

–No me encanta Harold Robbins, Plácido –le dice–. Nunca debí cogerlo de la biblioteca. Sus libros contienen demasiadas escenas de sexo, que tengo que localizar y pasar a toda prisa, orientándome por los verbos coitales y poscoitales que acostumbran a señalar el pasaje. «Saciada.» «Subyugó.» «Blandió su espada de ángel»... –A Curro se le rompe un poco la voz en la última palabra.

–Tiene que ser fuerte, señor –le dice Plácido, sacudiendo con energía la mano derecha de Curro, y mirándole a los ojos. Luego le hace entrega de la maleta, con la otra mano, y añade–: Piense en Churchill. «Lucharemos en las playas...», y todo eso.

–Lo haré, Plácido. Hasta la vista.

–Hasta la vista, señor.

12

El pastor alemán no deja de ladrar, ni siquiera cuando el psiquiatra cierra la puerta y lo deja fuera. El despacho está a media luz, y mi madre se ha quedado en la sala de espera, bajo un fluorescente débil, leyendo un *Diez Minutos* y embutiendo gominolas multicolor a puñados en su boca. Ositos y serpientes, también fresas y manzanas, alguna Coca-Cola envuelta en azúcar, muchas moras artificiales, de las rojas y de las negras. Se oyen los ladridos incesantes del perro en el patio desde aquí, a través de las paredes; puedo visualizar sus colmillos, el ruido roto del ladrido en su cuello, la baba de su mandíbula inferior, las orejas tensadas. No es un sonido tranquilizador. No lo asociarías a la consulta de un médico de la cabeza.

–¿Qué ves aquí? –me dice el psiquiatra.

Es lo primero que dice en los quince minutos que llevamos de sesión. Pensaba que el tipo iba a echarme un vistazo rápido, saca la lengua, tose, di AAAAA, y luego diagnosticar con exactitud cuál era mi dolencia, pero por lo visto no funciona así cuando se trata de cosas de la mente.

Echo un vistazo a la lámina que me está mostrando. Forma parte de algo llamado test de Rorschach; lo sé porque lo ha anunciado él mismo, con voz de jefe de pista de un circo. Me concentro: manchas de acuarela aguada con formas oscuras, como si alguien hubiese aplastado a un escarabajo en un folio doblado, y luego lo hubiese abierto para darle asco a alguien.

—Es el Doctor Muerte —le contesto—. No: el Doctor Extraño lanzando un conjuro que abre esta dimensión y la conecta con otra. Eso no son las alas, claro: es la niebla interdimensional, que aparece cuando tu espíritu incorpóreo atraviesa las diversas capas de la, humm, conciencia.

—Espera, espera —dice el doctor, juntando las cejas—. Me he explicado mal. No te lo puedes inventar. Tienes que escoger una de las siguientes opciones, atiende: a) Un emblema naval. b) Un murciélago. c) Dos personas en el acto sexual. d) Una pelvis. e) Una fotografía de rayos X. f) Una parte de tu cuerpo. g) Una mancha sin forma. h) Algo que no es ninguna de estas cosas.

Repaso mentalmente su lista durante un segundo.

—La h. Ninguna de esas cosas que ha dicho. Es el Doctor Extraño, como le decía antes.

El psiquiatra asiente, como si supiese de qué le estoy hablando, y luego toma nota en su libreta de muelle. Lleva lentes ovaladas, pelo largo y perilla, y se parece a una foto de Quevedo que nos mostraron en lengua castellana el año pasado. Tras él, en la pared, como si fuese un pariente muy cercano, hay una imagen de Sigmund Freud enmarcada de tamaño colosal. Gafas redondas y barba blanca. Sé quién es porque Priu sabe quién es. El otro día, jugando a La Fuga de Colditz, habló durante casi media hora sobre la interpretación de los sueños, y por poco me quedo dormido, con la teoría y los carraspeos dentro del puño y todo eso que hace.

Se suceden cinco láminas más. Todas parecen superhéroes, o monstruos galácticos, o seres fantásticos de un tipo u otro, y eso es lo que le digo al médico cada vez que me pregunta.

—¿Lo he hecho bien? —le pregunto—. Por cierto, ¿cómo son «Dos personas en el acto sexual»? Me he quedado con la duda.

—No existe la respuesta correcta —dice él, satisfecho de sí mismo e ignorando la segunda pregunta—. Ahora tengo que hacerte una serie de preguntas muy sencillas. ¿Preparado?

Yo asiento. Él empieza a leer. Las gafas se le caen hasta la punta de la nariz, y las devuelve a su lugar original con un dedo largo con la uña bien limpia, aunque tal vez un poco larga. Debe limpiársela por debajo con un clip.

–«¿Gritas al asustarte?»

–Sí. ¿Usted no?

–«¿Te sientes cómodo tirándote ventosidades en público?»

–Vaya pregunta. No. –Río, azorado, y noto el calor en mis mejillas–. Excepto con Priu. Con Priu no me importa. Una vez él se tiró uno tan fuerte que hizo temblar el tablero de La Fuga de Colditz, y se le movieron de sitio unos franceses que estaban a punto de fugarse con el coche del comandan...

–«¿Comes mucho pastel?» –me interrumpe.

–Lo normal. Chuchos de crema, sobre todo. Una vez me empaché con tres de ellos, y nunca más. También odio la cuajada, por otro empacho. Una vez que vomité cinco...

–«¿Te interesa la astronomía?»

–¿Eso es lo de los signos del horóscopo?

–Eso es la astrología. La astronomía es la ciencia que estudia el universo y los astros.

–Esa sí, la otra no. Siempre las confundo. A mi madre le interesa la astrología. Siempre mira el horóscopo del *Vale,* que siempre le dice que «lo mejor está por llegar» y que su «crecimiento personal en los últimos meses ha sido grande».

Cuando digo eso me doy cuenta de que he realizado un chiste involuntario, y me pregunto si el psiquiatra habrá pensado también en el gran «crecimiento personal» de mi madre, que ya debe de haberse terminado su bolsa de gominolas allí fuera, en la sala de espera, el azúcar sobrante pegado a sus labios, y me arden las mejillas otra vez. Me froto la cara y ambos lados de la nariz, y luego me huelo los dedos. Huelen a maíz dulce, aceitoso, como el sudor acre que despide la ropa de Priu los días calurosos.

Se suceden otros quince minutos de silencio. Es una buena táctica, porque al final de esos quince minutos estoy a punto para confesar cualquier cosa.

–Los franceses me caen mal –digo. Es lo primero que me ha venido a la cabeza para acabar con el silencio–. Ayer salieron por televisión unos huelguistas tumbando camiones españoles en La Jonquera, y pisando lechugas y cebollas por toda la carretera. ¿Lo vio?, ¿no? No sé: a mí me cayeron fatal, aunque claro, a lo mejor tenían ellos la razón. Mi amigo Priu dice que la huelga es un «derecho inalienable del ciudadano». A lo mejor eran los camioneros españoles los que habían hecho algo mal, no lo sé. Luego, por la noche, soñé con eso: camiones, lechugas, gente chutando cebollas por la carretera...

–¿Qué crees que quiere decir eso? –me pregunta–. La razón por la que soñaste precisamente en eso, en gente chutando cebollas.

–Ah. No lo sé. ¿Porque odio la cebolla?

–¿Y qué más asocias a la cebolla? –continúa, y decide ayudarme–. A ver. ¿Cómo se dice cebolla en catalán?

–¿Ceba?

–¿Y a qué te recuerda la palabra *ceba?* –Cierta exasperación en su voz. Se frota la perilla con dos dedos, como si acariciase a una cobaya–. ¿*Ceba, cebes?*

–¿Sebas? Mi padre se llama así.

El psiquiatra se pone tan contento que tiene que abortar una palmada de júbilo. Luego se pone a apuntar en su libreta durante varios minutos. De vez en cuando se le oye murmurar «el padre».

–No lo entiendo –le digo, mientras él se pone en pie, indicando que ha terminado la sesión, y me sonríe–. ¿Quiere decir ese sueño que yo también quiero chutar cebollas? ¿Mi padre son los franceses o las cebollas? Yo soy las cebollas, entonces. O él. No: ¿soy el camión tumbado? ¿Soy la frontera entre dos países? ¿Soy Francia? ¿Estoy en huelga? ¿Qué es un «derecho inalienable»?

–¿Qué te ha dicho el médico? –me grita mi madre cuando salimos al patio de la consulta. No grita porque esté enfadada. Grita porque el pastor alemán sigue ladrando, loco de rabia, y muestra los dientes de un modo muy feroz, al otro lado de una

193

reja. La consulta del psiquiatra está en una casa unifamiliar. La rodea una tapia blanca, con cristales rotos pegados al cemento de la parte superior. Unas persianas de madera de color madera cubren todas las ventanas; el jardín está mal cuidado, crece sin freno la maleza y no arrancan las plantas muertas. La casa da mala espina, tiene un algo de película de miedo. La reja que contiene al perro parece sólida, pero ambos apretamos el paso, por lo que pudiera pasar.

El psiquiatra nos despidió en la puerta después de cobrar por la consulta (me parecieron muchos billetes para aquella selección de preguntas idiotas y todos los momentos de silencio), pero antes tomó aparte a mi madre y le contó un par de cosas que le dejaron las cejas como las tiene ahora. Inclinadas por los laterales hacia abajo, en postura de pésame. Su frente parece una A.

—No sé. Me ha hecho algunas preguntas tontas y me ha dicho que soy Francia, o una cebolla, o algo así.

Mi madre frunce aún más el ceño. Lo arruga tanto que parece un seso de cabrito; mi abuela solía cocinarlos, rebozados; se deshacían en tu boca. Mi madre ha empezado a teñirse de rubio platino hace poco, pero sigue teniendo las cejas oscuras. Con un gesto rápido se coloca bien su bolso de polipiel negra descascarillada sobre el hombro izquierdo. Parece un monedero en miniatura, en contraste con su cuerpo. Sigue teniendo azúcar en el labio inferior. El pelo se le embarulla, porque se ha levantado un viento molesto, enfurruñado, y ella se lo aparta de la cara de vez en cuando con una de sus manos gordas.

Seguimos andando hacia la estación de ferrocarril de Cornellà. En la avenida Carrilet. Empieza a hacer calor, incluso bajo las moreras de copa ancha que se alinean en la calle. Los pisos son altos, de seis o siete plantas. No se ve a nadie en los balcones; todo el mundo trabaja en este barrio; también las mujeres. Cada tantos pisos hay un taller mecánico, luego una pequeña fábrica con techo en V invertida, muchas ventanillas sujetas con masilla, la mayoría de ellas rotas, aunque dentro del edificio se oye actividad. Un extractor gira, muy lento, en una de las fábricas; no parece cumplir ninguna función.

Es el día 24 de mayo, a las once de la mañana. Día laborable. Me salté el colegio para venir al médico.

—Me ha dicho que tres de las respuestas que has dado son las que dan individuos con trastornos psicológicos, Curro. Incluso que podría haber indicios de «síndrome bipolar». ¿Te encuentras bien, hijo? ¿Te pasa algo? ¿Estás preocupado? ¿Tienes un síndrome bipolar?

La miro. Su peinado hecho pedazos, las puntas abiertas, color peróxido sucio, las cejas de payaso y las fofas ojeras color lila. Pienso en el segundo secreto de mi padre, que estoy guardando para no hacerle daño a ella. Un secreto tan grande que se me sale por las costuras. No me permite pensar en nada más. Froto mis molares los unos contra los otros, produciendo un chirrido molesto.

—No lo sé, mamá –digo, y miro a los descampados que hay cerca de la estación, al lado de la vía. Matojos y espiguillas. Una caja de cartón aplanada se deshace en un charco como una galleta María en leche, tiñendo el agua sucia de una pasta marrón. Las torres de electricidad, con los huecos rectangulares en el tronco y la base de cemento basto, distantes las unas de las otras, con los brazos perpendiculares, parecen abridores de botella a escala gigante. Unos chavales de la edad de mi hermano, con camisetas negras donde pone ACCEPT y DIO en letras metálicas, beben de una botella de cerveza de litro que parece estar solo llena de espuma jabonosa, a la sombra de unas cañas largas llenas de polvo y revestidas de bolsas de supermercado vacías que han volado con el viento y han terminado pegadas a las puntas, y ahora ondean con estrépito–. ¿Cuántas respuestas de esas tenía que dar para estar loco?

—Siete, creo –dice mi madre.

—Pues nada –le digo yo, haciendo plisplás con las manos–. Yo solo tengo tres. Si acaso, no estoy ni medio loco –añado, con un nudo en la garganta, para hacerla reír, pero mi madre solo sonríe de esa forma triste que tienen los deprimidos de sonreír cuando les dices que levanten el ánimo–. No sé qué quiere decir «bipolar», pero suena a dos-veces-polar. Eso no puede ser malo, mamá. Las pilas tienen dos polos, ¿no?

–También me ha dicho que lo de las manos y los tics es de angustia. Que estás angustiado. ¿Estás angustiado por algo?

–No.

–¿Y bipolar? ¿Estás bipolar?

Yo me froto las manos, le toco el codo, me toco a mí mismo el codo, me huelo los dedos. Una bolsa de plástico continúa ondeando encima de una caña, haciendo mucho ruido.

–No.

–Tu padre y yo nos matamos a trabajar, Curro –dice ella, tocándose un poco el pelo roto que lleva–. Todo por vosotros, hijo. Tenéis que hacer un esfuerzo. Tenéis que portaros mejor.

–Ya lo sé, mamá. –Me froto un ojo–. Lo siento.

Mi madre suspira muy fuerte, entramos en un bar, no digo nada más, mi madre ha dicho que vayamos a desayunar, venga, ya que es mañana de fiesta del colegio, ¡un día es un día!, pero su alegría suena forzada.

–Dos bikinis –le dice al señor, mientras nos sentamos a la barra, en dos taburetes de polipiel rasgada donde, en los fragmentos arrancados, se distingue el relleno de esponja verde. El taburete de mi madre gime bajo su peso–. Y un café con leche para mí. La leche caliente, por favor. ¿Tú qué quieres, Curro?

–Fanta.

–¿Fanta qué más? ¿Cuál es la palabra mágica?

–¿Naranja?

Mi madre me mira, arrugando las cejas y la frente otra vez.

–Ah. *Por favor* –corrijo.

–Ahora.

El bar está vacío y huele a aceite reutilizado. Se oye alguna canción italiana moderna en la radio del bar, que no está muy bien sintonizada. En la vitrina expositora solo hay dos magdalenas envueltas en su plástico, y una bandeja con unos pocos boquerones en vinagre flotando en un aceite blanquecino que parece pus. Tras la barra, en la pared, encima de las botellas de

Cynar y ponche y Dyc y orujo blanco, hay un póster del Real Madrid, «Campeón de liga 1979-1980». Lo miro con asco, como si los jugadores alineados en la imagen fuesen once de mis peores enemigos, pese a que no sé casi nada de fútbol. El odio al Real Madrid se hereda, en mi tierra, de padres a hijos; no tiene mucho que ver con el deporte.

Se ve la calle a través de las ilustraciones medio borradas del ventanal: Tapas Variadas y Menú del Día, con un pulpo y una paella y un bocadillo muy mal dibujados, como hechos con la mano izquierda. Es un día luminoso, cálido, pero azotado por el viento. Nuevas bolsas de plástico se hinchan y surcan el cielo y se quedan zarandeadas en torbellinos y bolsas de aire, dando vueltas sobre una alcantarilla hasta que el viento cesa un instante y se suicidan contra el suelo, perdiendo la forma. Nubes de polvo, y las moreras de la calle que agitan las copas y las ramas sin poder parar, dejando escapar unas hojas amplias, que también salen volando y desaparecen de mi ángulo de visión.

El señor del bar, que va muy mal afeitado y lleva una camisa azul falange salpicada de lamparones, nos sirve las bebidas y luego le dice a mi madre que no le funciona la sandwichera, pero que puede tostarlos en el fogoncillo. Cuando mi madre accede, de mala gana, el tipo ensambla los elementos de cada bikini con unos dedos amorcillados y sucios de sangre seca de pollo y, con una pinza, se pone a tostar el pan sobre una pequeña llama de gas. Con parsimonia. Vuelta y vuelta y un poco por las esquinas. Algo avergonzado por la carestía de recursos, pero decidido a cobrarnos lo mismo.

—Pero, entonces, ¿por qué hiciste eso la otra noche? —dice ella, casi con un sollozo, cuando el dueño nos pone delante los dos bikinis tristes y fríos, casi sin tostar. Dos bocatas abatidos, con señales de quemaduras muy leves. Mi madre parece tan triste como los sándwiches del plato—. Tú nunca habías hecho algo así. Tú que eras tan buen niño.

—Ay, mamá. No tengo ni idea. Déjame en paz.

Estoy parado en mitad de mi calle, la pasada noche, con los dos zapatos de mi padre en la mano derecha, sujetos con los dedos índice y corazón en forma de gancho. Eran zapatos de ante marrón con agujeros, bien bonitos, ingleses (de imitación), pero mi madre los metió en la lavadora y ya no son de ante. Ni bonitos.

Dudo, por un instante, qué dirección tomar: hacia arriba, como si fuese al colegio con Priu, o hacia abajo, hacia el este, en dirección opuesta, hacia la Rambla y la estación de los Ferrocarriles.

La calle, en completo silencio, está iluminada con dos o tres farolas atornilladas a las paredes, que sobresalen de las casas como dinosaurios herbívoros de cuello largo y morro aplanado. Son solo las diez, y se oyen los sonidos guturales, algo apagados, de la calle Nou: niños jugando al bote, gente hablando a voces, televisores encendidos y algo de música mala que emerge de las ventanas abiertas. Esa la reconozco. Es una canción italiana que le encanta a mi madre. «Sarà perché ti amo», o algo así. Mi madre siempre canta un trozo que dice *«vola que vola que vola con me»*, yendo y viniendo de la cocina.

En el balcón de una casa cercana, la alcaldesa hace guardia en su torreón. La calle huele a geranios. El cemento de las paredes está frío al tacto, ha bajado un poco la temperatura.

–Ze ha ío por ahí –me dice. Es andaluza. Lleva una bata verde acolchada, hasta casi los tobillos, y rulos en la cabeza que parecen pequeños reactores de nave espacial, y que siempre me hacen imaginar la cabeza arrancada de su cuello y saliendo disparada hacia el universo, chorreando sangre por toda la Vía Láctea.

–¡Gracias! –Y echo a correr, zapatos en mano, calle abajo, pensando que habrá ido a correr al lado del río, bajo los plátanos.

No me da tiempo ni a recorrer cinco metros, porque cuando paso por delante de la casa de Hèctor oigo la voz rota de mi padre, y eso me obliga a frenar.

–¡Ehtá-hí! –grita la alcaldesa. La miro y está señalando la

puerta de la familia Hurtado con el dedo. A su lado aparece su marido, con cara de estupor somnoliento y un cigarrillo pegado al labio inferior–. ¡En er portah, iho mío!

La canción italiana continúa. Es todo el rato lo mismo. «*Vola que vola que vola con me.*» Con palmadas regulares. Parece una canción militar.

La puerta de la casa de los Hurtado está entrecerrada. Está hecha de grueso vidrio esmerilado, en forma de patata ondulada, así que no se distingue el interior, pero hay luz, sombras en movimiento, y la voz de mi padre sale de allí, supongo que irá acompañada del resto de su cuerpo y pies desnudos.

–¿Papá? –pregunto. Abriendo la puerta lentamente con una mano. Las voces callan. La abro del todo e introduzco la cabeza–. Papá, los zapatos.

Mi padre está en el segundo rellano de la escalera. La barandilla es de cemento encalado, así que no alcanzo a ver sus pies. Ojos enrojecidos; un moco líquido asoma por una fosa nasal. Está cayendo hacia atrás, como si hubiese pegado un brinco repentino para descender unos escalones, y no ha colocado bien el pie y se tambalea durante un segundo, pero al final recobra el equilibrio, echando mano al pasamanos de madera marrón muy claro, casi ocre. Se limpia la nariz con su propio antebrazo, y se frota los ojos. Llora, o lloraba. Luego grita mi nombre, «¡Curro!», nada más, a modo de amenaza, y yo miro a la otra persona que está en la escalera, que es Luisa, bonita como de costumbre, con los brazos cruzados sobre el pecho y los ojos algo escocidos también. Lleva una blusa blanca de mangas bolsudas al estilo espadachín. Hoy no luce los pendientes de aro. No luce pendientes de ningún tipo. El flequillo se le derrama sobre una ceja, y lo saca de allí de un golpe de cabeza. Sus párpados llevan una capa azul turquesa. Pienso de repente en el pendiente que se quedó en el coche de mi padre, encajado en el asiento delantero; el que se me clavó en el culo, en forma de lágrima de fuego. Lo llevo en el bolsillo desde entonces. Lo toqueteo con los dedos. Sigue ahí. Visualizo su forma en el interior de mi cerebro.

–Hola, Curro –me dice ella. Con voz débil.

–Hola, Luisa –digo yo, tocándome los talones, primero uno y luego el otro, con las puntas de los dedos de una sola mano, que me huelo de inmediato, y luego me vuelvo de nuevo hacia mi padre, y sonrío, con una sonrisa desnivelada–. Eh, p-papá: ¡te has dejado los zapatos!

–¿Se puede saber qué haces aquí? –me grita.

–L-los zapatos –digo yo, y los muestro. Pongo la otra mano en la pared y la cal está húmeda, igual que mi habitación. Tamborileo con todos los dedos de esa mano. El ritmo es el de la corneta del Séptimo de Caballería.

–No grites, Sebas –le dice Luisa a mi padre, y luego me dice a mí, con la cara suave y una sonrisa convincente, aunque medio llorosa–: Suerte que estás tú aquí, hijo. Tu padre es muy despistado. Un día de estos perderá la cabeza.

Mi padre, ojos entrecerrados, agarra los zapatos de un manotazo.

–¡Vale, ya los tengo! ¡Ya puedes irte, cojones! ¡Al final te voy a tener que pegar un bofetón! ¿No me oyes? –Y se inclina hacia mí de un modo amenazador–. ¡Despierta, niño! ¡Que te vayas a casa ya!

Sigo tamborileando. Dejo de tamborilear. De repente lo entiendo. *Todo*. Esto. El pendiente. Luisa.

Me vuelvo para irme a toda prisa, pero un ruido de motor de coche va aumentando paulatinamente hasta que se hace muy grande, y unos focos alumbran la calle, y el eco de la escalera amplifica el estruendo, también la luz. Nuestras sombras, las de los tres, se amplían en la pared encalada. Se hacen gigantes pero jorobadas, monstruosas. Me detengo. El motor cesa de sonar, un silencio como el que aparece después de toser, y una puerta de coche se abre y se cierra, unos pocos pasos en la calle y en la puerta de la casa, de repente, aparece Hèctor, panzón y jovial, con su pelo rizado y húmedo de fijador de bote, el cuello de la americana de lino subido al modo moderno, las dos mangas arremangadas hasta el codo. Una sonrisa extensa recorre la parte inferior de su cara, y eleva su boca por ambos lados. Aparecen dos hoyuelos en sus mejillas.

–¡Hombre! ¡Sebas, Curro! ¡Ya estamos todos! ¡Qué alegría veros! ¡Esto hay que celebrarlo!

Sorbo mi jarabe de grosella con agua fría. Está bastante malo, pero a los niños extranjeros les gusta. Luisa siempre compra cosas raras de otros países en supermercados de Barcelona, porque (según mi madre) «se cree mejor que los demás». Su hijo Mateo, que siempre me ha caído regular, está sentado a mi lado, en el sofá, y sus pulgares pulsan su nueva maquinita Game & Watch de un modo intermitente, nervioso. Es el Donkey Kong, primicia en el barrio. Mateo es la única persona que conozco que lo tiene. Yo solo había oído hablar de él en el patio entre susurros de expectación, como si se tratase de una leyenda.

–¿Podré jugar? –le digo.

–No sé –me dice, sin levantar la mirada–. Es bastante complicado. Hay que dominar los mandos.

Mateo tiene trece años, uno menos que mi hermano y uno más que yo, lleva gafas graduadas y tiene los dientes muy pequeños, como de leche, los de abajo son realmente diminutos, y una peca en la mejilla, una nariz que es como el punto de la i, como la de su madre, y caderas anchas, tobillos amplios. Manos muy suaves, uñas que parecen limadas. Cuando te da la mano es como si hubiese dejado allí un pájaro muerto. Saca buenas notas en el colegio privado, el Llor, y a menudo da consejos sobre cosas que no sabe, y una vez me enseñó un poema que había escrito para Sant Jordi y estuve a punto de echarme a vomitar. Mateo dice que quiere ser gerente de empresa, como su padre.

En la mesa del comedor, bajo una lámpara de araña lujosa y fuera de contexto, están mi padre, Hèctor, que ha engordado otra vez y parece un elefante marino, la camisa se le abre entre botón y botón y dibuja un patrón como de cadenas de ADN, y Luisa, esbelta y erguida como siempre. La espalda recta, las manos en las rodillas. Mi padre aún tiene los ojos rojos, suda sin cesar. Luisa también suda, luce piel de color vela, y juguetea con su encendedor. Acaba de encender un Chester, y mi padre también, Hèctor también. Los tres fuman, ahora. El balcón que da a la calle está abierto, porque hace calor, y por el humo.

Hèctor parece feliz, «cuánto tiempo que no nos veíamos, hostia, esto no puede ser, dile a tu mujer que suba ahora mismo», ha dicho, y luego ha sacado tres cervezas pequeñas en botellín de vidrio, y al oír lo de mi madre mi padre ha tosido un rato, por un momento parecía que iba a morir atragantado, y luego se ha bebido casi toda la cerveza que le tocaba de un trago o dos.

Solo habla Hèctor. Es buena gente, supongo, solo está demasiado contento y tiene demasiada suerte y es demasiado rico para el gusto de mi familia. Y también es algo fantasma. Mi padre le llama así: «fantasma». Hèctor tiene un Ford Taunus color miel, una casa grande y limpia, con una tortuga perezosa en el patio, y una mujer guapa que se pinta las uñas de amarillo y toma el sol en bikini y lee *Deseo,* y un hijo que es un cursi terrible pero a quien quiere. Hèctor era socio de mi padre pero algo sucedió, las versiones sobre el tema difieren, nada está claro, solo que ya no es socio de mi padre en la empresa de baños y duchas.

Mi padre *desea* muchas cosas que no le pertenecen, pero especialmente *una,* y esa, por desgracia, es de su antiguo socio.

Sigo la mirada de mi padre, que ahora huye de la habitación y se posa en un cuadro. En la pared de la entrada de la casa cuelga un dibujo de Luisa, hecho a lápiz, o al carboncillo. Es un trazo de lápiz de tono granate. Ella está desnuda, tumbada, un brazo sobre la cabeza que casi cubre su frente y oculta un poco sus ojos. La pierna izquierda está doblada sobre la otra, tapando su entrepierna pero permitiendo que se vea parte de su culo. Las dos tetas cuelgan sobre su pecho, yéndose hacia lados distintos, como enemistadas. Son grandes, muy redondas, se estrechan un poco en el punto de su nacimiento.

Mi madre llama a esto, a ese dibujo, con una cascada de rabia podrida en la voz, «estar liberado». A mí, las orejas me ardían cada vez que abría la puerta de esa casa y veía el culo y las tetas de Luisa.

Mi padre deja de mirar el cuadro. Pone cara de beber vinagre. Odia todo esto. Envidia todo esto. Lo envidia *tanto*... Especialmente esa foto. Esa foto maldita, lo que daría él por tener una foto así colgada en su casa, o la posibilidad siquiera de que existiese algo parecido a esa imagen en su mundo. A mi padre le gustaría matar todo esto, extirparlo de la faz de la tierra para que no le recuerde la vida que tiene él, o cree que tiene, pero en estos momentos no tiene más remedio que cerrar su boca y seguir sonriéndole a su exsocio.

–¡Mateo! ¡Hazle caso a tu amigo! –grita Hèctor, animado, pero Mateo ni se inmuta, supongo que porque no somos amigos, y los dos lo sabemos.

–Toma, juega con esto, Curro –me dice Hèctor después de haber salido de la habitación y vuelto a entrar con un Madelman en la mano.

Es el Madelman astronauta. Lleva un traje color plata, un casco que parece una picadora Moulinex. Le quito el casco. Es pelirrojo, como Cruz y su padre. No sé si el Madelman tendrá en su casa una situación tan complicada como ellos. Miro al muñeco. Tengo doce años, casi trece. Soy un poco mayor para figuras articuladas, y en cualquier caso estoy un poco triste y me gustaría irme a casa de una vez.

–¿Y la nave? –le digo a Hèctor, que ha vuelto a sentarse a la mesa. Solo quiero llenar los silencios. Llenarlos hasta el borde, y que todo lo que los demás puedan decir, todo lo horrible o triste que puedan decir, no quepa en ellos y tengan que callarlos, meterlos otra vez en sus bocas.

–No tiene nave –me contesta, porque su hijo sigue enfrascado en la maquinita–. Lo fabricaron así.

–¿Un astronauta sin nave? –Le vuelvo a colocar el casco a toda prisa, y luego sigo hablando para que mis palabras llenen la sala–. ¿Está perdido en el espacio o algo así? Pobre tío; qué será de él. No creo que le quede oxígeno para mucho tiempo. A saber la autonomía de ese traje. No parece de la NASA. Más bien ruso. O sea, chapuza, seguro. Solo en el cosmos, vagando por ahí, esperando la muerte, tan lejos de su casa. Siendo ruso es posible que esté borracho, además. Me da pena. ¿No tiene compañeros, al menos? ¿Alguien con quien hablar, con quien desahogarse?

–No –dice Hèctor, algo intranquilo ya por el rumbo que ha tomado la conversación–. Es el único astronauta que fabricaron.

–Tendrá hijos, o mujer, o algo.

–No. Los Madelman no tienen hijos. Excepto los indios. Esos sí tienen uno.

–¿Casa?

–Tampoco tienen casas.

–Pues vaya vida –digo yo, algo triste–. Solo en el espacio, sin nadie que te espere, ni siquiera tu mujer, ni un amigo, ni un hijo, aunque sea cheroqui. Pobre tío. ¿De dónde es? ¿Es ruso, entonces? Seguro que es ruso. Tiene pinta de ruso. ¿Es ruso?

–No es de ningún sitio. Los Madelman son su propio país.

–Hostia puta. –Me doy un manotazo en la frente, ojo y una parte de la mejilla; me hago daño sin querer–. Vaya puto desgraciado. Claro que, antes que español, mejor no ser de ninguna parte. Mejor vagar eternamente por el cos...

–¡Curro! –grita mi padre–. ¡Para de decir tonterías! ¡Pareces loco!

Mateo levanta un instante los ojos de la maquinita, y me mira durante un segundo. Hèctor sonríe, con una sonrisa no del todo natural, tentativa. Mi padre se lleva ambas manos a la cara y empieza a frotar. Como si quisiese borrarse los rasgos. No veo la cara de Luisa, porque ahora está de espaldas y anda hacia la cocina. Se ha levantado tras decir algo que sonaba como «pastel».

Mi padre empieza a hablar muy flojito, ahora, echando de vez en cuando miradas furtivas a donde estamos Mateo y yo.

Me da la nuca. Yo simulo concentrar mi mirada en el Donkey Kong. Luisa me ha puesto delante un plato con un pedazo de pastel de nata y un pequeño tenedor, que ahora reposa en mis muslos. No me atrevo a decir que no me gusta la nata. Todavía le quedan dos vidas, a Mateo. Un cubo de basura arde al final de las vigas, en la pantalla inferior, como en los solares del pueblo. El gorila está muy enfadado por algo, y lanza barril tras barril, tratando de hacer blanco en un señor bajito con bigote que salta de un modo gracioso, y también exasperante.

—Le contaba a Luisa que las c-c-c-osas no van muy bien con la mujer —dice mi padre, casi en un susurro, algo tartamudo, como el abuelo, y carraspea—. Y le estaba pidiendo consejo a tu mujer. Una visión femenina. ¿P-puedo tomar otra cerveza?

Luisa asiente, y no deja de hacer cabriolas con su encendedor en la mano. Lo agarra del medio con las puntas de los dedos y lo hace rotar una y otra vez, como uno de esos atletas olímpicos en la barra. Luego se levanta por segunda vez, agradecida por la excusa, y va a buscarle la cerveza a mi padre.

—¿Qué hacías sin zapatos? —inquiere su exsocio, pero con una sonrisa radiante en la cara. Feliz de estar allí con mi padre, charlando después de tantos meses, años, sin verse. Preocupado por los pies descalzos de mi padre en su escalera, y los posibles catarros derivados de ello, nada más. En la inopia. Quizás pensando que todo sanará, que volverán a ser amigos, que las aguas regresarán a su cauce, que llenarán nuevos álbumes con fotos de sus vacaciones en común.

Luisa regresa y le acerca la cerveza a mi padre, y los dos realizan un esfuerzo tan obvio para no mirarse y no tocarse que por un instante temo que Hèctor se ponga en pie gritando, ciego de ira, y empiece a repartir puñetazos. Pero Hèctor no se entera.

La maquinita de Mateo sigue haciendo ruiditos de salto electrónico. Acaban de matarle una vida de un barrilazo.

—Es que me aprietan —contesta al fin mi padre, con una mueca de dolor. Y señala sus pies. Amplía su boca por las costuras, hace esa mueca sonriente de máscara griega.

Hèctor asiente a su vez y empieza a susurrar, pero ya no alcanzo a oír lo que dice. La atmósfera era eléctrica, como de destrucción inminente, y no ha cambiado. Empieza a picarme todo el cuerpo. Me aliso los pantalones una y otra vez, una y otra vez, una y otra vez, una y otra vez.

—¿Puedo ver los otros Madelman? —le digo a Mateo.

—Ahora no. Me queda una vida.

—Venga, porfa. Tengo ganas de ver el resto de la colección. Es una pasada.

—Que no, pesao.

Mateo ya no juega con muñecos, porque tiene casi catorce años; el año que viene empieza primero de BUP. Tiene un poco de pelo en las patillas, *borrissol* sobre la boca. Debe de ser algo terrible, ahora que lo pienso, tener catorce años y no poder jugar más. Quizás me los regalen a mí, pese a que yo estoy a punto también de no jugar con muñecos ni hacer de policía con diferentes voces. Jesús, cómo me pican los brazos, y estos pantalones que no paran de arrugarse.

—Papá, vamos ya a casa —digo—. Mamá estará preocupada.

Él simula que no he hablado.

—¡Que suba! ¡Llámala! —exclama Hèctor, y se rasca la mejilla—. ¡Como en los viejos tiempos! ¡Saco el güisqui Cheli! —Y se ríe.

—No se encuentra muy bien —dice mi padre en un hilillo de voz—. No sé si es muy buena idea. Creo que le ha venido la... Ya sabes.

Le tiembla una mano, ahora.

—Mateo, id a tu habitación, hombre, que aquí estamos hablando los mayores —le dice Hèctor.

—Jo, papá —dice Mateo—. No quiero. ¡Estoy jugando al Donkey Kong!

—Parece King Kong, ¿verdad? Donkey Kong, King Kong —digo yo, a nadie en concreto, cabeceando y extendiendo una enorme sonrisa, para que todos estén contentos, para que todos charlemos distendidos, y señalo la máquina—. A Hitler le encantaba *King Kong*. Me lo ha contado un amigo que sabe, Priu, que es un genio. No es broma. Muchas noches, en su refugio de las montañas, Hitler la veía en su cine privado. ¡JA, JA! Hitler viendo *King Kong*. ¿Os lo imagináis? Yo siempre lo visualizo así: Hitler comiendo palomitas, sin la gorra del partido nazi ni nada, o con la gorra puesta del revés, con la visera en la nuca, viendo el final de *King Kong* con los aviones, aplaudiendo al final.

Todos me miran. Quizás se han ofendido. No debería mencionar tanto a Hitler. Tiende a antagonizar a la gente.

—¡Hitler! —exclamo, arreando zapatazos al suelo, ya sin control, y luego—. Deseokingkongjazminzapatoshitlerhitlerhitlerhitlerhitleruñasamarillashitlerhitlerhitlercuadromelones. ¡HITLER!

—¿Siempre hace eso? —susurra Luisa, de lado, nerviosa, aún sonriéndome pero hablando con ellos.

—¿Ha dicho «melones»? —pregunta Hèctor.

—No —dice mi padre, y trata de reír, una mueca de pega, muy mal hecha—. Esto es nuevo. A este niño no sé qué le pasa últimamente, que está como atontado.

Atontado. Será hijo de... Un codo se me dispara sin querer, le atiza con fuerza a Mateo en su codo derecho.

—¡Chaval, imbécil...! ¡Me han matado la última vida por tu culpa! ¿Eres gilipollas o qué?

—¿Se puede saber por qué has hecho eso? —grita mi padre, ya en la calle, su cara muy cerca de mi cara. Su aliento huele a cerveza y pánico. Me ha traído aquí agarrándome de un hombro de la camiseta, levantándome un poco a cada escalón de la escalera, pegándome tirones enfurecidos—. ¿Estás loco o qué?

Estamos al lado del Ford Taunus color miel de los Hurtado. Un buen coche. Lástima de esto de ahora, por supuesto. La luna delantera está resquebrajada en forma de telaraña de vidrio. En el capó, también abollado, están los restos del Donkey Kong, que ahora son dos piezas separadas y hace un segundo eran una sola pieza. Creía que iban a chisporrotear, como en las películas, pero no hacen nada. Solo son dos pantallas oscuras, y algún cable suelto, y un botón que ha saltado, y que ahora solo es un hueco negro.

Mi padre me pega un coscorrón, ahora, con la mano plana, en la parte superior de la cabeza. Mi cara se catapulta hacia delante por el impacto del coscorrón. Me froto las manos con fuerza.

–Hitlerhitlerhitlerhitlerhitler –digo, entre dientes.

–¡Y para con eso o te juro que t...! –Y levanta la mano otra vez.

–¡Déjale, Sebas! –dice Luisa. Están los tres Hurtado en el balcón, seis metros por encima de nosotros. Mateo tiene los ojos muy abiertos detrás de sus gafas, la boca medio abierta también y una mano pegada a la pierna.

Olvidaba decir que antes de agarrar su maquinita le clavé el tenedor de postre en el muslo izquierdo. Se quedó un segundo allí, de lado, y luego cayó al suelo, y vi los tres puntos sangrientos debajo de la ropa del pantalón, y había algo de nata allí, de mi pastel. Su cara estaba congelada en una expresión muy divertida.

Todos siguen en el balcón, poniendo una mueca similar, cara de estupefacción consternada al unísono. Distingo un destello de braga blanca bajo la falda verde estampada con círculos de Luisa. Tan blanca allí, como un hueso de níspero cuando pegas un mordisco a la fruta.

–Sí, no pasa nada, Sebas –dice el exsocio de mi padre, elevando la voz, ya nada jovial pero civilizado aún–. Estoy asegurado. Y lo otro no ha sido nada, ¿verdad, hijo? –Le agarra de un hombro, y Mateo, que no cesa de acariciarse el muslo perforado, le mira con sus ojos llorosos, como si su padre se hubiese vuelto loco–. Cosas de niños. Todo el mundo tiene un mal día de vez en cuando.

Se oyen varias persianas que suben y restallan al enrollarse, varios balcones que se abren. Unos cuantos mosquitos y polillas se arremolinan alrededor de una de las lámparas de la calle. Gravitan alrededor de la bombilla, atontadas, golpeando con todo y volviendo a golpear, sin haber aprendido nada del intercambio. A lo lejos distingo un matrimonio mayor, no recuerdo sus apellidos, que saca un par de sillas de camping a la puerta de su casa para no perderse ni un solo detalle de lo nuestro.

–¡Pues claro que pasa! –grita mi padre, y luego cae en que mi madre puede salir a la calle también, y reduce el volumen, y casi susurra–: ¡Que pida perdón, al menos! ¡Tú, animal, pide perdón a tu amigo y a sus padres! ¡Mira lo que has hecho!

Le miro, allí, en medio de la calle. Noto cómo mis dos cejas se levantan de pura curiosidad. Me las toco. Siguen ahí. Enhiestas. Toco el pelo de las cejas y por un momento es como si acariciase a un hámster.

–No pienso pedir perdón –le digo, y dejo de tocarme las cejas, que ahora suben y bajan sin control. Los tics no han cesado. Permanecen en movimiento, y a un ritmo febril. Dedos que se cierran y abren, toques laterales de cuello, punteras al suelo, canciones en el interior de la cabeza, cifras y letras hechas un amasijo, luchando por salir aunque sea en desorden.

–¿Cómo? –Vuelve a levantar la mano, que planea por encima de mi cabeza, y acerca mucho su cara a la mía otra vez–. ¡Repite eso!

–He dicho que no pienso pedir perdón, y si me arreas ahora le voy a tener que contar todo esto a mamá. A ver qué dice ella. ¿O prefieres contárselo tú? –Y me llevo la mano al bolsillo y saco el pendiente suelto, que recuperé del asiento delantero del 124. La lágrima de fuego de Luisa, que cuelga de mis dedos como una decoración navideña.

La mano de mi padre se queda ahí, en el aire. Los ojos de mi padre, muy abiertos y llenos de miedo, hincados en mi cara. Una expresión difícil de olvidar. No estoy en el interior de su boca, pero sé que su lengua está seca, y sé que sus axilas desprenden esa especie de ácido que es distinto del sudor, y que solo se expulsa cuando te domina el miedo.

Mis ojos se van a su frente, a donde empieza su pelo negro, peinado hacia atrás en dos olas que rompen hacia ambos lados de su cabeza. El camión de la basura aparece por un extremo de la calle, y tuerce para adentrarse en ella. En nuestra dirección. Los faros nos iluminan, desde lejos, y parece que estemos sobre un escenario, como en las obras de fin de curso de los salesianos, cuando dejas de ver al público. Una sombra muy larga se extiende bajo mis pies. Los mecanismos traseros del vehículo se movilizan cuando se detiene, y levanta un contenedor con ambos brazos mecánicos. Observo las bolsas de mierda precipitarse, golpeando unas con otras, dentro del camión, y pienso en mi madre, cuando se acaba una bolsa de kikos grande y la sostiene encima de su boca y caen todos los kikos del final, mezclados con la sal. Llega a nosotros el leve tufo dulzón de la verdura pasada, los limones exprimidos, el pescado podrido, la peste de los Fortuna mojados en Xibeca sin gas, la ceniza y el vino echado a perder, ese olor rancio, avinagrado.

La mano de mi padre desciende casi a la vez que los brazos del camión de la basura.

—Vamos a casa, joder —dice, rindiéndose.

Le veo alejarse por la calle, hacia nuestra puerta. Anda decidido, imprimiendo un vigor furioso al movimiento de piernas y brazos, los puños prietos. Se le marcan ambos omoplatos en la camisa con estampado de letras chinas, arremangadas las mangas cortas que eran demasiado largas, le rozaban el codo, y ahora están hechas dos rollitos, subidas hasta la mitad del bíceps.

¡Eh! ¡Estoy ahí! Es solo un segundo, pero por un momento puedo verme a mí mismo desde fuera. Me veo allí, con los tics a toda marcha, arreando mis puntapiés metronómicos a la acera y olisqueándome los dedos. Me veo como si estuviese en un balcón, distingo mi cabeza claramente desde arriba, siendo capaz de ver un punto que jamás veo. Veo con asco la sinfonía de manos y pies, guiños y palabrotas y hitlerhitlerhitler, y siento hacia aquel imbécil una tremenda compasión.

Pero dura solo un segundo, ya lo dije. Regreso a mi cuerpo, me huelo los dedos, me pongo a andar hacia casa también.

Interludio #3: Fernando Poo

Es verdad, te juré que te lo contaría. ¿Sabes dónde está Fernando Poo?, ¿no? Tranquilo, nadie lo sabe, no eres idiota. Bueno, sí, lo eres pero no por eso, no sufras. Ay. Eso ha dolido. Bueno, ¿te lo cuento o no? Pues eso: Fernando Poo es un culo de mundo en el golfo de Guinea. Tiene una superficie de unos dos mil kilómetros cuadrados. En realidad son dos islas, pero la otra, Annobón, solo mide quince kilómetros, o algo así. En el mapa es una piedra. Un escupitajo. No, dónde vas. Menor que Formentera.

Vale, pues resulta que mi abuelo Sebastián, a quien te dije que le había pasado aquello en la Gue... Vale, te acuerdas. Sensacional, porque no me gusta gastar saliva y tengo la boca seca. Lo que me recuerda que... Sí, ahora te toca a ti. Sí, mediana. Gracias, amigo. Chin chin. Bueno, pues eso, que mi abuelo estuvo en la isla grande. Fernando Poo era una colonia española, supongo que hasta ahí llegas. La historia de la isla es un jaleo: había sido portuguesa, luego holandesa, luego española. Creo que luego británica y luego española otra vez. Estoy diciéndolo de memoria, pero creo que va por ahí. Lo que quiero decir es que había sido de un montón de gente. Cada vez que pasaba por allí algún arrastrado en barco la invadía, por hacer algo, por romper la monotonía del viaje transatlántico.

Por cierto, de niño leí en un libro de historia algo que me hizo partir de risa: decía algo así como que los españoles tomaron «posesión formal de la isla sin la presencia de sus habitantes». ¿No es buenísimo? Los habitantes de la isla debieron de darse cuenta de que habían sido invadidos mucho después, cuando empezaron a andar por allí putos españoles con peluca y espada al cinto.

¿Cómo? No, claro que mi abuelo no fue uno de ellos. Pero qué dices. ¿Tienes la menor noción de historia? Ya se nota. Lo de mi abuelo es doscientos años más tarde, hombre. Llegó allí en 1950 o algo parecido, para construir barracones en las plantaciones de cacao. Pasó allí dos años. Su hijo, mi padre, ya había nacido cuando él emigró, y tenía dos años cuando su padre regresó. En mi casa se hablaba del abuelo como un héroe, porque se había ido a África a ganar el pan de la familia.

Ya voy, ya voy. Ahora viene lo bueno.

La verdad de lo que pasó en aquella isla durante aquellos dos años nos fue desvelada en una sobremesa del año 1978. Domingo. Comida familiar. *Sagrada*. Mi madre siempre decía que «*aquí* nos sentamos juntos a la mesa». Como algo bueno. Como si los vecinos, que eran de fuera, comiesen en el suelo y a horas distintas, yo qué sé, mi madre también estaba bastante mal de aquí arriba, ya te conté lo que le ocurrió al final.

Yo tenía ocho años. De los detalles escabrosos me enteré mucho después, claro. A los ocho solo pillas lo justo. El envoltorio.

¿Cómo te diría? Aquella sobremesa estaba cercada por... Un halo de destrucción inminente. Exacto. Podías *oler* la catástrofe. La atmósfera era macbethiana. *Macbethiana*. Quiero decir que... Bueno, que se notaba que algo iba a pasar, vaya. Mi abuelo contaba batallitas, ya en los postres, pese al tartamudeo. Siempre nos soltaba rollos sobre su estancia colonial. Que si palabras en la lengua criolla (lo que te dije del pichinglis); que si la comida rara; que si los micos, los insectos, las fieras; que si los indígenas eran como niños, no sé qué, no sé cuántos.

Pero aquel día algo cambió. Fue como, yo qué sé, cuando estás en una piscina y alguien se mea cerca de ti, y notas el súbito cambio de temperatura en tus piernas. No hace falta que lo digas. Me lo imaginaba. Eres exactamente el tipo de tío que se mea en piscinas públicas, maldito nihilista. Déjame continuar, ¿quieres? De golpe, el abuelo miró al infinito, como si le hubiese dado un telele, ¿sabes?, y, entrecerrando los ojos, con la boca llena de avellanas y un vaso de mistela con vino rancio cogido con todos los dedos de la mano derecha, dijo: «Ay, y las n-negras...»

Lo que oyes. Fue... Bueno, no te imaginas. Los tenedores se *interrumpieron*. Flotando en el aire, sobre los platos. Incluso oí a mi padre tragar un pedazo de melón. El sonido de un trozo de pulpa pasando por su garganta. *Glups,* tío. Como en los tebeos. Mi madre se puso a toser para intentar tapar las palabras que ya empezaban a salir a chorro de la boca del viejo:

«S-s-se ponían a b-b-b-bailar de aquel m-m-m-modo», decía, «con los m-m-m-melones fuera. Cada día igual. La danza tribal, los m-m-m-m-melones, las f-f-f-faldas hechas de liana sin nada d-d-debajo, todos aquellos c-c-c-c. ¡CULOS, joder! Y venga a remenar los m-m-melones, remena que remenarás, y nosotros allí, sudando, levantando los t-t-t-tablones con los salacots aquellos en la cabeza, que pesaban un quintal. Un hombre no está hecho de p-p-p-piedra. Era muy d-d-d-difícil resistirse. Allí, lejos de c-c-casa, enfrentado a todas aquellas t-t-t-tentaciones... Todos aquellos c-c-culos morenos, por Dios...»

Fue tal cual. Mi madre se echó a reír, como si la viera ahora mismo. Era pura histeria, porque lo último que quería hacer aquella pobre mujer era reír.

Qué va, aún hay más. Hey, ¿por qué siempre nos escatiman los kikos y cacahuetes en este sitio? Anda, da igual, pide otra más de esto. Es increíble. Cualquiera diría que se los cobran individualmente.

Pues eso. ¿Dónde estaba? Ah, sí. De golpe, mi padre dijo: «Mamá, ¿estás bien?» Le miré y tenía los ojos muy abiertos, se estaba poniendo en pie. Todos nos volvimos hacia mi abuela Purificación, a quien habíamos ignorado desde que había empezado la historia del abuelo, ¿sí? Vale, pues ahora la anciana parecía un loro al que acabaras de golpear repetidamente, cogiéndole de las patas, contra un mueble. *O sea*. Estaba de pie, y se arreaba unos trompazos horribles en el pecho. Exacto, como hacen los gorilas del zoo, solo que con una parte de la cara de color hueso y la otra de color morado. Y mi abuelo que no paraba:

«Oh, estás aquí», decía, y miraba a un punto impreciso de la chimenea, pero como si viese a través de los ladrillos. «¿Te acuerdas, bajo los c-c-c-cocoteros? Tú y yo, meneándonos encima mío así, cuando me pusiste aquí el c-c-c-culo, y yo tocaba el cielo. Zumba, zumba, zumba», empezó a agitar la entrepierna, bombeando al aire, agarrando algo que no existía, como bailando con un fantasma, viéndola *allí* después de todos aquellos años, «tu v-v-v-voluptuosidad, tu pasión guineana. Y el calor de la Guinea, y el ruido de la jungla, y tu c-c-c-culo que se meneaba encima mío adelante y atrás, oh, oh, los gritos tribales que soltabas, los dos juntos hacia el clímax... ¡Zumba, zumba, zumba!».

Sí, ríete. ¿El muerto? Claro, siempre estoy a punto de olvidar ese trozo. Debe de tratarse de algún tipo de bloqueo de mi subconsciente. Cuando nos dimos cuenta, la abuela estaba saliendo del comedor. Se aporreaba el pecho aún; sacaba la lengua hacia un lado de la boca, como si se la hubiese olvidado ahí. Mi madre me tapaba las orejas hacia el final, para evitar que siguiese oyendo las palabras del viejo. Sirvió de poco. De nada. Además, le veía bombeando allí, en el aire, culo adelante y atrás, follándose al espíritu.

Mi padre se había levantado de un salto, e iba a la caza de su madre. La anciana se desplomó sobre el lecho conyugal, y murió ahí. Fulminante. Ataque al corazón. No sé si lo tenía débil, ni idea. Quizás fue solo el susto. A veces pasa.

Se me quedaron grabadas las últimas palabras de mi abuelo: «Los años que n-n-n-nunca volverán, Curro», me dijo, solo a mí, la negra debía de haber desaparecido de su mente, y luego dijo: «¿Eh, dónde hostias se ha marchado todo el mundo? ¿Nadie me acompañará con el champán? El *tortell* a palo seco es un poco difícil de tragar, cojones. ¿Tú qué, Currito, te apuntas?

No me mires con esa cara», dijo, «me importa un cojón que tengas ocho años, ¿quieres champán o no? ¿Qué pasa? ¿Por qué cojones llora este niño? ¿Es maricón, o algo?» Te juro que dijo eso. «¿Por qué me miráis así todos?», gritaba, el muy chiflado. «La virgen, parece como si se hubiese muerto alguien. La puta de oros, qué familia. ¡Alegría, cojones! ¡Que esto parece un velatorio! Bueno, iros a pastar fango. ¡Por mi negra!»

Como te lo digo. *Por mi negra*. Con un par de huevos. Levantó la copa, y se la bebió de un trago, así, y luego (espera) soltó un eructo. Como este. Salud para ti también, amigo.

¿Cómo? Ah, a mí qué, se lo puedes contar a quien te salga de las narices. Todos los que aparecen en la historia están muertos. No, no pasa nada. Es lo que hay. ¿Mi padre? Ni idea. De vez en cuando me llama, pero paso de cogerle el teléfono. Ni le contesto los mensajes. Que se joda. No, no te agobies, no me importa. Ya estoy acostumbrado. La verdad es que ni sé dónde vive ahora. Creo que en uno de esos pueblos con ínfulas, como Sant Cugat o algo así. Un sitio de coches grandes y ambiciones pequeñas, uno de esos sitios donde vas a morir, un puto cementerio de elefantes. Ha «rehecho» su vida. ¿No se dice así? Ha formado otra familia con otra mujer, creo que ha vuelto a tener hijos. Sí, exacto, como una panadería de franquicia. Supongo que habrá conseguido olvidarnos, todo lo que pasó, como si fuese una pesadilla que puedes espantar de tu cara, ¿sabes?

Es que a mi padre no le encantaba enfrentarse a las cosas. Prefería esconder la cabeza debajo del ala, como hace el gallego ese de la fábrica, ¿sabes? Creía que las cosas malas se esfumarían así, tal cual, si simulaba que no estaban allí. Creía que, como mínimo, conseguiría olvidarlas. Y supongo que así fue. Hay gente que tiene esa capacidad, la de olvidar. Es un talento, supongo, como marcar goles o escribir novelas, o hacer esa cosa con los dedos y la moneda, cuando va pasando por aquí encima de los nudillos... Sí. Talento y práctica, es verdad. Pero yo no he podido, tío. No tengo ese órgano. Nunca olvido. ¿Sabes aquella frase: «Perdono, pero no olvido»? Yo no hago ni una cosa ni otra: ni perdono ni olvido. Espero que mi padre se pudra en la tumba. Cuando muera iré allí y bailaré encima de su lápida. No sé qué baile, ya lo pensaré. Uno que le irrite. Una jota. O peor, algo sureño; estaba obsesionado con la gente del sur, decía que solo hacían la siesta y se llevaban nuestros impuestos.

Oye, ¿ves a ese tío, ahí, al final de la barra? Me está mirando mal, ¿no? ¿No? Joder, pues me lo parecía. ¿Estás seguro?

¿A mi abuelo? En un mes le internaron en el psiquiátrico. A perpetuidad. Se le había vuelto a ir la cabeza. Ya no saldría de allí hasta que murió, en 1980. ¿Sabes lo bueno, supongo? Que a ratos creía volver a estar en Fernando Poo, yaciendo con la negra todo el día y toda la noche. Qué loco estaba. Todo el día y toda la noche haciendo eso en su cabeza. Zumba zumba zumba. Claro, ya puestos mejor vivir así, en tu mente. Negando la realidad, evadiéndote de toda la mierda. *Olvidando.*

¿Un billar? Hostia, no sé, no me gustan los juegos de bar, y además ahora no voy a dar una. Con la medicación y la cerveza tengo el pulso como para robar panderetas, ja, ja. Mejor el millón, tío, que para eso no hace falta jugar bien ni nada. Me gusta el millón. Estar ahí dándole al pico mientras otro empuja las bolas. Sí, ya las pido yo, tú tira, pilla sitio. ¿Estás seguro de que ese tío no me está mirando mal?

13

—Me resulta un poco difícil de comprender, Plácido —dice Curro, acercando su cara al ventanuco de la puerta—. Creo que los personajes no están bien delineados. Nos presenta al personaje principal, Baydr, el magnate árabe, en un 707 privado, esnifando «nitrato de amilo» y sodomizando a dos prostitutas. ¿Se supone que debemos empatizar con ese tipo? En teoría el tal Baydr es el *héroe* de la historia, pero a las pocas páginas *viola* a su mujer. Ese sujeto se me antoja de lo más desagradable. Y su hija, Leila, es una terrorista que... Espera. —Pasa las páginas con el pulgar de la mano derecha, sosteniendo el libro con la otra, hasta que topa con la esquina doblada—. Aquí está. Mientras su amante siente «la fuerza de la pasión que literalmente lo absorbía», ella murmura «papá, papá, papá». —Vuelve a mirar a Plácido, esta vez con los ojos muy abiertos—. *¡Papá!* Alguien debería hablar con el doctor Skorzeny sobre esto. Todo apunta a que Leila padece una fijación edípica no resuelta.

—Entiendo, señor —dice Plácido, al otro lado de la puerta reforzada. Curro solo ve de él la boca, la nariz y los ojos, pues el ventanuco es muy estrecho, y enmarca el núcleo de su rostro—. Ese es el problema de Harold Robbins. Buenas tramas geopolíticas internacionales, una excelente comprensión de la balanza de fuerzas que regían la política mundial a mediados de los años setenta, especialmente en Oriente Medio, pero también una marcada tendencia a ilustrar la corrupción de sus personajes con escenas de sexo gráfico bastante... Grotescas.

—Y que lo digas. Algo más adelante, la mujer de Baydr comete adulterio con un negro bisexual que —Curro baja la voz sin darse cuenta— se espolvorea *cocaína* en el *glande*. Dios del cielo. No sabía ni que existía esa perversión, Plácido. ¿Por qué la gente se envilece de ese modo?

—Me temo que eso es un mito, señor. —Plácido realiza un suave mohín de orgullo—. La cocaína espolvoreada sobre el órgano masculino lo único que hace es adormecer la zona. No aumenta el riego sanguíneo en el órgano, pues ese dista de ser el efecto de los alcaloides. En todo caso se trata de una apuesta a todo o nada, pues si uno logra espolvorear la droga en el momento de mayor excitación es posible que su órgano permanezca insensible durante un periodo extenso, pero por otra parte si uno lo hace con el órgano decreciente, o insuficientemente erecto, la cocaína lo único que hará será prolongar el estado de flaccidez.

—¡Ja! Chúpate esa, Harold Robbins. —Curro arrea una palmada a la cubierta con el dorso de la mano, por la parte de las uñas—. Eso te pasa por no documentarte, escritor de pacotilla. Toma, ya puedes devolverlo. —Se lo alcanza a Plácido por el ventanuco, poniéndolo de través—. Si he de decirte la verdad, Plácido, no creo que pueda leerme *El pirata* por tercera vez. Ojalá tuviese *Los panzers de la muerte,* pero sigo castigado sin biblioteca.

—¿Por lo demás ha pasado un buen día, señor?

—Todo lo bueno que podría ser, Plácido, teniendo en cuenta que llevo tres semanas en una celda acolchada. Me sacan cada día para un breve paseo y todo eso, pero incluso así no hay mucho que hacer. —Curro se separa un poco de la puerta, para que su sirviente pueda admirar el interior de la estancia—. Durante los primeros días me entretuve rebotando contra las paredes, pero la novedad se extinguió pronto. ¿Tú sabías que las celdas eran así, con tantos colores?

Plácido observa el interior de la celda. Las paredes son de color azul, rojo y amarillo, con apariencia de colchoneta de playa. Hay un catre con las patas recubiertas de material hinchable. Una silla del mismo estilo, verde chillón. Huele a plástico blando, como en las tiendas de artículos de playa. Curro siempre piensa, cuando observa su entorno, en el aironfix con el que forraba los libros, en el colegio. Esto no se parece en nada a las celdas almohadas de color blanco que uno suele ver en los filmes de terror. Plácido contesta que, en efecto, la celda parece formar parte de una zona recreacional de parvulario, en lugar de un hospital mental.

–Eso es, Plácido. Un parvulario. Mira todas estas piezas acolchadas para que haga construcciones. –Curro las señala. Están ensambladas de forma piramidal–. Traté de construir la Torre Eiffel, pero, claro, con solo ocho rectángulos oblongos y un triángulo y un puente no se pueden hacer milagros. En todo caso, no tengo cuatro años. Me resulta difícil entretenerme con piezas hinchables. Mi cerebro necesita algo de estímulo intelectual adulto.

–Kaspar Hauser se entretuvo durante diez años con un caballito de madera y unas cuantas cintas de tela, señor.

–¿Kaspar quién?

–Hauser, señor. El niño salvaje de Núremberg. Llegó a la civilización en 1828, tras haber pasado la mayor parte de su vida encerrado en un calabozo mucho más angosto que el suyo. Solo conocía cincuenta palabras.

–¿Hace falta que te recuerde, Plácido, que no soy un niño salvaje, y mucho menos de Núremberg? Soy un hombre de mediana edad nacido en el Baix Llobregat, enfermo de los nervios, y que conoce un número bastante mayor de palabras que tu enano boche.

–Eso salta a la vista, señor. Disculpe, señor. No era mi intención...

–No, claro. No te preocupes. La culpa es de la gerencia de este centro. No pueden esperar que extraiga todo mi solaz de un número roñoso de piezas hinchables de plástico multicolor, Plácido. Eso es lo que digo.

–Claro que no, señor. Es una infamia, señor.

–Lo es. En fin. «Nunca te quejes...», y todo lo demás, como

dijo el viejo Disraeli. Suerte que ya estás aquí. Estos son los únicos minutos de conversación decente de los que disfruto en varias semanas. Mi vecino de celda nunca ha tenido el don de la elocuencia, como bien sabes. Además, vuelve a estar deprimido.
–¿Vecino de celda, señor?
–Sí. Roca. Llora y pega alaridos con una fastidiosa regularidad, Plácido. Insulta a su padre, y ese tipo de cosas. También a los «sabios de Sión» y a los «eslavos subhumanos». Sus fantasías raciales son de lo más estimulantes. Por supuesto, yo trato de elevarle la moral al chico. Es lo mínimo que puedo hacer.
–Pero, señor...
–No, Plácido. Sé lo que vas a decir: que soy demasiado generoso. Pero jamás se dirá que un Abad dejó a alguien en la estacada, ya lo sabes, Plácido. Todos debemos aportar nuestro granito de arena en la conquista de la felicidad humana. Por esa razón le cuento mis sueños a mi alicaído vecino. Poco antes de que llegaras, el pobre estaba sufriendo una aguda crisis de llanto, así que he pegado la boca a la pared que da con la suya y le he explicado mi último sueño recurrente. Resulta que estoy en un mundo que es negro. Los árboles son negros, los animales son negros, el cielo es negro, el sol es negro. Yo soy negro. Pero no un poco negro, como Sidney Poitier. Negro del todo. Oscuridad absoluta. Yo llamo a mi sueño... ¿Estás preparado? –Curro abre las manos, enmarcando sus palabras, y ambas manos se separan a extremos opuestos, como si desenrollaran un pergamino–. «El gran sueño negro».
–Fascinante, señor. ¿Cómo podría fallar algo que ha mantenido en vilo el interés de los interlocutores desde el génesis del arte de la conversación, señor? Sueños *ajenos*. Me atrevería a decir que no existe un tema que lo iguale en cuanto a capturar la imaginación de una audiencia, señor. Especialmente si los narra con el estremecedor detalle con el que me los ha narrado a mí. Pero lo que trataba de decirle, señor...
–Eso mismo pensé yo, Plácido. Y para que no se diga que mis decisiones son fruto de una veleidad pasajera, estoy contándole un sueño al día.

—Oh. Dios santo. Ya veo. No cabe duda de que es una extraordinaria iniciativa, señor, pero si me permite continuar, debo informarle de que usted no tiene... De que nadie ocupa la celda contigua, señor. El señor Roca fue desalojado de allí hace semana y media. Su estado hacía temer por su salud. Nunca le habían visto así. Estaba fuera de sus casillas, señor. De hecho, suplicó que le enviaran a cualquier sitio, amenazó con quitarse la vida, dijo que ya no aguantaba más teniéndole a ust... Que no podía soportarlo más, señor.

Curro se separa de la puerta, mira hacia un lado sin mirar hacia ese lado, realiza una vuelta circular sobre sí mismo, regresa a la puerta con las manos cogidas a la espalda. Plácido sigue allí, mirándole.

—No sé qué demonios farfullas, Plácido —le contesta, entrecerrando los ojos, como suele hacerse cuando se desconfía de alguien—. Esta misma mañana he hablado con él. Bien, a decir verdad *yo* hablaba. Él no contestaba. —Curro se lleva un dedo a la boca—. Pero se oían unos golpes muy fuertes. He supuesto que Roca se estaba atizando cabezazos fortísimos contra la pared divisoria. A modo de asentimiento, ya me entiendes.

—No hay *nadie* allí, señor —le contesta Plácido—. Insisto. Ni un alma, señor.

—No, claro —ríe, sarcástico, Curro—. Estoy hablando solo. A lo mejor tú tampoco existes, Plácido. Solo eres una construcción de mi mente, ¿verdad, Plácido? ¿Te gustaría eso? ¿Ser un producto de mi imaginación sobreestimulada? ¿Ser un condenado delirio más? ¿Una fantasía con la que me entretengo para no volverme aún más loco aquí dentro?

Plácido baja los ojos en señal de sumisión.

—No mucho, señor.

—Lo próximo que me dirás es que mi hermano tampoco vino a visitarme ayer. ¿No? A lo mejor aquello también fue una alucinación, según tú.

—*Señor*.

Pero su hermano *vino* a verle. Ayer mismo. Lo recuerda con todo detalle. La cosa no fue muy bien, a decir verdad. Después de que los celadores le viniesen a buscar y le sacaran de la celda, y le acompañaran a lo largo del camino, Richard y él se sentaron en un banco del patio que mira hacia el pabellón A, orientado hacia el río, justo al lado de un símil de estanque artificial. No hacía frío. Los recuerdos están claros aún en la mente de Curro: era un día soleado; el cielo estaba pintado de perfecto azul claro; no había nubes; el viento se las había llevado de buena mañana. El cuerpo de Curro estaba adormecido por la torazina, y de vez en cuando unos cosquilleos placenteros le recorrían los antebrazos. Olía a lago sucio, pero en el agua del estanque se distinguían entidades vivientes que todavía coleaban. Pensó en los barrenderos que tenía su padre en la pecera.

Observó a su hermano, que ahora jugueteaba con su teléfono portátil con ambos pulgares mientras iba soltando preguntas multiuso, invisibles por su practicidad. Había engordado, y pese a que aún llevaba el pelo largo, si bien algo más ralo en la zona de la frente, no se parecía mucho a aquel niño guapo y atlético y cruel del instituto.

Su hermano dejó el móvil y le miró, sonriendo a la vez que ladeaba la cabeza, como si estuviese contemplando un gatito. Richard pasó a contarle que se había comprado un «monovolumen», para que cupiese el tercer niño. Que el colegio «concertado» de sus hijos estaba muy bien, que el ambiente era muy bueno, que no había «musulmanes ni nada de eso». Que su mujer se había apuntado a la «batucada» del colegio. Que su equipo de fútbol sala estaba en llamas, o algo parecido. Curro no entendió de qué iban casi ninguna de estas afirmaciones.

Luego, Curro supuso que buscando mantenerle interesado, Richard le ofreció cotilleos de gente del colegio salesiano, de su vieja clase, o del pueblo en general, lanzó apellidos con débil eco de una época antigua que pasaron a través de Curro como espectros sin masa ni peso. Curro quería llevarse bien con él, así que no le dijo que de joven solo percibió la presencia de toda aquella gente de una forma muy apagada. Que él siempre había visto el mundo como un océano opaco y homogéneo repleto de kril amorfo, anideico, aburrido, en el que solo brillaban una pequeña minoría de personas. Que era una injusticia pensar así, por no decir terriblemente presuntuoso, pero no podía evitarlo. Alguna gente dejaba huella y otra no. No éramos *en absoluto* iguales. Priu dejó huella. Plácido la dejaría. Los demás... En fin. Estaba seguro de que Los Normales debían de tener alguna utilidad práctica en la configuración del mundo. Después de todo, alguien tenía que matar a las vacas y sellar los impresos, derramar alquitrán en las carreteras, ¿no?

Su hermano se marchó a los cuarenta y cinco minutos exactos de llegar. La despedida se realizó mediante gritos enfurecidos, que era justo lo que Curro deseaba evitar aquel día. Empezó con Curro contándole de sopetón a Richard que se acordaba a menudo de cuando él venía al hospital a ver al abuelo. Richard solía escaquearse de eso, así que le dijo, para su información, que de niño venía apretujando la mano de su madre y hurtaba la cabeza, pegaba la barbilla al pecho, tratando de esquivar los besos pegajosos de los locos y locas que pululaban por el jardín, y que corrían hacia ellos solo verles entrar. Muchos de ellos les confundían con fantasmas de sus propios pasados: hijas muertas, maridos desaparecidos, primeros novios. «Era una sensación muy rara, ser de repente los mejores recuerdos de toda aquella gente», dijo.

Le dijo a Richard, ya alzando la voz, que de niño pasaba mucho miedo por cosas como aquella, que tenía pesadillas regulares, que era sonámbulo y estaba plagado de tics, que «saltaba a la vista que yo no estaba bien de la cabeza, joder», y que muchas veces le pidió a Richard que le ayudara, pues Curro era el pequeño, pero Richard siempre se reía en su cara y pasaba de él y le llamaba moña. «Eso cuando no me partías el labio a puñetazos, claro», no olvidó añadir Curro.

Richard respondió que él no lo recordaba de ese modo, que Curro era «un niño bastante pesado» y «arrogante», y allí Curro empezó a gritar, le dijo que era así por autodefensa, que le volvieron loco ellos, todos ellos, que está enfermo pero la culpa es suya, que por qué rayos tiene él que ver al fantasma de su madre muerta y él no, le dijo, apretando los puños. Richard enrojeció y se puso en pie. «No tienes el patrimonio de la pena», le soltó. «Siempre te ha encantado dar la nota, ser el especial, aunque tuviese que ser por loco», le soltó, a la vez que retrocedía un paso hacia atrás, porque vio de repente los ojos de Curro. Encendidos, fuera de las órbitas. Las aletas de la nariz se le ensancharon, moviéndose hacia fuera como los flaps de un avión.

Alguien más debió de traducir el lenguaje corporal de Curro, porque en nada ya iban hacia ellos dos celadores. Richard se había callado del todo, pero antes de irse le soltó: «Es obvio que no quieres mi ayuda», y Curro apretó tanto los puños que casi se le durmieron las manos por falta de circulación. Richard se volvió para marcharse con los celadores, pero antes dejó al lado de Curro, sobre el banco, una cosa envuelta en papel de regalo, y al final un solo celador le acompañó a la salida, y otro se quedó un instante al lado de Curro para asegurarse de que, como le dijeron una vez, no iba a «dañarse ni causar daño a terceros». Curro le sonrió, le dijo que no pasaba nada, que todo iba bien, y cuando al cabo de un minuto el celador se alejó, Curro empezó a sacudirse puñetazos fortísimos en el ojo derecho y en la sien, cinco, seis, siete, se hizo un daño espantoso allí, parecía que se iba a arrancar el cuello de la potencia que aplicaba a cada golpe, y la zona se le hinchó y se le puso medio morada casi al instante, y entonces terminó, se quedó allí con las manos en las rodillas y la sien pulsando, pulsando, preguntándose qué carajo le sucedía, por qué estaba lleno de ese odio y ese rencor indeleble. Por qué era incapaz de perdonar.

Levantó la cabeza. Su hermano ya salía del centro. Pasó ante la recepción, junto al corazón sangrante de Santa Dympna, torció a la derecha y desapareció, sin volverse. Aún furioso, rezongando para sí, Curro abrió el envoltorio del maldito regalo. Lo reconoció al instante. Era su viejo libro *Copa del Mundo de Fútbol España 1982*. Curro abrió la portada y leyó allí su nombre: *Curro Abad, 7.ºB*. Escrito con su caligrafía infantil, mucho más gorda que la actual, como si la madurez adelgazara las letras. Lo hojeó mientras las lágrimas empezaban a deslizarse por sus mejillas, incontenibles. Rozaban la comisura de sus labios y seguían hacia la barbilla; Curro solo se las lamía si picaban.

Buscó la página de Kevin Keegan, en la sección de Los Ídolos. Ahí estaba. Keegan, «El pequeño gigante». Una foto de él con cara de buen tipo, firmando autógrafos, un chándal con los picos del cuello que parecían alas delta. Curro se iba frotando los ojos con las puntas de los dedos para poder seguir leyendo, y con las puntas mojadas de los dedos dejaba manchas en el papel. Le sabía mal haber perdido la paciencia con su hermano, y sintió una pesada culpa descender sobre su cuerpo. Se puso en pie y echó a correr hacia el lado este del centro, por donde suponía que andaría aún Richard, y una vez allí pegó la cara a la valla y gritó, muy fuerte, con una mano abierta al lado de la cara: «¡Gracias, Richard! ¡Eres un buen hermano!» Varios transeúntes se volvieron un instante, sobresaltados, pero ninguno de ellos era su hermano.

—Así que ahí lo tienes, Plácido —le dice, torciendo el cuello hacia la izquierda—. Como ves, mi hermano sí estuvo aquí. Esto —se señala el ojo, que está del color de una ciruela claudia— lo prueba. Desearía que en el futuro reprimieses tu compulsión de hacerte el listo.

Plácido le mira, apenado. Su boca, allí en la portezuela, empieza a hablar.

—Señor, la visita, me alegra decir, sí tuvo lugar. Hasta ahí está usted en lo cierto, lo cual honra a su hermano y la forma en que no rehúye sus deberes familiares. Pero usted y su hermano estuvieron todo el rato sin hablarse, como siempre hacen. Les observé desde un punto discreto, a la sombra del sauce. El señor Richard de vez en cuando escribía en su teléfono móvil, me ha parecido. Usted tarareaba alguna melodía, que la distancia me impidió reconocer. Al cabo de cuarenta y cinco minutos, su hermano le dio un beso en la frente y se despidió. Estuve pendiente de usted todo el rato, señor, por si requería de mis servicios. Los celadores del centro no intervinieron en ningún momento. Tampoco regresó usted de allí con ningún presente, fuese un libro o cualquier otro objeto. Los puñetazos, lamento decir, sí tuvieron lugar.

—Pero ¿qué dices, Plácido? —Curro le dice, y le mira muy fijamente, pese a que uno de sus párpados ha empezado a temblar.

—¿Desea que se lo repita, señor?

—No —dice Curro, tras una pausa—. Disculpa, Plácido. Ahora mismo estoy un poco confuso.

—Es natural, señor.

—Creo que voy a echarme un rato. Me siento fatigado.

—Excelente idea, señor. Churchill era un gran defensor de la siesta, señor. Acostumbraba a echarse un rato cada día, de cinco a seis y media de la tarde. Incluso durante la Batalla de Inglaterra, señor. Utilizaba tapones para los oídos. Hechos a medida para sus orejas. ¿Desearía usted que...? De acuerdo, señor. Con su permiso me retiro, entonces. Hasta luego, señor. Que duerma bien.

Santa Dympna le da la espalda. Curro mira cada día por la ventana de su celda, y ve la estatua de la santa irlandesa desde un ángulo que no había visto antes de que le encerraran. Solo la parte trasera de la túnica, el contorno del pañuelo de la cabeza, el nimbo en forma de aureola que corona su cráneo.

Desde la ventana también se ve el exterior del hospital, al otro lado de la tapia sur. Cruzando una calle amplia, con dos carriles y rotonda, que antes era una riera repleta de excrementos de cabra y basuras y barro, se hallan los vestigios arquitectónicos de su niñez, hoy modificados de un modo tan extremo que parecen pertenecer a una ciudad nueva. A otro lugar. A los recuerdos de otra persona. Curro se pregunta a menudo qué tienen que ver el Curro de siete años con el Curro de trece, cuando ya había sucedido todo. No mucho. Eran distintas personas en un mismo caparazón. Posiblemente ni eso, pues las células mueren y se renuevan cada diez años, como leyó el otro día en un *Muy Interesante*.

Pero no son los recuerdos de otra persona, después de todo, aunque sus células tengan solo diez años de edad. Son los suyos. Le encantaría librarse de algunos de ellos, pero no de todos. Curro observa el tejado de tipo rústico de Can Jordana, con sus tejados de pagoda, las persianas de madera verde. De niño la llamaban la casa de los yonquis, estaba deshabitada, tenía todas las ventanas rotas, grafitis obscenos en cada superficie, pero ahora parece restaurada, encofrada, como nueva. Su apariencia flamante le impide sentir el recuerdo de infancia con la intensidad que esperaba.

Se acuerda del camino que hacían cada mañana él y su viejo amigo Priu por la calle Ebro, aún por asfaltar y a menudo fangosa, sembrada de socavones, cuando paraban a observar el almacén de ataúdes de la funeraria local. Fueron buenos tiempos, aquellos, en cierto modo. Curro desearía haber disfrutado más la antesala a la catástrofe. Si llega a saber que aquello terminaría tan mal, habría vivido los años previos de otro modo. No se habría permitido tantos tiempos muertos. Sabe que es una tontería, pero a veces maldice los minutos que pasó mirando por la ventanilla del 124 con la mente en blanco, o viendo programas de televisión que ni siquiera le gustaban, o manteniendo conversaciones con gente no... *fundamental*. En lugar de concentrarse, de veras, con todo su empeño, en estar contento y vivir solo lo importante. Lo pleno. Y sentirlo con la máxima intensidad todo el tiempo, y en tiempo real.

Curro no tiene nada mejor que hacer esa mañana, y Plácido no ha aparecido aún, así que se pone a pensar. Por la calle de la antigua riera circula bastante gente, pero él no los registra. Curro se dice que, en comparación con los años posteriores, con el futuro, su primera niñez fue idílica, al menos hasta los once años, cuando empezó el footing de su padre. Dejando de lado un sostenible problema de apuros económicos, y el inicio de aquellos tics suyos, que (si ha de ser honesto) precedieron a la catástrofe familiar (aunque esta los empeorara), Curro ve ahora que él fue, que podría haber sido, un niño feliz. Quizás *iba* para niño feliz, tenía muchos números para serlo, y por supuesto ellos lo jodieron todo. Ellos le empeoraron. Se llevaron lo mejor de él y le dejaron así: feo por dentro. Le tortura pensar en ello en estos términos, pero Curro suele decirse que a lo mejor otra familia hubiese podido arrancarle de su cascarón. Darle un empujoncito para que fuese como los demás, solo un poco, solo lo justo para ser feliz. No quería monovolúmenes ni grandes riquezas. Solo algo de paz, solo un pequeño sentimiento de pertenencia, solo sentir esos lazos hacia los demás. *Sentirlos,* no simularlos.

Pero no le tocó otra familia. Le tocó la suya. Curro se pregunta qué clase de hombre fue su padre, y qué clase de padre fue aquel hombre. El desaparecido. Antes del desastre parecía un tipo más o menos cuerdo. Razonable. No lo recuerda besuqueándoles todo el día, ni aplaudiendo sus logros escolares, pero debió de quererles, en algún momento, a él y a Richard. Debió de emocionarse con ellos, en algún punto de su infancia, con sus primeros pasos, con sus primeras palabras. Igual que su madre. ¿Qué le pasó a esa gente? ¿Cómo no antepusieron su progenie a sus antojos? ¿Cómo fue capaz su padre de desentenderse de ellos de aquel modo? ¿Cómo puede alguien cambiar así?

Su *madre*. Cuarenta y siete años recién cumplidos, la mitad de los cuales los ha pasado en un hospital psiquiátrico, y Curro sigue culpándola a ella de lo sucedido. Lo piensa mientras se toca la cara con dos dedos de la mano derecha, dibujando los contornos de sus nuevas arrugas, de su piel seca (se ha vuelto de cuero; se ha hecho de piedra, por dentro y por fuera. Ya no le quedan blanduras). Ha hablado de su madre en tantas sesiones con el doctor Skorzeny que ya ha perdido la cuenta. No entiende por qué sucede. Después de todo, el adúltero que les abandonó era *él*. Una paradoja irresoluble. Tiene que tratarse de algún vínculo genético, algo que viene directo de los vínculos de vida o muerte establecidos en las primeras comunidades de cazadores. De otro modo lo de excusar a aquel tipo se le antojaría criminal.

Curro sigue pensando en su madre y se enfrenta a algo que hace tiempo consiguió aceptar: no siente nada. Mejor dicho, siente asco y miedo; también rencor, y un vago desprecio. Pero no siente amor, ni afecto, ni recuerda haberlo sentido cuando ella murió, pese a lo terribles que fueron las circunstancias de su muerte. Pese a que en el momento en que aquello sucedió sintió pena, y lloró durante varios días. Pero pasados esos días, la pena carnosa coaguló, hizo costra y acabó desapareciendo. En su lugar quedó otra cosa, que a Curro le avergonzó y llenó de pesar y le reconcomió y le obligó a emborracharse en bares con gente desconocida, dañar a extraños, durante los diez años que iban de la muerte de la madre a su propio brote. Sí, en lugar de aquella pena quedó otra cosa: *alivio*. Ahora ya puede pensarlo sin estremecerse. Algún tipo de resorte se activó en su cuerpo para que, cuando llegó la hora de la muerte, él lo sintiera como un desahogo. No como para ponerse a danzar «ding, dong, la bruja ha muerto», pero sí como una intuición de que las cosas iban a mejorar, de algún modo impreciso. De que aquella mujer se había convertido en su enemiga, por descabellado que suene. De que quizás sucedía lo contrario de lo que decía su madre, y lo que se tenía que hacer era *abandonar* a la sangre. Cortar el cordón para poder respirar por uno mismo.

Curro está agotado de tanto pensar. La medicación lo tumba, tiene sueño de repente. Cae la tarde de septiembre en el patio. Los días aún son largos, y el sol empieza a retirarse a las siete. Falta poco para que se ponga. El cielo está bonito, manchado de tonos granate pastel, rosas y salmón. Llovió durante la noche, y limpió toda la atmósfera, se llevó la suciedad del aire. Lo purificó. Ya no hace calor. Los árboles de la calle lucen unas copas amplias, verdes y frondosas. Circulan coches grandes y nuevos en tonos granates y azules, rodean la rotonda y desaparecen por la calle del colegio. Él no alcanza a verlo como lo veía desde su habitación en el pabellón H; si pega la mejilla al cristal solo divisa una esquina del centro cubierta de enredaderas. Tampoco se ve Sant Ramon, desde aquí. En mitad de la rotonda se levanta un monumento: dos grandes bloques de cemento pintados en rojo y azul. Un niño anda por la calle agarrado de la mano de su padre; ambos llevan pantalones piratas, cortados a media espinilla, y ríen juntos de algo.

Curro se cansa de la ventana. Los espectros de su niñez cada vez son más débiles y lejanos, le cuesta más y más conjurarlos. Dirige su mirada al patio del centro. Santa Dympna está envuelta en la sombra del edificio, ahora; Curro la ve, agazapada y sombría, como si estuviese esperando para abalanzarse sobre alguien.

Baja la persiana. La estancia se ensombrece, aunque rayas discontinuas de luz se dibujan en la pared de plástico y sobre la colcha blanca. Unos golpes en la puerta le indican que es la hora de tomar la medicación vespertina y, una vez que la haya tomado, se dormirá. Curro duerme mucho, más que nunca, más que Churchill. De niño pensaba en el sueño como una máquina del tiempo; te vas a la cama y el tiempo avanza, sin ti. Sin que tú estés consciente. Por tanto, puede ser que las cosas se arreglen mientras tú no te hallas allí para presenciarlas. Ocho horas de sueños maravillosos, de aventuras sin fin, y de repente estás en el futuro, donde ya pueden pasar cosas buenas.

Curro no tiene demasiada esperanza de que eso suceda ya. Abren el ventanuco de la puerta y aparece una mano con un vaso de plástico pequeño. Curro se pone en pie y avanza hacia su medicina, como si fuese la luz que señala la salida de un cine.

14

—¿Quién de esos es Dino Zoff? —dice Priu, aferrándose con sus brazos morenos y peludos a una de las ramas del pino. Lleva pantalones cortos muy cortos, como los que se ven en las fotos de niños de la Guerra Civil. Sus muslos, que rodean el tronco del árbol, asiéndose a él con fuerza, están manchados por continentes de vello negro acaracolado. Calcetines de vestir azul marino y sus Tórtola grises. Sobre el pino, más arriba, el cielo está azul, con solo unas cuantas nubes blancas, rasgadas, sobre la silueta de Barcelona, allá al fondo. Es sábado; hoy no hay colegio.

—Hostia, no lo sé —le digo, colgando de otra rama y entrecerrando los ojos, proyectándolos hacia el jardín del hotel. Tengo un pie en una rama inferior, lateral, y he logrado alcanzar un equilibrio precario, el justo para poder otear bien—. Es difícil, desde aquí.

El Hotel El Castillo parece un castillo de verdad. Sobresale por encima de la silueta del pueblo, mira hacia la parte trasera del delta. Se ve Barcelona; tan amplia, caben en ella tantas cosas. Esta no es una zona muy bonita, aunque las vistas son aceptables: la torre de Collserola, el Tibidabo. Varias torres de veraneo rodean la valla exterior del hotel, todas se parecen. Pérgolas medio calvas con travesaños de los que cuelga alguna enredadera cansada, porches con balancines de mimbre astillados. Alguna ventana de estilo colonial, de hacienda mexicana. Tejas y tiestos rotos. Algarrobos y muchos geranios, varios setos de laurel en flor, pinos torcidos que camuflan con su resina el olor a plástico quemado que impregna ese lado del pueblo. El río está muy cerca, y a menudo, dependiendo de los vertidos que hayan echado río arriba, emite otro olor, a agua estancada y residuos ácidos, que se queda pegado al aire, que parece impregnar las casas y calles, incluso la ropa.

El suelo está sembrado de pinaza, todas las agujas de pino marrones se trenzan unas con otras y crean una alfombra seca, casi uniforme, que cubre el montículo en el que nos hallamos. He atado a Clochard a una gruesa raíz de pino que salía y volvía a meterse en el suelo como el brazo de un nadador de crol.

—¿Es ese? ¿El de las gafas de sol de espejo?

—No. Ese es demasiado joven. Dino Zoff tiene cuarenta años.

—¿Cuarenta? ¿En serio?

Priu simula que le interesa. Por amistad. Pero Priu no tiene ni idea de fútbol. Mucha menos que yo, que no soy ningún experto. Todos los jugadores le parecen iguales. Se los he mostrado cientos de veces, de mi libro *España 1982,* señalando los nombres uno a uno, pero Priu nunca lo registra. Lo almacena de forma temporal en alguna carpeta de No-*fundamental,* y cuando salgo lo lanza todo al incinerador de basuras de su cabeza. Luego volveré a mostrarle la foto, a ver si esta vez logra retenerlo. He dejado mi libro en el suelo para subirme al árbol. Quiero pedirle un autógrafo a Dino Zoff, que es el portero. Nunca he pedido un autógrafo. Estoy decidido a hacerlo. He escogido a Dino Zoff por la edad y el nombre, nada más; lo cierto es que no sé si juega bien o es un petardo, pero no le he contado esto a Priu.

—¿Todos esos son de la selección italiana? —pregunta Priu. *Ezoz. Zelección.* Le está empezando a sudar la nariz otra vez, y carraspea dentro de su puño.

—Supongo que sí —digo, por decir algo—. Y no hagas eso con el puño, Priu, que me entra sueño y me voy a caer de la rama.

Priu se quita el puño de la boca y luego estira el cuello, lanzando la cara hacia delante, como si pretendiese hacer pasar una parte extensible de su cuerpo biónico por encima de la tapia blanca, y escruta la zona de la piscina. Tiene un cuello muy largo, la nuez de adulto. Lo de su labio superior parece cada día más un bigote de verdad, solo que más suave, hecho de seda fina. En la piscina, algunos cuerpos masculinos en bañador muy pequeño descansan sobre un césped de un color verde intenso, húmedo y bien cuidado, muy joven, muy poco pisoteado. Los bañadores de distintos colores sobre el verde me hacen pensar en una mesa de billar, con todas las bolas desperdigadas por el tapete.

–No entiendo qué hacen aquí –dice, como si hablara consigo mismo.

–Qué van a hacer. Descansar, ¿no? Para ganar el Mundial.

–Digo aquí en el pueblo.

Chasqueo la lengua contra el cielo de la boca, para que Priu vea que está preguntando bobadas. La verdad es que es raro, lo de que estén aquí los italianos. Al principio nadie se lo creía, ni siquiera los niños; todo el mundo asumía que se trataba de una inocentada fabricada en Barcelona para reírse de nosotros, los desgraciados del Llobregat. Tuvo que salir en varios periódicos españoles para que la gente empezara a creer, y acudiese aquí en peregrinación, a ver a los italianos, pedirles firmas, bambas, besos, que se nos llevasen pronto. A Italia, o a donde fuese. Es un acontecimiento histórico, que estén aquí. No creo que vuelvan, ni ellos ni ningún otro equipo; tarde o temprano descubrirán la verdad sobre la comarca.

Un italiano se sube al trampolín en dos saltitos, por la escalera, y da dos zancadas por la superficie de plástico. Lleva un bañador rojo que casi no cubre piel, puramente ornamental, parecido al de mi padre. Ya en el extremo bota varias veces con el cuerpo tenso, el trampolín se dobla para acompañar la fuerza de sus piernas, y de golpe lo suelta con un ruido de muelle que llega hasta donde estamos. El italiano se enrolla sobre sí mismo, como un bicho bola, realiza una bonita voltereta, cae de pie en el agua sin casi salpicar, con los brazos en cruz. Algunos chavales de otras ramas, otros pinos, aplauden y chiflan. Son una treintena de ellos, de otros colegios. No reconozco a nadie de los salesianos. Todos estamos aquí por lo mismo. No son muy discretos; espero que sus risas y gritos y silbidos no atraigan al vigilante del hotel.

Clochard empieza a ladrar. Toda su atención está puesta en olisquear y tocar con la pata un pájaro que se ha caído del nido. Un pájaro bebé. Lo vimos antes. El pajarillo, así, sin plumas, con la piel rosácea, boqueando de ese modo, como si buscara aire, se antoja incomestible; aunque con Clochard nunca se sabe. Las orejas del perro se mantienen en tensión pero caídas por los extremos, va escupiendo ladridos intermitentes de alegría y confusión.

—Oye, ¿al final vas a chivarte a tu madre sobre lo de tu padre y tu vecina? —dice Priu, sin dejar de observar el patio y la piscina del hotel.

—¿Qué? ¿Estás mal de la cabeza? —Sin volverme—. Claro que no. A mi padre le dije eso para que me dejara tranquilo. Me estaba volviendo loco con sus miraditas. Pero si se lo digo a mi madre se muere. O le mata. O nos envenena a todos y se suicida. Mi madre es peligrosa, ya la conoces. Y lo que le haría a Luisa no quiero ni pensarlo. Tío, la odia a muerte *sin que haya hecho nada*. Imagina si le digo que tiene razones. No, no, qué dices.

—A lo mejor tu madre primero se muere, ¿vale?, solo que luego emerge de su tumba como una zombi antropófaga para matar a tu padre, arrancándole la aorta con los dientes, como si fuese una butifarra cruda, y riéndose con la boca llena bajo la luz de la luna y haciendo GLRLRLRLRLRLRARGH —Priu menea la cabeza—, agitando la aorta sangrante, lanzando chorros de sangre por todas partes, y tu hermano y tú tenéis que volarle la cabeza a tu madre con una de las viejas escopetas de tu abuelo, el falangista loco aquel.

—O eso. —Mirándole ahora—. Eso también podría pasar. Entra en el ámbito de lo posible, desde luego. —Le sonrío—. No, no te enteras, Priu; lo que pasa es que mi madre *sí* se ha enterado de algo. Como mínimo de lo del coche y el tenedor y la mierda del Donkey Kong que tiré por el balcón, porque se lo ha contado Hèctor, como un maldito chivato, «por mi bien», y ahora me obligan a ir al psiquiatra, que dice que soy «bipolar». ¿Tú sabes qué es eso?

—No —dice.

—Pues entonces debe ser mortal —le digo—. Buf, tendrías que haber visto la cara de mi padre cuando entró Hèctor a la mañana siguiente y le dijo a mi madre «tenemos que hablar de una cosa». Yo creía que mi padre se cagaba encima. Se le cayó el Chester de la boca y casi incinera el hule. Ahora la mesa tiene un boquete negruzco ahí, en su lado.

Priu se ríe, colgado de su rama como una pera muy madura. Negruzca. Es *muy* moreno. Nunca dirías que ha nacido aquí, en Catalunya, hijo de caucásicos. En un estado discriminado racialmente no duraría ni dos días.

—Recapitulemos —dice—. Tu madre conoce solo la parte de destrucción de propiedad privada, pero no lo de la amante de tu padre, que es Luisa, y por eso te llevan al psiquiatra.

—Elemental. Injusto, en verdad, pero así es —le digo. Una tórtola se posa en una rama del mismo pino en el que estoy, pero muy alejada de mi cuerpo, y gorgotea, ajena a mi presencia—. Qué le vas a hacer.

—¿Van a darte electroshocks?

—Espero que no, tío.

Clochard ladra más fuerte. Priu y yo volvemos la vista hacia abajo. Son ladridos de alegría, no de enfado. Clochard no entiende nada, es un perro loco; no distingue amigo de enemigo.

—¿Esto es tuyo? —dice Torras, y cuando sonríe muestra sus dos dientes de conejo, y sostiene mi libro de *España 1982*. El suyo es un culo grande, aunque la perspectiva desde la que lo estoy mirando debería empequeñecerlo. Tras él están Cruz y Vidal. Clochard se menea como si alguien estuviese agitando una salchicha en su hocico. Ladra y brinca y casi se ahorca con su propia correa. Vidal ríe, y su peinado de tazón se balancea en el flequillo y los costados, le da apariencia de marioneta. Cruz solo nos mira y fuma un cigarrillo sosteniéndolo con dos dedos de la mano buena, cubriéndolo con la palma, haciéndole un refugio, y el cigarrillo brilla en la punta y él toma el humo hinchando ambas mejillas, y luego lo suelta en un aro bastante impresionante, al menos para su edad, pero no ríe nada, más bien parece ausente, y al cabo de un segundo Torras añade–: Es un libro muy bonito. Creo que me lo voy a quedar.

Priu se deja caer desde la rama. Las suelas de sus bambas hacen un ruido blando que amortigua la pinaza. Sus rodillas absorben el impacto, no se cae al suelo, su cuerpo se da la vuelta y arranca a correr, por la calle Joan Bardina abajo, en dirección al cruce. Ha ido tan rápido que ninguno de los tres ha podido hacer siquiera ademán de tirarle de una manga, de ponerle la zancadilla, de escupir en su espalda.

Cinco minutos y Priu ya es una silueta que trota, descoordinada pero veloz, muy veloz, lejos del pinar.

Suspiro y decido enfrentarme a la nueva realidad. Mi cuello se pone rígido y me dificulta los gestos. Desciendo del pino, rama a rama, raspándome el pecho y el interior de los antebrazos con la corteza del árbol, y cuando solo quedan veinte centímetros me dejo caer, e incluso así me desequilibro. Casi me caigo de culo al suelo. Luego me toco los talones, froto mis manos, huelo mis dedos. Mierda: estoy embadurnado de resina. Durante un segundo mis dedos se me quedan pegados a la nariz. Los desengancho de un tirón, noto la piel que se estira y luego vuelve a su posición.

–¿Me lo das? –dice Torras, mostrando mi libro del *Mundial 82*, inclinando la cabeza, haciendo como que es mariquita, y se lo pone debajo del sobaco–. Oh, gracias. Me hace mu-u-ucha ilusión.

Qué dientes tiene. Son grandes de verdad. Torras cierra la boca y sonríe, y las dos palas se quedan fuera. Cuando yo aún iba a su casa a jugar de vez en cuando, su madre me preguntaba siempre si mi madre limpiaba casas, porque ella necesitaba una asistenta. Su madre también tenía dientes grandes. Su cuerpo era muy parecido al de una gallina, con la pechuga ancha y las piernas flacas, la postura curvada. Me preguntaban lo de la asistenta cada vez, como incapaces de recordar mi respuesta, y cada vez que yo les decía que no, que mi madre era ama de casa, los dos sonreían, y mostraban aquellos dientes, y se miraban entre ellos, pasándolo muy bien, y luego en el patio Torras les decía a todos los de la clase que en mi familia éramos pobres, que vaya ropa llevaba yo, que de dónde la había sacado, si de un circo o un museo.

Torras lleva raya al lado y unas Puma blancas con la garra azul y una camiseta de básquet Nike gris brillante, sin mangas. No es un tío muy duro. Todo el mundo le tiene manía porque se cree rico. Sus padres cantan en una coral, y hasta hace poco él cantaba en la infantil. No me da miedo.

Pero Cruz parece ser su apoyo logístico temporal. Está ahí detrás, con una cicatriz larga en la mejilla hecha costra, otro arañazo en la frente, echando humo de cigarrillo por la boca y la nariz a la vez, los párpados caídos, siempre soñoliento, con esa expresión de que todo le da lo mismo.

Cruz da un paso adelante, y se acerca a donde está aún la cría de pájaro ahogándose, y levanta el pie derecho, solo la punta, el talón pegado a la pinaza. Y lo deja caer lentamente sobre el pájaro. Se oye un crujido acolchado. Yo imagino su corazón deteniéndose de golpe, el aire que deja de entrar en sus pequeños pulmones.

El gordo Vidal escupe, para dejar claro que no le ha dado asco lo del pájaro. Su escupitajo es muy difícil de producir, ha salido de entre sus dientes como un balazo. Luego se acerca a Clochard, que le lame la mano y se tumba en el suelo, levanta las patas y realiza un molinete con la cola. Todos ríen; yo también. Vidal deshace el nudo de la correa y el perro me mira por un instante y luego echa a trotar, soltando algún ladrido esporádico de libertad. Espero que no lo atropellen. No me unen a él lazos inquebrantables, pero las gestiones que desencadenaría su muerte serían farragosas, y dañarían aún más el siempre inestable núcleo familiar.

—Me lo he pensado mejor —dice Torras, que cree que los demás somos chusma porque su padre tiene tres droguerías, y abre el libro, y busca la página de la selección inglesa, y agarra una página, y la agarra con todos los dedos, y hace ademán de arrancarla, y sonríe—. No puedo llevármelo con esta caca aquí pegada. Todos estos ingleses de mierda.
—Hey, va —digo yo—. Tío, no.
Y entonces se oye una voz aburrida que dice:
—Devuélveselo.

Cruz lanza su cigarrillo a la pinaza, amenazando con incendiar el pueblo entero, luego lo pisa con un pie metido en uno de esos zapatos negros que, si no son ortopédicos, lo parecen mucho, casi tan feos y baratos como las bambas de Priu; solo que a él nadie le dice nada.
Torras se vuelve ahora, sonriendo con una sonrisa que se desmorona, como la que pones cuando los Reyes te han dejado algo que no te hace ninguna ilusión.
—Qué dices, Cruz. ¿Estás pirado o qué? Arranco este cagarro inglés y luego le hacemos la vaca a...
—Que se lo devuelvas —contesta Cruz. No se ríe. No le mira, siquiera. Solo observa al pájaro espachurrado a sus pies. El pájaro, boca arriba, con ambas alas vueltas hacia fuera, las patas también abiertas, el cuello de lado, la cabeza chafada contra la pinaza, parece un turista dormido al sol.
—Ni de coña —le suelta Torras, frunciendo las cejas, no del todo seguro de lo que está haciendo, y entonces hace ademán de rasgar de verdad la página, y a decir verdad se oye el inicio del rasgado. Fibras de papel que se parten.
Ahora el libro está en el suelo, abierto pero intacto, y Torras se ha desplazado medio metro hacia atrás, aunque sigue en pie, y se lleva la mano al labio, que le empieza a sangrar. Cruz le ha sacudido un puñetazo increíble, perfecto, sin avisar ni nada. Sin prevenirle. Solo con los nudillos del medio, el brazo lanzado como si tuviese muelles, recto.

Torras no ha caído. Sus ojos se inundan de lágrimas. No va a llorar. ¿O sí? Sí, al final creo que sí que va a llorar. Está empezando ahora. O llora o se pone a cantar, como en las películas musicales.

—¿Qué haces, tío, estás loco? —dice Torras por entre dedos y dientes, y un hilillo de sangre se le derrama por la barbilla, que le tiembla. Contiene un hipido. No va a cantar. Está claro, ahora.

—Hey, t-tío —dice Vidal. No ha movido ni un músculo. El pelo en su cabeza está estático. Habla muy pausado. Estaba dudando de con qué bando afiliarse; parece haberse decidido—. De qué vas, Cruz.

—¿Tú también quieres? —le dice Cruz a Vidal. Es una amenaza tan tranquila que suena como una invitación al cine. Vidal baja los ojos de inmediato, y luego mascula un «no» casi inaudible, se mira las uñas de una mano, doblando los dedos hacia la palma, hacia dentro, y volviendo la mano, como si considerara seriamente una manicura—. Piraos de aquí, venga —dice Cruz, se muerde el labio inferior y levanta el puño, y míralos, por ahí van también el dentudo y el gordo, calle abajo, siguiendo la misma ruta de escape que Priu y Clochard.

Cruz se agacha de lado y recoge mi libro. Y me lo alcanza. Noto el líquido fecal en la parte inferior de mi intestino. Acumulándose, amenazando con salirse del cauce.

—No te dejes rilar por esos, que no son nadie —dice—. No seas tonto, hombre.

Nunca había oído ese verbo. *Rilar*. Es nuevo. Hago una nota mental.

—Que no te achanten.

Achanten. Lo apunto también.

—Me voy a tomar una birra, ¿te vienes? —me dice, realizando un medio ademán de volverse. Se oye el fuerte chapoteo de alguien que debe de haberse lanzado a la piscina del hotel. Por las risas, lo debe de haber hecho al estilo bomba. Una tórtola suelta su sonido de garganta mojada en una rama superior. Suena Mecano en una de las torres cercanas. La de sombra aquí, sombra allá.

—¿*Birra?* —le digo.
—Cerveza, colega —riendo—. ¿Qué te pasa? ¿Nunca te has tomado una?
—No. Bueno, tengo doce años. Cumplo trece este verano. No tengo edad. Mi padre a veces me pone un chorrito en la gaseosa.
—Eso da igual. Yo tengo catorce, y qué.
Catorce. A veces se me olvida que Cruz es repetidor.
—Si me bebo una cerveza entera, sin gaseosa, mi padre me mata. ¿Tu padre no te dice nada?
—Mi padre es un borracho que todo el día me está dando de hostias, y mi madre es una desgraciada. Me importa una mierda lo que me digan. Son todos unos falsos. Seguro que el tuyo también. Te va a joder vivo, hagas lo que hagas. Bueno, ¿vienes o no?
—Yo también odio a los falsos. Pero tengo exhibición de fin de curso de educación física en una hora, en el cole. Un momento: y tú también.
—Que le den por culo a la educación física. Y al colegio. Un día lo quemo entero, con todos los curas y los alumnos dentro. ¿Tienes cuarenta pesetas? Yo tengo cuarenta. Si juntamos nos da para una Xibeca.
Yo tengo setenta y cinco pesetas y llagas en la boca. No puedo comer chucherías. Iba a comprarme un *Mortadelo*. Se lo digo así. Le muestro las monedas.
—¿Un *Mortadelo*? No seas infantil, tío. —Pone la mano plana hacia arriba—. Anda, trae las pelas. Por el camino me cuentas cosas chungas de nazis. Me han dicho que te sabes unas cuantas.

Me miro las manos: quietas. Mis dedos no van a mi nariz para ser olidos. Siguen ahí, firmes y tiesos, ante mis ojos. Mis rodillas no botan. Mi puntera no golpea contra el suelo una, dos, tres veces. Hay un interruptor en la puerta de entrada del vestuario, pero no siento el impulso de ir allí y abrirlo y cerrarlo hasta conseguir un poco de paz.

Estoy en paz.

Estoy borracho.

No me lo imaginaba así. En la tele parecía divertido, los borrachos de los westerns siempre ríen y se desploman de sus monturas. Pero no te cuentan lo genial de esto. El cambio que se produce en ti.

No oigo nada de lo que me rodea, pese a que hay gente por todas partes. Toda mi clase. Esos idiotas y sus balones de fútbol. Cerdos y ovejas y gallinas. Una granja entera, ja, ja. La granja de los normales, revolcándose en el estiércol de su normalidad. Me arde la cara, el pecho se me ensancha. ¡Soy la antorcha humana! Sí, eso soy. ¡Llamas a mí! ¿Me *llamas* a mí? Ja, ja. No. Deja de llamarme, y mira mis dedos, hombre. Míralos te digo. Me obedecen, ¿no lo ves? *No se mueven*. Vaya. Vaya.

Soy libre. Es *fuerte*. La cabeza me da vueltas, como una noria sin mareo. Solo el vacío bueno en el estómago. Una nueva sensación me llena por dentro: estar bien. No tener miedo.

–¡Hitler! –grito, porque quiero. No es un tic–. *¡Hitler*, cojón! ¡El cojón de Hitler!

Todos los chavales de la clase se vuelven y me miran. Algunos se contagian de la risa y ríen, sin saber por qué. Huele a culo y pies sudados y sudor de sobacos y gel de ducha con olor a lavanda química y baldosas húmedas. El aire está lleno de vapor, de las duchas que están utilizando los de la clase anterior. Jamás había sido tan feliz. Quizás de muy niño, cuando recogíamos el musgo de Sant Ramon con mi padre, cuando mis padres se daban besos y se abrazaban ante mí, y a mi madre no se le doblaban los tacones de los zapatos hacia dentro, y luego montábamos juntos el belén, pero ya casi no consigo recordarlo. Es como si hubiese sucedido hace mucho tiempo.

–Eh. Qué te pasa, tío –me susurra Priu. Sonríe con cierta inquietud, pues estoy cargándome su política de Perfil Bajo. Lleva unos slips blancos que ya no son blancos, sino de un gris sucio que amarillea en los bordes.

Suelto una carcajada. Dios: andaba sobre cristales rotos, como los que hay en el pueblo encima de algunas tapias para que la gente no entre a robar en los patios. Como si hubiese algo de valor allí dentro. Vidrios rotos y cemento. Vidrios rotos y cemento. Vidrios rotos y...

—Baja la voz, Curro —añade Priu, entre dientes. Le suda la nariz. Me doy cuenta de que estaba hablando alto. Todos me miran.

—Priu, eres buen tío, y un genio, y a la vez eres el tío más cobarde que he visto en la vida —le digo, aún riendo—. Pero yo ya no. Mirad a ese. —Y señalo a Torras, que luce un labio hinchado y enrojecido, tan grueso que le tapa los dientes—. ¡Vaya morritos, tío! ¡Cántanos algo, negrito! ¡Eh, que le jodan a tu fiesta de cumpleaños! ¡No le caes bien a nadie! Lo sabes, ¿no?

Todos en la clase se ríen de Torras, como ayer se reían de mí. La turba es voluble; no puedes fiarte de sus instintos. Me pongo en pie y meneo el culo, como bailando. Todos-te-odian, canto. La-la-la. Encima de la banqueta, en calzoncillos. Torras mira al suelo, pero antes vuelven a enrojecérsele las mejillas, y a brillarle los ojos. Parece a punto de llorar. No me pidas compasión, Torras. El rencor es sagrado, como dice mi madre. «Destilaré para ellos una poción diabólica», dijo Priu que dijo Hitler cuando se enteró del pacto entre Gran Bretaña y Polonia.

Priu mira a su alrededor, y empieza a regresar a su banco con sigilo, andando hacia atrás, como los cacos de las películas de risa. Un trotecillo apresurado, indigno.

Permanezco sobre la banqueta un rato. Miro a Cruz. Va en pantalones cortos pero sigue con esos zapatos pseudortopédicos. Sus padres han olvidado meterle las bambas en la mochila, y le da igual. Muchas veces se duerme en clase, con los brazos desparramados sobre la mesa y la mejilla aplastada contra la madera. Babeando. Quizás en su casa se gritan toda la noche. Cruz me sonríe. Yo le sonrío a él. Sus párpados están algo más caídos de lo normal.

—¡Venga, chicos! —grita el profesor de gimnasia, entrando en el vestuario, gesticula como una mujer, todos le imitan siempre, le llaman «Maripili», y luego da dos palmadas ridículas—. ¡Que vuestros padres estén orgullosos esta mañana! ¡Quiero ver esos saltos de plinto perfectos! ¡Quiero ver a todas las familias felices!

Cruz y yo nos miramos. Familias *felices*. El ataque de risa de Cruz y mío es tan largo que muchos de los chavales empiezan a salir por la puerta del vestuario cuando aún estamos en ello. Aplausos en el patio al ver aparecer a los deportistas. Maripili se espera un rato, observándonos con suspicacia, pero al final se harta y dice: «Espabilando, vosotros dos, venga, que no tenemos todo el día», y también sale por la puerta del vestuario. Los aplausos continúan y Cruz y yo, allí en las banquetas, no podemos parar de reír. Miro mis dedos. Es increíble. Increíble.

El señor que nos vendió la Xibeca se llamaba Indio. Llevaba una especie de peluquín asqueroso y formidable, como largo por los lados, lleno de telarañas, y por encima parecía un nido de cigüeñas. Grisáceo.

Su tienda era, simplemente, La Bodega del Indio. No ponía eso en el cartel, y dudo que ese sea el nombre con el que le bautizaron, pero Cruz me dijo que todos le llamaban así, y que vendía *priva* a todo el mundo, sin mirar la edad ni pedir el DNI.

Cruz le dio las ochenta pesetas que habíamos juntado entre los dos, quedándose mi cambio, y el señor nos entregó una botella anaranjada semitransparente con una estrella blanca impresa sobre el vidrio. El líquido frío se condensaba en vaho en la superficie del cristal. El Indio solo miraba al exterior, a la calle; creo que trataba de evitar el contacto visual, como hago yo. La tienda olía a cartón humedecido, a musgo y plástico de los sifones y cajas de botellas, a lavabos muy sucios y salpicados. Las seis neveras de pared estaban cubiertas de linóleo color madera.

Xibeca, leí en la botella. Salimos a la calle, la puerta sonó con un timbrecillo de campana. En la calle lucía sol de junio, pero el aire estaba fresco aún y enfriaba el sudor del cuello y la frente cuando soplaba la brisa. Había golondrinas entrando y saliendo por los agujeros de sus nidos de papel maché, pegados a las esquinas de los tejados. Un pekinés de orejas muy grandes y peludas meaba en una reja de metal de donde salía un arbolillo joven. Una vieja arrastraba el carro de la compra por delante, como si fuese un cochecito de bebé. Un policía municipal dirigía el tráfico algo más allá; sus brazos y cuerpo dibujaban un cuatro. Cruz no hizo ademán de ocultar la botella. La llevaba agarrada por el cuello con el puño, y ante su cuerpo, por delante. El vaho se transformaba en pequeñas gotas sobre el vidrio, y yo tenía ganas de besar a todo el mundo.

Nos bebemos la cerveza con el hermano de Cruz y tres de sus amigos. No sabía que Cruz tenía un hermano. Se lo tenía bien callado. Pelo rojo largo en la nuca y corto en los lados, párpados en rendija, algunos granos de pus en las mejillas. Sonrisa boba. Está sentado con los demás en un banco de la plaza de los yonquis, justo delante de la casa abandonada, con sus cinco tejadillos de pagoda; todas las paredes plagadas de grafitis, firmas, insultos y súplicas de amor no correspondido; casi no se ve la cal.

En la camiseta del hermano de Cruz pone MSG, con una guitarra en medio en forma de nave espacial. También es hijo de forasteros.

Un amigo del hermano de Cruz acaba de eructar muy fuerte, ha sonado como si algo se rompiese en su cuello. Lleva una camiseta negra donde pone Iron Maiden, y *Killers,* sobre el dibujo de un zombi que le atiza a otro con una pequeña hacha. El segundo amigo aspira de una bolsa de plástico con líquido dentro. Huele a pegamento, y el aire se impregna de otro olor, como a hierbas, de algo que fuma el tercer amigo, y cuando este termina lo pasa al de al lado, y así todo el rato. Parecen indios.

Les miro. En conjunto. Son ellos, sin duda, los mismos que me daban miedo cuando pasaba por aquí algunas mañanas, camino del colegio, pero ahora ya no. No temo que vayan a robarme los cromos de *Galactica*. Pasa un Citroën Tiburón, parece deslizarse por el mar, cortar la corriente con ese morro aplanado. Detrás de él va un payés con una Torrot roja; siempre le veo circular por el pueblo. Un cesto de plástico atado con un pulpo al soporte posterior. Lleva alpargatas, camisa blanca de manga corta, es muy feo, conduce muy concentrado, con cara de velocidad.

Los amigos del hermano de Cruz se ríen del payés. Ríen mucho todo el rato, todo les parece divertidísimo. Tienen un radiocasete alemán muy grande de color metálico con una cinta dentro que da vueltas, se ven las dos ruedas girando, suena allí algo ruidoso y antipático. El tercer amigo del hermano de Cruz, uno moreno con nariz de patata y cráteres de viruela, se pone en pie y simula tocar la guitarra moviendo los dedos muy rápido y agitando la media melena rizada, en medio de la plazoleta, bajo los árboles, levantando solo una rodilla, como un pájaro flamenco, y entonces la Xibeca que había estado dando una breve vuelta al grupo vuelve a mí, y me la llevo a la boca y está un poco caliente pero bien, la espuma me cosquillea la garganta, y yo la hago descender y se la paso al hermano de Cruz, como he visto que hacían ellos antes, y no tengo ganas de vomitar, ni me mareo. Voy bien.

Llega Angi. Viene por detrás de la casa de los yonquis, cruza la riera, como si llegara de mi colegio, o del manicomio. Desaparece en un desnivel, su cabeza reaparece cuando enfila el siguiente recodo, como los tanques en los documentales de guerra. Va con la cabeza muy alta, siempre anda así. Como si algo tirara de ella hacia atrás. Lleva una tejana azul nevada con parches de grupos musicales, las manos en los bolsillos de la tejana, muñequera de pinchos en la muñeca izquierda. Mallas *rojas* y J'hayber negras. La melena negra se le balancea por detrás, y a ambos lados de la cara. De vez en cuando emerge una oreja de entre las lianas de cabello.

Llega a donde estamos.

–*Ese* Curro –dice, dando un golpe de barbilla, las manos aún en los bolsillos, y luego mira a los demás y se sopla un mechón que le había ido a la nariz– es colega del mongo de mi hermano, pero parece que ha espabilao. –De nuevo a mí–: ¿Te has hecho mayor ya o qué, chaval? ¿Ya no juegas a juegos de guerra, ahí, con los dados y las fichitas?

Noto cómo arden mis mejillas. Angi tiene un par o tres de granos irritados en los pómulos, un pelo reluciente, algo aceitoso. La tejana se le abulta en el pecho, porque le han crecido las tetas. Se coloca a mi lado y me pega un golpe de culo contra culo. Nunca nadie me había pegado así. Me desplazo medio metro, del impacto, y ella se ríe.

–Ay, Curro, no estás empanao... Con lo mono que eres –me dice, y me agarra la barbilla con dos dedos, y me menea la cabeza, mareándome un poco, y luego suelta mi barbilla de golpe y se dirige a la concurrencia–. Hey, pasadme eso, que estoy agobiadísima. Mis viejos me rayan que no veas. –Agarra la Xibeca, no bebe aún, la utiliza de bastón de mando–. Lo único que le falta a mi padre es meterme mano, te lo juro. –Angi bebe, solemne, y luego escupe, con un chorro en espray, arrancándose la botella de la boca y apartándola de su cuerpo con el brazo muy tieso–. Joer, vaya meao de burra, mamones. Está calforrísima. Vete a comprar otra, tú, Cruz pequeño, jodío panocha.

–Que vaya tu madre, tetona –dice Cruz, riendo, sin mover un dedo.

–¿Qué? Te voy a...

Angi le intenta pegar una patada en el culo, dispara la pierna pero Cruz ha dado un brinco y la elude, un metro más allá. A Angi se le ha movido todo, ahí dentro.

–Oye, ¿qué le pasa a Curro? Le veo raro –dice ahora Angi, moviendo la cabeza, olvidando la patada que le debe a Cruz, sosteniendo por el cuello la Xibeca caliente a un lado de su cuerpo–. Más raro de lo normal.

–Que ya no hace las cosas esas de pirao con los dedos y la cabeza –dice Cruz, encogiéndose de hombros–. Creo que ha sido la birra. No es que esté raro, es que está quieto, ¿no lo ves?

Angi me mira. Yo la miro. Tiene un fino bigote negro, como el de su madre, pero a ella casi no se le ve, le queda bien.

–¿Sí? Hostia, es verdad. Los tics aquellos. Qué raro, ¿no? –dice ella–. ¿Le han abierto el tarro o qué?

Todos empiezan a parlotear. Les oigo de fondo. El mundo se ralentiza, Angi mueve la cabeza y veo el pelo que se le mueve como en el anuncio de champú Timotei, balanceándose como un campo de trigo al viento, luego saca una mano del bolsillo exterior y la introduce en el bolsillo interior de la chaqueta, y saca un paquete de Fortuna, blando, y lo sacude, y de él aparece un pequeño pitillo blanco, un poco arrugado, que ella se mete en la boca con el mismo paquete y luego enciende con la punta del cigarrillo del hermano de Cruz. Uno de los chicos, el de la bolsa de plástico con el líquido, extiende la mano hacia ella. Tiene los párpados cerrados casi por completo, y una materia blancuzca en la comisura de los labios.

–Nah –dice Angi, y niega con la cabeza–. Paso de cola, Pablillo, tío. Que eso te fríe el cerebro.

Pablillo se encoge de hombros, como diciendo tú te lo pierdes, vuelve a incrustar el morro en la bolsa. El hermano de Cruz está quemando el banco de cemento con el mechero. Forma letras. *Judas,* pone, de momento. Se quema los dedos, dice «su puta madre», se los sopla. Yo me tambaleo. Doy un traspié hacia atrás.

–¡Szrevidovia! –grito, mi cara muy cerca de la cara de Angi.

–¡Eh! –suelta ella, sobresaltada, dando un paso atrás–. ¿Qué hablas, nen?

–¡SZREVIDOVIA! –grito mucho más fuerte, y escupo un poco, me seco con la manga.

Angi echa el humo por un lado de la boca, deformando el labio inferior.

–Hey, Cruz, qué coño dice este. –Se vuelve hacia Cruz, que está sentado con las piernas abiertas, parece un compás, y Cruz realiza la mueca de «ni idea», sacando el labio inferior.

–A lo mejor lo ha dicho en guiri –dice el hermano de Cruz, que acababa de escribir *Priest* con el mechero, en el banco, acuclillado, y se había vuelto a quemar los dedos, «su puta madre»–. No os enteráis, palurdos, que es un brindis. –Y mirando hacia mí y asintiendo con la cabeza, como haciendo que entiende, se pone en pie y agarra y levanta la Xibeca–. ¡Szrevidovia, tío!

—¡SZREVIDOVIA! –gritan todos.

—No, no. –Cierro los ojos y niego con la cabeza, luego me dirijo solo a Angi–. Que si-qrs-szer-vi-*no-via*.

—Creo que ha dicho que si quieres ser su novia –ríe el de la camiseta de Iron Maiden. Cierra las fosas nasales al arrugar la nariz, parece contento. Eructa. Se aparta un mechón de melena de la nariz y el ojo derecho.

Angi suelta una carcajada y levanta ambas manos, como dispuesta para un juego de palmas.

—¡Hostia! Qué mono eres, Curro, en serio –dice, y luego me despeina con una mano–. Se te va la olla, compi. Que vas a séptimo. Anda, dadle más cerveza, a ver si espabila.

—Hitler odiaba la cerveza, ¿sabéis? –les digo, ya a todos, agarrando la botella de Angi, con la cara llameante, las orejas a punto de desprenderse de mi cabeza–. Me lo contó tu hermano. Se ve que alguna vez intentó beberla, cuando tenían que brindar por un nuevo triunfo militar o algo, pero siempre le daba asco, y acababa pidiendo agua. También se enfadaba mucho, y decían que entonces se ponía a morder las alfombras. En Alemania le llamaban «muerdealfombras».

El hermano de Cruz y sus amigos se ríen conmigo. No es tan gracioso, pero van borrachos. Angi se dobla sobre sí misma y se carcajea.

—*Muerdealfombras*. Curro, coño, eres un cachondo –dice Angi, y me pega un empujón con la palma de la mano–. Ya sabía yo que no podías ser un retrasao como mi hermano.

El de la camiseta de Iron Maiden, que tiene todos los dientes torcidos y de color ciruela, y una papada caída y blanda pese a su edad, y nada de hombros, unos brazos larguísimos, gomosos, que le llegan casi a las rodillas, asiente y le pregunta a Cruz:

—¿De dónde has sacado a este, tío? Vaya fichaje.

—Qué os había dicho –responde Cruz, y asiente un par de veces, mirándome como si yo fuese una bici nueva. Algo que acaba de robar.

Miro a Angi. Hay dos Angis. Cierro las pestañas fuerte, las abro: una Angi otra vez. Me concentro en ella.

–¿Mdasunveszo?
–No te pases, enano. Te daré un beso cuando seas *así* de alto.
–Pusdme una prnda.
–¿Una?
–*Prnda*. Rkerddotuamor.
–¿Una prenda?
–Rkerddotuamor.
–¿Recuerdo... de... tu amor?
Asiento. Cierro los ojos. Angi suelta otra carcajada, dice: «Joder con el niño, es más listo que el hambre.» Se quita la muñequera de pinchos y agarra mi brazo, lo extiende, coloca allí la muñequera y la cierra con los botones que hacen clic. Yo observo la cosa, tratando de enfocar la mirada. El cuero negro, las tachuelas romas.
–Ya tienes una prenda. Eso te protegerá. –Mira a sus amigos–. Anda, dadle más biberón al niño, que así a lo mejor deja de ver visiones.

En el patio. Volteretas. Cuando te incorporas después de haber dado una voltereta, siempre es como volver a tu cuerpo después de haberlo abandonado. Lo primero que haces es observar a tu alrededor para cerciorarte de que sigues en este plano, de que no te has quedado en el limbo, y que miras hacia donde tienes que mirar.
Yo *nunca* miro hacia donde tengo que mirar. Siempre me desequilibro a media voltereta y aparezco fuera de la colchoneta, apoyado en una rodilla, sin saber dónde carajo estoy, en qué punto perdí pie.
Eso que acabo de describir es, de hecho, una foto. De mí, en 1979. Otro fin de curso. Mis padres la colocaron en el recibidor, con su tacto habitual, aunque es de todo menos heroica. Se me ve con la rodilla hincada en aquella colchoneta caqui, brillante de sudor humano, la tela aún rugosa pero pulida por el sobreúso. Con pantalones de nailon azul eléctrico y unas bam-

bas endebles. Cara de estupor mezclada con vergüenza, otra voltereta no completada.

Hace tres años, cuando la tomaron, miré hacia las gradas donde estaban mis padres, justo después de haber practicado la cabriola inepta, y les vi a ambos mirando al suelo, cadavéricos de bochorno. Rectifico: mi padre era el del bochorno, mi madre la del padecimiento maquillado. Y entonces aplaudieron, mi padre después de haber recibido un fuerte codazo de mi madre.

Priu, para colmo, había terminado su voltereta con un final decente, aquel año. Le vi incorporarse con un brinco; no se volvió hacia mí; no quería saber lo que me había sucedido ni verse obligado a sonreír. Había estado practicando sin decírmelo; seguro. A él el deporte le importaba tan poco como a mí, pero estaba harto de hacer el ridículo. Yo también lo estaba, pero mi caso era distinto: mejorar no era una opción.

Los chicos que están delante de mí en la fila van saliendo, por orden, hacia la colchoneta, que yace ahí en medio de la pista pequeña de fútbol sala. Esa maldita cosa parece una rebanada de Bimbo de las que te olvidas en la nevera y un día está llena de flora verde. Solo que gigante. Pero esta vez no noto el viejo terror espachurrándome los testículos, como suele sucederme, ni las ganas de hacer caca. Me siento bien.

Hay otra fila que lleva hacia el potro, han partido la clase en dos para ganar tiempo y que no perdamos la mañana. Cruz está en la otra fila; luego me tocará a mí. No le veo la cara, solo el perfil de su pelo arbóreo, rojizo, que se convulsiona como si se estuviese riendo solo. *Está* riéndose solo.

Y este calor. Hace un sol creciente de primeros de junio, y alguna gente lleva sombrero de paja, algunas madres se abanican a ritmos distintos, otros se llevan la mano de visera a las cejas. Más lejos se ven los toldos verdes de algunos de los balcones, en los pisos nuevos que rodean la escuela, todos hechos con ladrillo rojo, recién construidos. En los balcones se amontonan las bicis sucias, los tendederos sisí plegados, unas cuantas jaulas de periquitos; señoras en camisón que fuman con un codo apoyado en la barandilla. Una colchoneta de playa azulgrana que algún gandul se negó a deshinchar al terminar el verano pasado. Tras los pisos, en lo más alto de Sant Ramon, el ojo de la ermita nos observa. En el colegio las persianas grises de las clases, de plástico, siguen a medio bajar. Los padres de los alumnos se amontonan, bien apretados, en las gradas improvisadas; muchos de ellos sacan fotos. Algunos sonríen, contentos, la mayoría hablan entre ellos de sus cosas.

Busco a mis padres con la mirada, entrecerrando los párpados por el sol, que me ciega, y no les veo en la gradería de metal. Son capaces de no haber... Ah, no: ahí están. No se habían sentado aún. Están peleándose a unos metros de los asientos, en el camino de entrada del colegio. Sobre el cemento, el uno delante de la otra. Mi padre gesticula, su cara se espachurra con cada mueca de rabia, y mi madre llora, mirando al suelo. Desde aquí, si no supieses de qué va la cosa, dirías que la culpa de lo que sucede es solo de ella. Se la ve enorme, incluso en la distancia. Parecen dos animales distintos, ella y mi padre. Un cuento infantil con su ratoncillo y su elefante. Uno de esos cuentos que siempre tuercen hacia lo macabro en las últimas páginas.

—¡Tío, va, que te toca!

Un empujón. Con dos manos. En mi espalda. Vuelvo en mí.

Soy el primero de mi fila, ahora me doy cuenta. Debo de llevar un buen rato así, mirando al infinito. Un grito en las gradas trata de imprimir prisa a mis acciones. No es de ánimo. Es un grito de haz la voltereta o sal de la fila, maricón tullido. Estoy a punto de frotarme las manos pero al final no me froto las manos. Veo la muñequera de pinchos en mi muñeca. Me infunde valor.

Miro la colchoneta: un pantano oscuro a punto de tragarme. El alcohol sigue ardiendo en mi tripa, y se distribuye por todo mi cuerpo, hasta los dedos de mis pies, los pocos pelos de mis antebrazos están erizados.

Echo a correr, deslavazado, una pierna va por ahí y la otra por allá, y la punta del pie derecho siempre se me tuerce hacia dentro, mi madre lleva meses amenazando con ponerme zapatos ortopédicos, y yo diciéndole que eso es justo lo que me faltaba.

He tropezado un poco, hace un segundo, pero sin llegar a caerme. No sé si se habrá notado. He luchado por disimularlo con un quiebro inefectivo. Una nube cruza ahora por delante del sol. Es una nube estriada. Imagino una nave espacial descendiendo en mitad del patio, salvándome, abduciéndome, sería perfecto pero no va a suceder. La nube se desplaza y el sol vuelve a brillar, me quema la piel, los abanicos vuelven a restallar en el patio, suenan parecidos a disparos.

Ya se acerca la colchoneta. ¡Mierda, *ya está aquí!* ¿Cómo ha ido tan rápido? Tienen que haberla empujado hacia mí, o tal vez la hayan teletransportado desde otra dimensión. Coloco las manos planas, inclino la cabeza como me han enseñado a hacer centenares de veces, propulso el tórax y el culo con ambas piernas, parece que estoy dando la vuelta entera pero de golpe, sin saber cómo, me hallo en el asfalto. Noto la piedra granulosa del alquitrán seco en mi culo, y en las palmas de mis manos. Me las miro, y sacudo el polvo y alguna piedra pequeña que se me había quedado clavada en la parte blanda. Las piedras, al desprenderse, dejan una pequeña marca blanca allí.

Me incorporo. Desorientado y con cierto mareo. Me vuelvo y echo un vistazo a la grada, el extremo lateral derecho. Mi madre sigue ahí; mi padre, no. Me aplaude e intenta sonreír, con los ojos ardiendo, lacrimosos, lanzando destellos que llegan hasta donde estoy, y parece alguien que haya perdido la razón, uno de los locos del manicomio, a quienes ves manifestando varias emociones contradictorias a la vez.

Mi madre sonríe y llora en las gradas, quizás comprendiendo algo al fin, aunque demasiado tarde para salvarnos. Para salvarme. Mi pobre madre. Qué te han hecho. Qué me has hecho.

–¿Cómo? ¿Fallecido? –dice mi madre, ya más compuesta, con el auricular del teléfono rojo en la oreja, en el comedor de mi casa, a las dos del mediodía, y su cara, sudada y enrojecida, las dos cejas negras, el blanco de los ojos sangrante, sigue llena de confusión, pese a que es la séptima vez que repite lo que viene ahora–. Gracias, doña Remedios, pero es que mi marido no está muerto. ¿Quién le ha dicho eso?

Novedades y Complementos Remedios. Una de las tiendas en las que Cruz y yo hemos ido entrando, en el camino desde el colegio, para contarles a las señoras congregadas allí (yo con la cara medio oculta con un pañuelo y pretendiendo estar en pleno ataque de llanto) que mi padre había muerto.

En un «sangriento y aparatoso accidente de jardinería», le he dicho a Cruz que dijese, porque en mi borrachera la frase me ha hecho una gracia tremenda. (Me imaginaba a mi padre perdiendo un pie por culpa de una segadora. Visualizaba su cara al ver aquel pie cercenado dentro de su zapato, dejando un charco de sangre sobre el césped, justo antes de desvanecerse.) Cruz ha tenido que repetir la frase en su boca y cabeza una serie de veces, porque no es el más rápido hablando e iba más borracho que yo.

En la tienda: muchas de aquellas cotorras me compadecieron, y manifestaron su terrible pesar por la defunción de mi padre, pese a que lo conocían solo de vista, y él, que es un antipático, jamás las saludaba. En las paredes, ovillos de lana de todos los colores que se puedan imaginar, ordenados de forma cromática, como en el círculo aquel que dibujamos en plástica. En el mostrador colgaban cremalleras nuevas de una percha; sin chaqueta alrededor estaban raras, como si les faltara algo, y me hicieron pensar en puertas sin pared. Bajo el cristal del mostrador había cajas de botones de todas las formas y colores. Pasamontañas y bragueros. Camisetas imperio y diademas. Peines de color marrón con sombras.

–Aún estamos buscando el pie –le dije, entre falsos sollozos, a la señora Remedios, que tenía cara de periquito nervioso, con una pechuga que solía balancearse de un lado a otro con cada risilla–. Mi madre tiene miedo de que se lo haya comido el perro. Si le ven por ahí con un pie en el hocico hagan el favor de quitárselo. Nos gustaría cosérselo a mi padre al cuerpo antes de proceder con los trámites del entierro.

Al oír aquello las señoras cesaron de tricotar y se llevaron la mano a la boca, como el que dice Jesús María José, una de ellas incluso se santiguó, y si yo llego a estar bebiéndome un Cacaolat en aquel instante hubiese expulsado dos chorros perfectos de cacao y leche con moco por la nariz. Fue fantástico.

Estoy a punto de creerme que mi padre está muerto de verdad cuando mi madre cuelga el teléfono rojo por novena vez. Se sienta a la mesa y su cabeza vuelve a formar parte del bodegón sombrío. Y me mira con esa cara que pone a veces. La cara de llevar una cruz. Yo estaba haciendo como que tocaba la batería con los cubiertos, en la mesa, canturreando para mí mismo la canción que me han pegado el hermano de Cruz y sus amigos, «resistiré, resistiré hasta el fin», no sé qué, no sé qué más. La muñequera de Angi baila en mi antebrazo, a veces arriba, a veces abajo. Me va grande. Miro un grabado en madera que cuelga sobre el alféizar de la puerta del comedor: una cruz de San Jorge y al lado las cuatro barras rojo sangre.

Cierro los ojos un solo instante. Necesito descansar antes de que mi madre empiece a hablar. Los restos del alcohol son como papel de lija en el interior del hueso craneal. Están dando *D'Artacán* por televisión, unos cuantos perros mueven sus floretes en medio de un patio de armas, soy mayor ya para esos dibujos. Clochard ladra en el terrado. Mi madre dice, al tiempo que apaga la televisión con un gesto brusco:

—No se lo pienso decir a tu padre, Curro. Ya sabes cómo se pone. Pero tendría que hacerlo. ¿Cómo se te ocurre?

—Beh –le he dicho–. ¿«Tu padre»? Quién es ese. Ni me suena. ¿Es un pariente lejano? ¿Es rico, al menos?

—Tú no hablabas así, Curro. ¿Desde cuándo vas con ese Cruz? Ese te va a llevar por el mal camino. Esos forasteros y sus hijas, que van vestidas como putas, en la calle cuando ya es de noche, comiendo pipas...

Pronuncia la palabra «pipas» con la misma entonación con la que ha dicho «putas». Mascullo entre dientes. Y luego hago un largo redoble de batería con un tenedor y un cuchillo, de la mesa paso al sifón y del sifón paso al friso de plástico marrón de la pared. Es un redoble largo de verdad. Al levantar los brazos, la muñequera de pinchos se me desplaza casi hasta el codo.

–¿Cómo? Si hablas con la boca cerrada no te entiendo. Para ya con los cubiertos. ¿Y qué llevas ahí, quién te ha dado esa cosa, con los pinchos?

–He dicho que me cae bien Cruz. No es tan malo como parece.

–Solo vas con raros. ¿No puedes ir con gente normal? Y con eso en el brazo pareces un... Pareces un *quinqui*. ¡Que pares *ya* con los cubiertos! Priu también... Menudo. Te pasas el día con él. Cualquiera diría que...

Justo ahí hay un silencio incómodo. Mi madre iba a espetarme que si quiero a Priu más que a ellos. Lo ha preguntado en alguna ocasión anterior. Esta vez se detiene. No termina la frase. Yo no contesto, pero veo de repente que mi madre *sabe* lo que en ese momento atraviesa mis ojos.

–Es culpa mía –dice mi madre–. Yo os he educado mal. Ay, pobre de mí.

Este es el momento en que yo siempre me apresuraba a tranquilizarla: «No, mamá. No es verdad. No es culpa tuya. La culpa es nuestra, por portarnos mal.»

Me pongo de pie y me largo dando un portazo. El vidrio de la puerta del comedor tiembla durante unos segundos. Por un momento temo que mi madre me dé caza, incluso hago el gesto inconsciente de encoger cabeza y cuello, como una tortuga, preparándome para impacto de pantufla o pedazo de pan, pero ella lo deja correr. En unos minutos se oye el sonido del cortinaje de plástico de la cocina. Debería compadecerla, sé que tendría que hacerlo; pero hay algo que me lo impide. Algo me aleja de ellos, algo que tira de mí.

–¡Cierra la puerta, imbe...! –dice mi hermano, que estaba sentado en el suelo, apoyado contra mi cama, leyendo uno de mis tebeos sin haberme pedido permiso, como siempre hace, pese a que están claramente marcados con mis iniciales.

No termina la frase.

Antes de que la termine me arrodillo y le coloco bajo la barbilla un cuchillo de postre que he cogido de la mesa y hago fuerza hacia arriba en su cuello. El cuchillo es chato, de untar mantequilla, pero da lo mismo. Los ojos de Richard parece que se le salen de las cuencas, y una fina capa de lágrima rabiosa acude a hidratarlos. Noto la tensión de su cuello, la piel que se estría donde presiona el cuchillo. Algo debe de haber visto en mi rostro, porque durante unos segundos no realiza ningún gesto brusco para zafarse del cuchillo. Solo deja caer de su mano mi cómic de Spiderman. El cómic cae sobre la baldosa abultada, se queda ahí, en la cima del desnivel.

Mira tus ojos, Richard. Estás divertido así, con esos globos oculares tan salidos y brillantes. Pareces la rana Gustavo, de los Teleñecos. Si te soltase ahora me arrancarías la cabeza a puñetazos, ¿verdad, hermano?

–Te lo tendría que clavar en la cara, mamón –le digo entre dientes–. Te la debo desde hace diez años.

Le tiembla un labio, el de abajo. Desorbita los ojos un poco más. Es fantástico. Quizás se le acaben saliendo del todo y se le caigan al suelo, y jugaremos al gua.

Las tornas cambian. Como esperaba. Richard aprovecha un instante en que descuido la presión y con fuerza me agarra la muñeca y la dobla hacia atrás hasta que el dolor me hace soltar el cuchillo, que cae y tintinea durante un segundo en el suelo, y ahora su cuerpo se tensa y me empuja al suelo agarrando mi otra muñeca, mi cabeza golpea contra las baldosas con un ruido hueco. Ha dolido. El suelo está fresco, noto el frío en mi espalda, es agradable. Se sienta encima de mi pecho, dispuesto a moverme la cara de sitio por enésima vez. Miro sin querer un bote antihumedad que tenemos sobre una estantería; está lleno de líquido, todas las bolas se han deshecho.

—Venga, atrévete ahora, cojo —me grita—. ¿Se puede saber qué te pasa? ¿Estás loco?

Yo no contesto. Solo forcejeo con todo el cuerpo y aprieto los dientes, y le arreo golpes de pelvis que le hacen rebotar, y su melena sioux se balancea aquí y allá.

—Déjame ir y lo verás, gilipollas. Estoy harto de todos vosotros. Estoy harto de esta familia de mierda. ¡Voy a mataros! ¡Voy a envenenaros! ¡Voy a partirte la cara en siete mil trozos y mataré a tus amigos deportistas de mierda y os juntaré a todos en un gran montón de cadáveres y me haré fotos cagando encima y las ampliaré y las colgaré por todo el pueblo y las miraré y me reiré, me reiré de haberos matado y haber cagado en vuestros cuerpos descompuestos de deportistas de puta mierda!

—¿Y te crees que yo no estoy harto? —responde él, algo confuso por el insulto—. ¿Te crees que a mí me gusta ver cómo esos dos se pelean cada puta noche?

Dejo de forcejear. Agotado. Él también. La fuerza de sus puños en mis muñecas se reduce, y al momento las deja ir. Sigue sentado en mi barriga. Parece muy cansado, la cabeza gacha, la media melena le envuelve la cara a ambos lados. Tras él, colgado de la pared, está Rummenigge en el driblaje que parece un traspié.

—¿Qué te pasa ahora a ti?

—Nada —dice él, y se seca los ojos, y se pone uno de sus mechones alquitranados detrás de la oreja, y luego se limpia la nariz con el antebrazo, pero sus ojos vuelven a producir más líquido, que abrillanta su mirada. Para que no le vea, se pone en pie y se frota la cara, de espaldas a mí. Yo me incorporo a medias, en ele, y me quedo sentado en el suelo.

—¿Tú crees que se van a separar? —dice, y se vuelve hacia mí, y trata de sonreír—. Hostia, voy a ser el único de la clase con padres separados, como los de *Dallas*. Vaya putada. —Trata de reír, sin éxito—. Qué vergüenza. Me van a machacar los colegas. En los salesianos solo había uno con padres separados, de la clase de al lado, e iba a piñón. Ahora me tocará a mí.

—No lo sé. Yo espero que se separen. —También tengo los

ojos húmedos, ahora–. Aunque te juro que no sé con quién de los dos me iría a vivir, tío. La decisión es difícil. Es como si te dan a escoger entre una paliza de las SA y una de las SS. Vas a salir escocido escojas a quien escojas.

Mi hermano sonríe, entre las lágrimas. El mechón de la oreja se desprende y su cabellera se queda ahí, colgando a un lado de su cara, desigual.

–Tienes que ser fuerte –me dice, haciendo de hermano mayor por primera vez. Pone una rodilla en el suelo, se agacha, me coloca una mano en un hombro, presiona allí y luego, con la misma mano, me palpa el músculo del bíceps derecho–. Por cierto, que estás bastante fuerte, ¿eh? Joder, me has acojonado, ahí, con el cuchillo. Qué cachas te has puesto.

Yo sonrío un poco. No digo nada. Me miro el bíceps. Beh.

–¿Te acuerdas de la colchoneta hinchable amarilla que teníamos, para el mar? –me dice, tensándose la camiseta hacia abajo con ambas manos mientras se pone en pie. Ya no me mira. Observa la bola antihumedad, la toma y agita un poco el líquido espeso de dentro–. Tú siempre querías ser el capitán, cuando íbamos a la playa del apeadero de Castefa con papá y mamá. Yo nunca te dejaba. Joder, nos estábamos tanto tiempo en el agua que casi siempre acabábamos quemados. –Se vuelve–. Una vez incluso nos entró fiebre, ¿te acuerdas?

–Sí. Tú nunca querías ser el grumete.

–Es que el grumete tenías que ser tú, enano.

–Hey. Qué iba a hacerle yo, si el capitán no reunía las aptitudes necesarias.

–«Aptitudes necesarias.» Ñe ñe ñe –se burla, mordiéndose la lengua a la vez–. Siempre tienes que decir la última frase, ¿no? Siempre el más listo. El bocazas.

–Pues sí –digo. Me acerco a la pared y, con las uñas, empiezo a arrancar las chinchetas del póster de Kevin Keegan. Primero una, la guardo en la palma de la mano opuesta. Luego otra. Cae algo de yeso de la pared en un polvillo finísimo, se esparce por el suelo, es casi invisible.

–Bocazas...

–Sí –digo, cuando saco la última chincheta. Dejo las cuatro chinchetas, que aún pueden reutilizarse, sobre la mesa de estudiar. En mi lado. Las dejo sin ponerlas en fila ni devolverlas al bote. Empiezo a enrollar el póster con las dos manos.

–A que no puedes aguantarte de decir la última palabra.

–No.

Los dos nos reímos un poco. Con la nariz, no muy alto. Dejo el póster también sobre la mesa. Al no haberlo sujetado con una goma, el tubo que había hecho se destensa un poco y crece, la espiral del extremo se vuelve más amplia.

–¿Ya no vas con la selección inglesa? –pregunta, señalando al póster con un golpe de mentón.

–Me da igual.

–Ah.

–Estoy cagado, tío –le digo. Trato de mirarle a los ojos. Estoy a punto de contarle a mi hermano lo de Luisa, pero me callo. Algo me detiene. ¿Estoy encubriendo a mi padre? Pienso en San Ramón Nonato, a quien los moros le perforaron los labios con un hierro al rojo y le colocaron allí un candado. Para que cerrara su gran boca, para que no fuese por ahí contando cosas peligrosas.

–Yo también estoy cagado a veces, bocazas –me dice, y aparta la mirada de mi cara, y yo también lo hago. Puedo oír el sonido de su saliva cuando traga; cómo tensa la barbilla para permitir que pase el líquido.

Por la calle, ante nuestra ventana, anda alguien. Lleva suelas de cuero duro, se oyen sus pasos al acercarse y luego al alejarse. La imprenta sigue con su ruido machacón, se parece un poco a la cadencia de los ferrocarriles. Hay jabón en el aire, alguien debe de haber tendido muchas sábanas; el olor a lavanda ocupa toda la calle, se mete en mi habitación. Un nuevo ruido. Es el timbre de la puerta al abrirse.

–¿Se puede saber quién COJONES le ha dicho a todo el mundo que estoy muerto? ¡Ya me han venido a preguntar seis veces!

Mi hermano me mira con cara de interrogación y yo le

sonrío, como uno que sabe, y entonces él sonríe también. Pero son dos sonrisas tristes. Duran muy poco, pasan por la habitación como una corriente de aire y luego se desvanecen.
　–Como me entere de quién ha sido el gracioso...

　–Tenemos que deciros una cosa –dice mi padre al fin. Luego tose, afectado, para puntuar su frase, darle un toque de telenovela. Está despeinado y ojeroso. Mi madre nos mira mientras él habla, sin volverse hacia él. Está blanca de cara, como un arlequín.
　–«El estado mayor conjunto comunica...» –añade la voz de un señor por televisión. Tiene acento argentino; lo reconozco porque es el mismo que el de Maradona.
　Estamos sentados a la mesa para la cena. Mis padres han estado discutiendo a gritos toda la tarde, también se oían lloros de vez en cuando (de ambos, me ha parecido), así que mi hermano y yo hemos salido a dar una vuelta, y cuando hemos vuelto aún se gritaban y sollozaban, se ha oído un plato o un jarrón al estallar contra el suelo, así que hemos vuelto a salir y nos hemos tirado una buena parte de la tarde por ahí, haciendo tiempo, hasta que ha empezado a oscurecer poco a poco, el cielo se había puesto todo rosa en los márgenes, con una textura como si fuese una cortina fina de seda, era muy bonito, siempre me han gustado los cielos rojos y rosas.
　Bajo aquel cielo mi hermano y yo blandimos nuestras viejas escopetas de ganchos, las que nos fabricamos hace un par de veranos con palos y pinzas de tender y gomas elásticas, luego las pintamos con pintura brillante de las maquetas de mi padre, a mi escopeta le di un baño de esmalte color plata y luego le pinté una cruz negra de la Wehrmacht en el lado superior, quedó impresionante, ayudé a mi hermano a hacerse una calavera como la del Castigador, y a mi hermano no habían vuelto a interesarle nuestras armas caseras, porque él ya estaba a punto de cumplir los quince, pero hoy sí, hoy le ha dado por ahí, y ha sido como viajar al pasado.

Hemos ido de safari a un patio abandonado que está cerca de casa, al lado de la calle La Palla. No le hemos dado a ningún gato, nos han visto venir. Dos de los gatos, rayados, grises y feos, aunque no flacos, los únicos que no han huido al vernos, estaban tuertos. Cuando incluso esos gatos se han esfumado, sin haber sufrido daño alguno, hemos jugado a acertarles a unas latas arrugadas de cerveza Todo-Todo que hemos encontrado en los matorrales, y cuando nos hemos hartado de eso hemos buscado entre la mierda, por si había algún juguete roto o algún tebeo. Los saltamontes saltaban a cada paso nuestro, en direcciones imprevistas, parecían fuegos artificiales, explotando aquí y allá. Pateamos un montículo de baldosas de cocina hechas añicos, en su gran mayoría; algunas de ellas llevaban tubos de plomo viejo pegados a la loza con cemento. A un lado del montículo había una escoba rota, partida por la mitad pero unida por el plástico protector, y la doblez la hacía parecer flexible, como un codo. En el suelo, al lado de la escoba, un bombín abollado; de plástico, de carnaval. Varias pilas alcalinas viejas, sangrando óxido por los extremos.

Mi hermano ha encontrado una revista. *Macho*. Trescientas pesetas, según la portada, y llevaba allí a una señora en bañador pero con las dos tetas al aire, dos tetas muy gordas y morenas, como dos calabazas, parecidas a las del retrato aquel de Luisa, se le salían del traje de baño por los lados, y le he dicho a mi hermano que me dejase ver, joder, por encima de su hombro, y él me ha arreado un codazo débil en la tripa y ha dicho eres muy 'ñajo para ver estas cosas, aunque he mirado mil veces las revistas francesas de mi padre, el *Lui* y no sé qué otras, mi hermano no se entera, no soy tan niño, tengo doce años, casi trece, *sé* cosas, y luego él se ha tirado como quince minutos repasando a fondo la revista, con cara de pirado, tragando saliva y recolocándose bien la bragueta, mientras yo ensayaba patadas de *jiu-jitsu* contra unos matojos de espiguillas, descabezándolos en las puntas, y las espigas se me quedaban clavadas en los calcetines y en las bambas, he tenido que sacudírmelas a manotazos durante un buen rato, y al final él se ha metido el *Macho* en la parte trasera del pantalón, doblado en la zona del culo, aplastado contra sus nalgas desnudas, y hemos vuelto haciendo una carrera de sprint que ha ganado él, y en la casa reinaba un silencio que te escamaba de inmediato, y entonces nos han llamado a la mesa y aquí estamos.

Mi padre empieza a hablar. Ni Richard ni yo hacemos ademán de escucharle. Miramos hacia otros lados, por si así se calla.

–«Se establecen las condiciones de cese de fuego y retirada de tropas...» –dice una voz argentina en la pantalla.

Es alguien con autoridad, porque si llega a ser un loco cualquiera no le habrían dejado acercarse al micrófono. Se oye su voz de fondo, pero la cara que ocupa el aparato es la del presentador habitual del *Telediario,* que pone una mueca grave.

Ya no está. El presentador también se ha ido. Ahora sale la Thatcher, con ese peinado de tutora malhumorada. Podría ser mi profesora de inglés. Mi padre continúa hablando, a mi lado, y no me permite escuchar las palabras de la Thatcher, pero capto al vuelo algunas cosas sueltas que traduce una voz española, fuera de pantalla: «14 de junio de 1982», «General Menéndez», «rendido». El resto es inaudible.

Han ganado los ingleses. La guerra. Lo dice ahí. Un gráfico de barras: 649 muertos por el bando argentino, 255 por el inglés. De los 649 argentinos, 323 perecieron en el hundimiento del *Belgrano,* y los otros en tierra firme. La barra de los argentinos es mucho más alta que la de los ingleses. Hago un rápido cálculo mental: unos 900 muertos en total.

–«Aumentan los casos psiquiátricos de combatientes que están siendo tratados de síndrome de estrés postraumático...» –comenta el presentador.

Tras unos segundos empieza la información del Mundial 82. Hoy ha tenido lugar la ceremonia inaugural. Están dando el resumen. Un joven en chándal blanco corre, haciendo círculos, como si le estuviesen persiguiendo, por el terreno de juego del Camp Nou. Lleva una bandera española muy grande, pero nadie le abuchea; se hace raro. Salen muchos más jóvenes, ahora, todos en chándal blanco. El señor de la televisión dice que son dos mil alumnos de colegios salesianos. Empiezan a dibujar formas en el césped, nada muy complejo: círculos, una espiral abombada, un cuadrado, por un instante hacen una especie de S que parece una esvástica, al cabo de un instante se deshace.

–¿Qué te apuestas a que hacen una paloma de la paz? –dice mi hermano.

Los chicos con chándal de la pantalla forman una paloma de la paz, mi hermano sonríe, las banderas de todos los países del mundo parecen tenerla atada. Ahora unos globos rojos y amarillos ocupan toda la pantalla. Suenan pasodobles. Desfila la selección de la URSS, por delante de unos gigantes de papel maché. Se ve al Rey de España, con expresión de aturdido, y su mujer, que es griega, al lado. Los dos aplauden sin ganas. Sale un chaval de mi edad con un balón de fútbol deforme en las manos, y lo abre por arriba, y de allí emerge una paloma de verdad, que sale volando. Debía de estarse asfixiando.

–Eh. ¿Me estáis escuchando? Dejad la tele –dice mi padre, y chasquea los dedos delante de mi nariz, como el que hace du-duá-du-duá en un grupo musical. Le miro. Luce una camisa blanca que parece de papel, bolsuda, con las mangas cortas arremangadas en un pequeño rollo de tela en cada brazo, y estampado de letras chinas, y el cuello vuelto hacia arriba, y su pequeño crucifijo dorado se balancea de un lado a otro en su pecho peludo cada vez que se inclina para coger el sifón.

Me vuelvo hacia él. Sabe que *sé*, pero no se le nota. Está aprendiendo a mentir poco a poco. Durante unos días debió de temer que yo se lo contase todo a mi madre, pero ahora ha visto que no voy a hacer nada. Que soy el cobarde de siempre. San Ramón Nonato, el de los labios cosidos, el del candado en la boca. Me voy a quedar aquí, con esta cara de congoja, y voy a ser su maldito cómplice y encima gratis.

—No —le digo—. ¿Qué es el síndrome de estrés postraumático, por cierto?

—Digo que no nos podemos permitir ir todos juntos de vacaciones este verano —nos dice, ignorando mi pregunta. La materia pantanosa de su plato se está enfriando, pero no parece importarle—. Con mi sueldo no alcanza. La cosa está muy mal. Así que iremos de vacaciones los tres y vuestra madre se quedará trabajando en el pueblo. Buscará trabajo —se vuelve hacia ella—, ¿verdad que sí?

Miro a mi madre, que solo está cabizbaja, con las ojeras negras, tan negras que parece un panda, y las manos en el regazo, sus manos debajo de la mesa, con el anillo de casada que oprime uno de sus dedos gordetes. No dice ni que sí ni que no. Mi padre continúa diciendo que le ha pedido prestada una tienda de campaña a un colega del curro y que lo pasaremos bien. Y que solo serán cuatro semanas, los tres «chicos» ahí con la tienda en un camping llamado Poseidón, ya ha llamado por teléfono y reservado una parcela, está al lado de Pals, en la Costa Brava. Tiene piscina.

Me retuerzo las manos, porque se me ha pasado al fin el efecto de la cerveza y lo único que queda es un zumbido entre las orejas y justo debajo de la frente, en el puente de la nariz. También un asomo de vómito en la boca de la tripa. Han regresado los tics. Retuerzo aquí y allá, falanges contra falanges, esperando que mi padre salte y haga algún comentario, pero no lo hace. Me huelo los dedos, la palma entera. Mi mano aplasta boca y nariz; huele a jabón. Miro la maqueta de C-3PO, su cara no tiene ninguna expresión; solo está ahí, en la estantería, en postura de robot, al lado de un botijo decorativo, muy barnizado, del que nunca ha bebido nadie. En el piso de los vecinos empieza a sonar Nana Mouskouri a volumen muy alto.

Mi madre murmura algo, pero sin fuerza, como si solo fuese capaz de expulsar aire.

—Qué dices, mamá —le digo, labrando campos con el tenedor sobre el puré de patatas inundado en kétchup.

—Que me voy a poner a dieta —dice, levantando un poco su

mentón carnoso, su barbilla tiesa, lo único que sobresale de veras en su cara, y luego trata de sonreír, pone todo su empeño en ello, pero fracasa–. Ya veréis cuando volváis, voy a estar hecha un fideo. Tengo unas pastillas que me ha recomendado la Teresina...

Mi madre mira hacia mi padre con algo parecido a la expectación, a que mi padre extienda un mínimo gesto de aprobación por la decisión tomada, pero él ya no está aquí. Él se lleva la mano al espacioso bolsillo de su camisa japonesa y saca sus Chester, y enciende uno, ni ha tocado el puré de patatas, y una voluta finísima, como una cortina de seda, se extiende hacia el techo con lentitud, ondeando sobre sí misma según asciende, como la escalera de caracol de una almena medieval.

En la televisión empieza el partido inaugural del Mundial. Argentina contra Bélgica. Voy con los argentinos. No tenía pensado defenderles, pero me dan pena por la humillación de las Malvinas y por la cantidad muy superior de bajas que sufrieron, especialmente en el *Belgrano*.

–¿Qué os parece? –Mi padre aspira el humo, ahora; sigue insistiendo en el tema anterior–. Será... –busca una palabra, y expulsa una densa nube de tabaco sin forma– una *pasada*, como decís vosotros. Lo vamos a pasar de cojón de mico. ¿No? ¿Qué dices, tú? ¡Choca, campeón!

Se ha dirigido a mi hermano, la palma de la mano levantada para chocar esos cinco, pero mi hermano lo observa y está claro que hoy no va a chocar esos cinco, los cinco de mi padre se quedan un instante ahí en el aire hasta que los baja, humillado pero no triste, más bien agraviado en su autoestima, *molesto*, y entrecierra los ojos, y escupe algo lleno de tirria infantil, algo indigno de un hombre de treinta y tantos años, algo que suena como «sois un par de muertos» o «vaya pasmados» o incluso «vaya hijos me han tocado».

Mi madre se levanta, como una autómata de feria, y se lleva los platos, esta vez no tarda horas ni regresa a la mesa masticando, viene con unos cuantos yogures naturales marca Todo-Todo y el azucarero, sin expresión en su cara, y mi padre mueve la silla para ver mejor la televisión, me pregunto si durante el verano tratará de silenciarme, como sucede en las películas de miedo o las de gángsters («sabes demasiado, Johnny; tendré que calzarte unos zapatos de cemento»).

Cojo el azucarero y pienso en veneno. Cicuta. Nunca la detectarían. Miro a mi padre. Sonríe, ahora mismo, con cara de memo, y no puede ser que esté pasándolo bien con la programación, porque están diciendo algo de un taxista navarro de sesenta años, de un pueblo llamado Leiza, a quien mató una organización de ultraderecha llamada Triple A pegándole dos tiros de escopeta en la cara.

Dos tiros en la cara. No debía de quedar cara, solo un hueco de aire sin fondo envuelto en carne triturada de taxista.

—Mamá, tienes que saber que papá te está engañando con Luisa —digo, poniéndome en pie.

No hago eso.

—¿Azúcar, papá? —solo digo, alcanzándole el azucarero.

—Novecientos muertos no es una guerra —me dice Priu—. Es que ni la anglo-zulú lo fue. O la de Crimea. Eso no eran guerras. Eso eran maniobras.

—¿Anglo-zulú? —le pregunto yo—. ¿Crimea? ¿De qué hablas, tío?

Estamos ambos sentados en un banco de la plaza del Cap de la Vila, delante de una fuente pública de color negro, justo al lado de La Casa de los Jamones. Priu no está enfadado por lo del vestuario; cuando lo insulté delante de todo el mundo. Lo estuvo un buen rato, picado, después de que lo fuese a buscar a su casa, y no habló casi hasta que pasamos la plaza Calvo Sotelo, y bajamos ya por el ambulatorio, y a mitad de la calle Lluís Castells Priu empezó a decir algunas frases generalizadoras sobre Dunkerque, y ha terminado normal, aquí en el banco. No le he pedido perdón.

Han pasado unos días desde que mi padre anunció lo del

verano de familia separada en dos. Las condiciones en casa son «estacionarias», como dicen en televisión. Es un día seco, lo que es bastante raro en mi pueblo, y muy ventoso. Un viento malhumorado, impertinente, desagradable. Las señoras que pasan se sujetan los pañuelos de cabeza a cada ráfaga, los faldones de las chaquetas de los señores bailan y las corbatas se les suben a la cara, azotándoles la nariz, como si estuviesen vivas. Vuelan bolsas de kikos vacías, hojas de almez, de morera, mucha arenilla y esporas de plátano de sombra que van directas a las córneas de los transeúntes. Varias personas se frotan los ojos en distintos puntos de la plaza.

Son las últimas horas de la mañana. Un cielo azul degradado, sin formaciones nubosas, parece pintado con Dacs muy finos, y luego frotado con algodón. Pintura pastel, como dijo la maestra de plástica. El colegio ha terminado. He suspendido matemáticas y educación física, como casi siempre. Las dos para septiembre. Pese a que he sacado un excelente en lengua castellana y otro en inglés, mi madre ha declarado, de forma imprecisa, que tendré que llevarme un cuaderno de recuperación a las vacaciones.

—Al final nos vamos de vacaciones separados —le digo a Priu, y un golpe de viento me arrea un molesto sopapo en la nuca—. Mi madre va a trabajar todo julio y todo agosto. En alguna de las fábricas del polígono. O a lo mejor en los campings de Castelldefels. En verano siempre cogen a gente. Es lo que dice mi padre. Nosotros nos iremos a un camping, pero de vacaciones.

Priu no dice palabra. No pregunta por Cruz, ni si somos amigos o no, ni si él está ahora en segunda posición ni cuál es el nuevo orden de nuestro mundo. No sabría qué decirle. Priu se lleva el puño a la boca y tose en su interior un buen rato, como suele hacer. Le gusta la sensación calefactora. Uñas masticadas, vello en el dorso de la mano, como de chimpancé. Lleva una camiseta blanca con un marciano verde, con trompetas en lugar de orejas, que sale de un platillo volante donde pone Jordi 2000. Está claro que era de otro chaval, y que la ha heredado por vía de alguna organización caritativa salesiana.

—Es una mierda —añado, mirándome las bambas, y luego repiqueteo con un dedo en el banco de metal verde. Iba a decir algo más, pero no sé qué añadir. Por un instante pienso en comentar lo de Argentina y Bélgica, en el partido inaugural, porque los pobres argentinos perdieron, el país está pasando una racha mala, pero cambio de idea porque a Priu el deporte le da igual—. Te escribiré —le digo al fin, y luego le toco el codo, y él no me devuelve el toque—. A lo mejor va bien. Nunca he estado en una tienda de campaña. Ni en un camping.

Priu se encoge de hombros. No me responde que él tampoco, porque sabe que yo sé que sus padres nunca han ido de vacaciones. Pasan todo el verano en un pueblo fronterizo aragonés, el de sus abuelos maternos, que es todo cascotes y donde te achicharras, y los niños son muy bestias y no hay piscina. Solo viñas, y lagartijas, y en la casa hay comuna en lugar de váter.

Me huelo ambos dedos. Huelen a metal. Cerca del banco donde estamos sentados pasa un cabo de la policía municipal en motocicleta, haciendo ruido al dar gas. Priu y yo callamos, como si hubiésemos hecho algo malo. Su moto se aleja con estruendo por la calle Rutlla. Una calle serpenteante, adoquinada con piedras graníticas, algo irregulares. Los portales de los viejos parkings, casi siempre abiertos, no tienen nada que se pueda robar, la gente los utiliza para guardar azadones con barro coagulado, cestos de mimbre desfondados, sombreros de paja sin techo. Las paredes de la calle son de cemento gris. Flores feas y malas hierbas, verdes, con el embudo amarillo, emergen como ofrendas baratas de entre los adoquines de la calzada, al lado de pintadas de Terra Lliure y de Gora ETA (pm).

—Aquí se ahorcó un tío —dice Priu, cambiando de tema. Y señala el portal amplio que está a nuestra espalda, al otro lado de la calle. Los dos grandes portalones de madera se abren hacia dentro. Una lámpara de araña apagada, no muy grande, hecha de lacrimosos candelabros eléctricos. Techos altos, y en la pared frontal unas baldosas pintadas con el Cristo que sube al Gólgota, la cruz a hombros, a medio atravesar una de las estaciones de la cruz. Está a punto de clavar una rodilla en el suelo, como si no pudiese más. Nadie le ayuda, pero al fondo de la imagen se distinguen unos cuantos mirones.

–¿Es cachondeo? –le digo.

–No.

–Vale. Continúa.

–Me lo contó mi padre. Tenía dos hijos. Era un tipo normal, pero se volvió loco. Una mañana lo encontraron aquí, colgando, con la lengua fuera. Tenía la cara hinchada, con manchitas rojas. Creo que su familia lo vio. ¿Te imaginas ver a tu padre muerto?

–Perfectamente –digo.

–¿Por qué debió suicidarse?

–Tío, mira a tu alrededor –le contesto.

Y nos reímos, los dos, y el viento empieza a soplar muy fuerte otra vez, agitando el toldo verde de La Casa de los Jamones, suenan palmadas de la tela impermeable, se levantan hojas de plátano que vienen calle arriba, de la rambla desolada, y también de morera, aún verdes, y alguna nueva mota de polvo, y una se me mete en el ojo, que me empieza a llorar, me lo froto y solo consigo empeorarlo.

Priu y yo prometemos que nos escribiremos, este julio, y entonces Priu se levanta y se cuadra, dice una frase en alemán, que traduce al instante como «Mi honor es mi lealtad», y luego añade ¡Heil, Curro! riéndose y se marcha haciendo el paso de la oca por la calle Rutlla, alguna señora se vuelve para mirarle al pasar, y yo me quedo riéndome también y frotándome el ojo, que escuece como un condenado, con todo el puño. Y en dos días ya pasa todo junio, y en tres ya empieza julio, y yo desaparezco.

15

–¡Señor! ¡Estoy aquí, señor! ¿Me oye? ¡Soy yo, Plácido!
Curro abre los ojos con un parpadeo inseguro, y ratifica que se halla en el suelo de la celda. Cómodo, pues el suelo, de brillante color azul marino, también está acolchado, de una pared a otra. Tiene las dos manos entre los muslos, su cuerpo hecho un ovillo, apretujado todo él sobre sí mismo. Eso implica que no se trata de un desvanecimiento, sino algo más ordenado. Una simple cabezada. Aunque inquieta.
–Hola, Plácido –responde, apoyándose en un codo para incorporarse, y suspira, ya sentado. Su corazón palpita a cortos intervalos. Se huele los dedos de una mano, luego de la otra–. ¿Qué sucede?
–Estaba usted soñando, señor –dice Plácido, que de nuevo solo es una boca y una nariz y un par de ojos sin frente ni orejas en el ventanuco de la puerta–. Y gritaba. Parecía estar sufriendo su pesadilla.
–¿La de siempre?
–Eso me temo, señor. Usted gemía y pedía perdón por no «habérselo contado». Estaba llorando, señor, en su sueño. Era un sollozo quejumbroso que parecía salir de la zona central de su clavícula. ¿Su madre, señor?
–Sí, Plácido –dice Curro, y se pone en pie, haciendo fuerza en el suelo con los dedos de su mano izquierda y flexionando una rodilla, y luego se frota los ojos con los dos dedos índices

doblados–. De un realismo asombroso. La sueñe o la vea, siempre parece estar allí.

–También murmuraba usted algo que sonaba como «dejadlo, por favor». Y luego «lo vais a matar». Ha empezado a agitarse, y a dar manotazos, señor. Ahí ha sido cuando he creído oportuno despertarle.

–Eso era por mi padre, Plácido. Otro recuerdo horrible. Gracias, has hecho bien. –Curro se rasca la parte superior de la cabeza, luego se toca una oreja; la derecha–. Se me ha quedado mal cuerpo, la verdad. ¿Alguna cosa más?

–Ahora que lo pregunta, sí, señor. También ha mencionado usted algo sobre «atentar». Negaba con la cabeza. Insistía, en sueños, en que no quería hacerlo. Que, cito de memoria, «aquel hombre no me ha hecho nada». Reclamaba que se «fuesen».

–Ah, sí. Tengo un vago recuerdo de haber soñado eso, también. Es por las voces, Plácido. De cuando estuve mal. Ya te conté lo que me sucedió, aunque mis recuerdos sobre el tema son un poco inconexos. De hecho, creo que mi recuerdo está confeccionado en parte con fragmentos que ensamblé cuando Skorzeny, pasado un tiempo, me contó lo que me había sucedido, con el brote y todo lo demás.

–La vieja esquizofrenia, ¿verdad, señor?

–Sí, Plácido. Un verdadero mal asunto, la esquizofrenia. Te vuelve maníaco, y muy paranoico. Ya había sufrido delirios paranoicos y manía persecutoria antes, pero eran de baja intensidad. Creo que mucha gente, o cuando menos un determinado tipo de personalidad, tiende a tener este tipo de pensamientos sin que desemboquen en un ataque agudo. Creer que la gente habla mal de ti, que tal persona te odia, que unos cuantos te critican a tus espaldas...

–Parece bastante común, es cierto, señor.

–Pero la esquizofrenia es mucho peor, Plácido. Esas voces salen *de verdad* de la pantalla del televisor. Te hablan. –Curro suelta una risa irónica por la nariz–. Claro, cuando recobras parcialmente la cordura te resulta imposible creer que pudieras creerlo. Pero incluso ahora puedo escucharlas, en mi recuerdo, y tengo dudas de si eran reales o no. También lo de las pintadas.

—¿Pintadas, señor?

—Grafitis, Plácido. El grafiti callejero se dirige a ti. Es fascinante, a decir verdad. Cada frase que ves en la pared cobra un poderoso nuevo significado. Te interpela. «Libertad presos políticos», o «Partido de la Gente del Bar» o un garabato obsceno sin mensaje alguno. No importa, en realidad, porque todo te incumbe. Son mensajes ocultos, en clave para los demás, pero que tú puedes descifrar. Sabes que «ellos» los han puesto allí solo para tus ojos. Lo mismo sucede con los titulares de prensa, la publicidad, las conversaciones ajenas en el transporte público. El mundo entero *te comenta*. Skorzeny me dijo que eso se llama «delirio de referencia». Según el DSM-IV es la segunda ilusión más común de la esquizofrenia. Es difícil explicarlo, Plácido. Imagina vivir en un mundo en que *todo* te habla.

—Puedo imaginarlo, señor. Suena a verdadero infierno.

—Infierno es la palabra, Plácido. Hacia 1991 empecé a creer que la policía me espiaba. Por mi ingreso en ETA.

—¿ETA, señor? Se refiere a...

—La organización terrorista, Plácido. Me habían reclutado para realizar misiones en Catalunya. Fue la televisión. Por allí me lo comunicaron, en mitad de un programa de... No recuerdo cuál era, supongo que da lo mismo. La cuestión es que creía que me habían enrolado. Desde el día de mi reclutamiento, por llamarlo de algún modo, empecé a temer que los servicios de inteligencia me estuviesen monitorizando, que vigilaran mis pasos. Tuve que desmontar todos los aparatos electrónicos de mi casa. Después de que me internaran en el manicomio, tras el ataque, alguien (un enfermero, posiblemente) me contó que el piso donde yo vivía estaba sembrado de cables y pilas por todas partes. Había despanzurrado la televisión, el microondas, los mandos a distancia. Estaba convencido de que me escuchaban. También había pegado jarrones y botellas y vasos en las estanterías y dentro de los armarios. Con cinta aislante. Pensaba que iban a caerse. Que la casa se desplazaba hacia un lado. Empecé a andar como en un barco, si puedes creerlo. Ponía los pies como si el firme estuviese inclinado. Y al final, claro, llegó el ataque. Aquel pobre hombre... –Se palpa las sienes–. Pero no hablemos de eso ahora. Me pone triste. Estoy harto de estar triste.

–Si me permite que le diga esto, señor, las circunstancias de su vida entristecerían al más pintado.

–No lo sé, Plácido. –Curro le mira muy intensamente, mira aquella especie de cuadro surrealista hecho de nariz, boca y ojos en un marco de metal plastificado–. Otra gente ha sufrido traumas similares y nunca se quebraron. Se enfrentaron a ellos de otro modo, o la tragedia les proporcionó una voluntad y una energía férrea, les trazó un camino de hierro. Una incapacidad perpetua para el desaliento. A mí no me sucedió eso. Yo me rompí de inmediato. Quizás ya iba para loco; quizás lo llevaba dentro, ¿sabes? Por lo de mi abuelo, y todo lo demás.

–Está usted siendo injusto consigo mismo, señor. Si me permite decírselo.

Curro se sienta en la silla acolchada. Las piernas abiertas. Deja las dos manos colgando entre ellas, inertes. La cabeza le cuelga durante un momento, luego la levanta con mayor firmeza.

–No lo sé, Plácido. La verdad es que siempre estuve medio triste. Mi naturaleza es melancólica. Neurasténica. Algo me inclina desde muy niño hacia la pena, hacia el remordimiento y la autocompasión. De vez en cuando, cuando solo tenía ocho o nueve años, me embargaba una tristeza muy grande, y esa tristeza se fue transformando con los años en una rabia implacable. O tal vez no se transformó; tal vez terminaron viviendo siempre juntos: el odio y la pena, como un matrimonio interdependiente que se repugna mutuamente pero que se ve incapaz de separarse. No sé de dónde venía todo aquello. De muy dentro de mí, supongo. Tal vez sea injusto culpar de todo a los padres. Salta a la vista que yo no estaba bien.

–No estoy de acuerdo, señor. En absoluto.

–¿Perdón? –Hay sorpresa en su voz. Su sirviente nunca le ha llevado la contraria de forma directa ni una sola vez en dos años. Es todo un acontecimiento. Curro observa sus facciones: siguen sólidas, indestructibles. Sus ojos, tan claros, miran fijamente a los de Curro, así que Curro se ve obligado a desviar la mirada hacia la pared. No hay nada allí, solo plástico azul.

—La glicerina, señor, es un líquido viscoso, incoloro e inodoro que se utiliza ampliamente en fórmulas farmacéuticas y en productos cosméticos como el jabón. Es perfectamente inofensivo...

—Espero que eso venga a cuento de algo, Plácido, o no tendré más remedio que concluir que estás volviendo a sufrir otro de tus episodios depresivos.

—Si me permite continuar, señor. —Aparece un dedo solitario en el ventanuco; es de Plácido, claro—. Lo que trataba de comunicarle es que la glicerina por sí sola no es peligrosa. Es una sustancia de lo más inocua; ni siquiera es tóxica. Pero si le añade usted ácido nítrico y ácido sulfúrico, obtiene nitroglicerina. Uno de los explosivos más inestables y peligrosos que existen. Dicha combinación comparte similitudes con su experiencia vital, señor.

—Creo que lo pillo, Plácido —dice Curro, algo más animado—. Ya sabes que no se me escapa una. Astuto como un zorro. —Le señala agitando el dedo índice, como amonestándole—. ¿Quieres decir, tal vez, que acabé loco porque mi madre estaba loca y *me crió*?

—En efecto, señor. —Plácido casi sonríe—. Usted era la glicerina. Deprimente, tal vez, un tanto mustia incluso, pero no potencialmente devastadora. Fue la combinación con su entorno familiar lo que resultó fatal, señor. Su psique reaccionó, como se dice en química, con la psique materna. Se juntaron el hambre y las ganas de comer, como suele decirse vulgarmente. Si la llegan a separar de usted, a su madre, tal vez usted no habría enfermado. Si hubiese usted escapado de allí a tiempo, sus genes nunca se habrían rebelado contra su cordura. Dicho en términos bélicos: sin la cobertura de la aviación no se habrían atrevido.

—«La cobertura de la aviación.» Un símil brillante, Plácido. —Se pone en pie—. Iluminador. Digno de ti. Te dedicaría una ovación, pero no creo que en las celdas esté permitida. Lo que has expuesto arroja una nueva luz sobre la relación entre mi madre y yo.

—Llevo un tiempo pensando en eso, señor, ahora que lo comenta. En su madre.

—¿Has pensado en mi madre? No sé si eso es muy apropiado, Plácido. —Curro pone los brazos en jarras, separa ambas piernas—. De hecho, yo lo calificaría directamente de ofensivo. Si no nos separase esta recia puerta de acero acolchado, ten por seguro que te haría tragar esas palabras...

—Quiero decir en sus apariciones, señor.

—Oh. —Curro baja los brazos. Siguen a cada lado de su cuerpo, pero con menos ángulo, como arbotantes a medio construir.

—Sí, señor. Creo que ya es hora de que hable con ella.

—¿Con ella? ¿Qué quieres decir?

—Bueno, señor. No soy psiquiatra, ni nada parecido. Ni siquiera soy un mero mesmerista. El único diploma que poseo es de pugilismo. Boxeé un poco en la universidad. Reglas de Broughton, no de Queensberry. Pero, por lo que usted me cuenta, su madre viene a usted para afearle algo que hizo, o no hizo, en su niñez. Algo que no le contó. ¿Es así?

—Así es, Plácido. Es una repetición constante de algo que me sucedió de niño. Mi madre me dijo todo aquello por primera y única vez un día infernal de 1982.

—Si no recuerdo mal, aquel día usted no respondió a sus acusaciones.

—No. No lo hice. Tenía demasiado miedo. Salí corriendo. Murió a los pocos días, y después yo escapé, me oculté en aquel cementerio de coches. Al final me atraparon.

—A eso me refería, señor. Quizás se trate de..., ¿cómo suele decirse?, de que no ha *cerrado* ese capítulo.

—Ya veo. —Curro se lleva un dedo doblado a los labios. Parece como si se estuviese probando un mostacho de carne. Carraspea dentro del dedo, en una imitación inconsciente del carraspeo pensador de Priu, su viejo amigo de infancia.

—Merece la pena probarlo, señor. Hable con su madre. Explíquele lo que sucedió. Exponga sus razones. Rebata sus argumentos.

—Tal vez lo haga, Plácido. Por qué no. ¿Qué es lo peor que podría sucederme? Quizás esta sea, después de todo, la única forma de romper el círculo vicioso en el que me...

Al otro lado de la puerta empieza a sonar una sirena. El cuerpo de Curro se pone en tensión; interrumpe lo que estaba diciendo. Su cuello se endereza. Coloca la oreja en dirección al sonido, sin darse cuenta.

—¿Oyes eso, Plácido?

—Sí, señor. Es una sirena de alarma.

Curro suspira, y con una palma se cubre el ojo izquierdo.

—Qué susto. Por un instante he creído que el sonido solo estaba en mi cerebro.

—Pues no, señor. Es la sirena de alarma del hospital. El señor Roca debe de haber cumplido su palabra.

—¿Perdón?

—Olvidé decírselo, señor. Le pido disculpas. He estado enfrascado en labores escénicas. Con algunos pacientes de la sociedad teatral amateur del hospital hemos comenzado a preparar una nueva versión de *Marat-Sade*. La verdad es que cuando el señor Roca me lo dijo, yo me hallaba en mitad de una reunión de atrezo bastante importante y no reparé en la importancia de sus palabras. Llevaba varios días alardeando de que también iba a fugarse, señor. Que ya no aguantaba más. Preferiría no reproducir para usted sus palabras exactas, que hacían referencia a la insuficiente masculinidad e impureza sanguínea de los allí congregados. —Plácido carraspea—. En cualquier caso, no me cabe la menor duda de que lo habrá conseguido, y que en estos momentos trota en la calle, señor. Ese es el motivo del timbre de emergencia que usted ha creído que se originaba en su cráneo.

—No digas más, Plácido —dice Curro, tomando aire con decisión y elevando sus clavículas, y chocando ambas palmas de las manos con un sonido seco, para luego frotarlas—. Ha llegado el momento de que retomemos el asunto de la fuga. Lo que me cuentas me confirma que ha sido postergado demasiado tiempo, caramba. Este es el momento idóneo. Creo que esta vez la emprenderé en solitario; está claro que no puedo fiarme de nadie que no seas tú. El resto del equipo incorpora demasiadas variables a la ecuación, si entiendes lo que quiero decir. Además, me huelo que el doctor Skorzeny está conspirando para enviarme a otro hospital. Es decir: no me lo huelo, porque me lo dijo con esas mismas palabras. Y por ahí no paso, Plácido. Soy demasiado mayor para acostumbrarme a novedades.

–Si me permite el señor, creo que aquí sería aplicable la expresión: «Más vale loco conocido que sabio por conocer.»

–Muy buena, Plácido. Loco conocido, por supuesto; mucho mejor. Por añadidura, me sentiría fatal en mi amor propio si alguien como Roca, cuya capacidad intelectual es inferior a la de una lapa de roca, y nunca mejor dicho... –Curro se ríe–. Roca, lapa de roca. ¿Lo pillas?

–Hilarante, señor.

–Sí, ¿verdad? Pero, como te decía, me sentiría muy mal si ese nazi iletrado, cuya masa encefálica parece reducida por los jíbaros del Amazonas, triscase libre por el mundo mientras yo me pudro aquí. Veamos. Toma nota.

–De inmediato, señor. –La cabeza de Plácido desaparece del ventanuco.

–¿Plácido? –Curro se acerca al ventanuco, colocando ambas manos en la puerta y la boca hacia el exterior–. ¿Dónde estás?

–Sigo aquí abajo, señor. Solo me había acuclillado para poder apoyar el bloc de notas sobre mi muslo, señor.

–Ah. Bien, bien. Magnífico. Bien pensado. No queremos tener mala caligrafía en estos momentos, ciertamente. Podría irse todo al traste por una simple palabra de trazo incomprensible. Pero intenta no pegarme esos sustos en el futuro. Mi mente no se toma muy bien lo de que haya gente desapareciendo y apareciendo ante mis ojos. Apunta: «1) Fuga». ¿Lo tienes?

–Señor.

—Apunta debajo, en pequeño: «Tripulación sacrificable.» Siempre me ha gustado esa frase.
—De acuerdo, señor. *Tripulación sacrificable.* Hecho. ¿Deseará que anotemos fecha para la futura evasión?
—¿Cuándo me sacan de aquí, Plácido?
La cabeza del sirviente vuelve a aparecer en el ventanuco. Solo los rasgos centrales, pero bastan para certificar que va bien rasurado.
—Mañana, señor. El 20 de octubre cumple el plazo de su castigo de aislamiento.
—Excelente. —Curro levanta un dedo—. Cómo pasa el tiempo, ¿verdad?
—*Vuela,* señor, como suele decirse.
—En efecto. Vuela. Veamos, calculemos un mes de observación. Una semana para despedirme de todos los pacientes. Un par de días extra para labores de sabotaje de retretes. Otro par para ultimar los preparativos botánicos que debo dejar listos para mi sucesor. Un día más para componer algún tipo de himno de despedida. Yo diría que el 6 de diciembre estará todo listo.
—Lo subrayo, señor. 6 de diciembre. ¿Desea que tracemos desde ahora mismo algún esbozo de plan?
—En un plan siempre puede salir algo mal, Plácido. Mi plan es no tener ningún plan. Esa es la belleza de mi nuevo plan: que no es tal. Nunca se imaginarán algo así. Les pillará completamente desprevenidos. ¿Qué te parece?
—Señor.
—Pues manos a la obra. Esta fuga no va a realizarse sola, Plácido.

16

—¡Mamá, ya estamos aquí! —grito, tras abrir la puerta. El timbre zumba una vez y luego otra más, cuando la cierro.

Cucarachas. Miro al suelo y dos de ellas están tumbadas, inmóviles, en el recibidor, vueltas del revés, patas al cielo. Parecen muertas.

La casa está oscura y huele rara. Huele como mis dedos cuando me froto los dientes con ellos y saco algo de sarro, y lo restriego con las puntas de los dedos, y entonces me lo acerco a la nariz y es un olor como de muerte, de carne sin vida.

Me rasco un muslo por debajo de los pantalones cortos de nailon. Era una costra de una picadura de mosquito, que ahora empieza a sangrar un poco. Me observo un segundo en el espejo del recibidor: estoy muy moreno, más de lo que nunca he estado. Me parezco a Priu. Me rasco por dentro de los calcetines, arrugándolos por la goma. Son blancos, con la raya roja y azul, y los envuelven unas Kelme verdes. Me pica el cuerpo, pese a que la casa está fresca, no hace nada de bochorno. Las cucarachas me dan alergia. Nadie me lo ha confirmado. Estoy utilizando las enseñanzas de autodiagnóstico de mi madre.

Toco el friso de plástico marrón; está frío. Es el día 2 de agosto de 1982. Volvemos de vacaciones, al fin. Ha sido un mal verano. Interminable. Mi padre y mi hermano han ido a devolver la tienda de campaña del amigo aquel, y luego a aparcar el coche, y a mí me ha tocado entrar las bolsas.

Miro al suelo. Qué raro. Cucarachas. Son de un color rojo muy oscuro, oxidado. No se mueven. En el curso pasado las estudiamos en naturales, teníamos que recolectar insectos, mi grupo era un dúo, Priu y yo, no dimos ni golpe hasta la mañana antes de entregar el corcho con los insectos clavados y clasificados, tuvimos que emprender medidas desesperadas la tarde previa, no daba tiempo de subir a Sant Ramon. Sacamos varios ejemplares de casa de Priu. En el corcho que entregamos había una mosca común, que pillamos en su ventana, y dos cucarachas, una negra y una roja, que cazamos en la pila de fregar del balcón trasero, una, y la otra cerca del cubo de la basura de la cocina.

Lo que trato de decir es que eso, la sobreabundancia de escarabajos, es normal en casa de Priu, pero no *aquí*. A mi madre le horroriza la suciedad. Mi madre cree que ser limpio es un atributo fundamental, que es mejor que ayudar a los pobres o sanar a los enfermos.

Dejo caer mi mochila azul, que se me ha quedado pequeña ya, apoyada contra la pared del recibidor. Está oscuro. Mi madre debe de haber corrido las cortinas del comedor. Quizás se está echando una siesta. Ha trabajado durante todo el verano; debe de estar cansada.

Me agacho, en cuclillas, y acerco la cara a las baldosas del recibidor. Las dos cucarachas siguen sin moverse. Son de la misma especie: *Periplaneta americana*. Lo sé porque la profesora de naturales no solo no nos humilló por haber llevado cucarachas domésticas a clase, sino que nos lo agradeció, y luego explicó para toda la clase unos cuantos detalles fascinantes. Dijo que las cucarachas de esa especie pueden sobrevivir a todo. Incluso a una guerra nuclear.

Aplasto las dos cucarachas de un pisotón. Un crujido como de galleta seca.

–¿Mamá, estás ahí? –grito.

Enciendo la luz del recibidor para arrancarme los restos de

cucaracha de la suela de la bamba, y de debajo del mueble del recibidor salen cuatro más, agitando mucho las antenas y corriendo hacia la sala de estar, como si se dispusieran a dar la alarma.

Qué está sucediendo aquí.
Y este olor.

9 DE JULIO DE 1982

Camping Poseidón
c/ Moll Grec, 32, 17256
Platja de Pals,
Girona (Girona)

Heil, Priu:
Llevamos unos días en el camping Poseidón. Es una letrina, como sospechaba. De segunda categoría. La segunda categoría de los campings es muy mala no es como otras cosas en que la segunda aún es digna especialmente si hay ocho categorías detrás o así. La segunda aquí quiere decir la última. Tiene una piscina normalita un supermercado con dos pasillos dos mesas de ping-pong un bar y todo el mundo es español o, peor, de Girona. Con ese acento y no entiendo nada de lo que dicen pero parece que les esté sucediendo algo en el culo.

Lo bueno es que el camping de al lado es de 5 estrellas. Eso quiere decir máxima categoría. Se llama Cypsela y Richard (desde ahora: R.) que es un pasota descubrió que si ponías cara de acabar de salir de allí te podías colar así que vamos a bañarnos y la verdad es que pasamos en el Cypsela mucho tiempo poniendo cara de que tenemos pelas.

Un camping de 5 estrellas tampoco es que sea el Valhalla, pero al menos la tele del bar es gigante y hay muchos holandeses y alemanes e ingleses y una piscina descomunal. Con CASCADA, ya te lo puedes creer. Y un trampolín de 9 METROS. No suena a mucho, yo también dije eso no es nada pero entonces subí con mi hermano y los dos tuvimos que volver a bajar por la escalera fue superhumillante te habrías reído bastardo.

Mi padre que está gilipollas sí se tiró. Para demostrar algo supongo. Pero ni siquiera él tuvo huevos para lanzarse de cabeza y se tiró de palillo con una pierna encogida no se pinzó la nariz con dos dedos pero casi y el Richard y yo nos moríamos de vergüenza y cuando salió hicimos como que no era nuestro padre, que era solo un loco del manicomio que pasaba por allí.

Mi hermano está pasando el verano de su vida. Se le ha olvidado toda la mierda de casa. Las niñas del Cypsela se creen que es italiano o no sé qué porque está muy moreno lleva la melena negra muy larga, casi hasta los hombros, y a veces se la sujeta con una goma y lleva camiseta de tirantes y ellas le dicen cosas en otros idiomas, las guiris, y las de aquí le dicen también cosas en catalán creyendo que él no les va a entender, y él las mira y ellas lo miran y todos se sonríen jijojijiji y yo vomito Priu vomito en un colosal arco de triunfo para que todos puedan desfilar por debajo de él. Mi padre, otro que tal mea, va por ahí con un bañador de slip negro que casi lo enseña todo y sin camiseta ni nada y también está cada día más moreno. Su bañador es EXIGUO. Acabo de descubrir la palabra.

Mi padre se pasa el día en la tumbona al sol. Solo se levanta para comprar el periódico, o para ir a la piscina o a la playa, nos lleva en el coche y nos pasamos allí el día en alguna cala, al final R. y yo estamos hasta los cojones, porque solo hay tres cosas que puedas hacer en una playa y al final te cansas de los castillos y saltar con las olas y comer coco que es como comer madera qué mala está esa mierda.

Mi padre llama por teléfono cada dos por tres, se pasa una buena parte del día colgado del auricular echando monedas al lado de la recepción mientras se forma una cola de españoles que también quieren llamar. Se está haciendo famoso aquí como EL TÍO DEL TELÉFONO, y cuando le ven cruzar el camping camino de la recepción ya ves que la gente bufa y maldice. No sé si llama a mi madre pero si lo hace nunca pasa recado. Digo yo que hablará con la L. (ya sabes). A veces vuelve silbando, dando saltitos por la calle de nuestra parcela, y si estoy sentado bajo el toldo leyendo tebeos me frota el pelo al pasar, pero otras se queda como callado, y a veces incluso de mala leche y me pega la bronca por cualquier mierda porque yo haya tropezado con un viento o porque hago lo de las manos o porque no me salen los problemas de matemáticas que nunca me salen.

Te copio uno del cuaderno de repaso:

Calcular la suma de los ángulos interiores de un polígono de cincuenta lados.

¡Qué COÑO quiere decir eso! No entiendo NI UNA PALABRA de la frase. CINCUENTA LADOS. Qué es, la Estrella de la Muerte o qué. Beh chupado para ti porque se te dan bien pero para mí es una tortura china, los deberes de después de comer haciendo la digestión de hora y media (¿tú te crees esa chorrada?) son el peor momento del día.

Qué más ah sí que solo comemos macarrones con Solís y salchichas por el día, y jamón dulce con pan con tomate por las noches. Este domingo pollo a l'ast. Oh, aleluya.

Creo que ya está. ¡Ah sí! Se me olvidaba tío seguro que no viste la semifinal del Mundial el otro día pero esa la tendrías que haber visto porque Schumacher que es el portero alemán le metió una HOSTIA a un delantero francés Battiston y le dejó sin dientes y con «conmoción cerebral» dijo el tío de la tele. Desmayado. Fue tope fuerte, porque el árbitro no pitó nada solo penalti y estábamos viendo el partido en el bar del Cypsela y los alemanes empezaron a darse de guantazos con los franceses, EN SERIO, y mi padre se nos llevó de allí cuando se ponía interesante porque un gabacho había cogido un taburete e iba a darle en la nuca a un boche, supongo que por lo de 1943, y al final no vi cómo acababa la pelea. Es la primera vez que veo una. Me gustó. Espero que en el pueblo haya más. El partido, por cierto, lo ganó Alemania. Kevin Keegan no ha jugado casi ni un partido en todo el mundial porque le duele la espalda o algo de vieja, que le den, me alegro de haber descolgado el póster.

Bueno tío ya me contarás cómo te va por Aragón. Si pillas algún bicho raro guárdamelo en alcohol del botiquín yo me estoy aburriendo bastante, tengo ganas de jugar y apalizarte en La Fuga de Colditz esto es una mierda (y mi hermano es subnormal y mi padre está loco yo es que no sé cómo cojones salí en esta familia).

Bueno Priu vaya rollo te he metido no te quejarás de que no

tienes para leer. No te olvides que Terror kann nur durch Terror gebrochen werden colega. ¿Escribe vale?
Se despide,

Curro Abad Colet, gauleiter de Turingia

12 DE JULIO DE 1982

Camping Poseidón
c/ Moll Grec, 32, 17256
Platja de Pals
Girona (Girona)

Heil, Priu:
Cómo estás amigo. Yo estoy bien bueno no tan bien porque ayer fue la final del mundial y los cuatro únicos italianos de mi camping estuvieron cantando toda la noche porque habían ganado vaya tabarra. Esto sigue siendo una mierda pero al menos ahora estoy distraído porque en los últimos días han pasado cosas RARAS y las tengo que investigar y así no me aburro tanto.

El tarado de mi padre ya está negro como un TIZÓN, no me extraña si se pasa el día tumbado al sol rascándose los huevos con aquel bañador que casi ni merece ese nombre.

La pareja de vecinos viejos holandeses que cocinaban todo el día con mantequilla se han largado y ayer llegaron tres chavalas españolas que hablan con la ese y que creo que son andaluzas o de por ahí abajo. Van en dos canadienses una más grande que la otra que montaron ellas mismas. Son muy apañadas. No tengo ni idea de qué edad tienen tío veinte o menos o más, son morenas con el pelo muy rizado así como de gitana y se pasan el día en bikini y en serio que tendrías que ver a mi padre hostia ahora sí que está haciendo el ridículo, todo lo que ha hecho hasta la fecha era solo un ensayo porque ahora sigue con su taparrabos pero la diferencia es que está todo el rato como montando cosas del toldo y afianzando vientos con el martillo y cada dos por tres les sonríe a las andaluzas, parece que ha olvidado sus prejuicios contra la gente del sur, los que no trabajan y todo eso que siempre dice y les hace bromas que si vecinas esto y vecinas lo otro y qué barrio más tranquilo este y si me prestáis una tacita de azúcar y ¡TÍO! ellas van y ¡le ríen las gracias!!!! a veces cuenta chistes y se hace el SOLÍCITO y va como de HOMBRE DE MUNDO y ofrece Chesters y ayer ellas le dieron una cerveza de su nevera no sé si por pena y hostia qué contento estaba el pobre estuvo cantando oh-wende-jo oh-wende-jola toda la tarde y mirando al horizonte con una sonrisa de tonto que tendrías que verla y solo llamó por teléfono tres veces como si aquel día le diese un poco igual L. o quien sea a quien llama como un loco.

En serio que casi no lo conocerías te acuerdas de que estaba todo como flaco y con la piel blanca pues ahora está negro ya te lo he dicho y tiene la tripa como una tabla parece burlan caster te lo juro por dios y encima se ha vuelto a dejar el bigote y parece un cosaco.

Ahora sí que me aburro como una ostra porque mi hermano solo quiere ir al Cypsela a pegarse MORREOS con una novia madrileña que se ha echado y no me deja acompañarle.

¡Has visto lo de la bomba atómica! Los americanos han tirado otra de prueba, ayer o anteayer. Se llamaba Queso pues vaya queso fuerte debía ser, como cabrales lo menos.

Respecto a mi padre otra vez sigo pensando que a lo mejor se ha vuelto loco de verdad. ¿Te acuerdas de Rudolf Hess en Núremberg? Creo que él se ha vuelto loco como Hess o como mínimo está teniendo una crisis o un ataque o como se llame porque sigue haciendo lo de estar de un humor de perros un minuto y silbando feliz el otro minuto y espero que no nos mate a mi hermano y a mí con una sierra mecánica como en la peli esa que me contaste (joder lo decía de broma pero de golpe me he cagado).

Por cierto te acuerdas de que mi hermano y yo teníamos una tregua desde que mis padres empezaron a pelearse? pues ya se ha acabado, como el pacto de Brest-Litosk (o como se escriba) porque R. me lanzó el otro día una raqueta de ping-pong que habíamos alquilado por 100 pesetas en el bar del camping y me dio

EN TODA LA FRENTE y ya no somos hermanos bueno sí porque no nos queda otro remedio pero como si no porque me tuvieron que dar 3 PUNTOS. Basura de hermano. Te juro que me vengaré.

Otra vez te he metido el rollo hostia estamos a día 12 y ya no puedo más de cascada y playa y de mi familia y de la tienda por favor mándame algo de CICUTA. Parece imposible pero echo de menos nuestro pueblo esa letrina al menos allí no hay gente de Girona dios mío estos tíos se creen que esto es jerusalén o el jardín del edén o yo qué sé pero yo llego a nacer aquí y me pego un tiro.

Vale Priu ya me contarás de tu verano, Gott mit uns, titi.

Curro Abad Colet, Obergruppenführer,
cruz de hierro de primera clase

19 DE JULIO DE 1982

Camping Poseidón
c/ Moll Grec, 32, 17256
Platja de Pals
Girona (Girona)

Heil, Priu:
He visto cosas que no creerías Priu. No he visto Rayos-C brillar en la oscuridad cerca de la puerta de nosequé como decía el robot ese del tráiler que vimos pero casi. Prepara tus retinas bien y lee lo que viene ahora:

Ayer por la noche hubo baile en la terraza del bar. Tocaba un grupo de viejos que se llaman Els Vampir's que son de un pueblo de por aquí, tocaban todas esas canciones horribles para abuelas la de jer name was Lola nosequé Copa-copacabana, la de Brigite Bardó Bardó, la de ay ay caramba y varias más. Bueno eso da igual como si tocaban el Horst Wessel lo importante es que mi padre estaba deprimido o algo pero más que nunca porque ese día había sido el Loco del Teléfono pero muchas veces como si tuviese que solucionar la crisis de los misiles cubanos y la gente que esperaba al lado de la cabina lo quería linchar (lo sé porque me hizo acompañarle dos veces y no me quedó más remedio que contener a la HORDA) y en la última llamada se quedó ABATIDO y andaba por ahí sin rumbo fijo y hecho polvo y nunca le había visto tan mal ni me regañaba ni nada ni siquiera cuando mi hermano me pegó un puñetazo en el labio otra vez y me lo abrió, solo se quedó ahí curándomelo con agua oxigenada y los ojos brillantes y a ratos me acariciaba la mejilla y dijo (no te lo pierdas) «mi pobre bebé, ay mi niño bonito», que me dio más miedo que si me hubiese pegado, y luego miró a mi hermano y en lugar de tirarle una tumbona a la cara le soltó una cosa de manicomio como «por qué tenéis que trataros así» como si fuese culpa nuestra.

Bueno la cosa es que acabamos yendo al baile, lo anuncian por los altavoces que hay colgando en las farolas y mi padre se anima un poco y se pone pantalones largos GRACIAS A DIOS aunque con sandalias OH NO y también una camisa de manga corta porosa de rayas negras y blancas y cuando llegamos allí los tres vemos a las vecinas andaluzas y mi padre nos coge y nos hace sentar allí con ellas y él se pide no sé qué con cola cubata o algo que nunca le he visto beber yo creo que porque las tías lo piden y a mi hermano y a mí nos traen dos cocacolas pero mi hermano que es un pasota cada vez que mi padre mira hacia otro lado va metiendo sorbos al cubata de mi padre y las chavalas se ríen le dicen este ya se ha hecho mayor y en tres años las va a traer de cabeza y mi padre como que ni se entera pero cuando se entera de lo que dicen parece molesto o envidioso y empieza a levantar la voz y a hablar de mamparas de ducha o de INODOROS ADOSADOS dios mío!!!!!! y mi hermano se levanta y se va por ahí a buscar a alguna holandesa olvidando de pronto a la madrileña con la que se morrea siempre.

Pues eso que estamos ahí y mi padre sigue el ritmo de pedir cubatas y cervezas de las andaluzas, que son tías pero tienen mucha sed por el sol que hace en su tierra y mi padre cada vez habla más alto y cada vez está más rojo hay un momento en que la música no suena porque se ha terminado la canción y se oye un grito de mi padre diciendo algo así como CISTERNA DE DOBLE

DESCARGA y alguna gente se vuelve y mi padre mete un trago al «roncola» (he oído que lo llamaba así haciéndose el HOMBRE DE MUNDO) y se ha tirado la mitad por encima y le goteaba la barbilla y luego le ha dado un ataque de risa pero de esos que dan miedo más que risa y entonces tres alemanes altos como trols de la montaña pero rubios y guapos el máximo de arios que puedas imaginar han venido y han dicho algo a las andaluzas y las tres se han levantado y se han ido a bailar a la pista y a mi padre se le ha quedado la cara como con mueca de aguantarse un cagarro y de vez en cuando se veían las cabezas de las chavalas dando saltos y levantando las manos al ritmo de una canción antigua y el camarero ha venido porque mi padre ha pegado otro berrido GARSÓN riéndose como un tarado y se ha pedido otro roncola y para que veas cómo estaba de desequilibrado mi hermano que ya había vuelto a la mesa ha dicho beilis con hielo y mi padre en lugar de arrearle un guantazo ha pasado de todo y le ha dejado pedirlo yo no sabía lo que era beilis pero ahora lo sé porque mi hermano me ha dado un minisorbo a regañadientes porque es un rata y sabía como a caramelo solo que ardía en la lengua.

Qué más ah sí mi padre se ha ido hundiendo cada vez más en la silla y las andaluzas bailando y él que ya no habla y mi hermano que tiene los ojos cada vez más cerrados y su cara está cada vez más cerca de la mesa de la terraza y a veces se apoya en una mano pero le falla y casi que se cae de la silla cada vez era para morirse de risa solo que mi padre pone una cara como si le hubiesen dicho que se le ha muerto el periquito. Está tan pachucho que al final yo voy para la orquesta y entre canciones le digo a uno de los Vampir's que si pueden tocar el oh-wende-jo oh-wende-jola ya sabes para que mi padre se anime, pero no saben cuál digo y tocan una de Miguel Ríos, la que dice que el neón de color rosa se hace cargo de las cosas y esa a mi padre no le anima una santa mierda, yo creo que le pone peor, y entonces unos tíos de una mesa cercana que antes estaban gritando mucho son cuatro o cinco españoles con bigote y anillos en los dedos y uno lleva esas gafas que son medio oscuras pero no de sol y van con mujeres muy pintadas y teñidas de color madera de mueble y con los párpados pintados de azul turquesa. Pues esos tíos van a la orquesta y piden algo y luego ves a los de la orquesta que hablan entre ellos como si no supiesen qué hacer y al final van y se ponen a tocar el himno de España dios del cielo y los tíos esos de la mesa se ponen en pie y empiezan a gritar ARRIBA ESPAÑA!!!! y VIVA FRANCO se ponen como firmes y hay dos que hacen el saludo romano sus mujeres miran al suelo una de ellas intenta hacer sentar al marido tirando hacia abajo de su muñeca pobres señoras y ahora, Priu, viene lo impactante: mi padre se pone en pie tambaleándose y se acerca a ellos y empieza a gritarles con la cara muy roja que si el estatut d'autonomia y la República y Macià y Prat de la Riba, no sabe ni lo que dice y ahí ya está todo el mundo medio de pie y todos les miran y mi padre tiene la nariz cada vez más cerca del de las gafas medio oscuras y también le grita y de fondo veo a seis jóvenes muy fuertes con narices y patillas que también van para la mesa de los españoles y se oyen gritos cada vez más fuertes y otro que canta a grito pelado y oigo la palabra ETA y entonces entiendo que son vascos pero no llegan a tiempo porque cuando logran cruzar la pista y meterse entre las mesas y las sillas el de las gafas ahumadas le mete a mi padre un empujón y mi padre que estaba ya inestable se cae al suelo después de tirar dos sillas en serio!

Yo voy para allí para ayudarle a levantar tengo un nudo en la garganta no te rías y mientras estoy tirando de él ahí se lía una buena porque los chicos vascos empiezan a pegar unos puñetazos al aire como de Bud Spencer y todo el mundo grita y los vascos berrean chakurras y askatu y no sé qué te juro es muy fuerte porque incluso les pegan de patadas en el suelo a los fachas aquellos que igualmente estaban bastante viejos y tripones vaya paliza, las mujeres llorando y toda la pesca, bueno no haberse casado con fascistas mira lo que le pasó a Eva Braun.

Bueno ya acabo que debes estar hasta las bolas de billar como dice el chiste, al final nos vamos para la tienda, entre mi padre y yo llevamos a R. que se había desmayado por el beilis y lo demás, mi padre solo tiene las manos un poco arañadas de cuando le empujaron al suelo, y cuando llegamos a la tienda mi padre le empieza a dar bofetadas a mi hermano porque no responde parece medio muerto y cuando dice famos a llefarle a la duchagafd Jurrro, mi hermano es como si lo hubiese oído porque se incorpora un poco y empieza a vomitar un chorro como el del exorcista y mi padre al oler el vómito de mi hermano a que no te lo imaginas? Se pone a vomitar también, justo al lado de la tienda, en uno de los surcos para que no entre el agua de lluvia en la tienda.

Y esa es mi gran fiebre del sábado noche, Priu, está claro que la vida es maravillosa, y por eso Don Bosco nos dice que tenemos que estar alegres.

Se despide de ti afectuosamente,

Curro Abad Colet, Carnicero de Praga
y Maligno Joven Dios de la Muerte

29 DE JULIO DE 1982

Camping Poseidón
c/ Moll Grec, 32, 17256
Platja de Pals,
Girona (Girona)

Heil, Priu:
Bueno esto se acaba al fin. Esta es la última carta que te mando este verano creo que mañana nos bajamos para sant boi nunca pensé que echaría de menos esa vieja letrina me parece que mi padre también está hasta los huevos y por lo que he oído cuando habla por teléfono me parece que no tenemos ni un duro más y que este septiembre las vamos a «pasar canutas» yo es que no sé ni por qué mierda hemos venido pero bueno.

Las andaluzas ya se han marchado y me da lo mismo y además mi padre les había dejado de hablar después de lo del baile estaba como ofendido y ellas al principio intentaron congraciarse pero él hacía como que ya no les estaba y hacía eso de girar todo el cuello y fingir que no las oía y que le interesaba muchísimo algo que había en la otra punta del camping. Bueno pues como es normal las andaluzas al final dejaron de intentarlo y ya no hablaron más con él y los alemanes aquellos se pasaban el día en las canadienses de las tías y a veces se oían allí dentro chillidos y risillas y bufidos y bromas entre ellos y de vez en cuando UN AULLIDO MONSTRUOSO que mi hermano y yo no nos hablamos ya pero se nos escapaba la risa todo el rato y mi padre cada vez más cabreado.

Suerte que ya acaba esto como iba diciendo. Hace dos días llamé a mi madre porque era mi cumpleaños!!!! y ella estaba supersimpática, como excitada y reía y daba chillidos cuando le contaba alguna tontería y todo era muy ANTI-MI-MADRE si entiendes lo que te quiero decir y está claro que estaba «demasiado feliz» que dice ella y no sé qué le estará pasando me da en la nariz que no puede ser nada bueno.

Más cosas. Priu! He descubierto que me gusta bucear! Mi padre nos lleva a una cala de piedras que se llama Aiguafreda y él se pone las gafas y los pies de pato y se va por un lado, y yo hago lo mismo y me voy por otro y R. no va a ninguna parte porque es un pasota y solo se sienta en las rocas con la boca abierta como un pasmarote pensando en tías bambas y Rummenigge. Que se joda. Allí debajo del agua la verdad es que da un poco de cague y no puedo dejar de pensar en tiburones pero pese al miedo se está tan bien el silencio es total solo oyes tu respiración y el interior de tu cuerpo y nadie grita ni nadie se pelea ni hay otra gente y es mi momento favorito creo que te encantaría. Allí debajo sabes qué me imagino? Que soy el último hombre de la tierra. Que todo el mundo se ha quedado ciego por un meteorito y solo quedo yo, como en el libro de los trífidos que acabo de terminar y que ya te dejaré y que es una pasada. Ojalá hubiese empezado a bucear y leer antes, que vaya verano de mierda he pasado, pero no se me ocurrió.

Hace días que no veo la tele así que no sé ni qué pasa en el planeta. Supongo que tú ya estarás en la vieja letrina. Ríete si quieres pero me encanta ese pueblo me debo estar volviendo loco como Hess, a finales de verano cuando no ha empezado el cole es como si fuesen a pasar cosas buenas al siguiente año, me importa una mierda que nunca pasen. Pese a todo (debo ser idiota) me apetece volver, hacer plástica y bajar al patio y luego jugar los sábados contigo a La Fuga de Colditz y ver la tele y comerme dos trozos de tarta de manzana e ir a sant ramon y esperar a que llegue el día de Reyes o la Puríssima. Espero que mis padres se lleven mejor este año vaya mierda que no podamos rezar porque yo rezaría por eso. Bueno a lo mejor todo se arregla, qué es lo peor que podría pasar eh? bueno da igual no me lo digas. Tengo trece años y LA VIDA POR DELANTE y Don Bosco nos dice que tenemos que estar alegres y que matará a bastonazos a todo aquel que no lo esté.

Bueno no me enrollo más que mi padre me llama, qué querrá esta vez el maldito loco, a ver si esta carta te llega antes de que nos veamos amigo.

Recuerda que Heute Sant Boi Morgen Die Welt.

Te dice adiós empuñando daga y granada,

   Curro Abad Colet, ministro para la ilustración pública
           y propaganda del Reich

–¿Mamá?

Al principio no la reconozco. Es ella pero no parece ella.

Está de pie en la cocina, mirando a través de la mosquitera nuestro pequeño patio de cemento con el suelo resquebrajado y paredes de dos metros donde solo toca el sol media hora al día. Hay unos cuantos tiestos de cosas muertas que ella plantó en algún momento con buena intención: geranios y menta, sobre todo. Cuando yo era más niño el patio siempre olía a menta, ahora solo huele a cemento deshecho. Las paredes son de yeso descascarillado, se distingue el ladrillo desnudo en algunos trozos. Los cinco o seis tiestos son solo cubos de arcilla repletos de tierra sucia y restos de plantas secas y retorcidas. Antes jugábamos a clicks en ellos, pero ya no. Una bombona de butano naranja vacía; una regadora de plástico verde; unas cuantas tablas de conglomerado apoyadas contra la pared; un palo de escoba sin escoba.

Mi madre ha adelgazado. *Mucho*. No sabría calcular, pero al menos la mitad de su peso corporal. Yo ni sabía que se pudiese adelgazar así. Lleva aquella bata de tirantes de cuadros azules y blancos que antes le iba a explotar en las sisas y ahora le cuelga por todas partes, como un saco. Mi padre siempre la reñía porque era muy corta de falda y cuando se agachaba para recoger algo se le veían las bragas, al fregar el portal, pero ahora la tela le llega hasta pasado medio muslo, los tirantes a medio brazo. Como si *ella* hubiese encogido en la lavadora. Se le marcan un poco las clavículas. No como a los de Mauthausen, pero el efecto es parecido, porque yo no veía las clavículas de mi madre desde hacía varios años.

–¡Curro! –dice ella, y viene hacia mí, y me abraza, y yo me pongo en tensión, porque es como si me estuviese abrazando otra persona. Sus brazos no son palos, son de persona normal, pero antes mi madre no tenía brazos de persona normal, tenía unos brazos que eran como trozos muy grandes de jamón dulce, del mismo color rosado, con grasa blanca–. ¡Qué ganas tenía de verte!

Mi madre me agarra la cara con ambas manos y me da un

beso en los morros y suelta una gran carcajada. Huele fuerte. Tabaco y sudor y algo que parece jarabe de melocotón, y veo tras sus hombros la encimera de la cocina llena de platos sucios y tazas sin lavar y restos de cosas lechosas en papel de plata y por encima del mármol corretean dos o tres cucarachas en modo muy doméstico, despreocupadas, como si estuviesen en su casa. Pese a que la cocina está fresca y aireada, las ventanas abiertas, las baldosas frías bajo los pies, hay un olor que lo permea todo, y que no viene de mi madre. Huele a cartílago encajado entre las muelas, cuando la carne se te pudre en el interior de la boca.

–¡Cuéntamelo todo, venga! –dice mi madre, y me acerca una silla escuálida, de patas oxidadas de hierro y respaldo forrado de linóleo azul. Ella se queda de pie, al lado de la puerta que va al patio. Una de sus manos va a un cenicero repleto de colillas y la otra se queda plana en su muslo y por un momento creo que se ha pintado las uñas, pero cuando baja la mano que sostiene el cigarrillo veo que no es laca, solo tiene los dedos amarillos de fumar. Sus ojos ven mis ojos–. Sí, he vuelto a fumar. Me sienta bien, no sé por qué lo dejé. Qué tonta era, tú crees que dejé de estudiar lo que estudiaba para apuntarme a lo que estudiaba tu padre, administración, solo para verle y estar con él. –Ríe otra vez, demasiado fuerte–. Qué cosas tan tontas que hace una. ¡Has visto que he adelgazado! –Hace una pose de modelo, doblando una pierna por delante de la otra, apoyando el pie por la punta–. Ya tenía ganas de estar bien, me había dejado, eso es lo que me ha dicho Remedios, que me había *dejado* y eso no puede ser, cómo estás tú, haces buena cara, la de cosas que me he perdido, mi padre me estaba todo el día encima, no te puedes imaginar, Curro, no podía ni mirar a los chicos y él todo el día con los hombres aquellos del Movimiento que me devoraban con los ojos y a veces me decían galanterías, pero él a ellos no les decía nada porque eran compañeros de armas o no sé qué de la revolución pendiente y luego, cuando se iban, me arreaba un sopapo que me cruzaba la cara porque decía que iba provocando, ¡pero si yo solo tenía dieciséis! Cómo iba yo a provocar a nadie, con lo tonta que era.

Mi madre mira al infinito. Estrujo mis dedos y varias falanges crujen. Se parece a la foto de su boda, si al terminar la boda la hubiesen enterrado y exhumado. Tiene el pelo rubio aún más marchito que antes del verano, se le hace pegotes a ambos lados de la cabeza, sus ojeras ya no tienen michelines pero el color lila ha aumentado en tono, más oscuro, y ahora mi madre agarra el paquete de tabaco y saca un cigarrillo y lo enciende, aspirando el humo, y cuando lo expulsa abre unos ojos como llantas, plateados y muy redondos. Miro sus pies, que lleva metidos en unas zapatillas afelpadas de estar por casa de color rosa, y cómo asoman dos dedos romos, las uñas sin pintar, por los orificios de la zapatilla, y ya no tiene los pies abombados como antes, cuando parecían a punto de estallar dentro de la manoletina.

Me duele mucho el cuello, de repente. Es un dolor fuerte que me agarrota toda la nuca. Me llevo la mano al cuello y digo, sin respetar las pausas:

—Mamaquepasaaquí.

—Una vez me saltó un diente —continúa ella, mira al vacío entre nosotros, luego a mí otra vez—. Mi padre. Tenía muy mal genio. Le habían dicho que yo iba con un chico y sí que iba con el hijo de Milà, pero solo nos habíamos dado la manita ahí en la cuesta de la iglesia como dos tontos y cuando volví a casa me cruzó la cara y me llamó *perdida*. —Se le humedecen los ojos pero sonríe mucho a la vez, y su cara en dos tonos me da miedo—. Y mi madre, tu abuela, miraba asustada pero no hizo nada, la tenía ahí como un pajarillo, encogida, espero que ahora sea feliz, quiero mucho a mi madre, todo el mundo tiene que querer a su mamá, sabes, Curro, ¿tú quieres a tu mamá? —Va hacia la nevera y saca una botella de licor de melocotón y se sirve un chorrito en un vaso que antes era de Nocilla pero lo lavamos—. Ay, la vida es muy complicada, Curro, ya lo verás cuando seas mayor, tener hijos es difícil, tu padre y yo hemos hecho muchos sacrificios, y han pasado factura, también en la cama, tu padre y yo ya no hacemos el amor como antes, cuando éramos jóvenes tu padre siempre me satisfacía, *siempre,* y tu padre era tan guapo, oh, era el hombre más guapo que había visto, cuando era más joven se parecía a Robert Wagner, ahora ya no tanto, y sabía tantas cosas, de historia y de ciencia, y me hacía cosas en la cama, yo siempre me ponía encima porque era como más le gustaba a él, ay, cómo las echo de menos, aquellas cosas ricas, claro que él tiene razón, la culpa es mía por haberme dejado, una mujer tiene que cuidarse para que el marido la encuentre atractiva, porque si no el marido se te va, bueno tu padre no porque es medio tontito. –Se carcajea, y menea la cabeza con los ojos cerrados–. Siempre que íbamos a bodas o a reuniones con otros padres las otras mujeres se lo comían con los ojos y él ni se enteraba, siempre ha sido muy pasmado en ese sentido, le sacaban para bailar agarraos y casi que le estrujaban el culo y luego yo le decía: «pero has visto lo que te hacía esa guarra» y él decía: «¿quién?, bah», suerte que a mí no me ha pasado lo que les ha pasado a muchas otras casadas, que el marido se les ha ido con alguna jovencita y ahora ya no me va a pasar, porque –sonríe y cierra un instante los ojos, y cruza las dos manos sobre su pecho, como si rezara– Dios me ha enviado estas pastillitas mágicas que me han hecho dejar de estar como estaba.

—Mamá, en serio, qué pasa –digo, luchando por hablar más pausado, oliéndome los dedos. Huelen a saliva sucia. No, es el olor de la casa. Se trata de algo familiar, pero no soy capaz de identificarlo.

Mi madre extiende la mano y agarra un bote que está hasta la mitad y lo vuelca en su palma y cae allí una sola tableta de color blanco, y mi madre hace catapulta con el codo y se la echa a la boca, y traga.

—«Coma lo que quiera / adelgace con buen humor» –canturrea mi madre, levantando un pie hacia un lado–, «la silueta más perfecta / se consigue sin temor.»

Y se echa a reír, con un ruido de ratoncillo atrapado en la ratonera. Ese chillido que se va apagando.

En el bote pone Bustaid. Mi madre aspira ahora fuerte del cigarrillo, metiendo las mejillas para dentro, y parece que la estén sorbiendo desde el interior del cuerpo, el cigarrillo chisporrotea y se consume medio centímetro, y en la punta solo queda una serpentina de ceniza inestable.

–¿Cuántas tomas de estas, mamá? –Señalo con la cabeza al bote.

–Uy, no sé. –Sonríe por un solo lado de la boca, y ladea la cabeza, y levanta un hombro–. En el prospecto ponía «una sola tableta por la mañana», pero he visto que si me tomo unas cuantas más durante el día me canso menos, y me animo y tengo menos hambre. Lo único es que a veces estoy tan contenta que de la alegría no puedo dormir, pero bueno, no pasa nada, porque por la mañana me tomo dos en lugar de una y estoy ¡tan fresca! Y la verdad es que no estoy mucho en casa porque me voy a pasear y sin darme cuenta estoy casi en Viladecans, me entran unas ganas de andar…, estoy como si hubiese pasado mucho tiempo encerrada en esta cocina, ¿sabes? Bueno, que entre trabajar y andar y todo casi no tengo tiempo para las faenas de la casa, ya lo ves, pero, bueno, ahora que estáis aquí ya me pondré a trabajar más porque os quiero mucho, sois lo que más quiero en el mundo, a veces no os lo digo –me toca el pelo con la punta de sus dedos, y vuelvo a notar el olor a cigarrillos–, no os lo decía porque estaba preocupada, y me daba miedo que os fueseis, que me dejaseis de querer, porque sois tan listos, bueno, tú sobre todo, tu hermano tiene otras cosas buenas, no te creas, y tu padre ya no me hacía ni caso, la culpa era mía, ahora lo he visto, y erais tan monos de pequeños, la de palabras raras que inventabas –se carcajea, y luego se rasca la mejilla–, pero desde hace un año que os portáis mucho peor, Curro, peleándoos todo el día, y eso añade tensión a la pareja, tienes que recordar que tu madre te quiere mucho –se le humedecen los ojos de repente, su labio inferior se coloca en mueca de hacer pucheros, la barbilla le traquetea–, te quiero tanto, hijo. Y a tu hermano y a tu padre. Oh, tu padre, aún le miro y pienso en la suerte que tengo por haber cogido a un hombre tan guapo, se parece a Robert Wagner, yo, que era tan fea, al principio me daba miedo todo, me daba asco mi propio cuerpo y mis tetas –se las sostiene con las dos manos, como pesándolas, por fuera del delantal–, pensaba que tu padre las encontraría demasiado grandes pero a tu padre le encantan, antes de que nacieseis se pasaba el día manoseándolas, lo que pasa es que desde que me puse gorda ya no me tocaba nunca pero tú estate tranquilo que eso va a cambiar, ya verás cuando vuelva y me vea así, me va a coger y me va a poner...

De golpe me doy cuenta de lo que está fuera de lugar. El silencio. El silencio desde que he entrado.

–Mamá –digo, mirando a mi alrededor–. ¿Dónde está Clochard?

–¿Quién? Ah. Pues no sé, hace días que no lo veo.

No tardo mucho en encontrarlo. Está debajo del sofá grande del comedor. Veo un pedazo de cola sobresalir por un extremo. Una U peluda y negra, inmóvil, que es como una letra monstruo de *Barrio Sésamo*.

Cuando me acerco percibo el aroma que desprende. No da ganas de vomitar, debe de llevar poco tiempo muerto.

Levanto el sofá con las dos manos y veo al perro. Está tumbado de lado, pero no parece dormido. Demasiado rígido. Aplanado, disminuido, como si algo hubiera abandonado su cuerpo. Desplazo el sofá hacia un lado, y Clochard está al descubierto ahora, de lado y con la cola como si fuese el asa de una plancha, vuelta hacia su propio cuerpo. Aparto la cabeza para no verle, y con la punta del pie le doy un toque, y todo el cuerpo se desplaza sobre las baldosas, sin cambiar la posición. Tan ligero. De repente imagino qué pasaría si le cogiese de la cola y lo levantase (se quedaría vertical, enhiesto hacia el cielo, congelado).

Hinco una rodilla en el suelo y me quedo ahí. No sé qué siento. Creo que es pena, aunque el perro este me daba igual.

Mi madre está ahora en la puerta del comedor. Cruzada de brazos, y un nuevo cigarrillo en la mano derecha, con ese delantal sin mangas que la cubre como un poncho viejo.

–Ya decía yo que no le oía... –dice, y su boca se tuerce en una especie de sonrisa temblona e ineficiente.

—Mamá, está *muerto* –le digo, aún con una rodilla en el suelo. Guiño varias veces un ojo, pego dos golpes de cuello a un lado, tamborileo con dos dedos en la baldosa.

—Ay, pobre. Ahora me acuerdo de que ladraba mucho, y hace unos días le di unos rohipnoles para que se calmase y durmiese un poco, el animal. Bueno, un fallo lo tiene cualquiera. Este pobre perro no estaba muy bien de la cabeza, ¿verdad? Se lo dije a tu padre mil veces y él ni caso, cuando no quiere escuchar lo que dices tu padre se hace el sordo mejor que nadie, oye, ¿dónde han ido a aparcar estos dos? A ver si viene ya, tengo unas ganas de verlo..., que todo este mes he ido muy necesitada, y la verdad es que al pobre no le doy lo que le gusta desde hace un par de años, los debe de tener hinchados como globos. –Vuelve a reír, y luego se tapa la boca, y viene a taparme los oídos, pero yo hurto la cabeza–. Ay, qué arisco que eres, Curro. Mira que de pequeño siempre querías que te achucharan, no como tu hermano, a tu hermano lo de que lo tocaran no le gustaba pero mira, os habéis cambiado, porque ahora tú eres el que nunca quiere que le toquen, tu padre igual, que si le doy calor, que si está muy cansado, que si le duele la cabeza de tanto memorizar precios de lavamanos, pero eso se acabó –da una palmada delante de su cara con las dos manos, y de repente parece una niña abandonada–, a partir de ahora todo va a ir bien gracias a las pastillitas y yo voy a estar por tu padre y voy a cuidarme y creo que voy a estudiar, nunca pude estudiar porque era tonta, y luego tuve que ponerme a trabajar de secretaria en la Sumo, Suministros y Montajes, la fábrica esa que hay en el polígono, paso por delante algunas veces, ¿sabes que no ha cerrado? Yo estaba convencida de que había cerrado hace siglos, incluso había visto el edificio abandonado, pero no ha cerrado, qué va, incluso he visto a algunas amigas de hace diez años, dicen que a ver si quedamos, que me echan mucho de menos desde que me he casado, vete a saber, a lo mejor las llamo, bueno si tu padre me deja salir, digo yo que cuando vuelva a lo mejor no salimos del dormitorio en varias semanas, ja, ja. ¿Sabes qué? El jefe de la Sumo me ha dicho que yo era de las mejores secretarias que había tenido jamás, que se me ha echado de menos todo el tiempo, que si quiero volver que la puerta estará abierta, eso dijo: «la puerta estará abierta», mira, eso también me lo estoy pensando, ¿eh? Al jefe ese me ha sorprendido verle porque me dijeron que había muerto y hasta recordaba haber ido a su entierro, pero no, resulta que está vivo y está igual que hace diez años. Lo de limpiar oficinas que cogí para el verano es muy esclavo, hay días que no puedo ni ir, y ahora que lo pienso hace varios días que no me presento, luego les llamo, es que eso me cansa mucho, bueno, la verdad es que no es exactamente cansancio, porque luego me voy a andar y acabo en Gavà, por la carretera de Castelldefels, es muy bonito eso, está lleno de cañas y pájaros que trinan, y, mira, ir a trabajar me pone triste, ay, pero qué ganas de hablar tengo, es como si me saliesen todas las palabras en una fuente, mira que yo tampoco he sido muy de hablar, cuando iba al mercado viejo me daba pereza conversar con las señoras y por eso dejé de ir y empecé a ir al Todo-Todo, para no tener que juntarme con nadie, pero ahora voy al mercado cada mañana casi, como iba mi madre cada día, no compro ni nada, voy allí a charlar y les pregunto cosas de su vida y ellas siempre están muy contentas, aunque a veces se les hace cola hablando conmigo, pero siempre están atentas a todo lo que tengo que decir, les he contado mi boda, mi padre que la llenó de gente del Movimiento y había algunos con escopetas de caza dentro de la iglesia, mi madre se enfadó (aquel no era día para política, dijo) pero no se atrevió a decir nada, y ¿sabes que he vuelto a mirar las fotos y fue un día feliz?, bajando por la cuesta de la iglesia cogida del brazo de tu padre, qué jóvenes éramos, yo parezco una niña, yo iba con un vestido muy corto pero aquel día mi padre no pudo decir nada porque ya estaba casada y se tuvo que callar, y luego me fui a vivir con tu padre aquí, qué feliz era, aquellos primeros días en la nueva casita, y qué guapo era él, bueno aún lo es, como Robert Wagner, igualito-igualito, qué te crees, ¿que no sé que las mujeres le miran?, pero tu padre ni se entera, siempre ha sido despistado, yo pensaba que íbamos a tener el mejor matrimonio de todo el pueblo, y cuando me embaracé de tu hermano ya pensé que ni tenía derecho a ser tan feliz, me daban pena el resto de las mujeres, ¡pena me daban!, y luego llegaste tú, tu padre lloraba cuando se enteró, siempre decía que eran los años dorados, que teníamos que disfrutar aquello porque eran los tiempos más felices y las cosas no siempre irían tan bien, ya sabes que es un poco cenizo, y luego la verdad es que tenía razón, las cosas se torcieron un poco, todos los matrimonios tienen picos y valles, eso dice tu padre, «picos y valles», y bueno, ja, ja, creo que hemos estado en un valle, un valle profundo, vosotros tampoco habéis ayudado mucho, ¿eh? Peleándoos todo el día, ay, cómo sufro, Curro, a veces cuando te veo así de esmirriado, cuando te veo que te caes de la colchoneta, me entran ganas de llorar, porque nunca serás fuerte como tu padre y tu hermano, pero tú no te preocupes que yo voy a ser la mejor madre del mundo si tú te portas bien, júramelo, ahora cuando venga tu padre echaremos un polvete y ya verás como se alegra y todo se arreglará, Curro, estoy convencida, con las pastillitas, y la cosa en la cama, y empezaré en la Sumo, estudiaré, vosotros os portaréis muy bien y tendremos más dinero para compraros ropa y que vayáis guapos, vaya vaya, ¿dónde habrá ido a aparcar tu padre? ¿En la estación, o el campo de fútbol viejo? Espero que se dé prisa porque lo que tengo aquí para él, ay ay, es pura miel, ya verás qué contento se va a poner, si veo que cierra la puerta al entrar en el dormitorio...

–Mamá.

–... entonces es que habrá verbena, tu padre es un pilluelo, parece un santo por fuera pero en la cama es muy fogoso, siempre me ha dejado contenta, ya les gustaría a otras pillarle, pero oh no, nanay de la China, a ese me lo guardo para mí, si quieren un marido guapo que se busquen el suyo, que ese ya está...

–¡MAMÁ! –grito muy fuerte, cerrando ambos puños, poniéndome en pie. El perro está al lado de mis pies. Una pieza barata de taxidermista.

–Ay, qué –dice, dando un brinco, como reparando en mí por primera vez–. Qué susto me has pegado. Qué te pasa.

–Tengo que contarte una cosa de papá.

Interludio #4: Pompadour

Esto que suena son los Beatles, ¿no? ¿Te gustan? Ya, le gustan a todo el mundo, ¿no? Es como que te guste la gravedad, no tiene mucho mérito. Pero están bien. La verdad es que no escucho mucha música, ¿tú sí? Yo debería hacerlo más, porque cuando lo hago me calma los nervios, pero la verdad es que nunca pienso en ella. Lo que me gustaba de verdad eran los libros, de niño me pasaba el día leyendo, pero ahora tomo un medicamento nuevo que me da sueño, y me quedo dormido a la segunda línea. Me deprime un poco eso. Ya, no debería beber y medicarme. Eso es lo que me dicen los médicos. Pero yo qué sé, tengo dos razones para estar animado, tío, no me quites una de las dos, ¿no? O me voy a quedar como un pajarillo mojado, ahí, temblando en un rincón.

Los Beatles eran de Liverpool, ¿verdad? Como el equipo de fútbol. Los Demonios Rojos. Es curioso, nunca relaciono las dos cosas, es como si hubiesen pasado en dos dimensiones distintas, ¿verdad? De niño yo era fan de Kevin Keegan. ¿Te acuerdas de él? Sí, el del pelo rizado, bajito, que saltaba mucho. Es verdad, en 1982 tuvo aquella lesión de la espalda o yo qué sé. Pues era del Liverpool, jugó allí durante casi toda su carrera. Extremo derecho y delantero centro. De 1971 a 1977. La estrella del equipo. Le llamaban «Super-Ratón». Supongo que le gustarían los Beatles, siendo del mismo sitio y eso...

Hostia, esta sí me la sé. «Love Me Do». Bueno, «Pompadour». ¿Qué? No, me río porque mi abuelo Sebastián la llamaba así... Es una historia un poco larga, no sé si contártela. ¿No tienes que irte a casa, o con tu novia, o algo así? Ya. Mañana entramos a las seis de la mañana, tampoco podemos desfasarnos. Vale, voy, voy. No, orujo no, tío, por favor. Me pone violento. Sí, mucho; no sé, interactúa con los antidepresivos, o algo. Si tú supieras... Sí, solo cerveza. Gracias. No, ya estoy bien. No quiero apuñalar a nadie, ja, ja.

Mi abuelo ya estaba en el manicomio, ¿vale? Le habían internado. Ya no sabía dónde estaba, se ponía agresivo, creía que estaba en la guerra, luego en África, hablaba con gente que no estaba allí, tenía la cabeza partida en dos, el pobre. Al final mi padre se hartó y le metió allí dentro. «Recibirá mejores cuidados que los que recibiría en casa», dijo mi padre. Hace décadas si eras un poco lento o raro te metían en el manicomio directo, las familias que tenían pasta pasaban de criar a niños subnormales, tío, o que necesitaran cuidados extra. Los manicomios eran como aparcamientos de gente rara, ya está, no hacía falta estar enfermo de veras para acabar allí. Pero mi abuelo no era solo raro, tío, estaba como una chota. Si alguien ha merecido estar internado alguna vez era el viejo, a ver, las cosas como son.

Yo iba a visitarle al psiquiátrico alguna que otra vez, porque mi madre me obligaba, eso es verdad, pero también porque le quería bastante. Era mi abuelo, joder, por muy loco que estuviese. Hey, mi familia era *muy* rara, no te he contado ni la mitad. La cuestión es que, cogido de la mano de mi madre, entraba en el manicomio, cagado de miedo. Mi hermano nunca venía. Yo lo pasaba mal, lo admito.

Uy, sí. Qué valiente. Es muy fácil decir eso ahora, pero me gustaría verte a ti a los nueve años metido en mitad de un manicomio. Los locos *asustan*. Hacen cosas muy extrañas, parecen ver a través de ti, tienen las caras hundidas, siempre escupen, llevan las uñas muy largas. Huelen a mierda y cigarrillos. Cualquier niño se cagaría, tú incluido, milhombres. Imagínatelo: a lo largo del trayecto desde que los enfermeros abrían la puerta corrediza hasta que llegábamos al pabellón H, donde él estaba internado, se nos acercaban decenas de locos y locas babeantes, pidiendo dinero y tabaco, confundiéndonos con otra gente, hablándonos de cosas incomprensibles, repitiendo conjuros, palabras, basura pura, ¿sabes? Eran solo cincuenta metros o menos, pero a mí se me hacía eterno. Sueño aún con ese trayecto. Tuve pesadillas con eso media vida, hasta que me pasaron cosas mucho peores y ese miedo desapareció. Sí, la mierda de mi padre, lo de mi madre, entre otras cosas. Pero esto era tres o cuatro años antes, diría yo.

Al final de aquellos cincuenta metros estaba mi abuelo. Siempre en bata. Sus orejas de puertas abiertas, el bigotillo falangista, la misma gomina, la misma fragancia de loción Floïd para el afeitado. Diciendo más y más locuras según iban pasando los días. Yéndose más y más lejos, completamente destrozado por dentro, en la cocorota. Incurable. Un pirado, vaya. ¿Sabes cuando eras niño y veías a alguien totalmente chalado por la calle, o viviendo en portales, y te preguntabas qué le había pasado para estar así? Bueno, pues yo lo sé. La gente se cree inmune, pero a veces te rompes. Algo se parte ahí dentro, los fusibles se funden. Se te queda todo suelto ahí dentro, ya no hay forma de repararlo, como cuando abres un transistor y empiezas a toquetear los chips sin tener ni puta idea. Al final lo tiras.

Sí, sí, lo de «Pompadour». Me disponía a hacerlo. Se llama crear tensión narrativa, hombre. Tensión na... Da igual. Eres un filisteo. Ya voy, ya voy. Has dicho que querías oírlo, intento contarlo bien.

Debía de ser el final o el principio del verano de 1979. No lo recuerdo. Los cipreses habían sacado algunas flores, me acuerdo de que me fijé en eso, así que quizás fuese el principio del otoño. Estábamos en un banco del parquecillo que rodeaba el pabellón H, y olía a seto de piscina. Cerca de un sauce llorón. Mi madre se había ido a buscar una chocolatina a la máquina de una sala de espera. No, aún no era por eso. Le apetecía, simplemente. Estábamos solos el viejo y yo.

Y entonces me soltó algo así como: «Esos p-p-p-peludos, esos mariquitas, voy a d-d-d-demandarles.» Iba en bata, pero desnudo debajo, y cuando se alteraba se le aflojaba el cinturón, y yo distinguía a medias un huevo, allí debajo. Pelado y enorme, como un coco de Guinea. No sé si es que estaba hipertrofiado o que todos los viejos los tienen así. Ah. Vale. Tu abuelo también, ¿eh? Ja, ja, sí. Es asqueroso.

Bueno. Yo le pregunté qué quería decir «mariquitas», porque aún iba a cuarto de EGB y no me enteraba de nada, iba a un colegio de curas, por lo menos llevaba dos años de retraso emocional con el resto de los niños del pueblo. Era muy infantil, creo que jugué con muñecos y a hacer-que-éramos hasta los trece. Bueno, va, fantástico, ríete. Sí, tú eras muy hombre. Ahora te pido unas pesas y nos demuestras tus niveles de testosterona, puto tarado.

La cuestión es que mi abuelo respondió: «¡Los b-b-b-bítels!» Gritando. Siguió diciendo que si «esos gilipollas con p-p-pelo de tazón me han copiado una canción, y les voy a llevar a j-j-j-j-juicio». Y tal. Que si «he hablado con mis abogados y me han dicho que lo tenemos ganado. Se creían que con c-c-c-cambiar la letra y el idioma y el título ya nadie iba a enterarse». Te lo juro.

Yo pregunté qué quería decir con lo de que la había compuesto él. Algo escamado, pero dispuesto a creerle. Tenía nueve años, ya te lo he dicho, me caía de un guindo. Yo qué sé. Para un niño de nueve algo así es factible.

Él se puso en pie (con la bata ya abierta del todo) y empezó a cantarle a su puño, como el que agarra un micrófono. Mira, así. Espera, que me levanto. Hay que hacerlo de pie. ¿Cómo era? Ah, sí.

Pom-pompadour
Talco, laca y du-bi-dú
Las guedejas de un parvenú
Oh, po-o-o-oooom-pompadour.

Gracias, gracias. Sí, el movimiento de cancán también lo hizo. Cuando terminó las cuatro estrofas dijo algo como «sin acompañamiento m-m-m-musical no se parece tanto» y volvió a sentarse. Espera, espera...

Uf, ya está. Hostia, es que este trozo me hace partir de risa. Porque luego dijo «es mía. Todo el m-m-m-mundo lo sabe. Se va a enterar ese Jonny Lemon». Ya, tío. No sé qué, «se va a enterar de lo que vale un peine. Y un peine es lo que necesita ese hippy piojoso», tal y tal. Fue buenísimo.

Entonces vio que se acercaba mi madre y se calló. Mi madre llevaba los dientes manchados de chocolate. Sí, a veces se te quedan grabadas cosas de esas. Mi madre nos miró a los dos y entonces se dio cuenta de que mi abuelo estaba enseñando los huevos, y agarró ambos costados de la bata e hizo como el que cierra unas cortinas, y luego los anudó en la parte frontal con un doble nudo, y tiró fuerte de él. «Por el amor de Dios, papá», le dijo, volviendo la cara hacia un lado. A veces le llamaba papá, a la antigua.

Se acabó el cachondeo. Quiero decir que aquella fue la última vez que mi abuelo hizo algo cachondo. Poco después de aquello, a finales de 1979, se precipitó hacia una depresión profunda con ataques de heteroagresividad, y tuvieron que empezar a administrarle electroterapia, porque «no respondía a la medicación». No sé.

Después de los calambres mi abuelo dejó de estar deprimido, o violento, o suicida, o cualquier cosa, tío. Dejó *de estar,* de ser él. ¿Has visto a algún paciente de electroshocks? Ya, en la peli esa de Jack Nicholson. No, yo digo en la vida real. Yo le veía cada día, yendo hacia el colegio por la riera. Él cada vez me devolvía el saludo con menor convencimiento, con cara de confusión, como si le costara recordar quién era yo. Hasta que un día dejó de saludarme del todo. No, no se marchó, qué va. Seguía allí. Mirándome. Cada día. Aferrado con los puños a la verja.

Recuerdo haber pensado que parecía un pelícano triste. Por la papada, y la mueca de la boca. Así. Incluso los músculos faciales habían firmado la rendición. Todo colgaba.

Al final murió. Claro. En 1980. No, es igual. Ya se me pasa. No, alcánzame esa servilleta y ya está. Joder, qué llorera, ¿eh? Es que he pensado en las venas. Se distinguían en el dorso de su mano como si la carne fuese de cristal. No reconocía a nadie. No hablaba. El hombre de las batallitas ya no estaba allí. Es fuerte, pensar que puede morirse el hombre que eres, todo lo que has sido. La última vez que lo vi de cerca ya no olía a loción para el afeitado, sino a ajos tiernos y meados agrios y a ropa que te has puesto un montón de días. Y el olor: ácido. De miedo, supongo.

Sí, fui al entierro. Pues qué va, esa vez no lloré. Tomé la noticia con entereza. Bueno, la verdad es que no era entereza ni nada, solo que no me di cuenta de la magnitud de lo que estaba sucediendo, porque tenía diez años. Me eché la muerte de mi abuelo a la espalda, la dejé allí pensando que no pasaba nada, que no me había afectado, ¿sabes?

Joder. Vaya depresión. Sí, otra servilleta, por favor. No sé, no puedo parar. Esto va a acabar sembrado de clínex, va a parecer una cabina de sex-shop, ja, ja. Mejor dejo de contarlo, ¿no? No quiero hundirte a ti también, tío. ¿Estás seguro? Vale, pues a la mierda, continúo.

Pues el día que lo enterraron, tócate los cojones, llovía. Créetelo. Como en los telefilmes. Como en un libro malo. ¿Quieres tristeza? Pues venga lluvia. No había llovido en un mes, joder, y va y se pone a llover en el entierro. También es mala leche.

Metieron allí el ataúd, en el suelo, con unas poleas y unas no-sé-qué, y recuerdo que imaginé que el operario que estaba dentro del agujero del suelo se quedaba encerrado allí. Como en un cuento de Stephen King. Entonces colocaron la losa de piedra con las palabras Familia Abad y una cruz (mis padres se empeñaron hasta el cuello para comprarla), y mi madre me subió el cuello de un anorak multicolor muy feo que tenía de niño, que heredé de un pariente, y luego dijo una de las suyas: «está mejor ahora», «hay un ángel más en el cielo», o alguna parida así. ¿Mi padre? Gruñó, pero no mucho, porque aún no era imbécil del todo, fue más bien como si todo aquello no fuese con él (pese a que era *su* padre). Luego nos fuimos los cuatro andando a mi casa, que solo estaba a diez minutos del cementerio. No sé, tío, yo luego debí de ponerme a jugar a un juego de mesa con mi colega Priu, o vi *Érase una vez el hombre* por televisión. Nada simbólico, ¿entiendes? Eso es lo que me tortura. Quizás hice caca, o me comí un chucho de crema.

Pero no hice nada en honor de mi abuelo, desde luego, que se había ido con todas sus historias sin que yo le diese la menor importancia. Vale que yo era un niño, y supongo que la naturaleza te blinda para que todo esto, la muerte de la gente, la violencia de los adultos, la incongruencia y el caos de lo que te depara el futuro, el puto día de mañana, no te vuelva loco también.

Pero, incluso así, me jode. Me jode que no hiciésemos nada. Era una vida que se acababa, joder, colega. Qué menos que decir unas palabras, levantar un vaso, hacer un gesto. Hay que ser muy hijo de puta y egoísta para no darle a un hombre un mínimo adiós. Si yo la palmo prometedme que haréis algo, tío, cualquier chorrada, cagaros en mi estampa, enumerar todos mis defectos por orden de importancia, lo que os apetezca. Pero no hagáis como que no es nada, tío. No hagáis como que da igual. No da igual. No da igual. Desaparece toda tu vida contigo, todo lo que dijiste y pensaste. ¿Cómo va a dar igual?

17

–Podían ahorrarse todo este plástico, ¿sabes? –dice Curro, a la vez que palpa las paredes con los dedos en ventosa y mira hacia el ventanuco–. Alguien debería decirles que no es esa mi inclinación, que no pienso quitarme la vida. Y aunque deseara hacerlo, no escogería la opción de aplastar mi frente a cabezazos contra una pared. No soy un bárbaro. –Abandona la pared y empieza a andar por la celda, en círculos, sin dejar de hablar ni de gesticular–. Nunca he padecido muchos pensamientos suicidas. Curioso, ¿no te parece? A ver: sí los tenía, como supongo que los tiene todo el mundo cuando van mal dadas, pero no tomaba cartas en el asunto. Solo miraba por el balcón, de joven, en mitad de alguna de mis depresiones, y trataba de imaginar cómo sería el vuelo, el impacto, qué se rompería, en qué postura me hallarían. Nunca he visto una cara tras una caída así; me pregunto cómo debe quedársete el perfil una vez se pulveriza el hueso de ese modo. ¿Como una de esas máscaras de goma de carnaval cuando aún no te la has puesto, quizás? Con los rasgos borrados, tal vez. Lo cierto es que no lo sé.

Solo una vez estuve a punto de verdad, ya lo sabes, Plácido. Hace dos años. No sé de dónde salió la idea, pero sí qué estaba haciendo en aquel momento. Estaba meando, por absurdo que suene. No te rías. No era un buen día. No lo era en absoluto. Me había dado por pensar en mi familia, y en el conjunto de circunstancias que rodearon mi infancia, y la situación en la que me hallaba, y de golpe vi toda mi melancolía y tristeza como si fuese un gran bicho peludo que compartiese cubículo conmigo (ya sabes que no me gusta orinar fuera, en los meaderos descubiertos; se me corta el chorro), una enorme bola de color negro y cerdas duras que me aplastaba contra las paredes, y olía a cloaca, a tuberías embozadas, y entonces, justo allí, me sobrevino *un momento de lucidez*. Mientras me sacudía las últimas gotas vi claramente que existía una forma de terminar con toda aquella tristeza: arrojarme al vacío. Era una solución tan sencilla, Plácido, que me sorprendió no haber pensado en ella antes. Un simple paso y todo habría terminado: el remordimiento, las pesadillas, las alucinaciones, las voces. Todo aquel peso en la espalda. El monstruo pestilente que me chafaba contra los pasillos. Todo desaparecería tras el impacto...

Una intensa emoción se adueñó de mi cuerpo. Eso es. Una de esas emociones sobre las que había leído tanto, pero que jamás había experimentado en mis propias carnes. La emoción de la *resolución*. El arrebato de un pensamiento puro, y de repente vislumbras una dirección, un camino de hierro hecho de raíles, y todo está tan claro de repente, se difumina lo que te rodea, solo ves ese punto luminoso, volcánico, es como si vislumbraras una ventana iluminada tras haberte extraviado en unos páramos lúgubres, y entonces sabes lo que tienes que hacer. Fue muy hermoso, Plácido. Se me llenaron los ojos de lágrimas, como ahora. Me vi inundado por una sensación de levedad y extraña alegría, como si todo el padecimiento estuviese a punto de terminar. Un gran alivio. Como si llegara al final de la espantable noche del espíritu, la oscura noche del alma, que decía San Juan de la Cruz. Entendí al fin lo que era el éxtasis, las visiones de todos los místicos cuando llegaban al mismo punto del camino. Debían de ser muy parecidas a lo que experimenté yo en aquel urinario, Plácido. Las lágrimas me caían a borbotones, Plácido, se me acumulaban en barbilla y nariz y mejillas. Vi que si hacía lo que tenía que hacer hallaría el descanso, Plácido. El *descanso*. Jamás estuve descansado, amigo mío; siempre padecí por algo. Nunca me bañó la luz. Siempre anduve por terrenos oscuros...

No pasé mucho rato meditando. No. Me encaminé hacia el pabellón B, el de crisis adolescentes, y subí los dos pisos hasta el terrado. Grandes zancadas. Iba yo riendo y cantando, Plácido. Medio drogado de alegría y esperanza por primera vez en muchos años. Casi no tocaba el suelo; diría que incluso levité un poco (aunque no tengo pruebas de ello). La puerta del terrado era metálica, de color amarillo. Iba dura pero no estaba cerrada. Chirriaron las bisagras, y aquel chirrido oxidado me sonó como la melodía más bella del mundo. Salí al exterior. Era un día como hoy, Plácido. Otoñal, pero luminoso. Sonaban las campanas; parecían hacerlo por mí, alentarme a hacer lo que debía hacer. Un aire crujiente, espléndido, casi chisporroteaba de frescura. Visualicé el aire, era como papel de plata. Desde la azotea se veía bien el campanario del hospital viejo, su gran pararrayos de hierro forjado. Me hubiese gustado vivir, pensé entonces, en una época que forjaba hierro, que construía cosas grandes, Plácido. Atarazanas sobrecogedoras, grandes quillas de mercantes, hélices altas como hombres. No como esta época de cosas pequeñas en la que vivimos. No; creo que no estoy hecho para estos tiempos, querido amigo.

Anduve por encima de la tela asfáltica. Estaba mullida, mis pies quedaban marcados, como en un paseo lunar. Me acerqué al borde. La emoción intensa que se había adueñado de mi cuerpo llegó a su punto máximo. Era una excitación que bordeaba lo salaz, Plácido, y ya sabes lo que opino de la salacidad. Pero no hay otra forma de decirlo. Era una agitación de tono prostático, indudablemente genital, aunque mi pene estaba lo opuesto de erecto; se había retraído sobre sí mismo, metiéndose en su propio interior, como algún tipo de invertebrado marino. Miré el río, medio tapado por los plátanos de sombra y algún olmo asmático. No había trenes en la vía de los Ferrocarriles. A lo lejos, cerca del cementerio, se veía una grúa. Parecía una cruz muy grande, de alguna religión robótica. Dos coches estaban aparcados en el parking de la entrada, pero no se distinguía a mucha gente andando por la calle. Era temprano aún.

Toqué el metal de la baranda. Era una barra redonda; estaba fría. Me asomé. Calculé la caída: dos buenos pisos, como ya sabía. El corazón me latía en el pecho; noté la sangre en las sienes, circulando vertiginosa. Eran solo quince metros, pero el vértigo me contrajo aún más los testículos y el pene, como si algo los sorbiese hacia dentro, y aquella contracción no hizo más que aumentar mi excitación. Levanté un pie, lo coloqué en el borde, haciendo fuerza con una mano me impulsé hacia arriba, la baranda estaba pegada a mis espinillas, ni siquiera me llegaba a las rodillas.

Me esforcé por gestar un pensamiento místico, algo que impregnara el momento de trascendencia y temporalidad, pero no tuve éxito. Solo me vinieron a la cabeza bobadas y cotilleos del hospital. Recordé que un viejo del pabellón D se había intentado suicidar cinco años atrás. Supongo que te sonará la historia. Era un homosexual reprimido, y ya sabes, Plácido, que según Freud la represión sexual es la causa de todas las neurosis. Exhibía rasgos histéricos, afonía y tos nerviosa, así como erotomanía y frecuentes sueños recurrentes en que se veía dispensando sexo oral a un batallón de zapadores. Pero yo no pensaba en su cuadro clínico. Pensaba en que cuando el anciano se lanzó al vacío rebotó, dos pisos más abajo, contra el toldo del patio interior y, aunque se rompió un par de huesos, sobrevivió. A raíz de aquello, algunos graciosos del pabellón de subagudos le pusieron un mote horripilante que todavía se utiliza.

Miré hacia abajo para cerciorarme de que no había toldo alguno. No me apetecía en absoluto sobrevivir, y mucho menos hacerlo con un mote de resonancias similares a las de aquel pobre viejo. Pero no había toldos; el camino estaba despejado. Abrí los brazos, porque lo había visto en las películas, como si me dispusiera a hacer el salto del ángel. Recordé un trampolín muy alto que había en un camping al que fui de niño, y deseé haberme lanzado de él cuando tuve la oportunidad. Siempre fui un niño miedoso, nervioso.

Y justo entonces, Plácido, te vi, allí arriba, en mi mismo terrado. Ibas vestido exactamente como ahora, con el plastrón y el chaleco de rayas amarillas y negras, la chaqueta con cola. Estabas en otra esquina de la azotea, muy tieso, como siempre. Te miré con curiosidad. La mezcla del color del chaleco y la cola de la chaqueta te hacía parecer algún extraño cruce de laboratorio entre abejorro y pez. Te brillaba mucho la calva, y también los zapatos.

Noté un suave estremecimiento de melancolía, porque me acordé de unos libros que me encantaban de joven, sobre un joven aristócrata y su mayordomo, mucho más listo que él, y cómo el sirviente le saca de todos los enredos, y recordé que aquellos libros me proporcionaban algo parecido a la paz, no era exactamente placidez de alma pero era el sucedáneo más cercano, un medicamento de la misma familia, y me vi a mí mismo en un cuarto solitario, uno de los muchos que habité de joven, tras la muerte de mi madre, a lo largo de diez años, antes de que me ingresaran por el incidente, me vi con los ojos enrojecidos por el insomnio y el alcohol y la rabia, un nudillo aplastado de haberle estado arreando puñetazos a la pared, y me vi también entrecerrando un solo ojo para poder seguir leyendo uno de aquellos libros, si no lo hacía las letras se desdoblaban, parecían estar vivas dentro de la página, pero si conseguía leer lo suficiente, aunque fuesen unas pocas páginas, me sentía mejor, aquellos libros eran un mundo seguro, un lugar donde no podía sucederte nada malo, máxime el enfado de una tía antipática, una hilarante confusión de identidades en una casa de campo, la desaparición de un valioso jarrón (al final es solo un encantador malentendido), las cómicas gamberradas de un sobrino, y yo quería estar allí, yo me sumergía allí y me evadía de mi vida y por unos instantes estaba tranquilo y con suerte lograba dormir unas horas.

Entonces te vi dar aquel paso, y te encaramaste, como yo, al borde de la azotea. Tú no llorabas. Parecías centrado, resoluto. Pero tus ojos estaban tristes. Sí: estaban tristes. No te he vuelto a ver aquella expresión. Te quedaste allí arriba, tu cara solo dejaba entrever esa diminuta emoción de desánimo y pena incurable. No pensé en lo que vino luego; no lo planeé. Solo descendí de donde me hallaba y eché a correr hacia ti, y me aseguré de colocarme en el ángulo adecuado, lo último que quería era que cayésemos los dos, habríamos caído juntos, abrazados, y no quiero ni imaginar los motes que nos habrían puesto, y entonces pegué un brinco y te rodeé entero con los brazos, los tuyos estaban pegados al cuerpo, y salimos despedidos hacia dentro, hacia la azotea de nuevo, los dos, y caímos al suelo. Juntos.

¿Recuerdas lo que me dijiste? ¿No? Te incorporaste, te sacudiste la chaqueta, primero azotaste una manga con la palma de la otra mano, luego repetiste la operación al revés, y solo entonces me dijiste: «Su intervención ha sido providencial, señor. Deje que le ayude. No sé qué me ha sucedido; algo debe de haberme nublado fugazmente la visión, por así decirlo. Me siento mucho mejor, señor. Le agradezco lo que ha hecho por mí.»

Y yo me eché a reír, Plácido. No era alegría, pero se le parecía mucho, era el sucedáneo más cercano, y te dije no hay de qué, y tú te presentaste y me dijiste que estabas en deuda conmigo, y yo te dije que te olvidaras de ello, y tú te empecinaste en que no, que tu familia llevaba varias generaciones en la servidumbre y que ciertos pactos eran indestructibles y ciertas leyes debían obedecerse, y que desde aquel momento estarías a mi servicio, y yo me alegré, Plácido, me alegré, porque hasta aquel día me había sentido muy solo, no imaginas lo solo que me había sentido, y no tenía a nadie en el mundo, y una fea oscuridad me aislaba de los demás, y no encontraba la manera de escapar de ella, salir a la luz, pero quizás podría hacerlo con la ayuda de un amigo, de un compañero fiel, de niño me gustaba tener un mejor amigo, todo el mundo debería tener un mejor amigo. Nunca te he visto como un mero sirviente, Plácido; tú lo sabes bien. Eres algo más. Un colaborador íntimo. No me importa que de vez en cuando desaparezcas, Plácido, mientras estés a mi lado en los momentos cruciales. Sí. Los momentos cruciales. Cruciales. Hoy estás muy callado. ¿Sabes qué? Tengo mucho sueño de repente. Mucho sueño. Mucho. Quédate a mi lado mientras duermo, ¿te importa?, ¿de verdad? Gracias. Eres un sol, Plácido. No sé qué haría sin ti. De verdad que no sé lo que haría. Me volvería loco, supongo. Suerte que estás aquí. Qué suerte tengo. Una suerte bárbara.

18

—Lo llamaré Marc. ¿Te gusta?

Mi madre se acaricia la barriga, aunque no tiene barriga, solo una pequeña hinchazón anoréxica. Los pechos le cuelgan, deshinchados, y un par de pezones gigantes, en forma de tapones de champán, se marcan en el tejido de su vestido. Apuntan hacia el suelo. Ha perdido muchos más kilos en estas pasadas semanas. Miro la puerta abierta, por la que se cuela un frío molesto. Otoño acaba de inaugurar su ofensiva, y el aire huele a chapa y teja. Me acerco a la puerta y la cierro. La pintura verde se está descascarillando en la parte donde la puerta roza con el dintel. A través del fino cristal veo el suelo de cemento estriado del patio, que reluce de rocío nocturno. No ha llovido, creo, pero lo parece. Se oye a lo lejos la percusión metálica de los butaneros, anunciando bombonas de gas a golpe de martillo.

—Aún no da pataditas, pero ya debe faltar poco. ¿Te hace ilusión tener un hermanito, Curro?

Mi madre no está embarazada. Lleva un vestido floreado de verano, de tirantes, con flores y bayas y motivos campestres, solo que lleno de ronchas y rasgado en un lateral. Su cuerpo está chupado, la piel caída, como si fuese un animal muerto que alguien vació, olvidando rellenarlo de arena. Su pelo brilla. Lo lleva pegado detrás de las orejas, y un clip infantil, de plástico, con el rostro de Minnie Mouse, le sujeta un mechón en la frente. En la piel de los brazos y los hombros se le distinguen los poros erizados por el frío, pero ella no lo percibe. La alarma de incomodidad térmica está desconectada de su cerebro.

Mi madre lleva unos días diciendo que está de seis meses. Ya no duerme. Lo sé porque la oigo hablar y andar en su habitación, hora tras hora. A veces sale a la calle, vuelve a entrar al cabo de mucho rato. Cuando amanece. Algunos días se sienta en mi cama y me habla. Me toca con las manos heladas. A veces se tumba, pone sus pies glaciales debajo de la manta y me pide que se los frote con los míos, y sus uñas rotas me rascan la planta de los pies. Me habla durante mucho rato, de Tejero y Jesucristo y el Rey de España y de depósitos de agua envenenados, de su padre y de Franco y de bombas de ETA, del infierno, «sodomía», «felación» y del colegio donde las monjas navarras y gallegas le golpeaban los nudillos con una regla metálica una y otra vez, hasta que estaban en carne viva, por hablar en catalán.

Una voz aflautada desde el televisor canta, ahora: «España se merece nuestra esperanza...» Mi madre ha trasladado la televisión portátil en blanco y negro a la cocina. Antes estaba en su habitación. Miro a la pantalla y Felipe González pide calma. «... está claro que el Partido Socialista Obrero Español», dice, sonriente, ante los micrófonos, entre gritos de júbilo y vivas y hurras del público, «ha obtenido el respaldo mayoritario del pueblo español...».

Una ovación. En la pantalla del noticiario aparece sobreimpreso un mapa de España. El país está pintado de un solo color. No se distingue cuál, porque el aparato no lo permite, pero asumo que rojo. Todo el país rojo. Mis dos abuelos fascistas deben de haber empezado una danza de guerra en sus féretros. La silueta de la península solo cambia de color en el centro del país y en Galicia, dos pequeñas manchas de Alianza Popular, y en Girona y el País Vasco, que son de Convergència i Unió y el PNV (dice ahora el aparato). Mi madre extiende su brazo, flaco con un codo que sobresale por ambos lados, y apaga la televisión girando el interruptor. Nada de lo de fuera de casa importa ya. Son como monedas de un país desaparecido.

Mi madre se dirige a la nevera, cruza la cocina en dos pasos, va descalza y hay alguna herida en sus dedos chatos, con un dedo gordo demasiado gordo que sobresale por la punta de ambos pies, y se distinguen manchas de suciedad oscuras en las cavidades entre los dedos menores. Lleva las uñas de los pies un poco largas, quebradas. Nunca las llevó así antes.

Introduce la mano en la nevera, que está vacía excepto por un cartón de leche, mantequilla reseca, mermelada de albaricoque y poco más. Su cara se agita con un par de espasmos de aparición reciente. Guiña un ojo y arruga todo un lateral de la cara, y eso le deforma la boca. Deja un ojo cerrado. Cierra la puerta de la nevera. Dirige su mano al congelador superior y lo abre y saca un bistec congelado. Pela el celofán que lo envolvía y empieza a lamerlo. Tiene la lengua de color ocre, y la saca muy poco, solo la punta, que se le queda a ratos medio adherida al bistec de piedra. Parece una tortuguita.

—Desayunamos rápido y en marcha, eh, que hay que ir a trabajar —dice, y un tirante del hombro izquierdo se le cae, y aparece allí casi entero un pecho estriado, el pezón moreno y grande en mitad de una teta floja, caída, y ella no parece darse cuenta, solo sigue lamiendo tentativamente el frío trozo de carne—. Los papeles de la Sumo no van a clasificarse solos, ¿verdad? Mi jefe me mata.

—Mamá, eso no se puede comer así, congelado —le digo—. Bebe algo de leche. Galletas.

—La leche me hace vomitar —dice ella, tocándose distraídamente el pecho, ahora. Se aprieta un pezón con dos dedos. Lo retuerce un poco. Su mirada se va a un punto indeterminado del aire. El pezón se le queda tieso, pero caído; enfoca al suelo. Vuelvo la mirada hacia los tiestos muertos del patio, ahora llenos de colillas. Doy un par de patadas al suelo, me hago crujir los nudillos en orden descendiente.

Con el rabillo del ojo distingo que ha dejado de lamer el bistec, y ahora se lo está frotando por la parte inferior de la barriga. Emite un gemido que intento no oír, y fracaso. Es el sonido de alguien hablando en sueños, cuando está protestando por alguna afrenta que sucede en el sueño, mezclado con un sonido de gusto. Se oye el sonido del roce del bistec contra su vestido.

—Necesito desayuno —digo—. Para el cole.

—¡Claro! ¡Se me olvidaba! —responde ella, contenta de repente, y sale a toda prisa de la cocina, dejando antes el bistec helado sobre la mesa de formica.

Hay allí suciedad y platos con colillas, que limpiaré después, cafés con leche casi enteros, que ha preparado y ha sido incapaz de tragar. Todos tienen una fina capa de nata solidificada en la superficie. Dos botellas de licor de almendras, vacías. Le encanta el licor de almendras. Se lo compro yo mismo en la bodega de la esquina. Últimamente preguntan mucho por mamá, me hacen miles de preguntas, la tienda es uno de los puntos de información clave del barrio, allá van muchas viejas a enterarse de lo que se cuece, Teresina, Remedios, la Alcaldesa, estoy seguro de que todas saben lo de mi padre, yo solo les contesto que mamá está bien, que el licor es para un pastel, porque no quiero que se lleven a mi madre como se llevaron a mi abuelo.

El suelo de la cocina está sembrado de fotos viejas de la familia. No sé qué ha hecho con ellas. Ayer no estaban. Debe de haber sucedido esta misma noche. Me agacho un poco. Qué raro, muchas de las fotos de grupo tienen cabezas recortadas. Un grupo en una boda, y de repente dos agujeros en el papel, como esos plafones con orificio para que pongas la cabeza sobre una silueta cómica de los parques de atracciones.

Me fijo, y veo que las cabezas de papel yacen sobre la mesa de linóleo azul claro, en un montoncillo. Son óvalos con rostro. Me acerco: son todas de mi madre y mi padre. También hay un *Diez Minutos* abierto, justo al lado. Acerco aún más la cabeza y veo que la cabeza de mi madre está superpuesta a algunos de los cuerpos de la revista. Paso unas cuantas páginas. Ana Obregón. Bo Derek. Rocío Jurado. Sonia Martínez, del *Sabadabada*. Todas tienen la cabeza de mi madre. Incluso Grace Kelly, la princesa de Mónaco, que murió hace un mes. Mi madre ha pegado su cabeza, una foto de su boda, sobre la princesa muerta en su ataúd. Si en el reportaje aparece un galán, mi madre ha colocado a mi padre sobre su cara.

—¡Toma, hijo! —exclama mi madre, con voz excitada, y me vuelvo y la veo que está cruzando el pasillo dando saltitos—. Aquí tienes, mi vida —dice, cuando llega ante mí, y me ofrece dinero—. Para el donut. ¡No te olvides los donuts! —Y tras arrearse un manotazo en la frente se ríe durante un rato largo.

Miro mi mano. Son tres billetes de diez mil pesetas.

—Mamá, no —digo—. Esto es demasiado, ¿no lo ves?

—¿Sí? Vale, lo que tú digas —dice, dejando uno de los tres billetes sobre la mesa, y devolviéndome veinte mil pesetas—. Tú mandas. Ahora eres el hombre de la casa. ¡Tú llevas la economía!

—Sigue siendo demasiado, mamá.

—¡Da igual, hombre! —grita, alzando ambos brazos—. El dinero está para gastarlo.

Veo sus sobacos oscuros, sin depilar. Me llega olor a sudor pasado. Su piel huele a sabor de salsa boloñesa.

Luego me da un beso, en la boca, noto el sabor a tabaco y azúcar de su boca, y algo se revuelve en mi bajo vientre. Sigue llevando un pecho desnudo. Salgo de la cocina con unas ganas de mear muy fuertes. Antes de abandonar la casa dejo los dos billetes restantes en un pequeño cofre de una estantería, el que utilizábamos para las llaves viejas de cerraduras que ya no existen, trozos de cable, cajas de cerillas promocionales, puros de regalo que nadie fumará, clips y chinchetas. No llevo encima nada de dinero, pero ya le pediré a Priu o a alguien que me dé un bocado de su desayuno. Llevo bastantes días haciéndolo. Con cuatro o cinco bocados prestados me apaño.

Paso por delante de la armería. Hoy he cambiado de ruta, estaba harto de cruzar por la funeraria de la calle Ebro. No quiero ver ataúdes, aunque estén vacíos. Priu ya no viene a buscarme, porque en octavo ha dejado de sucedernos lo de séptimo, lo del desmayo y todo lo demás, así que realizo el recorrido diario yo solo. Él y yo nos citamos directamente en la puerta metálica de los salesianos. Es más aburrido. Me cuesta acostumbrarme. Todo cambia siempre. A veces para bien, a menudo para mal. No me gustan los cambios.

Miro un momento los machetes de diversos tamaños, las escopetas y pistolas, la ropa de camuflaje, agarrando con ambas manos las dos asas de la mochila que llevo a la espalda. También veo retazos de mi reflejo en el cristal del escaparate. Pantalones de pana negra, la sudadera gris donde pone Michigan University, mi anorak multicolor con mangas extraíbles. La ropa me rasca un poco al andar, porque hace unos días intenté poner una lavadora (mi madre también ha dejado de hacer eso) y no me salió muy bien, demasiado detergente o demasiado poco, demasiada temperatura o no la suficiente, y la ropa salió muy mojada y llena de jabón, y al secarse en el tendedero quedó como almidonada.

Huelo bien. Eso sí. A lavanda, a Marsella, a terrados de abuelas.

Hace un mes y medio que mi padre no está en casa. No sé dónde está. No lo he preguntado, y nadie viene a decírmelo. No quiero que nadie lo sepa, porque entonces se llevarán a mi madre. Tengo la esperanza de que se cure sola, de que se le pase. De que todo vuelva a la normalidad con la única ayuda de mi vieja y fiable máquina del tiempo: dormir, y despertar, y que pasen las horas hacia una época nueva.

La cara que puso mi madre cuando le conté lo de papá y Luisa. El día que volvíamos de las vacaciones. Aquella *cara*. Me da pesadillas. Ya estaba descentrada, fuera de eje, pero no chilló, ni nada de eso. Solo puso una mueca de espanto contenido. Estaba paralizada, esperando que lo desmintiese, que aquello fuese una broma pesada. Estuvo entre dos tierras unos segundos: entre su vida pasada y su nueva vida. Su nueva vida terrible. Luego se llevó las dos manos a la boca, muy lentamente, como si alguien la estuviese apuntando con un revólver.

Le conté los detalles. Los que estaban en mi poder. Tuve que detenerme un rato, porque a mitad del relato, cuando le dije lo que habíamos visto Priu y yo en Sant Ramon aquel día, se levantó de un salto y salió corriendo hacia el baño. La oí vomitar. Un grito sumergido. Pasó cinco o seis minutos allí. Aulló una sola vez, pero muy fuerte, más fuerte que nunca. Como si algo escapase de su cuerpo. Los vecinos lo oyeron, seguro. Me dieron ganas de echarme a llorar, cuando la oí gritar. Me dolían los brazos y las piernas, se me anudaron los intestinos, un río de mierda líquida acudió a la salida de mi culo, me olí los dedos y olían al yeso humedecido de las paredes, a mi propia saliva, a piel muerta. Guiñé ambos ojos un centenar de veces. Noté cómo se me escapaba la caca por entre las nalgas, hice presión pero fue inútil.

Cuando mi madre apareció por la puerta del baño parecía algo más calmada, solo que *sus ojos...*, sus ojos estaban helados. La pupila enfocaba hacia dentro, como el mecanismo roto de una muñeca. Llevaba las dos mejillas arañadas, con un rastro diminuto de sangre en la piel levantada de cada lado de la cara.

«Continúa», me dijo, agarrando una silla y sentándose en ella, al lado de la mesa redonda del comedor. Intentó sonreír, lo que la hizo parecer mucho más triste y loca. Yo miré al sofá, con el cuerpo reseco y tieso de Clochard allí detrás, ya no se le veía la cola, estaba del todo oculto, pero seguía oliendo de aquel modo, podrido dulzón, no del todo desagradable si no llega a ser por el olor a excremento que sí salía de mí, de mis calzoncillos manchados, y aún de pie, con un picor ácido en el ojo del culo, acabé de contarle a mi madre todo lo que sabía, el incidente de los zapatos, mi padre lloroso en la escalera de los Hurtado, el pendiente de la lágrima de fuego. Incluso le conté a mi madre lo de las andaluzas del camping, aunque no hubiese sucedido nada con ellas, que yo supiese. Una vez que hube empezado ya no podía parar de sacar cosas asombrosas de mi interior. Parecía un mago.

Esperaré un instante para cruzar la riera. Un pastor utiliza el bastón para señorear a sus cabras por el camino de fango seco, chirría con la boca y transmite sus órdenes. Un perro negro, peludo, con bigotes largos, salta aquí y allá, devolviendo a las cabras díscolas al rebaño. Son unos treinta o cuarenta animales, chocan entre ellas, balan, no se detienen a masticar hierbajos porque en el lecho de la riera no hay nada comestible, solo escoria y espiguillas sucias, chapas de botella y sacos de cemento vacíos y mojados. Una de las cabras se pone a lamer una revista porno, tamaño cuartilla a todo color, abierta por el póster, hay allí una señora con las piernas muy abiertas y la raja de un color rojo ardiente tras el pelo rizado, y parece que la cabra la esté lamiendo. El animal se cansa rápido (la tinta tiene mal sabor). El rebaño sube por la pequeña ladera del cauce, al fin, las cabras cruzan la calle, unos pocos coches tienen que detenerse y cederles el paso, los conductores ponen cara de fastidio pero nadie hace sonar el claxon. Los animales van a pastar a la Montanyeta. Cuando se alejan, continúo andando hacia el colegio.

Mamá vomitó una vez más antes de que yo terminara mi relato. Olía agria, a acetona, el olor que despide el vómito cuando tienes el estómago vacío y solo echas jugos gástricos y agua. Mi madre siempre nos hacía el test de la acetona. Le encantaba hacernos ese test; comprobar que, en efecto, era acetona.

Se oyó el timbre de la puerta, aquel día, por segunda vez. Aquel zumbido.

«¡Ya estamos aquí!», gritó mi hermano. «¿Hola?»

Luego pensé, fascinado, que la parte de mi hermano y mi padre, y la parte de mi madre y yo, existimos también, durante unos segundos, en dos tierras distintas. Dimensiones paralelas. Dos mundos que se tocaban en la puerta del comedor, como un gráfico de círculos sin intersección. Ellos habitaban aún en el mundo normal, el que había existido hasta el 29 de julio de 1982. Nosotros, mi madre y yo, vivíamos ya en otro mundo, el que se inauguraba ese mismo día, en el interior del tornado. Ni mi padre ni mi hermano sabían esto. En el recibidor todo iba bien. Pero solo una puerta les separaba del precipicio.

«Qué pasa, familia», dijo mi padre, entrando por la puerta

del comedor, sonriente. Pim, pam. Antes había visto su sombra difusa tras el cristal esmerilado. Lo miré, ya enfocado, cuando apareció: estaba moreno, *tan* moreno. Un bigote rotundo. Iba en pantalones muy cortos, de tenis, blancos, y chanclatas negras de plástico, las de la tira de plástico entre el dedo gordo y el segundo, y una camisa azul eléctrico de nailon. Le gustaba mucho el azul eléctrico, y a mí también, porque yo le copiaba, durante muchos años quería ser lo que él era y que me gustase lo que a él le gustaba, sus odios eran los míos, sus pasiones también. Lo que dijo en la puerta, «qué pasa, familia», fue lo último que oí de él aquel día.

Estamos los dos solos, ahora. Mamá y yo. Mi madre llamó a su madre, mi abuela Manuela, con la que hacía mucho que no se hablaba, para que se llevasen a mi hermano al pueblo. Mi hermano no quería ir, pero le convencieron entre todos a base de gritos y amenazas. Mi madre simuló que estaba bien de salud, por unos momentos, solo algo triste porque se había «separado», y mi abuela vino con su nuevo marido, un señor mayor muy educado que tenía una pierna más corta que la otra, por la polio, mi madre no les dirigía la palabra pero aquel día sí lo hizo, de malas maneras, no le quedaba otro remedio, su boca dibujaba lo que ella debía de suponer que era una sonrisa tranquilizadora, y yo observé cómo se alejaba el dos caballos verde pera de mi abuela por la calle Vermell. Richard nos saludaba desde el cristal trasero, moviendo una mano, con cara de desconcierto. Unos minutos antes nos habíamos despedido él y yo en la puerta del coche, fue un abrazo breve, aquel habría sido el momento de decir algo sobre nosotros, pero cuando lo tuve delante dándome palmaditas en el omoplato no se me ocurrió nada. Solo dije que mamá se pondría bien, pero vi que él no lo veía muy claro, porque la conocía como yo, y cuando le vi en el coche, saludando como desde la cubierta de un barco, con unas cejas caídas que parecía Rudolf Hess, no pude odiarle. Me dio mucha pena, porque era mi hermano, y yo le quería, mi madre siempre decía que de niños éramos inseparables, siempre hacíamos frente común, y luego todo había ido de mal en peor, y tal vez en una familia corriente nos hubiésemos llevado mejor. Es difícil de imaginar.

Mi abuela Manuela era una mujer algo fría, no muy táctil, no muy partidaria de abrazos o besuqueos ni a hijos ni a nietos, bajita y regordeta, de piernas arqueadas y nariz de búho, a quien ya no veía ni en Navidad, porque mi madre se negaba a invitarla. Había puesto a lo largo de toda la despedida una expresión de poco convencimiento, la cara que pones cuando te están presionando para que hagas algo que, en el fondo de tu ser, sabes que está mal. Como por ejemplo no llevárseme a mí con ella, porque mi madre se negó, dijo que donde estaría yo mejor sería con su madre, porque era muy niño aún.

Mi madre no capituló, aquel día, ni enferma como estaba. El resentimiento era su religión. Su padecimiento no hizo más que incrementar su manía persecutoria natural. Le estrechó la mano a su padrastro, casi sin mirarle, besó a su madre, con precaución, como si pudiese pegarle algo, frotó la cabeza de mi hermano, le entregó la bolsa de deporte, creo que ni escuchaba cuando mi abuela preguntaba por el cambio de escuela, y qué iba a hacer yo allí solo en la casa con ella, fue muy desagradable para todos los que estuvimos allí, no había un sistema en nada de aquello, la provisionalidad y el sálvese quien pueda eran los únicos lemas. Yo, que soy ordenado por naturaleza, veía cómo desaparecía cualquier semblanza de orden en la casa donde íbamos a vivir juntos ella y yo. Me mordí tanto el pellejo del pulgar que empezó a sangrarme un dedo. La sangre cubrió toda la curva de mi uña, dibujando una media luna roja, como turca o algo parecido. Me lo chupé. Sabía igual que cuando chupo el compás en clase de dibujo. A hierro, a robot de juguete. No a cuerpo vivo.

Llego al colegio, cruzo el patio por el camino de asfalto entre las vallas de los dos campos de fútbol, el cielo está ennegreciéndose por momentos, seguro que llueve. Miro a los peques de primero y segundo, qué enanos son, qué panchos, se persiguen los unos a los otros pegando alaridos felices, pretenden ser D'Artacán y sus Mosqueperros, todos llevan batas aún, a cuadros azules, goma en los puños y el cuello. Rodillas llenas de arañazos y mugre en las palmas de las manos.

Ahí está mi cola. Ya es la última de toda la formación del colegio. Octavo B. Estamos en el extremo derecho de las filas, a nuestra derecha solo hay las pistas de básquet pequeñas, somos los mayores, es nuestro último año aquí. Priu está en su sitio, en la P, cada clase forma por orden alfabético, esto parece el ejército pero ya me he acostumbrado, así que paso a su lado y levanto la mano derecha, palma hacia delante, codo doblado del todo, al modo Hitler, y él hace lo mismo, y sonríe, con los labios dibuja la palabra Heil y taconea con sus zapatos, yo igual, y luego sigue hablando con otro niño de la clase, me dirijo hacia el primer lugar de la fila. Soy la A. Siempre he sido el primero de la lista. Me caen las primeras gotas en la cabeza, agarro la capucha amarilla de mi anorak desmontable y reversible y la instalo sobre mi cabeza.

—Venga, chavales —dice el nuevo tutor de este año, en voz alta, justo delante de mí, casi como si se dirigiese a mí en exclusiva, solo que alzando la voz para que le oigan incluso en la U y la Z—. Que nos vamos a ahogar, para arriba todos. ¡Es el diluvio universal!

Su despacho es serio, impone, hay montones de libros, ventanales grandes en la parte superior de la estancia; entra luz pero no puedes asomarte al exterior. Es un sitio cómodo, siempre tiene la calefacción puesta, las butacas son mullidas, todo está limpio y en su sitio. Lástima de los crucifijos sangrientos y las imágenes de Don Bosco en distintas posturas, que nunca dejan de sobresaltarme.

Dejo de dar toques con el puño al brazo de la butaca, y me muerdo la uña del meñique derecho. Mi tutor enciende su pipa, y el aroma dulce de tabaco me amortaja y me tranquiliza un poco. Se llama Josep Anglès, pero pidió que le llamáramos solo «Jos». Jos tiene una barba que parece un matorral embarullado y negruzco en toda la parte inferior de la cara. Su boca solo es una ranura, la rodea un bigote oxidado por el tabaco y las grasas. Lleva gorra plana, como de marinero, zapatillas camping con calcetines. No hoy: sus chirucas marrones con trozos de pana asoman por debajo de la mesa, las suelas llenas de fango.

Jos chupa de su pipa, abriendo y cerrando sus labios finos tras la enredadera pilosa. Suena música clásica en una radio oculta a la vista. Él cierra los ojos un instante. Violines que plañen. Sus ademanes son meticulosos, pausados.

—Bueno, Curro —dice, y extrae la pipa de su boca, y la observa humear. Es muy poco humo, de un aroma suave y nada intrusivo, que se eleva haciendo nudos—. Quiero proponerte que te apuntes a teatro. Será las tardes del viernes, creo que te gustaría. Te he visto hacer imitaciones con Priu, sois buenos actores. En ciernes.

—¿Dónde?

—«En ciernes» quiere decir que estáis en los principios, que aún os falta para alcanzar la perfección. No es un lugar. —Se ríe un poco.

—Ah. —Me arranco un pellejo casi seco del pulgar derecho con los dos dientes delanteros. Lo miro. No brota sangre. Es piel ya muerta.

—¿Qué me dices?

—¿Teatro? —Levanto una parte del labio—. No sé. ¿En plan «no es verdad ángel de amor» y todo eso?

El agua empieza a caer en tromba allí fuera. Escucho las trompadas de las gotas sobre la uralita y el tejado de plástico de la parte trasera del colegio, donde guardan las herramientas y el yeso para marcar las líneas de los campos, los aparatos eléctricos, las redes de las canastas, los potros y los plintos y los balones.

—Válgame Dios, no. Solo nos faltaba eso. Menuda antigualla. —Ríe—. Nos dormiríamos todos en el primer ensayo. Más «en plan» de gags encadenados, sketches visuales, cosas así. Hacer el tonto, solo que encima de un escenario, y con una broma ensayada, y junto a unos cuantos amigos.

—Ah, vale. Pues entonces sí. Creo que eso puedo hacerlo. —Le sonrío.

—Me gustaría hablar con tu madre o con tu padre de todo esto —dice, y deposita la pipa en una especie de cuna de pipas, y toma un bolígrafo y se pone a escribir algo en una cuartilla con el logotipo de nuestra escuela, Santo Domingo Savio (nadie la llama así, siempre olvidamos su nombre real), y luego la dobla sobre sí misma, me la alcanza por encima de la mesa—. Estoy seguro de que les gustará saber que tienes talento, y eso es algo que no hay que desperdiciar.

Yo tomo el papel, doblado de forma muy pulcra, todas las esquinas encajan unas con otras, ese tipo de orden me apacigua la cabeza, me quedaría en este despacho mucho tiempo, el que fuese necesario. En la radio suena una flauta, ahora, su cadencia es la de un riachuelo de montaña.

Le sonrío, un poco incómodo ya. Me meto la nota en el bolsillo trasero de los pantalones. Detecto dos kikos sin comer allí; era eso lo que se me estaba clavando en el culo. Sigue sonando, desde el aparato de radio, una melodía de violines y una especie de piano que parece como si estuviese hecho de cristal. El repiqueteo de la música, plinc-plinc-plinc, se entremezcla con el alboroto del chaparrón.

—No la pierdas, ¿eh? —dice, metiéndose la pipa en la boca una vez más, encendiendo una cerilla y aplicándola a la parte superior de la cazoleta, luego aspirando aire con los carrillos—. Dásela a tu madre o a tu padre solo llegar a casa. Te veo luego en clase.

—Sí, vale —le digo, y cierro la puerta detrás de mí con cuidado, sin hacer nada de ruido. Los pasillos están vacíos. Hay varios pósters del Domund pintados por los alumnos; un cartel con la cara de Don Bosco compuesta a base de muchas caras pequeñas de alumnos. A lo largo de todo el pasillo, a cada lado, cuelgan las chaquetas y anoraks de los alumnos, alguna bata de alguien que debe de estar enfermo y no ha venido hoy. No se ve a nadie. Solo se oye a los maestros, cada uno en su clase, recitando su lección. Los susurros, combinados y rebotados por el vacío del pasaje y los huecos de las escaleras, se elevan por encima del sonido de la lluvia que cae y suenan como un rezo multitudinario.

—¿Qué quería el Bacterio? —dice Priu, apoyado en una columna del porche, desayunando de su bocata y su zumo, un tetrabrik diminuto, alternativamente. Mordisco, trago. Mordisco, trago. La sombra de terciopelo en el labio superior de Priu se está transformando en un mostacho oscuro que no puedes simular no haber visto.
—Nada —contesto, y hago una bola con la nota de Jos y la lanzo a una papelera que está a medio metro de nosotros, pero no hago canasta, *nunca* logro acertar una mierda, así que tengo que acercarme a ella, humillarme, agacharme, recoger la bola de papel e introducirla en la papelera.
—¿Cómo nada?
—Bueno, vale, de hecho quería decirme que si podíamos probar el transformador metabólico.
Priu se carcajea. Estaba bebiendo del zumo de piña, y dos chorros de agua sucia salen disparados de su nariz, ambos orificios, y caen sobre el suelo lleno de serrín del porche. Priu se seca los restos de zumo y moco que han quedado en su boca y barbilla con la manga de la coreana, que de repente brilla. Ha dejado de llover, pero todo está plagado de charcos. Grandes extensiones de agua en los patios, como lagos. Aún no luce el sol. Cuando salga, los charcos serán espejos.
—De qué te ríes —le digo, muy serio. Él solo tose y me dice que pare, con la mano.
Priu está contento, en octavo. Para empezar con las alegrías de Priu, a Cruz, que era su némesis, le han sacado del colegio, porque iba a repetir por segunda vez. Sigue viviendo en el pueblo, me contaron, solo que ya no le vemos nunca. Eso me apena, pero tampoco mucho. Vivía en Marianao. No sé qué habrá

pasado con su padre, si seguirá en su casa, pegándoles, o le habrán detenido, o estará fiambre, o qué. Se lo preguntaría a mi madre, pero ya no tiene el cuerpo para chismes. Sea lo que sea que mira y piensa, va todo para adentro, y allí dentro todo está suelto, así que no se entera de nada de lo que sucede de la piel para fuera, en el pueblo.

Como predije el año pasado, el dentudo Torras y el gordo Vidal han perdido toda autoridad desde que Cruz se fue.

—Mira a Torras, mira ese culo gordo que tiene —digo, señalando hacia una de las pistas de básquet pequeñas, donde se desarrolla un partido, pese a los charcos—. Es que no da una. Oye, te cojo un mordisco del bocata, ¿vale?

Priu deja que su bocadillo realice el viaje de sus manos a las mías. Lo agarro con ambas manos y le pego un mordisco de los grandes. Tres dedos de pan con cosa. Una buena parte del pan y de la carne se me queda fuera de la boca, así que lo empujo hacia el interior con un dedo. Priu no me ve hacer todo esto, solo vuelve a coger su bocadillo sin inmutarse y observa la pista de baloncesto, donde ahora unos cuantos idiotas han empezado a mantear a Torras, por haber fallado una canasta cantada.

Observando a Torras elevarse hacia el cielo, Priu pone la cara que deben de poner las gacelas cuando ven morir a una leona que había diezmado la manada. Mastico mi bocadillo de chóped. Tenía tanta hambre que me dolían las mandíbulas, igual que cuando estoy triste o nervioso. Un manantial de saliva se desata en el interior de mi boca.

Una bandada de pájaros cruza el cielo nuboso. Vuelan en forma de punta de flecha. Se entretienen un instante encima del colegio, dibujando unos cuantos tirabuzones y luego desaparecen por detrás de los bloques de pisos de color ladrillo en dirección a Sant Ramon, que hoy es solo una sombra neblinosa en la distancia. Un pequeño destello de luz solar, fugaz como un flash de cámara, aparece y desaparece entre unas nubes, reflejándose en los charcos, haciendo que brillen el asfalto y el agua, el metal de las porterías verdes de fútbol. Hay un asomo breve de arco iris entre dos trozos de nube. Unos colores desdibujados y pastosos que también mueren sin casi haber nacido.

—¿Qué hace tu madre? —dice Priu.

—Cosas cada vez más raras —le digo. Con Priu sí puedo hablar de esto. Acerco mi mano a la columna donde él está apoyado y juego con las pequeñas piezas de mosaico azul, pasando mi dedo por las ranuras entre cuadrados, notando la rugosidad del cemento que las une—. Hace unos días empezó a guardar «muestras» —enfatizo la palabra, vocalizando mucho— de todo lo que come, por si hay una conspiración contra ella. Mete los trozos de comida en sobres, y los marca con la fecha del día, y añade de dónde proviene la comida, para luego «investigarlo». Yo se los voy tirando a la basura, pero no puedo deshacerme de todos los sobres de una vez porque luego se da cuenta, y se pone como una fiera y se tira de los pelos y me dice que estoy «conchabado» con «ellos», y luego llora durante mucho rato.

—Quiénes son «ellos» —dice Priu, y me alcanza el bocadillo, que ya está a menos de la mitad.

—No sé. —Le miro a una oreja para no mirarle a los ojos, agarro el bocadillo y muerdo, solo que menos que antes, y me meto el trozo en una sola mejilla para poder hablar, y sigo sin mirarle. Estoy observando el toldo de rayas verdes de un balcón lejano. Un periquito trina allí; es una canción alegre, pese a su encierro—. Los militares, creo. Franco. Suárez. Otro día dijo que también «las monjas». Un día mencionó a su padre, mi abuelo, el que murió, que era un imbécil.

Priu me mira a una oreja. A él también le cuesta, esto.

—Hostia, es igual que lo de Hess, ¿eh?

—Ya, tío.

Priu sorbe del zumo, que hace el ruido de receptáculo vaciándose del todo, y luego arruga el brik y lo lanza a la papelera y él acierta, porque podría ser bueno practicando deportes.

—¡Canasta! —grita, luego se limpia una uña con la otra uña y se mete el último pedazo de bocadillo de chóped en la boca. Mastica. Sus mandíbulas hacen un ruido ensordecedor, y eso que siempre come con la boca cerrada. Nunca lo he entendido.

Creo que aplica más fuerza de la necesaria a las quijadas. Se le oye incluso por encima de los gritos del patio. Hace: ¡chomp, chomp! Nunca le he dicho nada sobre el tema, porque quizás le sabría mal.

A Priu no le he contado *todo* lo que le sucede a mi madre, porque tengo miedo de que se le escape delante de su madre o del tutor. Priu me dice que hay que hacer algo con ella, y yo sé que tiene razón pero no me decido a hacerlo, porque temo no volver a verla, que la encierren en un sitio del que ya no salga, como mi abuelo, que se volvió más loco aún desde que lo metieron allí, con los otros locos. Se me hace un nudo rasposo en la garganta.

–Voy a beber agua –dice Priu, y me da la espalda y echa a andar. Lleva su anorak coreano con parches de logogramas chinos, pelusa en la capucha, una de sus mangas lanza destellos de moco.

–No te amorres al grifo –le digo yo, alzando la voz. Mi madre solía decirme que pillé la hepatitis amorrándome a un grifo de esos.

Caen dos gotas, y veo cómo Priu se sube la capucha y se cubre la cabeza. Con la capucha peluda puesta y andando de ese modo, desmadejado, parece un marsupial raro.

Según se aleja Priu noto que va creciendo un sollozo en mi interior. Percibo el dolor de mandíbulas y brazos, y cómo la clavícula se me va para el cielo. Me pican los ojos. Me los froto. Se me tuerce la boca.

–Eh. Por qué lloras.

Me vuelvo. No hay nadie. Ah: abajo. Un renacuajo de primero, en bata a cuadros azules. Es rubio, va despeinado, tiene una costra justo debajo de un ojo. Cara de globo, pero no está gordo. Solo tiene rostro lunar.

–¿Te has caído? –me pregunta.

–No.

–¿Te han pegado?

–No.

–¿Entonces por qué lloras? ¿Te han castigado? –Y se frota la nariz con el dorso del puño.

–No.

–Pues qué te pasa.
–Estoy triste –le digo.
–¿Porque te has caído?
–Sí –le digo, sin pensar–. Me he caído.
–¿Dónde te has hecho daño? –me dice, y examina mi cuerpo con curiosidad–. Yo me caí de la bici y me clavé el freno en la muñeca. Mira. Aún se ve la cicatriz.
–Hostia. Yo... Yo me tropecé y me caí con las dos manos y se me rasparon, pero ya no se ve. –Se las muestro, abiertas, palmas hacia arriba.
–Chiqui-chak. Curado –dice, haciendo como que manipula algún tipo de resorte rotativo con una mano, una especie de grifo, y se marcha trotando, en un caballo imaginario, pegándose palmadas en una nalga, y le oigo cantar, gritando–: «... corriendo gran peligro, defiende a sus amigos...».

Son cuatro, en la puerta de mi casa. Hombres como mi padre, solo que de mayor tamaño. Los conozco de vista, de verles por la calle o sentados en terrazas. Siempre acarrean bolsas de deporte. Son rugbistas.

Les veo ahora desde el cruce entre mi calle y la calle Nou, donde me he parado un instante. Abultan ante mi portal, como una empalizada de carne que alguien hubiese levantado en la fachada. Ellos también me ven a mí, porque de repente se arrean unos codazos muy fuertes los unos a los otros, sin tratar de disimular, y los últimos diez o veinte metros los recorro con todos ellos mirándome muy fijamente. Me ha dado un poco de corte aquella ridícula expectación, estaban los cuatro vueltos hacia mí, en línea, y por eso he alcanzado a contarlos, pero los nervios me han obligado a parar y tocarme los talones varias veces, pegando con ellos en mi culo, y también me he agachado a recoger unos cuantos papeles y envoltorios, entre una cosa y otra he tardado mucho más de lo que tardaría un niño corriente. Supongo que eso debe de haberles impacientado. Cuando he llegado a su lado parecían molestos.

—Hey —ladra uno, acercándose hacia mí, arreando un golpe de cuello en mi dirección, y señalando con un pulgar muy grueso a la puerta de mi casa, que está detrás de su cuerpo y casi no se ve, porque él la tapa toda–. ¿Tú eres el hijo del Sebas?

Tiene una inusual proporción cuello-cabeza. Su cuello es como la punta de un Bic y su cabeza la bolita rodante. Dos orejas espachurradas. Cejas muy grandes, con volumen de hueso occipital, no de pelo. Tengo que volver la cabeza hacia arriba para verle. Mide mucho más que mi padre. No puedo mirarle a los ojos, que están ahí, al fondo de la cueva que son sus cejas, así que mi mirada se desvía todo el rato a sus orejas deformes, pero temo que crea que me estoy riendo de ellas y se moleste, así que al final le miro a una hendidura de la barbilla. La luz es muy débil, pero aún no ha empezado a oscurecer de verdad.

—Sí —le contesto, y dejo caer a sus pies los dos o tres papelitos que almacenaba en un puño.

—Tío —dice otro, dirigiéndose al de la cabeza de Bic, pegándole un nuevo codazo y dando un paso al frente–. Que es un niño, coño. —Y ahí deja de mirar al cabeza Bic y me mira a mí–. Hola, niño. Eres el hijo del Sebas, ¿no? —Pone una voz dulzona, intenta ser educado, pero tiene la nariz rota, aplastada en el puente, y se coloca las manos en los muslos para agacharse un poco hacia mí, y yo me echo sin querer hacia atrás, porque por un instante parecía que me fuese a derribar. He visto partidos de su deporte. Tengo una idea bastante formada de lo que sucede en ellos.

Sus manos son muy grandes, pero están en proporción con el resto de su cuerpo. Yo le miro la frente, la línea donde le crece el pelo.

—Sí —le digo. Supongo que saben que soy el hijo de mi padre, así que no tendría mucho sentido mentir.

—¿Sabes dónde está, por casualidad? —dice el de la nariz aplastada. Sigue poniendo esa falsa voz de almíbar, y sonríe. Le falta un diente delantero, lleva una funda de plata bien visible. Su sonrisa de mentira da más miedo que un gruñido. Veo dos trozos de hueso que aparecen por el cuello de su camiseta, a cada lado de su cuello. No he visto esos huesos en ninguna otra persona. Supongo que debemos de tenerlos, pero a nadie le sobresalen así, como un manillar de moto incrustado en el plexo solar.

–Hace tiempo que no le veo.

He dicho esto tartamudeando en las consonantes, así que ha sonado como la admisión de que le había visto.

–¡Déjate de chorradas, niño! –grita otro, allí atrás, y avanza apartando con su cuerpo a los dos hombres que le obstruían el paso. Está más gordo que los otros tres, pero no es un gordo de los que te ríes y luego echas a correr y nunca te atrapan, como Vidal. Es otro tipo de gordo y su cuello es igual de ancho que el del resto de los hombres. Arruga la frente, muestra los dientes hacia mí, y levanta un brazo al aire, su mano parece pequeña pero solo porque su brazo parece dos cerdos unidos por el culo–. ¡Sabemos que sabes dónde está! ¡Dinos dónde cojones se esconde o te enteras, coño ya con el puto niño!

Nariz aplastada se vuelve hacia él, dándome la espalda, y le agarra del cuello del anorak con el puño. Un anorak azul marino y azul claro, con cuello de butifarra de los que esconden una capucha plegable. Por un momento están así, con las caras muy juntas, él y el gordo. Sus narices casi se besan. Oigo el familiar sonido de las persianas subiendo, los balcones abriéndose, se pone en marcha el servicio de información por toda la calle. Un pekinés ladra por ahí; petardea una vespino a lo lejos. El gordo se zafa de las manos de nariz aplastada, apartándoselas de un doble manotazo, y luego le pega un empujón que le echa para atrás, solo un paso. Nariz aplastada ha clavado su pierna derecha en los adoquines, echado su cuerpo hacia delante para absorber la fuerza del gordo. Otro tipo habría volado unos metros.

–¡He dicho que no le habléis así, que es solo un niño, mecagüen Dios! –grita nariz aplastada, pero no hace ademán de volver a agarrar al gordo, solo se queda inclinado hacia el otro, una pierna al frente, y parece un mascarón de proa–. Él no tiene la culpa de que su padre... –Se vuelve un momento hacia mí, comprueba que estoy allí, con cara de asustado y ambas manos en las asas de la mochila, moviendo mucho los labios, cantando una canción en mi cabeza, *oh-wende-jo, oh-wende-jola,* con la boca muda, y él baja un poco la voz, pero no lo suficiente, y les habla a todos con estas palabras, que yo oigo sin problemas–: Él no tiene la culpa de lo que ha hecho el gilipollas de su padre. ¿No veis que el niño no está bien? ¿Que tiene algo?

Todos me miran a la vez. Me escrutan, intentando cerciorarse de si tengo *algo*.

El cuarto hombre, que aún no había hecho nada, se coloca entre ellos, y les separa con las manos, como si quisiese derribar columnas. Es flaco solo por comparación. Si lo trasladaras a cualquier otra reunión de personas sería el más robusto. Lleva bigote y el pelo lacio peinado hacia atrás en los laterales, como mi padre. Un polo de manga larga blanco con una bonita rosa roja en la pechera, de la selección inglesa de rugby.

–Tiene razón –les dice el flaco–. No sé qué cojones hacemos aquí. Buscamos al Sebas. Qué coño hacéis asustando al chaval, tíos, en serio.

Aparece un coche por la otra esquina de la calle. Los cinco lo miramos, sin movernos. Es el Ford Taunus color miel de Hèctor. En los asientos de delante van él y su hijo, Mateo. Les veo a través de la luna delantera, que ya repararon. Un claxon resuena, muy agudo, con ruido de trompeta, mientras el coche maniobra y se coloca enfilando la puerta del parking. Las dos ruedas de delante del vehículo se alinean y giran hacia la derecha. Lleva los faros apagados, pese a que no falta tanto para que empiece a desaparecer la luz diurna. Hèctor gesticula, visiblemente molesto, dentro del coche; abre su ventanilla y saca la cabeza y parte del hombro.

–¡Qué hacéis! –grita–. ¿Estáis locos? Cojones, esto no es lo que hablamos. ¡Iros de ahí, hostia puta! ¡Dejadle en paz!

Los rugbistas se alejan. No han protestado. Sortean el Ford Taunus dividiéndose en dos grupos de dos, desfilando por cada lado. Sus hombros están abatidos por el desánimo y la regañina que acaba de soltarles Hèctor, pero desde donde estoy no lo parece. Sus espaldas son tarimas. Llegan a la esquina y desaparecen por la derecha.

—Oye, Curro —me dice Hèctor, ya a mi lado, y yo me vuelvo hacia él–. Todo esto es por su bien. Por tu padre. Queremos arreglar lo que ha sucedido, que todo vuelva a ser como antes. Por eso esos amigos míos te preguntaban dónde está, ¿entiendes? Espero que no te hayan asustado. Es que si no vuelve pronto no va a haber forma de arreglar este malentendido. ¿Tú sabes dónde está?

Le miro. Sus ojos están enrojecidos de cansancio. Tiene hilos de sangre que se entrelazan por sus globos oculares.

Hèctor era un hombre normal. Le gustaba tomar el aperitivo, las digestiones pausadas, comprar Madelmans para su hijo, ver la Fórmula Uno, ir al campo de rugby, supongo que irse a la cama con su mujer de vez en cuando. Pero acaban de quitarle una de esas cosas, quizás la fundamental, y eso no le ha sentado bien. Lleva un polo de manga larga de rayas horizontales blancas y negras, un logotipo enrevesado en la pechera. Se lleva un manojo de rizos húmedos de la permanente hacia atrás. Habían caído sobre sus cejas al inclinarse un poco al ponerse a hablar conmigo. Mi padre le llamaba Horacio Pinchadiscos, como la famosa marioneta de la televisión. «En gordo», nunca olvidaba añadir.

—No sé dónde está mi padre, ya se lo he dicho a esos, Hèctor —le digo. Un relámpago reluce en algún punto del cielo, por entre las nubes. Noto el destello de un modo general, sin ver el relámpago, por las esquinas de mis párpados. Volverá a llover, tal vez.

Enfoco mis ojos hacia el coche. Su hijo sigue ahí, en el asiento del copiloto. Lleva el cinturón puesto, y solo nos mira. No se mueve. Sin expresión en la cara. Al abrir la puerta del conductor antes se encendió la luz de dentro, que le ilumina la cabeza y los hombros.

—Y yo te creo, hijo —dice. Hèctor contiene la ira a duras penas. Se nota. Hay una vena en su frente. Una manguera que alguien estuviese pisando y dejando de pisar a intervalos regulares–. Pero esos hombres están un poco nerviosos, porque son buenos amigos míos, veteranos del equipo, y claro, tu padre... –Realiza una pausa, la justa para no soltar alguna barbaridad–. Tu padre no sabe lo que hace. No está bien lo que ha hecho. No ha mostrado ningún respeto por las cosas de los demás. Quizás ahora no lo entiendes, pero cuando seas mayor lo entenderás seguro, porque eres un niño muy listo.

–Sí, sí –le aseguro–. Pero es que no sé dónde está, lo juro por Dios.

Me duelen las quijadas. Me huelo los dedos. No sé por qué he jurado por Dios, ese maldito hijo de perra. La costumbre, supongo. Suena un trueno en el cielo. Retumba de un modo persistente, alargándose durante un rato a lo lejos. Ha tardado poco desde el destello anterior. La tormenta se acerca.

–Vale –continúa él. Caen gotas de nuevo. Una en mi nariz, otra en mi pelo, otra en mi mejilla. Extiendo la mano, la palma enfocando al cielo, sin pensar, miro a las nubes–. Hazlo por tu madre, al menos. Me han dicho que no está bien, que está... –duda un instante, mira hacia otro lado, a la pared de cemento con la pintada de «Insubmissió. Mili KK» que hay al lado de la imprenta, junto a la puerta– *enferma*. Nerviosa. Mira. –Se mete la mano en el bolsillo de los pantalones tejanos con pinzas, y saca un fajo de billetes, que sostiene con la mano hecha una pinza, y los extiende hacia mí–. Aquí hay cincuenta mil pesetas. El otro día pagó con esto en el Todo-Todo, ¿entiendes? Es *mucho* dinero. Se marchó antes de que pudiesen devolvérselo. Lo que había cogido, creo que una bolsa de regaliz y una Coca-Cola, no valía ni cien pesetas. La cajera, que nos conoce, me ha dicho que hablaba como..., bueno, como una niña pequeña. No sabían si estaba de broma o no. Iba descalza. Por favor, devuélvele esto, dile que vaya con cuidado, que un día se va a encontrar con alguien que no se los va a devolver, que no todo el mundo es tan honrado.

Miro a su mano, a los billetes. Caen más gotas a nuestro alrededor, aún desorganizadas, carentes de sistema. Cada gota crea un cráter pasajero en el charco. Extiendo de nuevo la mano, tomo el dinero, me lo meto en el bolsillo del anorak, me subo la capucha.

–Cuando la vea se lo digo –digo–. Debe estar trabajando.

–Muy bien. –Él se endereza. Llueve cada vez más–. Y dile a tu madre que me llame, ¿de acuerdo? Somos como de la familia. Estoy aquí para ayudarla, ella ya lo sabe.

Su hijo, Mateo, aparece de golpe detrás de su padre. Se abalanza hacia mí, los dos brazos por delante, y me pega un empujón con ambas manos, y me caigo al suelo de culo, pongo ambas manos detrás para parar el impacto, me rasgo las palmas contra los adoquines mojados, Mateo me empieza a pegar patadas en las piernas. El muslo y la pantorrilla, y alguna en los riñones. Lleva unas Converse blancas con la estrella roja, originales, de caña alta, muy bonitas, me encantaría tenerlas, esa última patada ha dolido, no tiene mucha fuerza pero me duele, intento agarrarle la pierna, me quedo allí, abrazado a las dos, una mejilla aplastada contra una de sus rodillas.

–¿Dónde está mi madre, eh? –grita, y trata de zafarse de mí. Ambas piernas pegadas, yo abrazándolas. Damos algunos saltitos, juntos. Un buen placaje; me encantaría que me viese mi padre. Miro hacia arriba. Mateo tiene la cara como una bola de papel de plata que arrugaras con el puño, veo su peca en el labio, sus puñitos cerrados, sus gafas de lado, la nariz arremangada–. ¡Papá, dile que nos devuelva a mamá! ¿Dónde se la han llevado?

Me tira del pelo. Su puño agarra un manojo de cabellos, de la parte superior de mi cráneo. Los cabellos entre sus dedos. Se me humedecen los ojos. Él sigue tirando, tan fuerte que siento como si me arrancase la cabellera. Su padre podría intervenir pero no lo hace. Se queda mirándonos ahí, bajo la lluvia, que ya es un inicio de chaparrón. Al final su hijo se zafa de mi abrazo de piernas, una pierna y luego la otra, me atiza con la mano plana en la nuca, se va corriendo a su casa, oigo el portazo.

Su padre pasa un instante así, embobado, los ojos vacíos, y de repente reacciona, como si hubiese olvidado algo, y también se vuelve y se marcha. No dice nada. Yo me quedo allí, un minuto, en mitad de la calle, mojado y con los ojos aún irritados por el dolor en mi cuero cabelludo, hasta que aparece otro coche por la calle, la esquina de la calle Nou, y hace sonar el claxon, y yo me vuelvo, esperando no sé qué, esperando que sean mi padre y Luisa, pero es un coche que no conozco de nada, solo un vecino en un cuatro latas que quiere pasar y ya está, así que me pongo en pie y entro en casa. La puerta está abierta. Podrían haber entrado sin llamar, pero a nadie se le ocurrió.

Ella aparece por la puerta cuando llevo horas en cama. No cené, ni he dormido aún. Puse la televisión hasta las nueve o las diez, no daban nada que me gustase, solo *La Clave,* un programa donde solo dan películas en blanco y negro, españolas o raras o mudas, y encima ni siquiera te las ponen y ya está, antes te torturan cuatro o cinco viejos con gafas que dicen palabras larguísimas y ponen cara de estreñimiento.

Ya en la cama, he conectado el Sol-Thermic y he mirado tebeos. En la calle se oía el chapoteo constante de la lluvia. Empezaba a hacer frío de otoño. Me he subido la colcha y la manta hasta la cintura. Pijama de invierno, grueso, con gomas en las mangas y los tobillos, para que no se cuele nada de frío. Yo movía los dedos de los pies debajo de la colcha, como creando un tipi de manta solo para ellos.

De vez en cuando el fogonazo de un relámpago estallaba en la habitación, y lo iluminaba todo a través de la persiana, creaba nuevas sombras rayadas que no eran las de mi luz de leer, la que tengo en el cabezal de la cama, solo duraba un segundo y luego yo contaba: un, dos, tres, cuatro... A los seis o siete el trueno estallaba en el cielo, muy fuerte, como una bomba, como si el rayo hubiese caído en alguno de los pararrayos de las casas más viejas del barrio.

Cuando se extinguía el ruido del trueno yo regresaba al tebeo, pero no podía concentrarme mucho, tenía que volver una y otra vez hacia atrás, a ver qué le decía el Trepamuros a La

Gata, mi mente estaba en otro sitio; en la presencia o ausencia del otro habitante de la casa.

Cuando el despertador marca la una y media paro de leer. Dejo el tebeo en el suelo y de repente algo toma mi cuerpo. Lo que estaba contenido revienta. Tengo ganas de gritar y golpear las paredes, despertar a los vecinos, destrozar la habitación, me pongo a arrear patadas con ambos pies a la litera de arriba, a cada coz se mueve el somier y salta el colchón en el aire, sigo ahí, diciendo mierda y mierda y mierda os mataré os mataré cerdos cerdos, con el sonido de los muelles que chirrían, el culo que ni me toca al colchón, apoyándome con los dos brazos planos, y entonces se oye el zumbido de la calle, y luego otro zumbido, de cerrar la puerta, y luego el chirrido de mi puerta abombada por la humedad, arañando las baldosas, y un chorro de aire mojado y frío penetra en la habitación, y en la puerta está mi madre.

Hay un charco que se va formando bajo sus pies descalzos. Tiene el pelo pegado a la cara por ambos lados, sus pequeñas orejas sobresalen en cada extremo, una plasta de pelo también pegada a la frente y por entre los ojos. Perdió la pinza de Minnie Mouse hace tiempo. Pelo negro con las puntas rubias, porque no se ha vuelto a teñir. Me hace pensar en la cola de un animal; una mofeta, un tejón. Mamá me sonríe. Se le han ennegrecido los dientes, de un medicamento que se ha recetado a sí misma. Lleva una vieja muñeca en la mano, cogida de una pierna. Pepa; la tiene desde que era niña. Pepa cuelga boca abajo, sus trenzas sucias se balancean en el aire. No lleva ropa, la muñeca. Se le ve el culo de plástico color piel.

Mi madre agarra el vestido, su viejo vestido veraniego hecho pedazos, y se lo quita deshaciendo los tirantes con la mano izquierda. El vestido cae a sus pies con un pequeño sonido mojado, vuelvo la cara hacia mi bombilla de leer para no mirarla, su luz me quema las retinas, entonces cierro los ojos, y dentro de mi cabeza solo hay un sol blanco intermitente que me ciega, por entre los destellos y las luciérnagas que hay en mi cráneo aparece también, a chispazos, la silueta de mi madre, sus pechos caídos con unos pezones morados y gordos y redondos, erectos, también veo su entrepierna peluda, con el pelo rizado y acaracolado que cae un poco hacia abajo, con pequeños mechones húmedos, y sus muslos delgados, los huesos de sus caderas, y entonces vuelve la cara hacia la puerta y levanta la voz, una voz como de otra persona, que brotara de otra parte de su cuerpo, que no saliese de su tráquea sino de su estómago, o yo qué sé.

—¡Ya voy! —grita. Luego se vuelve y, sin mirarme ni recoger el vestido, se va. Aún desnuda. Sus pasos dejan tres o cuatro huellas húmedas en las baldosas.

A lo lejos, algo más tarde, en la parte de arriba de la casa, se oye una risa que hace eco, es mi madre, sigue riendo y riendo durante mucho rato, ríe sola, a gritos. Para, toma aire, sigue riendo, de golpe arranca a sollozar, oigo sus hipidos y gemidos durante mucho rato, parece que no vaya a terminar jamás.

Vuelve a brillar el sol otoñal, van dos días seguidos de cielo abierto y claro. Se ha enjuagado el mundo. Es viernes, a media mañana. Debería estar en clase pero estoy cruzando un descampado, está bastante limpio, solo hay tierra y malas hierbas, algunas bastante altas en los laterales. Dos niños gitanos de Cinco Rosas juegan al fútbol con una pelota demasiado buena y nueva para ser suya. Hay una pareja joven morreándose en un banco, a la sombra, bajo un algarrobo. Les miro un instante, de reojo, sin dejar de andar: el chico mete la mano por debajo de la chaqueta de chándal de la chica, ella abre las piernas, lleva mallas y una cola de caballo y pendientes de aro muy grandes, él coloca una pierna sobre uno de los muslos de ella, sus bocas siguen pegadas, parecen adheridos por ventosas. Quedan atrás. Me dirijo al final de Casablanca, donde el barrio se corta y lame la carretera de Castelldefels, la que pasa por Cornellà y Gavà, que pone la frontera al pueblo y lo separa de los polígonos.

A mi izquierda está el parque de torres eléctricas, como un cementerio de cruces de acero. Cruces de tres palos, como de otra religión, con la base ancha y soportes de hormigón armado. Cables, muelles y conductores. Un mecano enorme. Parece lo que sale de dentro de los transistores cuando los despanzurras, las placas de circuitos y bobinas. Del mecano emergen unos cables gruesos que se unen a una torre con varios brazos, y esa torre se une a la siguiente, y a la siguiente, camino de Sant Ramon, se van empequeñeciendo, los cables estrechando, hasta que al final las pierdes de vista. Cuando pasas justo al lado del parque sientes el zumbido, podrías ser sordo y lo notarías igual, el murmullo de la electricidad se transmite por tu cuerpo. Una vibración en el suelo, el inicio de un terremoto.

Aquí, en este mismo descampado, hoy vacío del todo, instalan los parques de atracciones por la feria de la Puríssima. Todo el mundo espera que lo pases bien en las atracciones, y no procede quedarte en casa leyendo *Mortadelos* y que te tachen de raro, y volver a zarandear el barco familiar, preocupar a tu madre, que bastante preocupada está siempre por todo, así que tú tratas de no decepcionar a nadie, no cagar en las expectativas generales, hacer lo que se espera de ti, ser «normal», así que sales de casa con una sonrisa falsa emplastada en la cara y montas en la noria (cuyo atractivo te resulta imposible comprender, y además sufres de vértigo), en la montaña rusa, chocas con los autos de choque, comes manzanas pegajosas y palomitas dulces y chucherías y peta-zetas, comes hasta que estás a punto de vomitar, pero en realidad estás harto de todo eso, te gustaría no estar ahí, porque sabes que no encajas y nunca lo harás, tu simulacro de niño común es una pantomima pésima, y sin embargo sigues esforzándote para mejorar el ambiente familiar haciendo más y más cosas de «normal», tratando de ocultarte entre los demás, pero es una tarea ardua, infructuosa e hiriente, porque cada paso torcido que andas, cada tic que te ataca al pasar por delante del colegio de monjas, cada plinto que cabalgas con los dos huevos aplastados, cada pelota que sale disparada hacia el lado contrario al que has chutado, te señala; te recuerda que no eres como los demás, y nunca lo serás, y (peor aún) todo el mundo se da cuenta de ello, porque mientes y disimulas de forma espantosa, como si en realidad tampoco te importara tanto, como si algo en el fondo de tu alma te dijese que está bien así, que el que tiene razón eres tú, que los demás son retrasados mentales y les odias y te encantaría caerles bien, todo a la vez.

En casa no había nadie cuando me levanté. Las nueve y media. No pensaba ir al colegio, porque tenía otra cosa que hacer. Mi madre se había ido a trabajar a la Sumo. Limpié sus restos de nerviosismo, agrupé los papeles que recorta y los sobres con los restos de comida «envenenados», deshaciéndome de los restos visibles de comida rara, gominolas y raíz de regaliz masticada e hígado de pollo sin freír, a medio pudrir, terrones de azúcar y pequeñas montañitas de sal.

Había una libreta de anillas con tapas granate en la que llevaba escribiendo desde hacía unos días. Algunas veces está ahí, en la mesa redonda del comedor, mascullando y sacando su lengüecita por un extremo de la boca y riéndose sola y a ratos gimiendo, y no deja de escribir, página tras página.

La abrí al azar. Estaba atiborrada de letras, escritas en la caligrafía redondeada pero ahora mucho más prieta y economizada de mi madre, las líneas oscilaban a ratos en diagonal hacia arriba o hacia abajo, casi no había dejado márgenes laterales. Las letras se cortaban en el extremo de la hoja, como si hubiesen caído por un barranco. En rojo. Leí unas cuantas líneas, pero nada de lo que decía allí tenía sentido. Las frases estaban bien construidas, había un orden gramatical y semántico, solo que usado para fines no comunicativos. Hablaba del Vaticano y del síndrome tóxico de la colza, del tabaco y de Reagan, se quejaba de la voz de la televisión, la alianza entre Jordi Pujol y Blas Piñar, el general Armada y Milans del Bosch y el Rey de España en Baqueira, esquiando o no sé qué, la Moncloa, Felipe, el atentado de ETA en Leiza de hacía unos días, que en la libreta ella afirma haber vaticinado, que podría haber avisado a la casa cuartel, evitado las muertes.

Al cabo de media cuartilla abandoné, cerré la libreta granate, luego me metí en la ducha, me lavé los dientes, quedaba poca pasta porque mi madre ha empezado a comérsela, el otro día la vi chupando del tubo como si fuese leche condensada, luego le olía la boca a menta de forma deliciosa, el olor le duró horas.

Al día siguiente la encontré comiendo aspirinas. Las iba sacando una a una del blíster, reventando el papel plateado, y se las echaba a la boca y masticaba un rato y repetía la operación, mientras iba hablando de masones, de chuetas, de Terra Lliure y la Operación Galaxia. Halló una conexión entre las cuatro cosas, que no entendí. Se comió las treinta pastillas, al final. Eran blancas, no las infantiles con sabor a fresa amarga. Le dije que no lo hiciese, por favor. No me escuchó.

Cuando la vi comerse las treinta aspirinas decidí que tenía que ir a hablar con alguien, antes de que a mi madre le pasase algo malo de verdad, y como no quería decírselo a mi tutor ni a los vecinos, sino a alguien más lejano que tuviese menos probabilidades de efectuar una intervención forzosa, opté por ir a la fábrica donde trabaja.

Después del verano, cuando llegamos a casa, mi madre me habló de su jefe, el que al final no se había muerto, que la trataba muy bien y la había echado de menos y no sé qué. Pediré verle, y le diré que mi madre está mal, que no sé si se ha dado cuenta, su comportamiento es algo *errático,* y que alguien tiene que hablar con ella, y espero que con eso baste, que un adulto (un jefe) le cante las cuarenta, le diga que eso no puede ser, y mi madre se cure y cambie de parecer y vuelva a ser más o menos como era, y podamos llamar a mi hermano para que vuelva de una vez, porque nos llevábamos mal pero no me gusta estar solo, no me gusta nada estar así.

No me hace falta cruzar la carretera a Viladecans. Lo veo desde donde estoy. Cómo he sido tan burro.

Estoy al lado de un semáforo, en la orilla de Casablanca, cerca del viejo quiosco con rejas blancas, pegatinas de Camy y Frigo, de la esquina, mirando hacia el polígono. Por la carretera pasan bastantes coches. Cruza ahora un autobús amarillo en dirección a Viladecans-Gavà-Castelldefels Playa. En verano van atiborrados de familias enteras y jaurías de adolescentes que se dirigen al apeadero de Playafels, todos gritando y cantando, armados de parasoles y bolsas y mesas de pícnic y tápers para almorzar en los pinares, oliendo a coco y sudor y aftersun. Hoy no. El autobús está medio vacío, porque es octubre, media mañana, y quien trabaja ya está trabajando. Se detiene en la parada del L81, protegida por un pino muy doblado que roza su techo y ventanas con algunas ramas. Las puertas chistan con un ruido gaseoso, pero no sube ni baja nadie. El autobús amarillo continúa su camino por la carretera a Viladecans, dos carriles flanqueados por palmeras despeinadas y resecas, largas farolas, más fábricas a izquierda y derecha. Se ve mucho cielo, mucha tierra. Es una zona abierta, aplastada bajo el sol, hasta que llegas a los pinares.

El autobús se hace pequeño, lo olvido, vuelvo a mirar al polígono, ante mí. La empresa de suministros y montajes Sumo está al lado de una fábrica de mármoles con tejado de uralita. Son menos de cien metros los que nos separan, pero no necesito acercarme para ver que hace tiempo que nadie trabaja allí. La fábrica de mármol bulle de actividad, entran toros cargados de palets, un humo blanco sale de la chimenea, pero la vecina Sumo está muerta. No la desalojaron ayer, no hay señales de esa provisionalidad de las mudanzas recién acabadas, cuando aún flota algo de lo que impregnaba el aire cuando la fábrica estaba en funcionamiento. Veo las letras de Sumo en la fachada del edificio, una de ellas (la M) torcida aunque sujeta aún, los ventanales amplios del recibidor, tras las columnas, y dentro: nada. El edificio es una cáscara vacía.

Hay hojas de morera y plátano, marrones o amarillas, secas pero humedecidas, por todas partes, en la acera y la calzada. Algunas se adhieren a mi suela, y me hacen patinar un poco. Me desengancho una agitando el pie izquierdo, chutando al aire. Cruzo la carretera cuando el semáforo está en verde. Solo piso los rectángulos blancos del paso de cebra. Algunos coches paran cerca de mis piernas.

Me planto en la entrada de la fábrica, bajo el porche. El suelo es de cemento basto y alquitrán. Una reja hecha de círculos de hierro que se tocan. Dentro: el parking vacío. Guiño ambos ojos un rato. No tarda mucho en pasar el tic. El edificio es todo cemento gris y vidrio grueso; no se ven ladrillos, baldosas, ningún embellecedor. Hay un cartel de una empresa de alquiler de pisos y zonas comerciales, pegado al vidrio por la parte de dentro, incluye teléfono de contacto. Varios sectores del ventanal, partido por columnas, llevan cinta aislante blanca que mantiene unidos los pedazos rotos a balonazos o pedradas, pero otros no. Quien trataba de mantener esto presentable abandonó y se rindió a la evidencia. Hay cristales rotos aquí y allá, solo el agujero y los dientes de cristal que lo rodean.

Pego la cara al cristal. Se me dobla un poco la nariz. En el interior de la empresa abandonada solo se distingue la recepción. Una barra alta de formica blanca en forma de L curva. El resto del edificio está vacío, excepto por la basura, los papeles tirados por todas partes, los restos de envoltorios, las colillas, alguna lata de Estrella o Voll-Damm, roja o verde metal, pisoteada en plancha. En las paredes de detrás de la recepción alguien ha dejado su firma en forma de grafiti obsceno, línea negra, una especie de venus prehistórica con tetas que le sobresalen a cada lado del cuerpo, una raja gigante y peluda como una araña en la entrepierna. Un número de teléfono al lado.

Y entonces aparece ella, de una puerta que es solo un agujero rectangular en la pared desconchada. Mi madre. Lleva el cabello erizado, con briznas de paja y pegotes en algún mechón, un vestido amarillo con rayas finas blancas que yo no recordaba, y calza manoletinas. Sus pies están tan flacos que las manoletinas no consiguen sujetarse a los talones, y con cada paso que da el zapato parece querer quedarse en tierra firme. Sus muslos están llenos de arañazos y barro, restos de sangre aquí y allí.

También en la cara. Sus ojos. Parecen hechos de nieve, tan blancos y abiertos. Miran a algo que está más allá de lo que la rodea, como traspasando las paredes, viendo a kilómetros de distancia, por encima de los montes que limitan el delta.

Mi madre está conversando, enfadada, gesticula y se vuelve todo el rato hacia el mismo lado. Gruñe y sacude la cabeza, luego parece levantar la voz. Toda su cara se contrae en una mueca terrible. Está sola. No hay nadie más. Siento el impulso de esconderme, pero al final no lo hago. Algo me dice que no va a verme, que no puede ver nada, que lo que era mi madre ya se marchó.

Mi madre emerge de las sombras y anda por donde pega el sol. Su cuerpo se ilumina. Imagino su piel de gallina, ahora acariciada por el sol de rebote. Oigo sus pasos finos, el sonido llega hasta mí por los agujeros del cristal, así como el murmullo de sus palabras, ininteligibles pero atropelladas, como si quisiese expresarse a fondo, decir tanto en poco tiempo, decir todo lo que siempre calló, lo que siempre metió para dentro. Su boca no para de moverse, parece apaciguarse por un instante, como si su interlocutor estuviese dándole la razón, ahora. Se coloca en la barra de la recepción y apoya sus dedos allí, ni siquiera la mano entera, como guardando distancias, formal y profesional, y luego parece cambiar de opinión, como si hubiese recordado algo, y entonces se va al otro lado de la recepción y deja de gruñir y sonríe de un modo tristísimo, desolador, se queda un rato así, con la cabeza inclinada, los ojos abiertos, sonriendo con labios que tiemblan, mirando al vacío.

Me separo poco a poco del cristal, me vuelvo, cruzo la carretera otra vez, de vuelta a donde vivo. El viento levanta unas pocas hojas del suelo a mi alrededor, y una bolsa del Carrefour asciende ante mí como un globo zarandeado por la corriente. Dejo atrás las torres eléctricas de Cinco Rosas, el zumbido eléctrico se desvanece poco a poco, igual que una tormenta en retirada, hasta que al final queda solo la ilusión de él.

19

–Suerte, señor –le dice Plácido, deteniéndose en la puerta del cementerio, y le tiende la mano con un gesto solemne. Su brazo está recto, inclinado en un ángulo agudo, y su cuerpo está del todo erecto, almidonado. Su sombra chinesca dibujaría un número 1 perfecto.

Curro se detiene bajo el arco de cemento blanco, suspira hondo y se vuelve a la izquierda, hacia su sirviente. Lanza su mano hacia la del otro, la envuelve con sus dedos y aplica presión muscular allí, en dorso y palma, a la vez que la agita arriba y abajo varias veces. Intenta mirar a los ojos de su sirviente, pero no lo consigue y, tras una serie de espasmos musculares de cuello y cejas, se detiene en la zona central de su frente, en la orilla de lo que sería su pelo (pero solo es más piel facial bronceada y brillante). Una ligera llovizna ha perlado la frente y casi toda la superficie superior del cráneo de Plácido.

–Gracias, Plácido –le dice Curro, mirando a un tercer ojo de la frente de su sirviente, como si esperara que se abriera con un chirrido en cualquier momento, igual que en aquel viejo libro de Lobsang Rampa–. No lo habría conseguido sin ti. –Suspira muy hondo, volviéndose hacia la tapia–. Ahora viene la prueba final. Debo admitir que no ardo en deseos de pasarla, viejo amigo.

–Tengo confianza plena en que conseguirá lo que se propone, señor –dice el mayordomo, y también dirige su mirada

hacia la tapia–. ¿Debo deducir que se halla allí en este momento, señor? ¿El fantasma de su madre?
–Sí, Plácido.
–Y sin embargo no se ha desvanecido usted, señor.
–No, Plácido. –Curro hace ademán de observarse a sí mismo–. Yo también estoy sorprendido. Quizás se me haya pegado algo de esa legendaria fortaleza británica de la que siempre hablas, ¿no crees?
–Sería posible, señor, en efecto, que el espíritu del *Blitz* hubiese terminado poseyéndole, por pura osmosis.
–Sí, sí. Has dado en el clavo, Plácido, como siempre. Es tal y como dices. Por osmosis, aunque no tengo ni la más remota idea de lo que significa esa palabra.
–La osmosis es un fenómeno físico relacionado con el movimiento de un solvente a través de una membrana semipermeable, señor. Algo se difunde a través de esa membrana de forma natural, con muy poco gasto de energía. De la misma forma que (esa es la imagen que trataba de comunicarle) las palabras de Winston Churchill y Benjamin Disraeli pueden haber permeado poco a poco a través de la corteza de su cerebro, señor.
–Claro. Eso es lo que ha sucedido. Disraeli y las cortezas, en mi cerebro. Pero bueno, ya está bien de cháchara. ¡Mira qué hora es! Se nos ha hecho tardísimo. Venga, manos a la obra.
–Curro choca las dos palmas.
Apoyada allí, al otro lado de la calle, está su madre, descalza y vestida de boda, con las familiares manchas de sangre de color barro, los rasguños y alguna cucaracha fiel que recorre su abdomen, por encima o por debajo de la tela del vestido. Se encuentra delante de la tapia de cemento de los lavaderos en desuso del hospital psiquiátrico, que dan al cementerio. Es un edificio histórico, del siglo pasado, hecho de ladrillo rojizo, con pequeñas cuadrículas de tejas verticales que hacen de ventanales. Su madre le sonríe, allí debajo, y él distingue los dientes del color de la sepia sin limpiar, las ojeras lila oscuro. No se desplaza, pero sí que se convulsiona sobre sí misma, con movimientos no muy rápidos. Espasmos de quijada y rodillas.

–Tenga cuidado, señor.
–Lo tendré, Plácido.
–Las apariciones y las posesiones no son algo que uno pueda tomar a la ligera. Piense en lo que le sucedió a la señora Rosana.
–Sí, Plácido –responde Curro con cierta desgana. No le apetece escuchar otra anécdota de fallecimientos grotescos protagonizados por enfermos mentales, pero se dice que por una sola vez no le pasará nada; que es una cuestión de gratitud y cortesía elemental–. Dime, ¿qué le sucedió? Refresca mi memoria, por favor.
–La señora Rosana estaba convencida de que su marido, Félix, había sido poseído por Mickey Mouse, así que un día le atropelló repetidas veces con el coche, en la entrada del garaje familiar. Marcha atrás y después primera. Un vecino declaró que el cráneo del hombre, a la cuarta marcha atrás, había estallado como una fruta madura bajo el impacto de un bastón. Sus palabras fueron «Kinder Sorpresa», ahora que lo recuerdo. El hueso de la calavera se había destrozado como se hace añicos un huevo Kinder en la palma de la ma...
–Lo pillo, Plácido. –Levanta la palma de la mano–. Gracias.
–No hay de qué, señor. Mickey Mouse, señor. El ratoncillo de Disney. Son palabras que le pueden aportar confort en momentos como este, en que nuestra cordura y nuestro coraje se someten a la que quizás sea la prueba más dura, señor.
–Sí.
Curro cruza el camino a la Colonia Güell en solo dos o tres zancadas y se sitúa delante de ella.

–Soldevila ha regresado, señor.
–Eso parece, Plácido.
Dos horas antes de salir al encuentro de la madre, Curro y Plácido se hallaban en el tanatorio contiguo al cementerio, que a su vez era vecino del hospital psiquiátrico Santa Dympna. Los iluminaban unas tísicas luces de cenotafio que hacían

que todo el mundo pareciese estar un poco más cerca de la muerte. Los dos, amo y sirviente, estaban pegados a una pared de la sala, sin moverse, tratando de ser lo menos conspicuos posible. El techo sobre sus cabezas era falso; pladur en placas blancas con grabados de líneas rugosas, como las de un mapa orográfico.

La decoración se componía de plantas de plástico no muy realistas (papel verdoso, venas de alambre, piedras de río secas, sin abono ni tierra, a modo de pedestal), y cuadros de inclinación abstracta confeccionados con manchas de témpera, trozos de cordel, arena y conchas. En una esquina de la sala había una mesa con dos termos, de café y agua caliente, un plato lleno de infusiones y Nescafé soluble, azúcares y endulzadores artificiales. Una bandeja de papel laminado con ornamentos mostraba una selección humilde de bollería industrial extragrasa. Napolitanas, algún cruasán, alguna palmera, una entidad anudada cubierta de pasas que parecían verrugas.

Soldevila, el exfugado, estaba allí. Era mudo, nunca hablaba, y aunque hubiese podido hablar le habría sido imposible hacerlo en aquel momento, pues acababa de meterse en la boca un bollo de Viena demasiado grande para la apertura de sus mandíbulas, doblándolo sobre sí mismo a la vez que empujaba enérgicamente en dirección a la garganta con un solo dedo. Cuando lo consiguió, con el bollo aún ocupando casi toda la capacidad de su boca, procedió a repetir la operación con un nuevo bollo. Llevaba un par de tiritas en la cara. Los ojos en espiral. Parecía haberse intentado cortar el pelo a sí mismo, con resultados tan previsibles como cómicos.

–Tiene una pinta de loco asombrosa, Plácido. No me extraña que le pillaran. Solo le falta el embudo en la cabeza.

–Cierto, señor –dice Plácido, las manos ante su entrepierna, sin volverse–. Lo mismo podría decirse de sus modales en la mesa.

–¿Por qué siempre pintan a los locos con el embudo, Plácido? Desde que era un niño he querido saberlo, pero nadie fue capaz de contestar a mi pregunta. ¿Lo sabes, acaso?

—Me alegra decir que sí, señor. —Curro mira de reojo a su sirviente y percibe una diminuta mueca de orgullo en su rostro—. El embudo como elemento iconográfico de la locura proviene, según parece, de la Edad Media, y aparece en al menos un cuadro de El Bosco, *Extracción de la piedra de la locura*. Realizado entre 1550 y 1555. Óleo sobre tabla de madera de roble. Roble del Báltico, señor. En él puede verse a un falso doctor, posiblemente un charlatán, que trata de extraer la «piedra de la locura» de la cabeza de un loco. Pero quien lleva el embudo, símbolo de la estupidez y el dislate, o quizás también del engaño, es el doctor.

—Eso es muy interesante, Plácido. Muy interesante. Vaya —dice Curro, señalando con un golpe de mentón, sin moverse de la pared—. Diría que nuestro amigo va a intentar apretujar un tercer bollo ahí dentro. Parece poco probable que lo consiga, ¿no crees? Es decir, en su cavidad bucal no hay suficiente capacidad para alojar toda esa bollería. No entiendo cómo no se da cuenta. Tendría que desalojar algo de volumen de masa para que cupiera el tercer bollo; arrancándose la lengua de cuajo, por ejemplo.

—Está loco, señor —le dice Plácido—. Sus acciones presentes le señalan como enfermo mental certificado. Sus acciones y el hecho de que, como usted puede apreciar, Soldevila no sea capaz de distinguir entre lo que es gracioso y lo que no lo es. —Soldevila empieza ahora a carcajearse, solo, al lado de la mesa de la bollería. Varios fragmentos semimasticados y recubiertos de baba explotan desde su boca y salen despedidos a su alrededor.

—Jesús. ¿Era necesario hacer eso ahí, precisamente, tan cerca del muerto?

Detrás de Soldevila, en la estancia contigua, separado solo por un tabique corredero de madera contrachapada, estaba el ataúd. Abierto. En el interior, tras un cristal de expositor de museo, se veía a Angus. Le habían quitado las gafas y el sepulturero le había peinado hacia atrás con abundante gomina, así que no se parecía en nada al Angus vivo. Tenía la cara de color huevo, la piel parecía madera tallada, rígida y sin vida. Recordaba a un Cristo del románico. Muy poco realista. Los ojos cerrados, como si durmiese, pero no dormía: estaba muerto, y Curro sabía que le habían *grapado* los párpados, pues era una práctica muy común.

La fotografía enmarcada del Angus joven (que habían colocado, inclinada hacia atrás en su soporte, sobre el féretro) buscaba recordarles a todos los presentes el paso de los años, la forma en que se marchitaba la savia de la juventud. En la foto se veía a Angus a los veinte años, quizás, con un peinado Beatle y gafas de cuello de botella de champán y una camisa de amebas de color púrpura. También llevaba, por alguna razón, un collar de huesecitos de plástico por encima de la camisa. Sonreía con una boca muy amplia, pero sus ojos eran pequeños, del tamaño de granos de sémola, y había una expresión apenada, oscura, en algún punto subterráneo de su rostro que luchaba por salir a la superficie, que no podías tapar, como algo que pintases por encima pero siguiese aflorando, en relieve, en tu pared.

La mayoría de los enfermos del pabellón H esperaban en el patio central. Al aire libre. Hacía bueno, para ser diciembre, lucía un sol sano y rumboso. Unas cuantas nubes gordas pero muy blancas y esponjosas retozaban en los extremos del cielo visible, lejos del pueblo, no daban sombra aún. El patio era rectangular, estaba rodeado por las vidrieras del edificio, y unos setos altos y densos lo separaban de la calle. La vista, exterior o interior, era incapaz de cruzar el tupido entramado de ramas y hojas. La parte trasera del tanatorio daba a un polígono, de forma que llegaba a ellos el sonido permanente de coches y camiones pesados, algún claxon irritado de vez en cuando, radios encendidas en emisoras de música latina o dominicana. Ninguno de los pacientes del pabellón había entrado a ver el ataúd, ni siquiera Plácido.

Solo Curro fue. Había visto muchos muertos a lo largo de su vida; uno más no importaba. Entró allí y vio al tipo echado en la caja, y no supo qué sentimiento poner en marcha. Aquella cosa no le recordaba en absoluto al Angus vivo. Cuanto más intentaban darle una apariencia viva al cadáver, más conseguían resaltar su condición de no-vivo. El muerto lucía una especie de colorete en las mejillas que a Curro le pareció obsceno: le habían pintado como una vieja prostituta. No había un solo músculo con propósito que desafiase a la ley de la gravedad. Toda la carne podrida se derramaba hacia el suelo, pese a los fijadores y grapas y lacados que habían aplicado los embalsamadores.

Curro esperó un rato, pero el sentimiento no se presentaba. Se forzó a visualizar la forma en que le dijeron que habían encontrado al muerto: junto a las vallas metálicas de la pared este, las que son antiguas, pintadas de negro, y están curvadas hacia dentro. Se había colgado de una de ellas con un cinturón que había conseguido a saber dónde, pero el cinturón no había podido sostener el peso de su cuerpo y se había partido, justo después de romperle el cuello. Su cuerpo estaba en el suelo, como el montón de ropa sucia de una habitación adolescente. Como algo olvidado. Una pierna debajo del culo, otra doblada hacia fuera, la cabeza pegada al asfalto, como si se hubiese desvanecido en plena sentada, solo que el cuello se torcía hacia un lado improbable. Esa imagen no perturbaba demasiado a Curro, que asimismo no podía dejar de pensar en el momento de la resolución práctica: veía a Angus realizando, paso a paso, metódicamente, todas las acciones que conducirían a su ahorcamiento: preparar el cinturón, envolverse el cuello con él, encaramarse en un punto desde donde fuese fácil dejarse caer. ¿Y luego qué hizo? ¿Contar hasta tres? ¿Decir unas últimas palabras? ¿Pensar en sus hijos por última vez? Eran aquellos instantes los que le conmovían; la parte espantosamente práctica, casi burocrática, del suicidio. El hecho de que se hubiese quitado las gafas antes de saltar; las hallaron en su bolsillo, como si se las hubiese quitado para ir a la cama. Esa terrible normalidad sí consiguió que Curro sintiese escalofríos.

Deprimido, dejó de imaginar los últimos minutos de Angus y regresó al patio. Todos los locos fumaban, casi nadie hablaba. La mayoría llevaba ropa deportiva, bambas blancas manchadas de polvo y hierba, pantalones llenos de bultos y anoraks muy grandes. El cura que iba a oficiar la misa estaba allí, deambulando entre ellos. Se parecía a aquel actor inglés que se disfrazaba mucho de paquistaní. Llevaba alzacuellos blanco, camisa sin cuello negra, unos mocasines negros de suela de goma que parecían excepcionalmente cómodos. Trató de proferir unas cuantas palabras de consuelo a los enfermos congregados en el patio, pero uno de ellos intentó besarle en la boca y el cura se vio obligado a zafarse del enfermo y salir del patio tropezando, las mejillas muy rojas, mascullando excusas.

Al salir casi arrolla a la mujer de Angus, que se hallaba en el otro extremo del patio, junto a un ciprés, con sus dos niños, rodeados de más familia. Las caras de los niños turbaron de nuevo a Curro; le entraron ganas de gritar, de pegarse puñetazos en la cara, de lanzar sillas al aire, de reír. Sus caritas desconcertadas, serias. Sobreponiéndose. Sobrevolando el desastre. Era admirable. El niño y la niña parecían cansados y asustados, pero mantenían el temple. Se hacían cargo de la situación. Eran corteses con los familiares y la gente mayor, a quien en su mayoría conocían solo de vista, de visitas interminables a los pueblos de interior donde se habían mudado, Sant Just o Esplugues o Rubí. De vez en cuando se hacían confidencias el uno al otro, y en un par de ocasiones se sonrieron, y al instante se avergonzaron por haber sonreído y trataron de suprimir la sonrisa, aunque algo de ella quedó allí, en sus comisuras.

Curro sintió ganas de llorar de alegría. El niño había hecho reír a la niña. Para arrancarla de allí durante un segundo. Para decirle que no todo era aquello, que había otra cosa más allá, algún camino que no terminaba en aquella muerte, no tan temprano, no tan mal andado, y se lo había dicho del único modo a su alcance: diciendo algún disparate, alguna marranada. Curro sintió ganas de abrazarlo, por ser un buen niño, por cuidar de su hermana pequeña. Por hacer piña. Curro sabía que era la única manera de sobrevivir a los adultos: frente común.

—Me estoy desanimando, Plácido —susurró Curro al cabo de media hora, cubriéndose una parte de la boca con el dorso de la mano para disfrazar su frase. Luego bostezó, contra su voluntad. Habían salido los dos al patio, para cambiar de ambiente.

—Creo que esa es la reacción natural, señor —le susurró de vuelta Plácido, con la boca muy pequeña, sin mirarle. Tenía ambas manos ante sí, cogidas en la clásica posición de descanso de la servidumbre, listo para agarrar un cucharón y empezar a repartir, comensal a comensal, el puré de guisantes. Llevaba el uniforme completo, con chaleco rayado en amarillo y negro, plastrón y chaqueta de gala; afeitado reluciente; zapatería acordonada, calcetinería de calidad–. Lo que sería motivo de preocupación sería que estuviese usted cantando y bailando en el patio, señor. Prorrumpiendo en vivas, y ese tipo de cosas.

—Claro, tienes razón —asintió—. Es solo que no entiendo por qué tienen que hacer los tanatorios así de tristes.

—De nuevo, señor, debo apuntar que ese espíritu, exactamente, es el que su decoración y disposición arquitectónica deben tratar de transmitirnos, señor. Una cierta dignidad solemne y sobrecogedora que le llene a uno de reflexiones sobre lo breve de nuestro paso por este valle de lágrimas. Algo que no sucedería si colocasen una pista de baile con bola de discoteca, señor. Bailarinas en lencería fina deslizándose por columnas y un grupo de danzarines rusos, un oso amaestrado. Fuegos artificiales. Un tragasables. Enanos desnudos que...

—Entiendo lo que quieres decir, Plácido —le interrumpió Curro, y con dos dedos toqueteó una de las plantas de plástico–. Pero yo no sugería que lo transformaran en un tanatorio sobre hielo con atracciones. Solo algo más de... —arrugó la nariz— calidez, quizás.

Una de las azafatas del tanatorio les interrumpió justo en aquel punto de la conversación, al invitar a todos los presentes a dirigirse a la capilla del tanatorio. Habló alto y claro; con autoridad, pero con educación. Vestía un traje chaqueta azul marino muy oscuro, casi negro, y camisa blanca. Llevaba una chapa dorada, en forma de baldosa, con su nombre en el pecho. Iba peinada como una de las chicas de Scooby Doo. La pelirroja. Nariz pequeña, manos demasiado manicuradas, con esa peculiar raya blanca artificial en los bordes de las uñas. Los familiares la siguieron, algo diseminados pero con un objetivo común. Los locos también se pusieron en marcha, mientras lanzaban cigarrillos a medio fumar al patio y los pisaban distraídamente. Plácido empezó a andar antes que su amo, para (según dijo) buscarles a ambos un buen asiento en el servicio.

Soldevila se acercó a Curro mientras cruzaban el pequeño patio rectangular. Sus bambas Joma crujieron sobre la gravilla, y el crujido regular sonó como si rasparas una tostada quemada con un cuchillo. Se quedó delante de Curro, algo más abajo, porque tenía una cabeza muy grande pero no medía mucho. Uno cincuenta y cinco, tal vez; solo cinco centímetros más que Roca. Curro bajó la cabeza hacia él. Soldevila extendió ambos brazos a ambos lados, y realizó un pequeño vaivén con su cuerpo, como si planeara, y luego señaló a la azafata, que ya se metía en el interior del tanatorio.

—No, Soldevila, no —le contestó Curro, porque había entendido el origen de los gestos del otro—. Esa azafata es de tanatorio, no de una línea aérea.

Soldevila le miró. Extendió ambos dedos índices y dibujó con ellos un cuadrado en el aire. Separándolos arriba, trazando el cuadro, volviéndolos a unir en la base. Al terminar, se señaló a él mismo. Hizo de nuevo el gesto de volar.

—Que no es un avión, te digo. ¿Me entiendes? Estamos en un ta-na-to-rio.

Soldevila puso cara de enfurruñado. Miró al suelo. Volvió a trazar el cuadrado, esta vez sin mirar a Curro.

—De acuerdo. Coge ventanilla. No me importa.

En unos minutos estaban en la capilla. Era amplia, de madera clara. Moderna. Fea. Era difícil adivinar su forma, porque estaba llena de esquinas y salientes en apariencia innecesarios. Curro pensó que quizás si la mirabas desde el aire tenía forma de algo, como Badia del Vallès. Quizás la cruz de Jerusalén. Tal vez un pez cristiano. Curro se visualizó sobrevolándola, pero no extrajo de ello ningún resultado más allá de un leve vértigo y unas tremendas ganas de aterrizar.

Cuando regresó mentalmente al asiento de metal y plástico plegable que ocupaba al lado de Plácido, el cura, ya metido en una casulla de color morado y con una estola con grabados de color dorado que le colgaba del cuello, casi hasta las rodillas, empezó a hablar.

Curro se volvió hacia el final de la sala. En la última fila, al fondo, se sentaban varios enfermeros y celadores. No lucían ninguna expresión en particular. Parecían el cromo de una alineación de fútbol. Caras serias y porte compuesto, sin demasiada emoción. Ni el doctor Skorzeny ni sor Lourdes habían hecho aún acto de presencia.

–Jesús nos dijo que el grano del trigo tiene que morir bajo tierra para poder convertirse en espiga –dijo, ante el micrófono, el cura. Curro se volvió para mirarle. El cura colocó las cejas de una forma rara, Curro supuso que intentando expresar inocencia y piedad. Utilizaba una voz pausada, artificial, sin mucha convicción, del todo monótona–. También nos dijo que todo árbol que dé buena cosecha hay que podarlo para que mejore sus frutos. Lo puso como ejemplo de cómo iba a ser su vida y cómo debe ser la nuestra: renunciar a nosotros mismos para que florezca una nueva vida.

El cura no había terminado de hablar cuando se oyó una exclamación en algún punto situado detrás de Curro y Plácido. Cayó una silla. Todos los presentes se volvieron. Era Soldevila. Se hallaba a dos filas de ellos, hacia atrás. Se había puesto en pie, y seguía haciendo su baile ritual: brazos en posición de volar, dedos en ventanilla. Luego golpeó dos veces con el índice doblado sobre la palma de la mano opuesta. Una azafata se le había acercado al momento, pero mantenía la distancia, porque la habían adiestrado para hacer eso. Mostrar una cercanía sin contacto físico ni emocional. Cerca y lejos.

—¿Perdone? –dijo ella–. ¿Puedo ayudarle?

Soldevila emitió un gruñido, con vehemencia, impaciente, agitando su voluminosa cabeza. Luego comenzó de nuevo su explicación gestual en tres pasos, y añadió unos cuantos más al final, cada vez más intrincados e indescifrables.

—Dice que pagó por ventanilla y quiere ventanilla –le tradujo Curro a Plácido, inclinándose un poco hacia él, a su izquierda–. Que desde donde está no se ve nada y que esto es una estafa, y que nunca volverá a volar en estas líneas aéreas.

—En esta Eucaristía vamos a recordar a nuestro hermano Angustias Martí –insistió el cura, algo más fuerte, aún en su púlpito, intentando recobrar el control de la misa–. Teniendo presente la Muerte y la Resurrección de Jesús.

Soldevila gritó, sin palabras, solo exclamación, tras echar un vistazo al capellán. Se dirigía a él. Nuevos gestos que ya no hacían referencia al avión. Un puño ante su cuerpo, como si volara.

—Cálmese, por favor –dijo la azafata, y volviéndose realizó un gesto con dos dedos, índice y corazón, unidos, como si toqueteara la próstata de alguien, para que acudiesen en su ayuda los dos azafatos de la puerta.

—Creo que piensa que el cura es un superhéroe –Curro le susurró a Plácido–. Está comprensiblemente turbado por ese hecho. No me extraña. Los párrocos con casulla tienen una pinta de lo más extravagante.

El cura levantó la voz y dijo:

—¡Vamos a entender lo que esto significa para nosotros y comprender que todos tenemos que superar esta prueba, la más difícil pero también la más segura, la que nos trae la esperanza en una vida futura!

Soldevila realizó un nuevo gesto.

—Creo que ahora ha dicho que... –empezó Curro.

—Sé lo que ha dicho, señor. Muchas gracias. Estoy más que familiarizado con ese gesto de significado universal, si me permite que se lo diga. *Digitus impudicus*. Dedo corazón extendido, puño cerrado. Data de la antigua Grecia, señor. Aparece en la *Divina Comedia*. Es la higa europea, grecorromana, distinta de la higa española, que se realiza de un modo distinto, colocando el pulgar entre el dedo índice y el corazón, mire, tal que así...

—¡Recemos! ¡Santa Dympna, virgen y mártir, ruega por nosotros! —empezó a gritarle el cura al alborotador, interrumpiendo la disquisición de Plácido y escupiendo en el micrófono, sin saber qué hacer con aquella disrupción más allá de alzar cada vez más la voz y tratar de seguir adelante—. ¡Santa Dympna, patrona de aquellos afligidos con PROBLEMAS MENTALES Y NERVIOSOS, ruega por nosotros!

Los dos azafatos trataron de invitar a Soldevila a abandonar la sala, pero el pequeño cabezudo tensó el culo y pareció echar raíces en el suelo. No podían moverle, pese a que empezaron a tirar de él con ambos brazos. Cayeron nuevas sillas en el proceso de hacerlo. Algunos de los presentes retrocedieron unos pasos, cuando vieron que el tumulto amenazaba con salpicarles, y su retroceso se convirtió en empujón a las filas adyacentes, que realizaron lo mismo con las siguientes. Un efecto dominó se diseminó por la capilla.

Dos celadores del pabellón H dieron un par de pasos hacia Soldevila con rostros resolutivos, pero entonces varios oligofrénicos y esquizoides de la capilla empezaron a gemir, y al menos dos de ellos emprendieron un trote hacia la puerta, tirando al suelo aún más sillas y apartando a empujones a varios familiares del fallecido. En unos pocos segundos se había desencadenado en la capilla una confusión remarcable. Alaridos, imprecaciones, golpes metálicos, gente al trote, rezos aullados. Soldevila forcejeaba con los azafatos, los celadores trataban de agrupar a los enfermos.

—Es el momento de volar, señor —dijo Plácido, y le arreó a Curro un codazo algo irrespetuoso en la zona del apéndice, muy poco placidesco, que Curro atribuyó a la pasión del momento.

—¿Tú también, Plácido? —contestó Curro, rotando el cuello y mirando a su sirviente—. Ya le he dicho a ese chiflado que esto no es un avión, y te repito lo mismo a ti. No sé qué os ha dado hoy a todos con eso, de verdad.

—Era una expresión, señor —dijo Plácido, con el semblante neutro y aún mirando al frente—. Me refería a que quizás ahora sería el momento de poner pies en polvorosa, para utilizar otra frase hecha, señor. Disimule, señor, pero yo diría que en estos momentos nadie se fija en usted. Tienen cosas más importantes de las que preocuparse, si entiende lo que quiero decir. El doctor Skorzeny y sor Lourdes deben de estar al caer, pero de momento tenemos vía libre. —Y señaló hacia una de las dos puertas, la que estaba más cerca de ellos, levantando el dedo índice de la mano derecha, que mantenía pegada a su muslo—. No mire, señor.

—Pues claro —dijo Curro, obedeciendo, sin mirar—. Discúlpame, no te había entendido. Pensaba que te faltaba un hervor.

—Ningún problema, señor. Un error comprensible.

—¿Podrías bajar ya ese dedo? Me está poniendo nervioso verlo ahí, tan tieso. Me da fobia. De repente temo que ese dedo intente dañarme. Meterse en mi interior por alguna cavidad, no sé si me explico.

—Al momento, señor. —Plácido baja el dedo.

—En marcha, entonces.

Fue tan sencillo como abandonar la capilla y cruzar el vestíbulo. Allí se amontonaban familias de otros muertos en la puerta de sus respectivas salas; muchos viejos, sí, pero también hijos y nietos. Jóvenes con peinado puntiagudo y de cariz mohicano, patilla de pincho. Curro reparó en que todos llevaban joyería en la cara y orejas: pendientes, aros, palos ensartados. También pantalones muy arrugados y chaquetas grises con innumerables cintos y hebillas, zapatillas arco iris. La moda no parecía haber mejorado demasiado a lo largo de los últimos años. Curro sintió el deseo de acercarse hasta allí y preguntarles qué pretendían con aquellos atuendos, pero Plácido le tiró de la manga.

Curro y Plácido cruzan, a paso ligero, por delante de la vitrina de las coronas de flores que se halla a la entrada misma del tanatorio. No se detienen para echarse un vistazo a sí mismos, pero de hacerlo se habrían enfrentado a una imagen familiar: un loco y su ayuda de cámara. Curro lleva su viejo traje milrayas de pantalón acampanado, chaqueta de un solo botón, su fular hecho de cortina rugosa, sus zapatos sujetos con cinta aislante. Plácido de uniforme, inmaculado, como siempre. Curro encorvado; Plácido tan tieso que casi forma un paréntesis de cierre, pelvis hacia el frente y nuca hacia atrás.

La puerta automática, dos grandes plafones de grueso cristal transparente con logotipos de la funeraria, se abre al notar su presencia, y los dos abandonan el tanatorio, de construcción reciente, cruzan un parking atestado de coches gigantescos último modelo, muy altos, espaciosos, con capacidad para pequeños pelotones móviles, y empiezan a cruzar el viejo cementerio.

Curro tiene la sensación de haber retrocedido en el tiempo: el cementerio está igual que como lo recuerda de su niñez. Las tapias encaladas, algo descompuestas aquí y allá, la pintura azul claro –tan alegre, tan de la Costa Brava– de algunas superficies de madera, las tejas y los pinos, la pinaza en el suelo. La arquitectura colonial, con pequeños ornamentos aquí y allá. Si no fuese por la presencia ineludible del arquetipo «cementerio» en alguna conexión cerebral, Curro pensaría que se trata de otro lugar de veraneo.

Pero no lo es. Tumbados allí, en las cavidades rectangulares de esos pisos, yacen centenares de muertos, sobre más muertos, sobre aún más muertos. Una ensalada de huesos de varias generaciones. Antes enterraban a los locos sin familia en fosas comunes, aquí mismo, no hace tanto, pero la práctica desapareció. Hoy todo el mundo tiene derecho a un nicho, por lo menos. Las caras de los propietarios en óvalos color tostado en la puerta de cada apartamento. Viejos con boina y mal humor y las piernas (se imagina) en forma de arcos; señoras de manos artríticas y olor a sardina con vastos libros de recetas culinarias almacenados en la mente. Hay flores en diversos estadios de descomposición, y también algunos claveles más o menos frescos. Muy pocas rosas.

Curro piensa en la última vez que estuvo ahí. Fue en el entierro de su madre, un par de días después de que le encontraran, desnutrido y confuso, en el desguace donde se había escondido. Se acuerda bien de la sensación de estar cayendo de aquellos días. A veces tiene sueños en que sucede un apocalipsis y los edificios se desploman, y la sensación de ingravidez vertiginosa que le queda en el pecho al despertar es la misma que tenía en aquellos días, cuando su madre murió. No tener un lugar donde agarrarte. Cosas pesadas y buques de guerra que vuelan sin control. El fin de toda sujeción. El viento se lo lleva todo, y todo está hecho pedazos.

Era sobre esas mismas fechas. Parece increíble, pero Curro no se había dado cuenta de esa asombrosa coincidencia hasta este momento exacto en que cruza el cementerio acompañado de su sirviente. Sí: era en plena feria de la Puríssima, cuando el carnaval insurrecto de su pueblo, colocado en pleno diciembre.

Plácido anda por delante de él con paso firme, pero se detiene cuando se da cuenta de que Curro está plantado en la pinaza. Se vuelve y ve a su amo parado como un perro de caza, delante de un nicho, así que retrocede unos pasos y se une a él.

—Al menos pusieron una fotografía bonita —le dice Curro, sin señalarla. En el interior de la vitrina que cubre el mármol del nicho hay una foto de su madre de joven. Ya era madre, allí, lleva el pelo más rizado, en forma de pirámide inca, de un color que no es el suyo, mucho más castaño, el color marronáceo reluciente de la cáscara de algunos frutos secos. Una blusa de estilo hippy, con las aberturas de las mangas muy anchas. Y sonríe—. Está guapa, aquí.

—Lo está, señor.

Curro echa una última mirada al nicho, suspira y, haciendo ademán de empezar a andar, dice:
—Bueno, vayamos a ver si podemos convencerla para que vuelva al reposo eterno.
—Eso estaría muy bien, señor.

20

Luisa ha vuelto. Sin mi padre. Nadie sabe dónde está él, pero ahora sabemos que no tiene compañía. Luego llamaré por teléfono a mi hermano y le preguntaré si tiene noticias, aunque con poca esperanza de que sepa nada, y luego le contestaré que mamá está bien, que todo va sobre ruedas, que no se preocupe, que nadie venga a vernos, que tarde o temprano todo lo malo se desvanece en el aire, que las cosas volverán a ser como eran hace años, cuando subíamos a coger musgo a la montaña y la pecera estaba bien.

Es sábado. Noviembre, finales de mes. Creo que mi madre aún duerme; al menos hace un rato que no la oigo reír, llorar ni gritar en su habitación. Tampoco tose. Lleva unos días tosiendo, sufriendo accesos largos y extenuantes de tos que me preocupan, pero se niega a tomar ninguno de los medicamentos que atiborran nuestro botiquín, y que su yo de antes administraba por cualquier bobada. Una llaga en la boca, un prurito invisible en el antebrazo.

Hace mucho frío. El cielo está encapotado, no sé si estará así todo el día o es solo por lo temprano de la hora, y hay una neblina calada que lo cubre todo. Un velo blanquecino y líquido que recuerda al puré. Estoy en el terrado. La uralita parece húmeda, el musgo de algunas tuberías y depósitos de vitrocemento brilla. Me entra un aire duro y frío por la nariz, llega casi hasta mi garganta. Ojalá nieve, pero no creo que lo haga, porque en Sant Boi nunca nieva; te comes el frío sin nada de la belleza.

Me he puesto un jersey de cuello de cisne marrón debajo de otro jersey de pico, añadiendo capa sobre capa, y unos guantes de lana marrón oscuro que me van un poco grandes, porque eran de mi padre y sobra espacio en cada punta de dedo. También me he colocado un pasamontañas amarillo que me da vergüenza llevar en la calle, al colegio, y que cubre toda mi cabeza menos la cara, porque hay un enorme orificio que la enmarca. Es el mismo que usé para el disfraz de patito de tercero o cuarto, llevaba una visera negra a modo de pico sobre los ojos. He recordado a mi madre cosiendo el pico, colocándome la cosa en el cráneo, sonriendo y agarrándome de las mejillas con ambas manos al terminar. Sus manos, que ya empezaban a abultarse, a convertirse en almohadones de lípidos. A veces me culpaba de su peso. Decía que había sido del embarazo. Que ya no lo había «vuelto a perder», por mi culpa.

Me he levantado muy temprano, mi reloj marcaba las ocho, y he subido aquí a recoger la ropa. Le estoy pillando el tranquillo a esto. Huelo una sábana que lavé ayer, que huele a «jabón natural», superjabón marca Lagarto *extra,* y está casi suave, porque le añadí lo que llaman «suavizante», marca Norit. Me rodean otras sábanas y fundas de almohada, largas, llegan casi hasta el suelo, estoy oculto entre ellas. Cuando descuelgo otra sábana, una que lleva un dibujo de Astérix y Obélix que mi hermano y yo tenemos desde hace muchos años, lo hago con mucho cuidado para que no toque el suelo, mojado del rocío, y retengo las dos pinzas de tender de madera en mi puño derecho, dentro del guante de lana, y entonces el campo visual queda despejado, y la veo allí.

Ella está también recogiendo ropa, en el terrado de su casa, el que da al patio de palmeras, a unos sesenta metros de donde estoy. A su derecha está el soportal, que siempre me hace pensar en un claustro de iglesia. Ella ha salido a la zona descubierta, recubierta por cuerdas de tender. Es una colada tuti-fruti, veo bragas y calcetines y jerséis y camisas y de todo, muchos colores y texturas, tergal y poliéster y nailon, lo que quieras imaginar. Cuando la veo, ella está manipulando un jersey rojo con ambas manos, y lo dobla sobre su barriga con un movimiento experto, y la prenda queda plegada en sí misma y la deposita en una mesa, sobre un emparedado de varias prendas ya listas para planchar o guardar.

A Luisa le ha crecido el pelo. Un poco, sobre todo en el flequillo, que se abre en su frente hacia ambos lados y ella afianza tras sus orejas. No lleva pendientes, ni maquillaje. Está muy seria, como en misa. Concentrada. Qué pequeña nariz. Está tan callada y absorta que casi llegan a mí sus pensamientos, un zumbido como el de las torres eléctricas de Cinco Rosas, cuando los cables cantan. No veo sus piernas, las cubre una pared baja que delimita el terrado.

Somos las dos únicas personas en movimiento de toda la escena. Hay otros terrados, y algún balcón, pero no se divisa a nadie, ni tan solo detrás de las ventanas, realizando tareas de interior. Tengo la sábana de galos hecha un ovillo en mis manos, aún sostengo las pinzas. No me muevo, excepto por un guiño morse en el ojo izquierdo. Ella se dispone a descolgar la siguiente prenda y es entonces cuando me ve. Me mira. Su boca se tuerce hacia abajo. Me parece detectar dos arrugas a cada lado, en sus mejillas flacas, pero no estoy seguro, está demasiado lejos.

Yo levanto mi mano derecha enguantada, tras soltar las pinzas, que caen sobre las baldosas color ladrillo del terrado en dos golpes que rebotan solo una vez y permanecen quietas, junto a un cubo de fregar muy pesado, hecho de vitrocemento, que ahora está siempre vuelto hacia abajo y recubierto de liquen.

Mis dedos están extendidos hacia arriba a lo largo de toda la secuencia: ella sigue mirándome, tuerce un poco la cara, se mira los pies, como si pensara, como si rezara, lleva puesto un suéter de lana gruesa de color gris, en la parte de la nuca sobresalen algunos mechones de cabello recién crecido, levanta la cabeza y vuelve a mirarme, es solo un instante, entonces se da la vuelta, gira sobre sí misma, se encamina hacia la puerta con mosquitera que da al interior de su casa, son nueve o diez pasos por el soportal. Andando así por el porche, con la cabeza baja y el andar decidido, parece una monja de clausura. Llega a la mosquitera, la abre, abre la puerta de verdad, se mete dentro. A lo largo de toda esta secuencia los dedos de mi mano saludadora han ido cayendo, como una de esas flores que se marchitan a cámara rápida en los vídeos de ciencias naturales, y cuando Luisa ya no está en su terrado mis dedos se hallan replegados sobre sí mismos, formando un inicio de puño.

Hago descender el brazo, y lo dejo a mi lado, pegado al tronco. Me arranco el pasamontañas con la mano izquierda; la goma me rasca la oreja. Descienden también mis ojos. Veo algo. Un animal, allí abajo. En el patio de los Hurtado la tortuga Juanita ha salido de debajo de unas plantas de hojas amplias y verdes, y se encamina, primero una pata y luego la otra, y lo mismo con las traseras, a cobijarse debajo de otra planta similar que se halla a dos metros. De un parterre a otro, cruzando por la gravilla gris, sobre las piedras redondas y finas. Casi oigo el crepitar de sus patas en la grava desmenuzada. Tarda mucho en completar su desplazamiento. Veo su caparazón verde oscuro, con sus dibujos de cuadrados concéntricos, ideales para la pareidolia. Mi madre tose en su habitación. Debe de haberse despertado.

No me complico la vida: huevos revueltos, que compré yo mismo en el colmado, un zumo de naranja marca Todo-Todo, un par de bollos de bollería industrial del mismo súper. Traté de hacer café, pero no sabía cómo, eché el café directo a la cafetera, con el agua, y lo que subió con el hervor era un líquido sucio con motas de café. Lo vertí en una taza, y parecía un charco. Decidí descartarlo, usar solo el zumo.

La casa está fría, la envuelve una luz muerta. El bodegón de la pared nunca había sido un canto a la alegría, pero ahora parece más abatido que nunca, los higos más secos, el cesto de mimbre más desfondado, la luz más crepuscular. Encendí la estufa de butano en el comedor, permanecí un rato pulsando hasta ver cómo subía la primera llamarada en la pantalla de rejilla, pero pese a que la puse al máximo las baldosas del suelo permanecieron bajo cero durante un buen rato. Solo se podía estar sobre la alfombra del Macro, junto a la ventana que daba al patio interior. Me quedé un momento allí, observándolo, tan sombrío y triste; los tiestos muertos, las planchas de conglomerado, la regadera verde. Pegué una mejilla al cristal, miré al cielo. Era imposible deducir la hora. Si acabases de volver en ti tras haber sido drogado y secuestrado por un grupo terrorista, no sabrías si está anocheciendo o amaneciendo.

Está amaneciendo.

Ayer vacié la pecera de mi padre. Me harté de verla allí, criando mierda. Pesaba tanto que tuve que completar la operación en dos o tres barreños, sumergiéndolos por la parte superior del tanque, llenando y vaciando. Salpiqué el suelo del salón. Olía a pez podrido y a materia acuática echada a perder. Algas pasadas, lapas podridas. En cada viaje trataba de no mirar al cubo, pero cuando abría la mosquitera y salía, y lo echaba todo por el desagüe de reja que hay en medio del pequeño patio de cemento resquebrajado, veía elementos pisciformes cayendo. Unos vivos y otros bien muertos; el color apagado, los ojos con vaho. Pensé en los barrenderos, adónde irían a parar; son peces muy tenaces, quizás sobrevivirían también a esto. Cuando la pecera estaba ya casi vacía la agarré entera y, tras cruzar con cuidado el pasillo, rozándome los codos en el friso de la pared a cada paso, la volqué, en el mismo sitio, luego agarré con la mano las piezas de decoración submarina que mi padre había comprado en Mis Canarios y colocado con delicadeza en el fondo –el cofre del tesoro, el fragmento de barco naufragado, el buzo– y los tiré a la basura. No tuve ninguna sensación haciendo todo esto. Ni placentera ni desagradable. Solo una fugaz imagen de mi padre ante la pecera, cuando las cosas iban bien. Pero se me apareció muy borrosa, casi desvanecida, y desapareció al momento. Creo que sonreía. Yo no sentí erizo de mar en el cuello, ni dolor de brazos y quijada. Con la punta del pie empujé a un barrendero vivo que coleaba en el suelo mojado, boqueando, moviendo los bigotes, lo acompañé hacia dentro del desagüe. Desapareció. Ahora la pecera solo es una caja de cristal sucio vacía, con color de alga y restos lacustres pegados aquí y allá, que permanece en el salón.

Mis pantuflas se encaminan hacia el piso superior por las escaleras de baldosa roja y madera gastada por el roce. Tengo las manos ocupadas, no puedo agarrarme al pasamanos que siempre me deja los dedos con olor a hierro viejo, así que coloco mis pies con cuidado en cada escalón. En la bandeja el zumo hace olas y se eriza a cada vaivén. Al pasar por el lado del teléfono que está en la pared, a la entrada de la escalera, le echo una mirada muy breve. No puede sonar, porque hace un par de días arranqué el cable de un tirón. No paraba de sonar porque llamaba mi tutor y otra gente, servicios sociales o lo que fuese, con demasiadas ganas de meter las narices donde nadie les había invitado. Al final me harté de eso también; de mentir y disimular. Además, nunca he sabido mentir bien. En casa siempre me pillaban.

Abro la puerta superior de la escalera con el pie, tuerzo a la izquierda, repito la operación para abrir la pesada puerta blanca de madera del cuarto de mis padres.

–Mamá, te he traído el desayuno –digo, mientras la puerta se abre por su propio peso, y el pomo va a chocar contra la pared, donde agrandará un poco más el agujero. El hueco se ha hecho portazo a portazo, riña a riña, desplante a desplante. El cuarto está muy oscuro, solo distingo sombras. Huele mal. Pescado y meados y colilla mojada y pies. Una selección del fondo del contenedor. Enciendo el interruptor lateral blanco con el codo. La habitación se ilumina con una bombilla desganada. Mi madre está en la cama, semiincorporada.

La bandeja empieza a temblar. Mira: son mis manos. Algo va mal.

Mi madre lleva su vestido de boda. Blanco, pero ahora manchado de sangre seca, que ha perdido su intenso pigmento natural y solo conserva un mundano color a arcilla. Sangre en la barriga, y en la falda, que era bastante mini. No son litros de sangre; solo zarpazos, de haberse limpiado algún corte superficial. Veo la sombra peluda entre sus piernas entreabiertas. Las plantas de sus pies descalzos, completamente negras, casi parecen una suela de cuero. Mueve los dedos de los pies sin darse cuenta. Ambas manos descansan en su regazo. Los brazos desnudos. He recopilado todos estos detalles para no mirarla a la cara, pero al final no me queda más remedio que hacerlo, porque ella se dirige a mí.

–¿Por qué no me lo contaste antes, Curro? –dice.

Se ha pintado. Los ojos muy azules, azul turquesa, como en las fotos en color de su boda, y rímel en las pestañas. No muy bien aplicado, demasiada cantidad, manchas negras en sus mejillas. Ha llorado, lleva el rímel derramado por las mejillas, frotado con el dorso de la mano. Cavidades oculares tan negras, arrugadas por patas de gallo que antes no tenía. Al igual que en su boda, no lleva los labios pintados, o casi no se nota. Algo de brillo, o quizás sea solo saliva o moco. Su piel tiene un color gris mortecino, sin vida. Amarillea, como la ropa muy sucia. Su boca no sonríe, hoy. Está muy seria, y da miedo. Sus ojos árticos, tan profundos y deshabitados. Olor a mierda que flota en el aire de un modo pegajoso. Cosas que se mueven en los laterales, cerca de la bombilla. Insectos que recorren la mesilla de noche, con sus patitas preocupadas, esos chasquidos casi inaudibles de muchas patas agitándose sobre la madera, y algunos que vuelan, torpes, chocando contra la luz una y otra vez. Bichos que se arrastran a mis pies. Un par, pequeños, se estrellan contra mi cara, tengo que soplarlos, arrugar la nariz, menear la cabeza.

–Mamá –solo digo. Para oír mi voz, lo digo, como cuando andas por un pasillo oscuro y quieres reconfortarte, y entonces lo que pasa es que tu voz temblorosa te ha dado más miedo aún y tienes que empezar a dar zancadas en pos de la luz.

–Lo sabías y no me lo dijiste –dice ella, con la voz rota, un crujido gutural que parece de rana–. Eres un mentiroso. Me mentiste. A tu propia madre. *Tú* tienes la culpa de lo que está pasando, Curro. Tú podrías haberlo evitado.

La bandeja que sostengo tiembla tanto que algo del zumo se derrama, y los huevos se desplazan por un lado del plato, y también fuera de él, a la bandeja. No caen al suelo. Vuelvo a enderezar la bandeja en el último segundo.

Algo se mueve ahora al lado de la pierna derecha de mi madre. Es una cucaracha. Empieza a trepar por su muslo desnudo, lleno de arañazos. Mueve las antenas como un zahorí. Busca algo. Hace un año mi madre hubiese pegado un brinco violento, se habría subido por las paredes, pero ahora ni se inmuta. Ni se tensa. La percibe. Sabe que está allí. Vuelve su cabeza hacia el blatodeo y lo observa con curiosidad. La cucaracha parece darse cuenta de la mirada de mi madre, como las chicas del colegio de monjas se dan cuenta de que las miras, de un modo sobrenatural. La cucaracha se hace la muerta. Se vuelve sobre su espalda, patas secas al aire, paralizada, antenas también.

Mi madre la atrapa, con tres dedos. Pulgar, índice y corazón. Veo que se ha pintado las uñas de amarillo, como las lleva Luisa. Ahora la cucaracha sí ha empezado a agitarse, porque tampoco es tan fuerte genéticamente como para mantener el temple en momentos como ese. Retoma su movimiento febril de antenas, sintonizando con angustia.

–Tendrías que haberme avisado, Curro –dice mi madre.

Es un susurro rasposo. Sin entonación. Como si ya diese igual.

Agarra la cucaracha y le aplasta la cabeza con el índice y el pulgar de la otra mano, es un movimiento tan familiar y sencillo, parece que se esté cortando las uñas, pero por un momento puedo ver un trozo de caparazón ahí, un líquido marrón le mancha las uñas amarillas, tan mal pintadas, parte de los dedos, luego me enseña los dientes, apretando las quijadas, se le ahondan y marcan los músculos a ambos lados de la cara, y llora como alguien que ya no fuese a parar, y la cucaracha ya no se mueve.

Los tres ruidos que siguen podrían ser separados y analizados en un estudio insonorizado de grabación, porque los tres empiezan casi al mismo tiempo y hay un instante en que se superponen, y es difícil ver de dónde viene qué.

Mi madre se carcajea muy fuerte, mientras las lágrimas de color negro rímel trazan tuberías de churretones en su cara, y veo su lengua gris. Yo grito. Ese es el segundo ruido; un grito menos largo que el de ella. Solo un chillido cortante. La bandeja cae al suelo, tercer ruido, y todo su contenido se hace pedazos. Vidrio duralex, falsa porcelana, líquidos y materia en estado de semisolidez, la bandeja de plástico.

Dos de los ruidos cesan, uno se transforma. Yo ya no chillo, solo me vuelvo y echo a correr, puerta afuera y escaleras abajo. Las cosas rotas callan. Solo queda mi madre, que continúa riendo a gritos, cuando llego a las escaleras de abajo aún se carcajea, y su sonido empieza a mutar y pasa a un sollozo, luego a otro alarido que llena toda la casa y explota hacia fuera por las ventanas. Me quedo inmóvil en la puerta de abajo de la escalera. Pie dentro y pie fuera. El chillido se mantiene en una nota aguda durante un instante, y muta por penúltima vez. Mi madre arranca a toser. Una tos desesperada que suena a madera hueca rompiéndose, y de ahí pasa a un sonido acolchado que es el de alguien tratando de tomar aire. Suena como un estertor, el de los filmes de guerra, cuando alcanzan a alguien y perece en los brazos del teniente bueno, y en su cuello se congela aquel último intento de tomar aire.

Salgo por la puerta de casa gritando, aparezco en mitad de la calle, llamando a todas las puertas, la imprenta, la Alcaldesa, Remedios, incluso la de la familia Hurtado, sin haber pensado un plan o un orden, un sistema, quién puede ayudar más o menos, quién me cae mal o bien, quién ha salido o quién está en casa. Solo yo, gritando y llorando y arreando en los portales de los vecinos con las bases de los puños.

Parece una palomita de maíz, solo que mortal. Se llama *Streptococcus pneumoniae*. En la enciclopedia de los Priu aparece todo, hay un universo catalogado allí en orden alfabético, y dentro de ese mundo están las bacterias y los microbios, como el que infectó la faringe de mi madre.

El médico nos dijo que el estreptococo se alojó en su garganta en alguna de las noches heladas en que mi madre anduvo por el pueblo hasta la madrugada. Se aprovechó de que mi madre tenía las defensas bajas, y por eso ella está como está.

Estoy sentado en el comedor de casa de los Priu, con la nariz metida en el pesado volumen abierto por la mitad. N de neumonía. Paso el dedo por la explicación de la enciclopedia. Una mesa extensible, las patas como bolos invertidos, de mala calidad. Manchas de bolígrafo azul en la superficie de formica, alguna astilla, una lágrima de kétchup solidificada. En el otro extremo de la mesa, ante mí, está Priu.

—Aquí dice que en el siglo XIX todo el mundo moría de esto —le digo, levantando la cabeza del libro—. Y de *influenza*.

Me escucha con la cara sujeta en la palma de un puño. Sus uñas mordidas, el olor distante a madriguera de zorro, su nariz porosa, con puntos negros. El pelo brillante, aceitoso, con alguna mota prendida en él.

—No estamos en el siglo XIX —dice Priu. Con la otra mano va colocando las fichas negras de La Fuga de Colditz. Las fichas tienen forma de bolos. Él lleva los alemanes. Los coloca en sus puestos de vigilancia, algunos en la garita, algunos preparados para entrar en acción y detener la fuga. No tengo muchas ganas de jugar a esto, pero Priu insistió. Dijo que me distraería.

—Es verdad —dice Angi—. La ciencia ha avanzado mucho.

Suena como si lo hubiese leído de alguna revista de divulgación barata, en la peluquería del barrio. Está sentada en el sofá vencido, al lado de una ventana que da a la calle Victoria. Va en pantalón de pijama gris, lleva calcetines blancos muy gordos de fútbol, sin bambas, una camiseta negra que le va muy grande y donde pone Monsters of Rock. Cada vez que levanta un brazo veo blanco de sostén por el boquete amplio de la manga corta, un asomo de pelo de sobaco recién nacido, muy corto y rizado. Lleva el pelo recogido en una cola de caballo negra, lo lleva larguísimo, dos anchos mechones de flequillo le caen a ambos lados de la cara.

—¿Tú crees?

—Claro —me responde—. Ahora lo curan casi todo —añade, y se sujeta las piernas dobladas con los dos brazos, se estrecha las manos a sí misma. Lleva las uñas pintadas de negro. Antes pasó por mi lado y olía a consulta de practicante, se había aplicado alcohol de noventa grados en algunos granos de la barbilla, que ahora solo son manchas irritadas en su cara. Angi mira al exterior. Ya han puesto algunos adornos de Navidad. Muy económicos, distintos de los que hay en la Rambla y el casco antiguo. Solo bombillas blancas, juntas en forma de campana, con más bombillas multicolor que simulan un lazo. Parpadean en su cara.

El calendario de papel de la pared marca 4 de diciembre. Es de la rectificadora de abajo, lleva una imagen de la silueta del pueblo, con la iglesia y el río y la vía del tren, Sant Ramon al fondo y una señora en bikini al frente de todo ello, tumbada de lado. Es sábado. Los padres de Priu han ido al Carrefour. A comprar comida y lavar el coche. Se han llevado al hermano pequeño, el que parece débil mental. La casa huele a cerrado, a sábanas empapadas de sudor oscuro y colillas y piel de naranja descompuesta; no ventilan jamás. Me pondría a ordenar la casa de Priu, no me importaría abrir las ventanas de par en par, que entrase aire fresco, y barrer un poco, vaciar los ceniceros, quitar la pelusa de la base de las cortinas, pero no quiero parecer maleducado.

Llevo un par de días de invitado aquí. Han sido todos muy amables. Incluso su padre, el hombre calvo que nos trataba a gritos, que siempre era tan impaciente y antipático, ha tratado de sonreír y no me ha reñido por nada, ni siquiera cuando he tenido que encender y apagar treinta veces el interruptor del lavabo, y me ha dejado escoger programa de televisión, pese a que él estaba viendo el baloncesto. Hemos visto *Érase una vez el hombre,* que a Priu y a mí nos gusta mucho, aunque ahora un poco menos que hace dos años, porque ya somos mayores.

—Sí, ya verás como se pondrá bien —dice Angi, sin dejar de mirar por la ventana. Veo cómo titila, sin ganas, en su frente, la campana de Navidad barata hecha de bombillas de bajo voltaje.

Yo la miro.

—Angi tiene razón —dice Priu, que coloca uno de los mazos de cartas del juego en su sitio después de golpear su base contra la mesa, para dejarlos uniformes. Los dos hermanos han dejado de pelearse entre ellos para no complicar más las cosas. Ahora no paran de darse la razón el uno al otro, si yo estoy delante–. Lo más probable es que se recupere.

La televisión hace ruido. Está siempre encendida, en casa de los Priu. Parece una ventana más. Están dando un programa nuevo que se llama *Pista Libre,* y que Priu y yo odiamos, porque no ponen dibujos ni nada, todo el rato hablan de «la juventud» y se sientan a hacer debates sobre ello. Angi, que permanecía cerca del aparato, se incorpora un momento del sofá y la apaga.

Luego vuelve al sofá, esta vez solo dobla una pierna, deja la otra colgando, su pie colgante se mueve en modo péndulo, tic-tac. El aparato de televisión se ennegrece poco a poco, nadie sabe qué decir ahora, mi madre diría que «ha pasado un ángel». Me viene a la cabeza una oración que nos hacía rezar por la noche, para que no tuviésemos miedo: *Àngel de la guarda, dolça companyia, no ens desempareu ni de nit ni de dia, no ens deixeu solets, que ens perdriem.* La recito varias veces en mi cabeza. *No ens deixeu solets. No ens deixeu solets, que ens perdriem.* Un borracho grita en la calle, reclama que le vuelvan a dejar entrar en el bar Provi, asegura que no la liará, que tiene pasta, joder, que no quiere que nadie pague sus cosas, que se las paga él mismo.

Un vecino grita también, a sus hijos y a su mujer. Dice «cojones», muy alto, luego añade «estoy intentando ver esto». Se oye un manotazo, muy fuerte, en el tabique que nos separa. Un cuadro en casa de Priu, la foto de licenciado de la mili de un tío suyo, un chaval con las orejas muy grandes y una boina de lado del ejército de tierra, baila durante un segundo en la pared, se queda torcido. Se oye el estallido de un vaso al romperse. Las paredes son de papel cebolla. Estamos juntos y aislados en esta mierda. Pasa una vespino por la calle, su petardeo de un cruce hasta el siguiente dura años y años.

A mi madre se la llevaron al hospital de Bellvitge. Las urgencias graves de toda la comarca se centralizan allí. Vino una ambulancia a buscarla. Era blanca y amarilla. En la parte frontal ponía AICNALUBMA, por si alguien era retrasado y no sabía que las palabras en un espejo siempre aparecen invertidas. La sirena, con la voz apagada, seguía lanzando luces de discoteca en la pared blanca de la casa.

Nunca había entrado una ambulancia en mi calle, que yo recuerde. Al menos no con ese estruendo, sirena y frenazo y todo lo demás. De película. Salieron todos los vecinos a la calle, también los de la calle Nou y Compte Borrell, los hombres de la imprenta, con sus monos azules y gafas colgando de cuerdas en el cuello, manchas de tinta en las puntas de los dedos y en los delantales, yo diría que allí éramos sesenta o setenta personas mínimo, fue un escándalo, hicimos historia, algún día la gente hablará de esto como se habla del hombre que se ahorcó en la plaza de la fuente, delante de La Casa de los Jamones.

Cuando la sacaron en la camilla, a mi madre, yo estaba ante la Alcaldesa. No era amiga de mi madre, aunque mi madre fingía que sí, y ella también. Estaba a mi espalda, me tenía cogido por los hombros, que me temblaban un poco, sus manos anilladas de oro y plata de ley, con las uñas largas y rojas una a cada lado de mi cara, se balanceaban con cada nuevo temblor de mis hombros. Su marido solo fumaba, cerca de nosotros, y de vez en cuando mascullaba algún cliché clínico. Nadie hablaba. Solo el ruido de los enfermeros trajinando por allí dentro, sonido de ruedas, algunos murmullos. Y entonces la sacaron.

Parecía muerta. Habían cubierto su cuerpo con una manta

basta y gruesa de color gris oscuro, casi hasta el cuello, así que cuando apareció por la puerta, tumbada en la cama sobre ruedas, no se le veía el vestido de boda, ni las manchas, ni la sangre, ni las cucarachas aplastadas. Miré a los enfermeros un segundo: sus expresiones eran neutras. De mi madre solo se veía la cara azulada, debajo de una máscara de oxígeno. Sus ojos inmóviles, las manchas en el contorno de los ojos, el pelo de nido de pájaro. Respiraba con mucha dificultad.

Entró en coma a medio camino hacia el hospital. Eso me dijeron, más tarde. Llegó a Bellvitge sin apenas «signos vitales», lograron mantenerla con vida, solo que de momento no responde a ningún estímulo externo. Su cerebro se ha fundido en negro.

La habitación de mi madre está en la planta 12 del edificio. Muy arriba. ¿Cuanto más arriba, más grave estás? No lo sé. Desde tan alto se ve casi todo el delta, como se ve desde el mirador de Sant Ramon, solo que desde una perspectiva distinta. Ves detalles que te resultan poco familiares. Más de cerca. La lejanía de la ermita invitaba a la clemencia; todo parecía un poco más bonito, aceptable al menos. Desde aquí no. Pequeños huertos familiares, otros industriales, tomates y alcachofas y algún olivar sin esperanzas; la autovía, que va repleta en ambas direcciones, hacia Castelldefels y Sitges pero también hacia Barcelona. Camiones y turismos, alguna vespa, muchas furgonetas de reparto a ochenta por hora. Cemento y torres eléctricas, cables en el cielo que conectan los pueblos. Viejas masías, con sus palmeras y torres elevadas, bonitas pero fuera de lugar, la mayoría casi en desuso, como tragadas por la industria. Su presencia es embarazosa, como una tribu en taparrabos que se negara a abandonar el terreno del lujoso centro comercial. Chimeneas altísimas, agrupadas en dos o tres por factoría.

Al fondo está el mar, se ve bien desde donde me encuentro. Seguro que es azul pero parece gris perla, por la contaminación, que mancha la atmósfera. En su superficie, alejados de la orilla, se distinguen varios mercantes enormes que deben de estar navegando, desplazándose, pero que desde aquí parecen inmóviles, flotando cerca del horizonte. Metal pesado, lleno de remaches, lleno de óxido, flotando de forma inexplicable.

Estoy ante la ventana de una sala de espera. Detrás de mí: máquina de café, de refrescos, una fuente metálica de agua fría con condensación en los laterales. Varias sillas de plástico unidas por una columna vertebral de acero soldado.

Pegando la frente al vidrio intento ver el barrio de Bellvitge, que es como una construcción de piezas de dominó, pero no lo consigo. Creo que están a mi espalda, donde no da esta ventana. Barcelona y Collserola también.

He salido de la habitación donde está mi madre, pero en un rato volveré a entrar. Todo huele a alcohol, un olor que no me apasiona. Me tensa. Nunca me gustó ir al médico, ni al practicante.

Estoy solo. Mi abuela Manuela está en el bar del hospital, ha bajado a buscar un bocadillo o algo. No la estaba escuchando cuando me lo ha dicho, la verdad. Nunca he sabido qué decirle a esa mujer. Mis padres tenían una relación extraña con sus propios padres, un trato espinoso que se transmitió a nosotros como unas orejas grandes o unos dientes mal puestos. Herencia familiar. Mi abuela nunca te abraza, como si la niñez fuese vírica. Tiene el bolsillo fácil, eso sí, cuando estaba en el pueblo siempre me daba dinero para *Mortadelos* o chucherías, pero el corazón de caja fuerte. No sé si nació así o se agrió por culpa de mi abuelo, que era una mala persona. No sé muchas cosas, porque no me las contaron. La historia de mi familia, los años de los pre-Curritas, se componen de unos pocos sucesos corroborados y luego hectáreas y hectáreas de zonas grises, territorio inexplorado. La no-zona. Ni mi padre, ni mi madre, ni sus respectivos padres y madres, eran, son, de mucho explicar. Todo lo metían para dentro. Su manera de arreglar las cosas era, *es,* esconderlas detrás de algún órgano, en el desván de su cuerpo, y desear que con el tiempo se arreglara solo.

Entro en la habitación. No me había dado cuenta antes: mi abuela ha colocado una efigie religiosa en la mesilla de noche, justo al lado de mi madre. Es la Virgen de Montserrat, vestida de reina negra. Creo que es de plástico vacío por dentro, muy liviana. Color rosado y azul claro, la cara muy oscura, la expresión hierática. Está mal pintada, es una efigie de cadena de montaje, no artesanal. El color de los ojos está fuera de sitio, y casi los tiene en la sien, como un lenguado. Mi hermano me contó por teléfono que en casa de mi abuela, en el pueblo aquel, tienen un montón de fotos de Papas romanos colgadas en las paredes, en la cocina y los pasillos, con la ubicuidad y lugar preferencial que se les otorga a los familiares de sangre.

Me gusta que mi abuela no esté aquí ahora, porque cuando estamos los dos a la vez en la habitación no sé qué decirle. Ni ella a mí. Espero que tarde mucho en completar lo que está haciendo por el hospital. Siempre que aparece me cuesta respirar, me aumentan los espasmos, parece que vaya a darme algo, y mi abuela se incomoda aún más por todo lo que se desencadena en mi cuerpo. No sé si todos los abuelos son así, sospecho que no. Debe de haber abuelos como los de las canciones, los que te sientan en sus rodillas y te cuentan cuentos apasionantes y te enseñan a dibujar Frankensteins y te narran batallitas y te miman y te emplastan besos pegajosos en la cara. Pero ninguno de ellos fue a parar a mi familia.

—No sé si nos vamos a disfrazar este año, mamá –le digo a mi madre, que permanece rígida en la cama.

La han peinado hacia atrás, deben de haberla lavado un poco o algo porque ya no luce el nido de pájaros en la cabeza. Sigue de color azulado, está conectada a algunas cosas y tubos, lleva la máscara de oxígeno pegada a la cara todo el tiempo. Busco con los ojos la máquina que hace pinc (la de las películas, con la raya que hace picos y valles, y si cesa de hacerlos es que has muerto) pero no hay ninguna.

Le han dejado los ojos abiertos, a mi madre, y da un poco de miedo, pero ella no ve nada. No siente mi presencia, aunque dicen que está mejor, que ya se detecta actividad cerebral, que ha salido del coma, que solo está bajo sedación intensa (pero que no nos hagamos ilusiones). Yo no noto diferencia, pero claro, no soy médico. Yo la veo incluso peor. En coma tenía mejor cara. Dije que el tono de su cara era azul, pero la verdad es que es más un tono gris mortecino, como el de las partes interiores de algunas setas.

Hoy es día 5, mañana empieza la fiesta grande de mi pueblo. La feria de la Puríssima. Nadie trabaja durante esos tres o cuatro días. Las calles se llenan de gente, muchos comerciantes colocan sus paradas por todas partes, bisutería y jabones hechos a mano, camisetas de Bob Marley y chapas de media luna, algodón de azúcar y golosinas, incienso y bull negro, se suspende la actividad normal, casi no puedes andar de un lado a otro. Hay paradas de tractores, coches, comercios locales. Algunas, las más celebradas por los niños, de animales: gallinas, cerdos, algunos mulos y caballos. Hay sevillanas en el chiringuito de la Unión Extremeña, Kenny Rogers en el stand del rugby. La gente está contenta; se acerca la Navidad. Todo el mundo baja a la calle, en masa, como una comunidad unida por algo que merece la pena.

También se celebra un carnaval durante esas fechas. Un carnaval fuera de temporada. Y por todo ello el 6 de diciembre era mi fecha favorita del año. Quedaba con Priu a las diez de la mañana y pasábamos el día entero por ahí. No hay toque de queda, en casa solo nos esperan para comer algo a toda prisa, nos dejan irnos rápido, nos comemos el yogur de pie, camino de la puerta, casi. Y salimos. Deambulamos. Tropezando con gente, comiendo porquerías, viendo los expositores, admirando los caballos y vacas, oliendo el fuerte olor a mierda de animal, a paja y forraje, encontrándonos a este y a aquel, esperando ver de lejos a aquella niña del colegio de monjas.

–Pero igualmente tengo ganas de que llegue el carnaval de la Puríssima –digo. Me siento un poco raro haciendo esto, es obvio que ella no me oye, pero un médico argentino que está al cargo de las neumonías graves me ha recomendado que lo haga. Hablar con la enferma va bien, ha dicho, sin añadir alguna explicación científica al fenómeno; si era así porque yo añadía más oxígeno a la habitación o algo parecido. Me pican los ojos y tengo las mandíbulas tirantes, siento cada muela haciendo fuerza. Me huelo los dedos después de haberme frotado los labios y los costados de la nariz.

–¿Sabes qué? Priu quiere que nos disfracemos *de Göring y Himmler* –le digo a mi madre. Al no haber aparato que hace plinc solo se oyen algunas conversaciones medio susurradas en el pasillo, las ruedas de una camilla, la respiración de hámster de mi madre. Nadie me responde. Fuera está nublado, la habitación a media luz, agónica, de fluorescente–. Bueno, él no quería. En realidad ha sido su hermana, Angi, que nos ha convencido, y entonces Priu ha dicho que de acuerdo, vale, que él se disfrazaba, pero que tenía que ser algo que le interesase de verdad. Que no se iba a poner cualquier mierda que llevara todo el mundo. Angi había sugerido *Los hombres de Harrelson,* pero Priu al final ha optado por dos miembros de la cúpula directiva del Tercer Reich. –Intento reírme, expulso aire por la nariz para que mi madre vea que todo es divertido, que todo marcha fenomenal, que todo va a arreglarse–. Tenemos unas chaquetas del ejército franquista que Priu ha conseguido de un abuelo suyo aragonés, me parece, y un par de gorras planas de cartero que me ha prestado el cartero tan simpático aquel, te acuerdas, mamá. El de nuestra calle. Pues bueno, Priu lleva unos días pintando *dos esvásticas* en unos brazaletes de tela, en negro y rojo. Ja, ja. Increíble, ¿verdad? Nos pondremos botas de agua negras. Angi dice que tengo que animarme. Que mañana, en el carnaval, lo pasaremos superbién.

Mañana. Por la noche hay fuegos artificiales, los lanzan desde el campo de fútbol viejo, desde nuestro terrado se veían sensacional, me acuerdo de cómo subíamos allí todos, a veces íbamos al terrado de los Hurtado, desde donde se veían incluso mejor, porque estaba más elevado, y Richard y Mateo y yo jugábamos a perseguirnos en el soportal mientras los padres brindaban y reían y se tomaban de los hombros, y el cielo se manchaba de todas aquellas explosiones de colores. Cuando finalizan los fuegos tiene lugar un gran concurso de disfraces, individual y por grupos, en la sala de fiestas del ateneo grande. Todo el mundo va allí, no cabe ni un alfiler, lo pasamos de muerte.

Mi madre sigue sin decir nada. Solo ese seseo apagado, como una pequeña fuga de gas, en su boca. Se me acaban los temas. Trato de no mirar su cuerpo exiguo debajo de la sábana. Casi no hay formas, allí. Se marcan los dos bultos del hueso sacro, por debajo de la zona del ombligo. Sus dos pechos, que hace un año eran como dos botas de cuero repletas, son ahora piel caída y vacía que se desploma a ambos lados del tronco. Miro por la ventana. Un avión empieza su descenso hacia El Prat, está tan cerca que distingo el tren de aterrizaje, aparecen las ruedas, se colocan en su sitio. El avión cruza por encima de la autovía, luego la autopista, luego las carreteras provinciales y el Camí Ral. Mi madre hincha el pecho un poco, luego lo deshincha. Casi ni se nota. El sonido es de desagüe. Aire y agua, juntos.

—No sé si Himmler y Göring van a ser demasiado para los jueces del carnaval —le digo al cuerpo inerte de la cama, y trato de sonreír, y se me retuercen los músculos de las mejillas, y miro el catéter de su antebrazo, envuelto en gasa—. ¿No? Priu dice que lo hacemos de broma, como en la película aquella, *Ser o no ser*. Dice que es una «parodia». Que la gente ya sabe que no somos nazis, hombre. Yo le he dicho que a lo mejor nos dan una paliza por esa «parodia», así que espero que sea buena. —Fuerzo una risa—. ¿No, mamá? Priu dice también que su hermana tiene razón, que tengo que animarme. Todo el mundo quiere que me anime, mamá, hay una cola que no veas de gente que busca distraerme. Ya no sé qué hacer para que me dejen tranquilo.

La última frase no la he dicho de forma muy comprensible, porque se me ha cerrado la garganta, y la garganta ha estrangulado mis cuerdas vocales, y me temblaba mucho la barbilla.

La observo. Pienso en ella y yo cuando aún no había pasado nada de todo esto. Hay una foto en la que mi madre me sostiene en brazos, la tenemos en el recibidor, en casa, mi hermano la odiaba porque salgo yo solo en ella, la foto tenía el cristal resquebrajado porque Richard le metió un balonazo «sin querer». Es de una Pascua. Yo acarreo una palma de color amarillo que se tuerce en un extremo, la sostengo con ambas manos. Entramos o salimos de misa. Tengo unos tres años. Una especie de trenca abrochada, y botas chiruca en fino, y el flequillo muy largo, como una ola de pelo ondulado a un lado de la cara, y mi madre me mira con concentración, allí en sus brazos, con unos ojos fijos y enamorados. Ella también va con trenca, a juego conmigo, como si fuésemos un dúo musical. Mi madre no ve nada más que a mí, en esa instantánea. Podría haber un lagarto gigante destrozando los edificios a manotazos al fondo, mi madre seguiría mirándome de aquel modo.

Me pongo triste. Lo peor que puedes hacer es pensar en las cosas antes de lo que acabó con ellas. No adaptarte a la nueva situación.

Se abre la puerta con un sonido deslizante. Sorbe el plástico de la base de la puerta, el que se coloca para evitar las corrientes de aire. Llega una corriente de aire del pasillo. Huele a gas de tubo digestivo. Luchan por camuflarlo con olor a pino, jabón de lavanda y lo que haga falta, pero no lo logran. La mierda domina; la carne podrida, los intestinos bloqueados. El olor que hacen los vivos cuando empiezan a decaer, cuando sus órganos se averían.

Entra mi abuela, con un vaso de plástico y su cucharilla de palo. Remueve su chocolate caliente de máquina. Realiza un amago de sonrisa. Yo se la devuelvo. Está apenada, se le ve. Su única hija está muy enferma, tal vez acabe muriendo. Durante los últimos años no se llevaron muy bien. Eso no la ayuda a sentirse mejor, supongo. Ella también debe de tener una foto como la de la Pascua de mi madre y mía. La foto de cuando se querían tanto, de la época en que nada se había torcido. Un pasado ideal conservado en formol que no sirve para nada, solo para recordarte que ya no está.

—¿Ha dicho algo? —me pregunta, aunque conoce la respuesta.
—No —le digo. Mi voz suena débil, entrecortada.
—Ay —añade ella.

Me rasco la parte trasera del cuello. Ella se sienta en la butaca de polipiel, los muelles gimen, y agarra un *Lecturas,* lo abre y, tras colocarse unas gafas de leer de farmacia en la punta de la nariz, empieza a hojearlo. Es un especial Grace Kelly, 200 fotos de su vida; lo pone en la portada. También se ve al príncipe Rainiero y su familia al lado del ataúd de la muerta. Mi abuela mueve los labios al leer. Su pico de búho. Sé que está abatida y sobrepasada, y que debería hacer algo para acercarme a ella, efectuar algún gesto de cariño, pero no me sale. No tengo nada que decirle. No sé quién es.

El sonido de mi lata de cerveza al ser abierta es como el bufido que a veces precede a la carcajada. Un ruido alegre. Le pego un trago tentativo. Toso. Sigue sabiendo asquerosa. No sé, pensaba que con la costumbre cambiaría el gusto. Dicen que, si perseveras, al final te acostumbras.

Es la segunda vez en mi vida que tomo cerveza. Está mala, pero me sentará bien. Es la segunda lata de hoy, y noto que se instala una capa de seda sobre mis ojos que lo empaña todo, y algo que parece un casco de cristal amortigua los sonidos que llegan a mis oídos. Un leve mareo, pero agradable. Te separa de algunas cosas, acolcha las que pinchan, pero te acerca a otras. A la gente.

—Sabe a *scheisse* —me dice Priu, que siempre parece leer mis pensamientos, arrugando la cara—. Pero mola.

Me vuelvo hacia él. Está repantigado en el banco metálico del andén de la estación, un pie reposa sobre el muslo opuesto. Se sienta como un adulto, ya no le cuelgan las piernas ni le gusta sentarse a lo indio. La esvástica, perfectamente visible en el bíceps izquierdo. Aunque al principio se resistió a la idea del disfraz, luego pasó a abrazarla con todo su entusiasmo. Se colocó un almohadón en la panza, debajo del chaquetón franquista, para estar tan gordo como Hermann Göring, *Reichsmarschall* y comandante en jefe de la Luftwaffe. Intentó peinarse hacia atrás con la brillantina de su padre, pero su pelo luchó con todas sus fuerzas contra ello, y al instante lo tenía pegado al cráneo, en dirección a su frente. Da igual, porque no se le ve. Lleva la gorra de cartero calada hasta los ojos, le tapa incluso las cejas.

Yo la llevo igual, así que para verle bien tengo que levantar el mentón, mirar por debajo de mi visera. Llevo unas gafas de John Lennon redondas, les hemos quitado los cristales oscuros que llevaban, ahora es solo montura. Angi se enfadó, eran suyas, nos dijo que éramos subnormales, pero se le pasó rápido. Yo tampoco parezco Heinrich Himmler, ministro del Interior del Reich, aunque me he pintado un bigotillo fino en el labio superior con sombra de ojos de Angi.

El pulgar izquierdo de Priu se sostiene como un gancho en su cinturón reglamentario, ahora. Ha visto la pose en fotos. El toque maestro es la cruz de hierro que cuelga de su cuello, en el lugar de una corbata. Es de mentira, pero parece muy real. Yo también llevo una. Son de hojalata pintada. Las compramos en una tienda de abalorios hippies y pósters de *Se Busca: Jesús de Nazaret* («recompensa: la salvación») que desde hace poco vende también muñequeras de pinchos como la que me dio Angi y parches satánicos.

–*Gut. Gut* –dice, después de beber otro trago de cerveza, y sus palabras salen con vaho.

Una voz anuncia la llegada de un tren que viene de Barcelona, con destino Martorell Central. La estación está al aire libre, descubiertos los andenes y la zona de espera. Tras el andén opuesto se ven las luces pulsantes de Barcelona, la torre de Collserola, un lado del Tibidabo. Pestañea, como si la montaña estuviese viva. Faros de coche se reflejan por un instante en la tapia de cemento de detrás de la estación, al tomar la subida, luego desaparecen en la siguiente curva. No hace viento; solo frío. Varios murciélagos dan bandazos en las farolas altas. Se escuchan explosiones y exclamaciones de admiración, y el cielo negro se ilumina con los fuegos de artificio. Están lejos de aquí, a nuestra espalda. De vez en cuando nos volvemos y vemos los plumeros de luz, erizos y medusas hechos de pólvora que explotan en rojo y azul y verde y blanco, y luego se deshacen en el aire, y desaparecen, y una nueva andanada se eleva hacia el cielo con un silbido lejano.

Aunque estamos en el andén, dirección Barcelona, no vamos a ninguna parte. Compramos cuatro latas de cerveza en una barra metálica de la plaza del ayuntamiento diciendo que eran para nuestros padres, que estaban cerca, bailando, y uno de los dos propuso sentarse en la estación, y nos encaminamos hacia allí sabiendo que era una buena idea, sin pensarlo mucho más.

«*Fa la seva entrada per la via 1 tren amb destinació Martorell Central. Té parada a totes les estacions*», repite un altavoz gris que cuelga de la columna más cercana.

Lo era. Una excelente idea. El disfraz también. La gente tenía razón, por una vez. Me he animado. Hace un buen rato que no me duelen las quijadas ni tengo los intestinos anudados. Es una noche fría de diciembre, pero no lo notamos. Llevamos cerveza en la tripa y guantes negros de lana barata y camiseta interior. La madre de Priu insistió en ello, y me prestó una.

Trato de no pensar en nada, ni siquiera en mi madre. El médico argentino afirmó que mi madre estaba «algo mejor». Seguía sin sonar científico en absoluto, no aportó datos ni cifras ni estadísticas. *Algo mejor*. Pero yo le creí, tomé sus palabras como evangelios, porque necesitaba hacerlo.

El ferrocarril verde manzana reduce su velocidad al salir de la última curva y, con un sonido muy parecido al de mi lata de cerveza al abrirse, frena y se detiene. La gente se agolpa en las puertas. Los vemos a través de las ventanillas del tren. Abre puertas, otro chispazo gaseoso, los pasajeros descienden, algarabía. Se oyen risas y alaridos de gozo, conversaciones, gente que habla alto sin darse cuenta de ello, algún cántico de estilo brasileño. Carnaval, carnaval. Un matasuegras pedorrea el aire. Varios pitos. El tren vuelve a chiflar y emprende su marcha. Las ruedas se desplazan por la vía, hierro contra hierro. La cadencia va aumentando. El tren toma la curva delante del manicomio, va desapareciendo por entre las cañadas, como un espagueti que alguien sorbiese hacia la boca.

En el andén de enfrente quedan, camino de la salida, en acordeón desordenado, cuatro Dráculas, dos personajes de Scooby Doo sin el perro, dos o tres brujas de negro con sombreros picudos, un señor bajito que va con el traje completo de la selección argentina y una peluca rizada y lleva una botella de champán en la mano.

—Maradona —le digo a Priu.

—¿Eh? —dice él.

—El famoso futbolista argentino. Ahora es del Barça —le digo, señalando al caballero gordito aquel, que ahora le pega un trago larguísimo al champán y se echa la mitad encima.

—Ya lo había pillado —contesta. Sé que no es cierto. Priu no tenía ni idea de quién era Maradona. Ni le suena. Priu es un genio, le importa muy poco todo lo que no es *fundamental*, consigue aislarse de lo irrelevante. Si de mayor consigue entrar en la NASA, yo iré a verle allí; él me mostrará sus inventos, quizás los probemos juntos.

Al final de la fila de gente que se amontona y se empuja para abandonar la estación, muchos más disfraces: enfermeras ligeras de ropa; boinas verdes; un caballero andante medieval; un tipo que va vestido de ducha entera, con la cortina que le envuelve, el cabezal y tiras de papel plateado que cuelgan y simulan ser agua.

Tres o cuatro nazarenos, capuchas cónicas con agujeros para los ojos, amplios faldones blancos, nos miran y aplauden nuestro disfraz. Se dan codazos entre ellos y señalan, sin pensar en el decoro. Uno levanta su botella dorada de champán, la sostiene con el puño por el cuello, parece que brinda por nosotros, luego se levanta la capucha descubriendo solo la boca y le pega un trago, la botella brilla con el color del oro líquido y toques verdosos en los laterales, luego eructa muy fuerte, los otros tres ríen. Priu y yo levantamos las palmas de las manos con el codo doblado, sin tensar el brazo, hacemos un mohín solemne, les hacemos ademán de que continúen, que no hay nada que ver, que prosiga el desfile. El disfraz nos ha otorgado una nueva confianza. Es lo más parecido a ser otro tipo. Lástima que el efecto no sea permanente.

–¿Cómo que «bonito disfraz»? Jamás me habían insultado tanto. Esto no es un disfraz, amigo –le grito, riendo, al que vigila la puerta en la sala de baile, colocándome bien la esvástica, que estaba movida de sitio–. Sepa usted que esta es mi ropa de calle.

Priu suelta la explosión de aire que siempre dispara líquido por la nariz, pero en seco, porque no está bebiendo. Nos hemos terminado la cuarta lata de cerveza. Vamos muy borrachos. Creo que tendríamos que parar de beber ahora mismo. No tengo mucha experiencia; es solo intuición.

Le miro. Priu. Lleva la gorra un poco ladeada, como el borracho con farola de una estatua de porcelana que había en casa de Torras. La nariz le brilla tanto como la cruz de hierro del cuello. El vestíbulo de la sala del ateneo es de madera, los paneles de anuncios –de próximas atracciones– tienen el marco y los revestimientos dorados de un circo pasado de moda. Todo parece papel maché pintado. Un techo muy alto. Está atiborrado de personas, mayores y niños, viejos también. En el aire, perfumes dulces de señora y loción para el afeitado y licor derramado. Hay algunas señoras mayores sin disfraz, algún anciano con chaleco y gorra plana que tampoco, pero la mayoría de la gente va de carnaval.

Sirenas que andan con las piernas muy juntas y parecen pingüinos; vagabundos de pega con parches cosidos en ropa nueva para que parezca vieja y hatillos al final de palos de escoba, barbas pintadas con Dacs marrones; una panda de jóvenes borrachos que van con sombreros de bombín, bates de béisbol y un solo ojo pintado, todos de blanco, con tirantes; un señor de la edad de mi padre va vestido de bebé, con chupete y babero, y no cesa de pedir besos a las chicas y dice gu-gu-ta-ta. Se quita el chupete, pone morritos. Una chica le besa, pero en la mejilla, y él simula ponerse de pataleta; hace un mohín de enfado gracioso, muy exagerado, luego se coloca el chupete otra vez.

En el griterío no resalta ninguna voz, es como un bloque sólido de voces de varios tonos. Solo se distinguen, de vez en cuando y acuchillando la atmósfera, risotadas, masculinas y femeninas.

–Fíjate: no hay nazis –le digo a Priu, tras un codazo en su tripa–. Somos los más originales.

Él asiente. Taconea con sus botas de agua negras. Luego dice algo, no oigo qué. La mayoría de la gente sonríe al vernos, algunos responden con un saludo mimético cuando realizamos el nuestro. Se oyen algunos Heil, luego risas.

El caballero que está tomando los tíquets en la puerta del gran salón va disfrazado de loco. Lleva un embudo en la cocorota, sujeto a su barbilla con una goma, y camisa de fuerza, ahora con las mangas desatadas (cuelgan cordones sueltos de los antebrazos), y bizquea de vez en cuando. Pelo grasiento, peinado a un lado, copos de caspa en la raya, dentadura sucia en los laterales, con agujeros oscuros. Yo también bizqueo, es un tic de mimetismo, el señor me dice que si también estoy pirado, yo le digo que no hay que estar loco para trabajar aquí, pero ayuda, él se ríe, se ríe mucho, tampoco va sobrio, rompe nuestros tíquets en dos, luego saca la lengua como si estuviese mal de la cabeza y se dirige a los que van detrás de nosotros en la cola y les dice:

–Siguiente. Bleuh blah. Blorg.

Nos adentramos en la sala. Está cubierta de humo, como si hubiese estallado una bomba. Todo a media luz. La sala es antigua, muy bonita. Tiene una pista de baile espaciosa como un campo de básquet pequeño, circular, y la rodean dos pisos de reservados, asientos y dos barras grandes. El piso superior, al que accedes por unas escaleras situadas en cada extremo de la estancia, se sostiene en una serie de columnas ornamentadas. Recuerda a un *saloon*. La madera, pintada de un color granate oscuro, barnizado y reluciente, hace que todo parezca vivo y alegre. El suelo está lleno de confeti y serpentinas pisoteadas, alguna trompeta de papel chafada, vasos de plástico astillados, una máscara de papel rota.

No cabe un alma. Solo se distinguen pequeños espacios libres en algunos corredizos entre reservados, en la zona contigua a los lavabos. Todo lo demás es gente. Un mar de cabezas y cuerpos disfrazados. Plumas y pinchos. Suena música de pachanga. Muy ruidosa, con la batería muy fuerte, el altavoz distorsiona un poco a ratos. Muchas de las caras me son familiares, a algunos incluso les conozco: de vista, del colegio, de las tiendas, de la calle.

—¿Por qué los que van de locos llevan el embudo en la cabeza? —le grito a Priu, señalando a un hombre disfrazado que se tambalea al andar, envuelto en una camisa de fuerza—. Nunca he visto a un loco del manicomio con esa pinta.

Empieza a sonar una canción de los Beatles muy fuerte, *get back* no sé qué, la he escuchado en una cinta de Grandes Éxitos de mi padre, y no oigo la respuesta de Priu, que escupe en mi oreja al hablar. Me seco con la parte interior de la manga. Muevo las gafas de Himmler de sitio, me las recoloco con ambas manos en las sienes.

Priu se pone a bailar. Es su primera vez, creo. No parece mucho un baile, es similar a un ataque de epilepsia, agita todas sus extremidades sin una secuencia rítmica que yo pueda adivinar, arrea palmas cuando no suena la batería, como un endemoniado medieval, despide confeti en todas direcciones, y se le acaba de caer la gorra al suelo. Al agacharnos a la vez para recogerla nos pegamos un testarazo no muy fuerte en la frente, nos levantamos a la vez de nuevo, riendo, yo he perdido las gafas pero no me doy ni cuenta, él lleva la gorra en la mano y se la coloca con la visera hacia atrás, cada vez se parece menos a Göring pero está contento, mírale con su nariz de berenjena, ya no pone aquella cara de miedo del curso pasado, se le ha desplazado el almohadón de la panza al pecho, de la última vez que se lo ha recolocado, y ahora parece que tenga unos pechos enormes. Se los toco

con las dos manos, los dos soltamos una carcajada muda, de fondo el inicio de una nueva canción.
–Esta canción me da ganas de vomitar –le grito a Priu.
Él ríe.
–A mí tam... –Le cambia la cara. Se pone amarillo. Se lleva una mano a la boca, su cuerpo se agita con una convulsión fuerte, ambos hombros, se da la vuelta y echa a correr hacia donde pone Servicios y una placa muestra la silueta de un hombre en traje y sombrero de ala estrecha con los hombros muy amplios, yo echo a correr tras él, riéndome.

Le lleva diez minutos sacarlo todo. Se apoya en las rodillas con las dos manos, lo hace de un modo bastante profesional para ser su primera vomitona de borracho. Solo veo su culo, parte de su espalda, media esvástica de su brazo, los sonidos de vomitar, el olor ácido a tomate descompuesto y cerveza agria. Me viene a la cabeza un recuerdo de mi madre vomitando, el día en que le conté lo de mi padre, pero lo bloqueo, no permito que se forme del todo. Priu se incorpora, la cara le ha cambiado a color beis, se seca la boca con el dorso de una mano, se acerca al grifo, coloca el morro allí y bebe agua durante mucho rato, como los caballos, haciendo mucho ruido de abrevar. Al terminar suelta un ah de alivio. Le alcanzo papel higiénico para manos y boca, se seca y lo lanza al suelo.

Volvemos a salir, y recorremos toda la sala admirando los disfraces. Bailamos en las escaleras que suben al primer piso. Pasa un buen rato. Quizás una hora entera, he perdido la noción del tiempo. Todo el mundo me cae bien. Subimos al piso de arriba. Priu prueba a danzar algo parecido al twist, y parece como si se hubiera quedado atascado en un pozo por el culo y tratara de escapar, sin éxito. Desde arriba, en un fragmento de balconada que terminaba de dejar libre una señora gorda disfrazada de Cleopatra, divisamos toda la pista de baile, todas las cabezas bailantes. Lo pasan bien. La bola de discoteca gira y gira y lanza rayos de luz plateados y dorados.

Nos cansamos de aquello. Dejamos el sitio libre, nos volvemos a adentrar en el río de gente del piso de arriba. Himmler y Göring, pero nadie se fija en nosotros. Este es el mejor sitio para pasar desapercibido de todos los sitios en los que he estado. Nos camuflamos entre la gente. Ni siquiera tengo tics. Soy igual que los demás.

Una mano se posa en mi hombro izquierdo, me lo aprieta. Eh. Me vuelvo pensando que es Priu, que ha perdido interés en el baile y quiere que vayamos a otra parte. Pero no es Priu. Es mi padre.

No lleva disfraz. Va de sí mismo. Su camisa de rayas negras y blancas verticales, de gasa porosa, sus pantalones de pinzas con bolsillos anchos, un pullover azul eléctrico de cuello redondo con trenzas. Suda. Sus ojos están irritados, no sé si por el humo de la sala o de haber llorado. Lleva un Chester en la boca, se lo quita con dos dedos tiesos, se acerca a mí y me pega un abrazo. Me estruja. Yo no le abrazo demasiado. Le doy dos palmaditas en un omoplato, para que no parezca que me da lo mismo. Su inicio de barba me rasca la oreja y una parte del cuello. Huele a Aqua Velva, cigarrillos y alcohol. Noto que empieza a agitarse en mis brazos. Deja caer el cigarrillo a medio fumar, que suelta unas pocas chispas en el suelo, junto a mis pies. Quema unos pocos pedazos de confeti, solo un poco, no acaban de prender.

Suena «Me estoy volviendo loco», la sintonía de la vuelta ciclista del pasado verano. Por encima de la música se filtran pequeños fragmentos de sus sollozos, hipos que a ratos son chillidos. De vez en cuando mi padre escupe un «lo siento», repetido como una letanía. Me aprieta aún más fuerte, mi barbilla se aplasta contra su hombro, yo sigo con las palmaditas. Miro a Priu, que no sabe qué hacer y vuelve la mirada hacia otro sitio. A sus pies, luego a la gente.

«Me estoy volviendo loco, poco a poco, poco a poco», dice la música. La letra no cuenta nada más. Mi padre se separa de mí, algo inclinado para ponerse a la altura de mi cara. Le miro.

Tiene la boca inclinada hacia abajo. Mocos en la nariz. Los ojos venosos, lágrimas que le recorren la nariz por las dos pistas laterales, hacia las comisuras de los labios. Saca un pañuelo de tela y se suena. No llega a mí el ruido de sonarse. La música sigue muy alta. También se seca los ojos, primero uno, luego el otro. Los altavoces empiezan a hablar. Una voz anuncia que en breve va a dar inicio el esperado concurso de disfraces por grupos, interferencia, interferencia, acople, empezará, acople, primeros concursantes, interferencia, ¡Maya y sus abejitas!

Suena una melodía que es como un moscardón. Mucha gente se apretuja en la balconada. De repente hay algo más de espacio libre a nuestro alrededor. Mi padre se guarda el pañuelo arrugado en el bolsillo. Le abulta la cadera.

—¡La he cagado, Curro! —me grita, acercando su cara a mi oreja derecha y echando una mano a mi hombro izquierdo, le oigo bien por un instante en que fallan los altavoces—. Dios mío, la he cagado del todo, hijo. ¿Qué voy a hacer? Dime, ¿qué voy a hacer?

Le observo. No sé si espera que conteste.

—Dios santo, es una pesadilla —añade, mirando al techo, sumiso, como si esperara contactar con un Dios reticente y sarcástico—. No sé qué me pasó, Curro. Me gustaría borrarlo. —Ahí dice algo que no entiendo, porque sin querer he separado la oreja de su cara alzada y volvía a sonar la música muy fuerte por los altavoces del salón—... Tu madre. ¿Cómo está?

—No muy bien —le digo.

—¿Cómo? —me grita.

Acerco mi boca a su oreja, ahora. Pongo una mano en su hombro izquierdo.

—¡Que no está muy bien! —grito—. Se puso muy enferma. ¡Estuvo en coma, papá!

Él se separa de mí. Dice algo más que no entiendo, se lleva ambas manos a la boca y los ojos, cubriéndose la cara. Se me humedecen los ojos. La barbilla, el baile del mentón. Noto cómo las lágrimas llegan a la comisura de mis labios y se estancan allí. Él descubre su cara. Dice algo y, aún un poco encorvado, todavía a mi altura, empieza a pegarse bofetadas muy fuertes en el lado izquierdo de su rostro, su cuello parece el tronco de un árbol viejo, con muchas venas que lo surcan ahora, aúlla algo inaudible, imagina si se está pegando fuerte que incluso alcanzo a oír el estruendo de sus trompadas por encima del ruido de la sala. Al cabo de unas cuantas, forma un puño con la mano y se mete cuatro o cinco puñetazos en la cara. Yo me abalanzo sobre él, intento detenerle, él se zafa de mí de un tirón que casi me lanza al suelo, se me cae la gorra, veo cómo Priu la recoge y la sostiene, tiene miedo en los ojos, mi padre se pega dos últimos puñetazos en la sien que casi le mueven la cabeza de sitio. Nadie interviene, pese a que varias personas han cruzado cerca de él y le han observado un instante, para luego seguir su camino, volviéndose un par de veces antes de desaparecer por las escaleras que van al piso inferior. Hablan entre ellos.

Los dos últimos golpes se oyen a la perfección, o casi, porque había terminado la música y pasaron unos pocos segundos hasta que la gente se arrancó en un fuerte aplauso. El ruido de sus puños en su cabeza era como hueco, sonaba a madera, como si aporrearas el *tió* de Navidad. Hueso contra hueso. Mi padre se queda ahí, con la cabeza caída, el mentón al pecho, mientras toda la sala aplaude los disfraces de la pista.

El aplauso ha parecido despertarle del lugar en el que estaba. Levanta la cabeza, ambos lados de su peinado estaban desordenados, algunos pelos se le pegaban a las mejillas y la frente, empapados de sudor. La ceja y la sien se le empiezan a hinchar muy rápido. Bulto color piel, algo entumecido, pero aún sin ponerse morado o marrón.

Entrecierro los ojos, lo que me envuelve se difumina un segundo, mis propias pestañas encajan una con otra.

Cuando las abro veo a Priu. Sigue donde estaba, pero su cara ha cambiado de expresión. Tiene los ojos aún más abiertos y ha abierto un poco la boca. Siempre le digo que no deje la boca abierta así, que parece un primo. Me mira a mí pero a través de mí, como si en realidad observara un punto a mi espalda. Antes de volverme veo que mi padre le ha copiado la expresión a Priu, pone la misma cara de susto, dura solo un segundo porque entonces se vuelve y arranca a correr. Me vuelvo para ver qué le ha asustado.

Por las escaleras suben Hèctor y uno de los rugbistas. El más gordo de todos ellos, que estuvo ante mi casa aquel día.

Casi sacudo la cabeza al verles, porque van disfrazados de señoras bañistas. Antiguas. Es un traje en dos piezas, de rayas horizontales de color naranja chillón, con volantes blancos en el escote y en los extremos. Los pantalones de baño son bombachos, les llegan solo hasta las rodillas. Llevan gorros de baño con más volantes que les cubren la frente y todo el pelo, calados hasta las orejas.

Debajo de ese traje parecen hombres aún más grandes. Hèctor va con un flotador naranja a juego. Tiene una pinta cómica. Unos rizos húmedos escapan de la goma de su gorro. El gordo lleva un pequeño parasol hecho de la misma tela que el traje, naranja de rayas, más volantes ondulados blancos ahí. Por el escote del pecho asoman tres palmos de pectoral peludo. Andan aprisa, dan codazos al aire. Hèctor suelta el flotador, el gordo conserva el parasol.

Vuelvo la cabeza y el cuerpo a la posición inicial. En la dirección de mi padre. Ya no corre. Se ha detenido en seco, no le dio tiempo a alcanzar la otra escalera. Está retrocediendo, perplejo, mira a un lado y al otro. Boquea, parece un mero. Ante él están los tres rugbistas que faltaban. Flaco y nariz aplastada van delante; cabeza Bic un poco más atrás. Los tres disfrazados de señoras bañistas. Los altavoces empiezan a escupir una nueva retahíla de palabras entrecortadas. Crujido, nuevos concursantes, acople de pitido muy largo, el equipo de veteranos de crujido, crujido, como nunca les habéis visto, desaparece del todo el sonido, murmullo de la gente, demos un fuerte aplauso a «Los rugbistas bañistas». La gente aplaude y silba.

Todo sucede muy rápido. Rodean a mi padre. Él sigue hablando, veo su cara un instante. Trata de reír. Se ha vuelto, ve a Hèctor justo ante sus narices, se le borra la sonrisa de una forma asombrosa, como por arte de magia. Hèctor le habla, sus frases duran muy poco, supongo que no tiene muchísimo que explicar, entre ellos dos está todo dicho. Los dos saben lo que hay, lo que va a suceder, pero a mí me pilla por sorpresa.

Lo primero es un puño que viene de arriba, parece caer del cielo. Lo ha lanzado nariz aplastada, y da en la mitad de la cara de mi padre, que sale disparado hacia atrás y hacia abajo, y cae en brazos del gordo, que le empuja. En los westerns el gordo le daría la vuelta sobre sí mismo y le atizaría él también. Aquí no sucede eso. El gordo le empuja tal como viene de vuelta a nariz aplastada, que le vuelve a endiñar otro puñetazo en la boca. Salta algo que es saliva y también sangre. Dejo de ver a mi padre. Me echo a llorar. Fuerte, ahora. Mi padre cae entre ellos. Corro hacia allí cuando todos se agachan y empiezan a encajar más puñetazos sobre el caído. Los brazos suben y bajan. El parasol también lo hace un par de veces, en manos del gordo, luego se parte en dos, veo el fragmento superior del artilugio salir despedido por encima de sus cabezas. Más brazos que suben y bajan. Codo arriba, codo abajo. El flaco prepara la pierna, como ante un ensayo, luego chuta lo del suelo. Da una serie de patadas fuertes contra el bulto de carne que es mi papá. Por suerte, calza manoletinas. Unos cuantos hombres tratan de separarles, pero es imposible, salen despedidos como de un tiovivo.

En el altavoz gritan crujido acople equipo de bañistas haga el favor de crujido pista. No me da tiempo de alcanzar al grupo, porque Hèctor, que había dado un paso atrás y no estaba participando de la paliza, me agarra, me mantiene pegado a su pecho, tiene más fuerza que yo, me revuelvo y doy cabezazos, los volantes del gorro de baño rozan en mi nariz, me levanta un poco del suelo, empiezo a gritar muy alto pero no se oye nada, de golpe suena una canción a todo volumen que dice: *No ve d'un pam no ve d'un pam,* y suena más alto que mis chillidos de parad, lo vais a matar, es mi padre, ¡papá! Pasa un rato hasta que todos paran, y dan un paso atrás, resollando. Lo del suelo se mueve, pero muy poco.

Le han partido la nariz. Alguien ha venido con papel higiénico y ahora mi padre lleva dos churros de papel arrugado en cada orificio nasal. Tiene la nariz torcida hacia un lado y muy ancha, por todo el relleno. Está sentado en el suelo, con las piernas estiradas, y se lleva una mano al pecho. Se queja de un costado, creo que dice que le han roto una costilla. No se le entiende muy bien, porque ambos labios están muy hinchados, y le sangran. Una chica le coloca ahora un trapo en la boca. Pensaba que era una policía, pero ahora veo que es un disfraz. Va de policía americana, con gorra plana de plástico negro brillante. Un escote muy abierto, no reglamentario, muestra la parte superior de sus tetas, y la hendidura intermedia. Mi padre no se fija en las tetas. Aparta el trapo con la mano y dice algo sobre sus dientes, que no le han roto ninguno, y entonces se echa a llorar otra vez. Mucha gente nos rodea, es embarazoso.

Priu hace algo que me sorprende. Me agarra la mano. Como cuando íbamos de excursión, en segundo, y nos obligaban a cuidar del compañero de fila. Creo que no se ha dado cuenta de que lo está haciendo. La palma de su mano sudada se queda pegada a la mía. No le miro.

Mi padre, desde el suelo, trata de agarrarme la mano libre pero yo la aparto de un tirón seco. Miro hacia otro lado, la cara ardiendo, haciendo que chirríen los molares. Suelto a Priu, me retuerzo los dedos hasta que duele. Por un instante quiero que mi padre esté muerto. No: quiero que nunca haya vivido, que ni siquiera su recuerdo me incordie.

Los bañistas no están. Se marcharon todos, realizaron su baile cómico en mitad de la pista, no sé si bien o mal, si contentos o perturbados por lo que acababa de suceder, se oyeron más aplausos cuando terminó la canción de *No ve d'un pam no ve d'un pam*. Noto una mano en mi brazo que me aparta suavemente a un lado. No le hago caso, al principio ni me doy cuenta de que está allí, entonces vuelvo mi cabeza un poco, lo justo para observar la mano, esperando por segunda vez ver el vello oscuro de jabalí en el dorso y la muñeca de Priu.

Unas uñas pintadas de amarillo. Me vuelvo un poco más. Luisa. Lleva una peluca con trenzas pelirrojas de lana, pecas negras pintadas en la cara con un rotulador muy gordo, un vestido a cuadros. Creo que va de campesina, acarrea un cesto en un brazo y un cerdo de plástico en el otro. Sus ojos están tristes. Solo me mira. Tiene una cierta expresión de estupidez, lo veo de repente, la misma cara que ponen algunos chavales de mi clase. En su rostro se dibuja la sorpresa del cándido. O quizás se trate de otra cosa. A veces es imposible entender lo que hay en la cabeza de los adultos. No le presto mucha atención a Luisa. Hace amago de hablarme, pero vuelvo la cara hacia donde está mi padre, que está mirándola a ella, también como embobado, y trata de sonreír. Los ojos le brillan, acuosos.

La música cesa de repente. Los murmullos en la sala se hacen audibles.

—Así, ¿se acabó? —le dice mi padre, sin rubor, sin percibir que estoy allí, lo suficientemente fuerte para que lo entienda ella. Mucha de la gente que nos rodeaba se ha acabado marchando. No sé dónde está Priu.

Ella no contesta.

—Pero ¿por qué? —insiste él.

—Nos equivocamos, Sebas —le dice ella, con una voz muy fina—. Mira lo que ha pasado.

—El *qué* —dice mi padre, como si no supiese de qué le están hablando. Podría haber sido una broma si lo llega a decir de otro modo, en otro contexto. Se toca uno de los churros de papel higiénico de la nariz.

—Las familias... —dice ella—. Los niños. Lo que nos estamos cargando. Lo que nos hemos cargado.

—Pero ¿y lo nuestro? —dice él.

Yo sigo allí, entre los dos. Sus palabras pasan de uno a otro, a través de mí, como si yo solo fuese material conductor, un cacho de hilo de cobre.

—Eso ya está. No lo tendríamos que haber hecho —dice ella—. Mira el daño que hemos hecho, y para qué.

—¡Pero vas a vivir una mentira! —dice mi padre. Lo exclama,

sin el menor rubor. Suena a teleserie, no estoy seguro de dónde lo he oído.

—La mentira era lo nuestro, Sebas —dice ella—. Lo *otro* es lo de verdad.

Mi padre tuerce las cejas. Deprimido y ofendido. Allí, con la nariz hecha añicos y los labios neumáticos. Aún en el suelo. Brota sangre de sus encías, o de los propios labios. Se palpa la boca con cuidado, para recoger la sangre. Trata de ponerse en pie, ahora, con la mano del pañuelo, que va a llenarse de mugre y colillas y confeti, pero su cuerpo se agita con un pinchazo, y vuelve a sentarse, dirigiendo la mano sin pañuelo a su costado izquierdo. Entrecierra los ojos, en señal de dolor. Hace acopio de fuerzas y al final logra ponerse en pie. Se coloca delante de Luisa. Ella sostiene el cesto y el cerdo, pero tiene las manos libres. Mi padre trata de coger las manos de ella pero ella las retira, solo se vuelve y se va, y mi padre se queda allí. El pullover de trenzas azul eléctrico manchado de sangre en el pecho, el cuello desgarrado, el cuello de la camisa muy abierto, sin los botones superiores. La observa irse.

Suena la voz de los altavoces como si emergiese de entre las nubes. Parece Dios, está a mucho volumen y no se sabe de dónde procede. Habla con autoridad y urgencia. Esta vez se oye claro, deben de haber encajado bien el enchufe del micrófono que provocaba las intermitencias.

Dice: «Atención. Miembros de la familia Abad que estén en la sala. Es urgente. Repito: miembros de la familia Abad. Preséntense en la puerta del ateneo. Es urgente.»

A veces ves una cosa en tantas películas que, cuando te sucede, crees estar en una. Mi madre está en la cama del hospital. Le han quitado la máscara de oxígeno, ahora. Está *tan* flaca. Lleva un camisón blanco con flores de lis, limpio y planchado. Deben de haberla cambiado hace muy poco, esperando el momento. No sé cómo pueden saberlo con tanta exactitud pero lo saben. El médico argentino nos lo ha dicho en la puerta, después de que nos llamaran para acudir a la habitación. Estábamos en la sala de espera. El médico ha dicho: «Va a ser ahora. Por favor, vayan a despedirse si lo desean.»

Mi madre parece otra. Toda la piel de la cara se ha venido abajo. He visto fotos de muertos antes. Mi abuela Manuela, que ahora se suena con un clínex, intentando no hacer ruido de elefante, tenía por casa un libro de fotografías famosas donde salían un montón de muertos. Electrocutados, decapitados, quemados; un ejecutado por tiro en la sien en Vietnam. Mi hermano y yo no podíamos dejar de hojearlo, aunque nos asustara. Era como una costra que no podías dejar de toquetearte, aunque doliese. Mi madre pone la cara que ponían los muertos de aquel libro. La carne sin vida ya. Una mueca que es lo contrario de una mueca, la ausencia de toda expresión.

Richard está aquí. Frente a mí, al otro lado de la cama de mi madre. Llora también, y agarra la mano derecha de mamá. Es una mano de hámster, todo hueso y uña, llena de moratones de los numerosos catéteres que la han ido perforando.

Richard se ha colocado la melena detrás de las orejas, y se parece un poco al Conan de los tebeos. Lleva una sudadera de capucha de color gris gimnasio. Solloza de forma audible. No trata de controlarse. Grandes lagrimones le caen mejilla abajo; no le había visto llorar desde que era muy niño.

Detrás de él, a la izquierda de mi hermano, está papá. Su cara es de choque anafiláctico. Llora, pero con los ojos redondos como motores de avión. Ya había visto a mi madre flaca, cuando regresamos de las vacaciones, antes de que ella le echara de casa, pero esto, ese nivel de agonía, es una experiencia nueva para él. Mi padre mantiene los dos brazos colgando a ambos lados de su cuerpo. Le han recolocado la nariz en su sitio, pero continúa hinchada por los impactos y el algodón limpio que le pusieron dentro de cada fosa. También le cosieron el labio, y van a tener que escayolarle el costillar. Tiene dos fisuras, nos dijeron. De momento va con una especie de faja elástica. Se queja de que le duele mucho. Se quejaba antes. Ahora solo pone esa cara de terror y sorpresa. La televisión está apagada al lado de su cabeza, sobre una estantería. Sobre la mesa hay botellas de agua medio vacías, un *Diez Minutos,* un *TP,* un monedero grande de señora, unas gafas de leer de farmacia.

No hay nadie más. Han trasladado al paciente que ocupaba la otra cama a otra habitación. Por encima de los sollozos de mi hermano y de mi abuela, y los gemidos de mi padre, solo se escucha el viento. Un vendaval que golpea las ventanas de la planta 12 con ira, como empujándolas hacia dentro y luego desistiendo, y echándose a aullar de impotencia. Es un sonido como de cuerno vikingo, el viento que se cuela por entre las esquinas del edificio. A ratos los cristales tiemblan. Al otro lado parpadean las luces de la autopista, las casas de El Prat, las luces rojas intermitentes de un avión en mitad del cielo. El avión no se ve, se lo ha tragado la noche.

Por encima de ese viento no lloro. Estoy demasiado preocupado *intentando* llorar, y me ha sucedido lo mismo que cuando te obstinas en mear con alguien al lado. Se te cierra todo.

No sé por qué no estoy llorando. No siento mucho aquí, en mi interior. ¿He alcanzado mi punto de rebose? Ni idea. Llora, cerdo. Llora de una vez. Te lo suplico, Curro, maldito hijo de perra. Hace un instante he notado un pensamiento fugaz que atravesaba mi mente, y lo he echado de allí a empujones, avergonzado. Era una sensación *de alivio.* ¿Soy un monstruo o qué? Venga, llora, llora, desgraciado, te suplico que derrames alguna lágrima. ¿No puedes llorar? ¿Qué cojones te pasa, tío? ¿Estás enfermo de la cabeza o algo así? Es tu madre, tío. Va a morir en unos segundos, basura. Muestra algo de compasión. Algo de amor. Da igual lo que te hayan hecho. No eres ella. No eres como ellos. El rencor no es sagrado, imbécil. Eso era mentira. Deberías estar llorando, litros y litros de lágrimas. Es tu *madre.*

Mi madre realiza el más débil amago de apretarme la mano. La miro fijamente. Dios mío. Ha recobrado la conciencia durante un instante. Los ojos adquieren vida; enfocan a un punto incierto entre nosotros, aunque han perdido color. Están pálidos, me recuerdan a la carne que ella tira al caldo, cuando la

405

sangre se decolora y solidifica. Veo su cara, como si la hubiesen encendido con un interruptor, sobre la almohada limpia, perfecta. La vuelve hacia mí. Su nariz parece más grande. Los labios azulados. Tiene la boca abierta. La barbilla se le ha empequeñecido, o se ha retirado hacia su cuello. Parece que no tenga hueso allí, en el mentón. Y entonces habla. Es solo un susurro.

–Ya está, Curro –me dice.

Luego toma aire en un estertor muy leve. Y se va. No hay máquina que haga pinc, así que nada lo anuncia. Entonces empiezo a llorar, entonces sí. Fuerte, pero no tan fuerte como mi padre, que empieza a gritar y a pegarse cabezazos contra los armarios y tirar al suelo objetos de cristal y aúlla «no te vayas, mi amor» y «perdóname, mi vida», y tienen que venir tres enfermeros y se lo llevan casi a rastras, contra su voluntad, él se retuerce y da patadas, solo quedamos allí Richard y yo llorando de esa forma que es como si dijeses las onomatopeyas de llorar, casi un balido, muy triste y prolongado, como si fuese a quedarse siempre allí, y mi abuela, compuesta y seria, también llorando al pie de la cama, y un viento enfadado que parece querer talar el edificio de Bellvitge por la base.

Levanto un momento la vista y sin querer me veo reflejado en el cristal de la habitación, tras la otra cama, que está vacía. Veo mi cara, con el bigote de Himmler medio borrado por toda mi boca, la cruz de hierro, la esvástica pintada en el brazalete, ya a la altura del codo, las lágrimas y la mueca. Separo los ojos de allí de inmediato, pero es demasiado tarde y lo sé. Sé que esa imagen se me ha quedado grabada en la cabeza, y temo que esto sea lo que recuerde primero de este momento. A mí, no a mi madre, en el centro de todo.

Pedaleo con todas mis fuerzas. Por favor, vete. Vete, Curro. Sácame de aquí. Sálvame de esto, de ellos, de esta noche, de este año interminable. Llévame lo más lejos posible, al otro lado de las curvas de Sitges, al otro lado del mar, del mundo, a lo que sea que se oculta allí. Cualquier cosa me vale, mientras no sea esto.

La Rabasa Panther pesa mucho. Es de color verde camuflaje, lleva amortiguadores que no amortiguan y un asiento como de moto chopper que podría alojar un pasajero de paquete. Pero no estoy sentado. Mi culo se mueve en el aire con cada golpe al pedal. La cadena petardea con un ruido constante, cada vez que el metal se encaja en metal. Gotas de sudor me caen por la punta de la nariz, y se deslizan sobre mis labios, me los lamo, saben como lágrimas, pero no estoy llorando.

La bicicleta es de Mateo. Los Hurtado se habían dejado la puerta del garaje abierta. Estaba allí, al lado del Ford Taunus color miel. La vi cuando volvíamos del hospital los dos. Estaba apoyada en el caballete, inclinada hacia un lado, parecía a punto de echarse a dormir. Supongo que tomé la decisión entonces, al verla. No había planeado nada de eso. Un taxi nos llevó del hospital a casa, a Richard y a mí, mi padre no nos acompañó, dijo que tenía que ocuparse de todos los detalles legales. Parecía mucho más calmado. Creo que le habían inyectado tranquilizantes. Cuando salimos de la habitación de mi madre él estaba sentado allí, en la recepción de la planta 12, aguantándose con la mano plana el algodón con alcohol, en la parte interior del otro codo. Una mirada vacía. Los párpados un poco caídos. La boca sin expresión, una línea recta.

Ya en mi cama, esperé un rato a que mi hermano se quedase dormido. No hablamos. No había mucho que decir. Él se puso su pijama, uno que reluce en la noche porque está teñido con pintura reflectante, pero yo no. Yo seguía con el disfraz de Himmler, solo me cubrí con la manta y la sábana. Botas y todo, pero la gorra ya no; la perdí, no sé dónde. Estuve mirando la parte superior de la litera, los nudos de hierro del somier que conozco de memoria, intentando buscar caras, formar imágenes, a ratos volvía la vista hacia el vacío que ocupaba el póster de Kevin Keegan que descolgué, al cabo de un rato oí la respiración de Richard, cada vez más regular, de vez en cuando un ronquido intranquilo. Al tercer ronquido me puse en pie. Salí

407

de casa. El timbre zumbó, pero Richard no se movió. Entré en el parking de la casa de al lado, subí el caballete de un golpe de planta de pie, agarré la Rabasa Panther, no sé qué hubiese hecho si el parking llega a estar cerrado, no había contemplado un plan B. Empecé a pedalear. Con energía.

Deben de ser las cinco de la mañana. Es todo muy bonito. Siempre me ha gustado este momento, porque me hace pensar en cuando los hombres no dominaban la tierra. No se ve a casi nadie andando sobre dos piernas. Cañas, plátanos de sombra, cada vez más pinos secos, alguna palmera con la barba muy seca, los dátiles vacíos. Las farolas están aún encendidas, pero el día se va aclarando con mucha lentitud. Empiezan a cantar los pájaros. Loros, jilgueros, gorriones, no sé. De vez en cuando algún coche me pasa por el lado izquierdo, metiéndose un poco en el carril contrario, y luego regresa al suyo, delante de mí. Sin pitarme. No disminuyo el ritmo, aunque empiezo a estar cansado. He dejado atrás Viladecans y Gavà. El centro urbano, la estación de la Renfe. En dirección opuesta a la mía he visto pasar varios autobuses. Muy rápidos. Son los que llevan obreros a las fábricas de coches. Lo sé porque también salen de la plaza del ayuntamiento de mi pueblo. Van casi todos a la Seat, en la Zona Franca. Por las ventanillas veo a mucha gente durmiendo en sus asientos, con la boca abierta, la frente aplastada contra el cristal. Muchos parecen mayores, demasiado viejos para trabajar. Algunos hablan, animados, los jóvenes sobre todo, pese a que casi es de noche aún.

Entre Gavà y Castelldefels me he metido por uno de los caminos de tierra que se adentran en el delta y van a dar al Camí Ral, el viejo sendero de payeses que cruza todo el delta, y que cada vez utiliza menos gente. La bicicleta ha empezado a levantar una pequeña nube de arena, el sonido de las ruedas ha cambiado. Como si crujieras garbanzos.

De vez en cuando interrumpo el pedaleo un segundo, me quedo de pie en la bici mientras esta se desplaza hacia delante, con el manillar fijo, y pierde algo de velocidad, da unas pocas eses tranquilas, me quedo allí arriba tieso como el general

Montgomery en su tanque en ruta hacia El Alamein, con la cabeza erguida, el pecho erguido, no puedo ver por encima de los cañaverales, los cultivos de maíz repletos de polvo a cada lado, a lo lejos se ven pinos y más pinos, las copas uniéndose entre ellas en una masa compacta, como un bosque de brócoli, huele a mar salada y a agua estancada, podrida, cuando noto que la bici está a punto de detenerse imprimo nueva fuerza a mis piernas y sigo pedaleando, realizo un par de curvas de un lado al otro del sendero sin dejar de avanzar.

Vete, Curro. Vete ya. El cielo se mancha de una luz débil, pero nueva, llena de ánimo, que lo ilumina todo. No hay prisa. Muchas horas por delante. Muchos años. Ya ha pasado lo peor, Currito. Mi madre me llamaba así a veces: Currito de la Cruz. Un segmento del cielo, entre las nubes, está de color rojo, como un hierro golpeado, amarillea por los bordes, y el color tiñe las nubes. Se oyen gaviotas que no puedo ver. Gritan. Las hierbas secas, el hinojo verde. Una señal de no adelantar, tumbada, con la base de cemento arrancada del suelo. Muchos juncos altos. Palos de luz, de teléfono, hechos con tronco de árbol que no parece tratado, como si lo único que hubiesen hecho fuese arrancar la copa, colocar los cables. Matojos, alguna lata aplastada, un saco de cemento arrastrado por el viento, que ahora ya ha cesado. Una ligera brisa se estrella contra mi cara y levanta un poco la parte delantera de mi pelo cuando acelero. Aquel viento terrible se interrumpió en el mismo instante en que mi madre murió. A veces pasan cosas que no sé, joder, que no sé.

El camino cambia de firme; la tierra da paso al asfalto, otra vez. La bicicleta bota de vez en cuando, el alquitrán está destrozado en varias secciones por las raíces de los pinos, que luchan por salir a la superficie, rasgando la calzada, y las ruedas rebotan en los baches. Cruzo por delante de un aparcamiento de camiones. Hay tractores abandonados en mitad de los juncos; sin ruedas ni cristal, solo hierro oxidado, parecen esqueletos de animales inmensos. Una gran nave de reparación de maquinaria. La puerta repleta de cardos y más juncos. De vez en cuando un camino aún más pequeño que se adentra hacia los campos, cerrado con cadenas herrumbrosas. Montañas de gravilla aquí y allá. Una gran cisterna tubular de aluminio, elevándose en la distancia.

Paso muy cerca, ahora, de un desguace de automóviles. Una valla vencida aquí y allá, y al otro lado decenas y decenas de coches, encaramados los unos a los otros, a punto de derrumbarse. Un Seat 850 granate, un 600 plateado, furgonetas Pegaso, un Citroën Tiburón verde metalizado, una furgoneta triciclo con la parte trasera descubierta, un 124 como el nuestro, en peor estado. Les faltan piezas a todos. Puertas, faros, capós, no queda una sola rueda encajada en su lugar. Suena una radio desde el bungalow de recepción vacío, una canción que le encantaba a mi madre. «Pregherò», de Adriano Celentano. Me viene una imagen de ella cantándola en el coche, en la carretera de Gavà, emocionada y contenta, sonriéndole a mi padre, estábamos los cuatro juntos, un día que íbamos a La Pava a comer espaguetis boloñesa y pizza atómica. *Pregherò, per te,* cantaba, mirándonos, con la cara iluminada por el sol y el pelo despeinado por el viento que entraba por la ventanilla.

Un perro muy feo, pariente sin raza del pastor alemán, viene a ladrarme cuando paso cerca de la puerta de entrada del desguace. Se abalanza hacia el camino de un brinco, los dientes a la vista, como si fuese a atacarme, ladra muy fuerte, dos ladridos secos que suenan a insultos, parece decir *ca-brón, ca-brón,* y yo, sobresaltado, hago el amago de cambiar de dirección y casi salgo despedido de la bicicleta, pero entonces la cadena que le sujeta se tensa, ahorcándole un poco, y el perro se queda un instante erguido sobre las patas traseras, el cuello torcido, parece a punto de asfixiarse pero no deja de ladrar en ningún momento, oigo su ladrido dolorido mientras me alejo de allí, recobrando el equilibrio. Pedalea, Curro, pedalea. Vete.

Hay vaho en mi boca, el mar cada vez está más cerca, se nota en el aire y en el olor a concha vacía y petróleo por encima del humo de hierbajos quemados, pasa un avión por encima de mí, hace mucho ruido, está despegando del aeropuerto de El Prat, quizás cruce el Atlántico, quizás solo el Mediterráneo, quizás los Pirineos, quizás vaya a Londres o Italia, cualquier opción me parece bonita, ahora, dejo de oír el fuelle de mi propia respiración y el ruido de los radios de las ruedas sobre la gravilla rota, la cadena cada vez que encaja en los piñones, el chapoteo del sudor de mis pies dentro de las botas de agua del uniforme, por un instante solo es ese enorme ruido de motor de avión a reacción que destroza el aire, se abre paso a empujones por el cielo, sin permitir que nadie le detenga.

SUCESOS. 14 DE JULIO DE 1993   **El Periódico**

Enfermo mental ataca a dos personas y es abatido por un policía en Sant Boi

El joven de 23 años, Curro A. C., con antecedentes familiares de esquizofrenia, sufrió un ataque de demencia y atacó a varios clientes de una concurrida pollería de Sant Boi del Llobregat.

Agencia El suceso tuvo lugar a las 12 de la mañana del domingo 13 de julio en Sant Boi del Llobregat. Según relatan varios testigos, el joven, que llevaba desde 1982 siendo tratado por diversos trastornos psiquiátricos, y que había sido ingresado repetidas veces por episodios agudos de esquizofrenia, se abalanzó, esgrimiendo un cuchillo de cocina, sobre un grupo de personas que hacía cola en un concurrido establecimiento de pollos a l'ast y patatas fritas de la calle La Plana. Según declaró el médico que le atendió, el agresor creía formar parte de un comando terrorista.

El enfermo alcanzó a herir a dos personas y a un cabo de la Guardia Urbana que se hallaba cerca del lugar de los hechos. El cabo recibió una cuchillada en el muslo, y se vio obligado a responder disparando una bala al agresor con su arma reglamentaria. Tras el único disparo, que alcanzó al agresor en la pierna derecha y consiguió abatirle, Curro A. C. fue reducido y desarmado por el propio cabo y varios de los testigos. Tres de los agredidos tuvieron que ser trasladados al ambulatorio de la misma localidad con heridas de arma blanca de diversa consideración. Todos los ingresados se hallan en este momento fuera de peligro. El agresor sufrió una pérdida de conciencia tras ser reducido, y se halla en el hospital psiquiátrico penitenciario a la espera del juicio.

21

—¿Por qué no me lo contaste antes, Curro?

Curro mira al fantasma, o lo que sea, de su madre. Las piernas le bailan, se agitan de un lado a otro, como si la mujer estuviese aguantándose las ganas de ir al baño. O como si no pudiese sostener su propio cuerpo. El traje de boda mini. Descalza. Las uñas de los pies pintadas de amarillo, el color de Luisa.

Curro no se desmaya. En el primer momento le sorprendió, pero ahora ya empieza a hacerse a ello. Se da cuenta de que no va a desplomarse, esta vez. Que no va a teñirse todo de rojo. Que no va a atacar a nadie con un maldito cuchillo, como aquella vez.

—No te avisé, mamá —le responde Curro—, porque tenía trece años recién cumplidos. Porque no sabía qué ocurría. Porque vosotros erais *los mayores*. Porque, no sé, pensaba que así te haría menos daño, que quizás podría evitarte el sufrimiento. Por muchas razones. ¿Entiendes? No es culpa mía. Lo siento, pero no lo es. Los niños de trece años no pueden tener la culpa de algo como aquello.

Su madre le mira con un ligero estupor turbado que se inclina hacia la malicia por un extremo. Curro recuerda esa expresión. Era la cara que ponía su madre cuando no le gustaba algo que le estabas contando y se disponía a contraatacar: una mezcla de sorpresa, temor y desprecio calentando motores. Y que casi siempre se transformaba en un nuevo ataque de victimismo, de agresión pasiva.

–Lo sabías y no me lo dijiste –insiste ella, o la fabulación de ella, tratando de seguir el guión del delirio–. Eres un mentiroso. Me mentiste. A tu propia madre. Tú tienes la culpa de lo que está pasando, Curro. Tú podrías haberlo evitado.

–No, madre. *Tú* podrías haberlo evitado –contesta Curro, con impaciencia, la voz decidida–. O Papá, desde luego. Admito que pasé un tiempo exculpándole de todo esto, pero hace tiempo que cambié de parecer. Vosotros dos, *juntos,* podíais haberlo evitado, por el bien común. O haberos divorciado, por Dios. Si mi padre te trataba mal, cosa que hizo, sin duda, solo tenías que marcharte. Hubiese sido lo mejor. Ya sé que entonces enfermaste. Que estuviste «descentrada», «nerviosa». Qué le vamos a hacer. Mala suerte, un desastre, sin duda, pero qué le vamos a hacer. Yo no te culpo, o te culpo lo justo. Te culpo cuando estabas bien, pero luego ya dio igual. Luego no eras tú, soy consciente de ello. ¿Cómo podría culparte de algo que hizo otra persona, aunque estuviese metida en tu cuerpo? Créeme, sé lo que es eso. Ser otro. Que otro te ocupe el cuerpo. No sé si allá donde estás te han llegado noticias, pero yo también acabé pasando por eso. –Curro se detiene, toma aire–. Ataqué a un hombre *con un cuchillo,* mamá. Me lo había mandado una voz en la televisión. Un cabo de la guardia urbana me metió un balazo *aquí.* –Se señala el muslo, con una cierta tristeza–. Llevo más de veinte años en un manicomio, mamá. Como bien sabes, pues no dejas de deambular por él.

La madre de Curro no habla. Ha cambiado. Ya no tiene cucarachas en el vestido, y la tela parece limpia. Su pelo está peinado, como en la foto de la boda. Lleva las piernas desnudas, o con medias muy transparentes, y unos zapatos blancos de punta cuadrada, con una hebilla rectangular en el empeine. Lleva también un ramo decorativo, de boda, a juego. Su boca ya no se inclina hacia abajo. Está recta, como el guión que introduce un diálogo. Ya no muestra desprecio. Solo cierta confianza reposada.

–Es una cadena de daño, mamá. Los genes, o lo que sea. Tu padre violento a ti, el abuelo loco a papá, tú y él a nosotros dos. Pero creo que Richard, como mínimo, ha logrado romperla de una vez. Creo que será buena persona. Buen padre, y sus hijos crecerán... centrados. Con un eje. Soy optimista en ese sentido. En cuanto a mí... En fin. Ya da un poco lo mismo. No tengo grandes expectativas por lo que viene a partir de ahora. Pero no me quejo. –Trata de sonreír–. Estoy vivo.

A Curro se le humedecen un poco los ojos, y mira hacia el otro lado de la calle, lo que en su infancia era un descampado, y que su madre, ya obesa, y él cruzaban de vez en cuando para ir a visitar el nicho del abuelo, y que ahora son bloques de pisos no muy altos, de cinco o seis plantas, de ladrillo rojo y toldo verde en los balcones, tendederos sisí y bicicletas sucias, sobre tiendas con rótulos en árabe, y en chino. También otros que anuncian cosas modernas que él no puede traducir: Vitaldent, GAES, Frescuore, Sushi, Orange, Movistar, Cazcarra Image School, Total Tattoo. Hay motocicletas voluminosas que parecen pequeñas naves espaciales aterrizadas en plena acera, colocadas en batería. Una multitud las sortea por un lado o el otro, todos van en la misma dirección, hacia el centro del pueblo. Hacia la fiesta. Murmullo de acto público, de gente apelotonada: gritos alegres, conversaciones, risas, aullidos de niños.

Nadie va disfrazado aún. La Puríssima acaba de dar inicio y no ha llegado aún el día grande, de los disfraces. Los fuegos, la rúa, el baile; todo eso está aún por estrenar. Mira. Mira allí, Curro. Hay un niño con peinado casi mohicano, repleto de gomina (no es un disfraz; no va de iroqués), subido a hombros de su padre, arreándole al padre con el globito en la nariz, una y otra vez, pero el hombre solo ríe a carcajadas y no parece inmutarse, espanta el globo de su cara como si fuese una mosca y luego continúa hablando con su acompañante. Los dos, adultos de unos treinta años, llevan cervezas en vaso de plástico en la mano. Llevan camisetas color naranja chillón donde se lee «*Sant Boi. Boig per tu*». Parecen tenerse afecto, esos dos hombres, el uno al otro. Dos buenos amigos. Es importante tener amigos. Y la paciencia que exhibe ese padre... Su propio padre, Sebas, le habría soltado un grito, habría perdido los nervios, le habría confiscado el globo; alguien habría pagado por la molestia, Curro o Richard o su madre. Curro se pone muy contento al ver que aquel hombre no reacciona así. Quizás la gente será cada vez mejor. Quizás este tiempo sea mejor que el suyo, en general.

Un grupo de madres jóvenes en parkas con mucha pelusa en la capucha hablan y ríen y gesticulan mientras empujan sus carritos de bebé, algunos llenos y algunos vacíos (los carros de niño vacío siempre inquietan a Curro, le hacen pensar que han tirado el niño por ahí, en un contenedor o algo. Curro siempre sufre por los niños que observa en la calle, desde la valla del manicomio. No puede evitarlo. Pero decide que esos carritos están vacíos porque los niños están a salvo, en brazos de buenos padres en alguna parte de la misma calle, y se tranquiliza al momento).

–Lo hecho, hecho está, mamá –dice al fin Curro, sin volverse, y distingue una urraca que sale volando disparada del cementerio, con su plumaje blanco y negro tan perfectamente delimitado. Curro sigue sin mirar a su madre–. No sirve de nada llorar por ello. Yo te perdono. Ya está. ¿Se trataba de eso? No lo hiciste muy bien, pero es que nadie te había enseñado cómo se hacía. Eras una niña, y todo lo que te enseñaron tus propios padres sobre el afecto, el respeto, el mundo, era equivocado. La verdad era justo lo contrario de lo que te dijeron. Los adultos te mintieron, qué ibas a hacer tú aparte de mentirnos a nosotros. Ojalá pudiese haberte dicho esto cuando era pequeño, pero es que, claro, no sabía cómo decirlo. No sabía lo que era. Solo intentaba minimizar el desastre. Agarrar los trozos rotos para que no se rompiesen más, no sé cómo decirlo, pero no tenía ni idea de cómo recomponerlo. No sabía cómo agarrar las cosas para que no saliesen volando en mitad de... no sabía cómo...

Hay un silencio. Se da cuenta de que no tiene nada más que decir. Que todo está dicho, que hay que soltar toda esa basura para poder avanzar. Le tocó eso, pero vaya; no vamos a pasar una vida entera llorando y enloqueciendo. Como decía la hermana de Priu, no todo el mundo puede ser huérfano. El recuerdo de Angi le hace sonreír.

De golpe ve a Priu andando hacia él, viene de la Cope, por el viejo camino de la Colonia Güell, que hace tiempo asfaltaron pero que él siempre recuerda sin asfaltar, plagado de socavones y pedruscos y charcos de fango seco. Lleva la coreana con logogramas chinos, los pantalones de pana de pata de elefante, las Tórtola. Anda con grandes zancadas, la cabeza decidida hacia delante, los brazos larguísimos columpiándose a cada lado de su cuerpo. Sonríe mucho, como sonreía cuando contaba alguna anécdota graciosa de nazis. Curro sacude la cabeza, temiendo una alucinación, y vuelve a fijar su mirada en su viejo amigo, que aún es un niño, no ha crecido, se ha quedado en 1982, pero aquella figura avanza unos pasos más y pasa cerca de Curro casi sin mirarle, continúa andando, se aleja por el extremo opuesto de la calle. No era Priu, claro, ni siquiera se le parecía; solo un chino anónimo. No le importa. Aquella persona le ha dejado un fantasma en el interior, revoloteando en su estómago y vejiga. Como si el pasado hubiese cruzado su cuerpo y hubiese dejado algún rastro allí dentro, trozos de telaraña que se mueven con el viento.

Cuando vuelve la vista hacia la pared, su madre ya no está. Se ha volatilizado. Delante de él solo hay una tapia de cemento, con trozos visibles de ladrillo, del lavadero antiguo, que parece brotar de entre la mala hierba y las espiguillas. Curro espera un poco, pero su madre no reaparece. Se lleva las manos a los bolsillos, se vuelve, ve a Plácido en la puerta del cementerio. Curro iba a ponerse en marcha pero se detiene. Plácido une el pulgar y el índice en una O, y deja los otros dedos en cresta. La señal del pollo, que Curro sabe (desde hace poco) que quiere decir: *Okey*. Todo bien. O: ¿todo bien, señor?

Curro mira a Plácido y saca su mano del bolsillo. La tiende en el aire, el brazo curvado, y replica la señal del pollo que le ha lanzado su mayordomo. Luego deshace el pollo y extiende todos los dedos, levanta la palma hacia el amigo, el brazo doblado por el codo en forma de ele. Parece un juego, porque Plácido le imita y también extiende los dedos, dobla el codo, deja la palma abierta allí, los ojos cada vez más apenados, como solo se los ha visto una vez, en la azotea del pabellón B, cuando le salvó la vida.

Están un segundo así, saludándose con las manos muy abiertas, los dedos muy separados, los brazos en ángulo recto. Los dos sonríen. Una sonrisa muy pequeña, muy tranquila.

–Suerte, señor –dice Plácido. Curro lo lee en sus labios, el sonido de su voz no llega hasta donde se encuentra.

–Gracias, Plácido –dice Curro, casi para sí mismo. Y cierra los ojos. Respira una vez. No pasa ni un segundo. Cuando los abre, Plácido no está allí.

Sin más que hablar se vuelve, cruza la calle Pablo Picasso y anda unos veinte metros, y ya en la calzada de la manzana más cercana se mezcla con la gente, le rodea una marea de chicas con pelo de zorro en la capucha de los anoraks que salen del establecimiento que se anunciaba como Cazcarra Image School. Con esos cuellos leonados y sus cuellos pálidos, blancuzcos, parecen una bandada de cóndores. Curro se deja inundar por la conversación, eléctrica y chasqueante, de las chicas, que le acaricia por todos los lados. Le marea, como las primeras cervezas que tomó de niño. Curro siente la ilusión palpable de no estar solo, de ser parte de algo, de ser como los demás. Es todo lo que siempre quiso. Ser como los demás. Deshacerse de lo que le aislaba: la membrana, la cáscara, llámala como quieras. Ser normal, como cuando iba a las ferias y parques de atracciones con aquel nudo en la barriga que no entendía, aquella cosa atada que salía de no sabía dónde, y ya estaba lleno de rabia y miedo, y aún no le había sucedido nada.

Las chicas de Cazcarra se empujan y encienden cigarrillos recién liados con papel de fumar humedecido con la lengua y pulsan con los pulgares en pantallas de teléfonos portátiles muy grandes, se pasan auriculares con música las unas a las otras, comparten cable pero cada una lleva un extremo en una oreja, hablan de Fernan y Nico y Kilian e Iker e Izan, dicen zasca, moni, cuqui, lo petas y lo sabes, la fiesta, la noche, troleo, poliamor, selfi, tuitea, me has hecho la púa, hijaputa, a esa se le va la pinza, gordi, esta es mi colección de pitos, vaya friqui. Curro no puede parar de escuchar, quiere echarse a nadar en las frases de todas esas chicas. Sumergirse ahí dentro. Parecen tan libres, tan vivas. ¿Fui yo alguna vez así? ¿Hubo una época en que andaba así de decidido, sin miedo, por la vida? Debí de serlo, debí de serlo, se dice Curro, antes del punto donde empecé, donde me convertí en otra cosa.

O tal vez no. Tal vez nunca fui así.

Las chicas pasan, andan tan rápido que le dejan atrás, ni han reparado en su ropa grotesca, su mirada hendida hacia dentro, su agujero negro, los tornillos sueltos que rebotan en el interior de su cuerpo, los ojos acuosos. Para ellas Curro ni ha existido. No es ni una sombra de recuerdo. La ilusión de ser como ellas se desvanece muy poco a poco, como niebla cuando sales de ella y poco a poco vas fijando tu mirada y las cosas muestran sus contornos, pero a Curro no le importa. No le importa que se vayan, que sigan su camino. Les desea buena suerte, que las cosas les vayan bien, como si las conociese de siempre, como si las quisiese un poco.

Se oyen sirenas, cada vez más cerca, que se mezclan con las risotadas de las chicas que se alejan, un pequeño chillido lleno de alegría, un grito femenino que dice: ¡Anda, chocho!, el murmullo de todas las conversaciones, algunas en una lengua árabe, otras en oriental, muchas en catalán y español, un ritmo trepidante de alguien que canta en el interior de un teléfono móvil y pide que algo vaya despacito, pasito a pasito, suave suavecito.

Curro se vuelve un solo instante, es solo un segundo, y ve en la puerta del cementerio, bajo el arco principal de yeso blanco, al doctor Skorzeny, que gesticula y señala hacia donde está Curro, y mueve mucho la boca, cierra los ojos en morse, se mesa los cabellos, patea el suelo con ambos pies. Sor Lourdes está a su lado, y le da palmadas regulares en el hombro izquierdo. A su alrededor se distribuyen tres celadores que acaban de llegar, y junto a ellos un policía municipal con gafas de espejo, pese a que han caído cuatro gotas y el cielo estaba nuboso. De repente luce el sol. Asoma entre nubes, pero el efecto es inmediato, la calle entera se llena de luz y la piel de Curro se calienta, nota algo que es como el zumbido de las torres eléctricas de Cinco Rosas, una corriente beneficiosa que recorre su tronco y extremidades, hasta el cuello y la cabeza. Curro se pone alegre, no sabe muy bien por qué.

BIBLIOGRAFÍA

Copa del Mundo de Fútbol España 1982, Juan José Castillo y José María Casanovas, Cedag, 1982.
DSM-IV. Manual diagnóstico y estadístico de los trastornos mentales, American Psychiatric Association.
Sobre la locura, Fernando Colina, Cuatro Ediciones, 2013.
Hitler, Ian Kershaw, Península, 2000.
The Face of The Third Reich, Joachim Fest, IB Tauris, 1970.
The Fortean Times Book of Strange Deaths, edición de Steve Moore, John Brown Publishing, 1994.
El pirata, Harold Robbins, Planeta de Libros, 1974.
Nam, Mark Baker, Abacus, 1982.
Hallucinations, Oliver Sacks, Picador, 2012.

AGRADECIMIENTOS

A mi mujer, Eugènia Broggi, por los consejos, la edición y la fe.

A mi hermana Maria Amat, por el germen de la idea.

A mi agente, Mónica Carmona, por su confianza en el libro y su entusiasmo.

A mi editorial, Anagrama, y a mi editora Silvia Sesé, por el empuje y por convertir el libro en algo real.

El resto de los agradecimientos son para Martin Newell y The Cleaners From Venus; Gustavo Perona; Santiago Lorenzo; Carlos Zanón; Mark Kozelek; mi padre, Sisco Amat; Philipp Engel; *Black Adder;* Emmanuel Carrère; *Black Books;* Powell & Pressburger; Cicatriz; P. G. Wodehouse; «Shoulder to the Wheel».

NOTA DEL AUTOR

El pueblo del Baix Llobregat en el que transcurre la acción, Sant Boi, está plasmado de modo más o menos fiel, tanto en su encarnación de 1982 como en la de 2017; exceptuando unas pocas libertades –cartográficas y también relativas al calendario de festejos– por las que el autor admite toda responsabilidad.

El hospital psiquiátrico Santa Dympna, por otro lado, es una recreación ficticia que solo comparte algunos detalles arquitectónicos y geográficos con el verdadero hospital Benito Menni para enfermos mentales de Sant Boi del Llobregat. Este libro no pretende describir las condiciones reales de ese centro psiquiátrico ni de ningún otro.

Impreso en Talleres Gráficos
LIBERDÚPLEX, S. L. U.,
ctra. BV 2249, km 7,4 - Polígono Torrentfondo
08791 Sant Llorenç d'Hortons